Franz Kafka

Das Schloss

城堡

法蘭茲・卡夫卡 著
姬健梅 譯

導讀
召喚自我測量的文學城堡

台北藝術大學戲劇系兼任助理教授　耿一偉

卡夫卡的《城堡》在某種程度上，已成為一則現代神話，描繪了二十世紀特有的典型經驗——官僚主義（bureaucracy）。很多人即使沒有讀過《城堡》，也知道這是在講K被召喚到城堡當土地測量員，卻無法進入城堡的故事。

但文學之所以為文學，並不在於服務故事而已。《城堡》的內在結構，比我們想像得複雜得多、有趣得多了。我們先從一個問題出發，那就是K到底是誰？當我們這樣問的時候，有一個顯而易見又敷衍的答案——K就是卡夫卡。顯然這樣的答案可以，但並不能真正滿足讀者，反而更像是城堡會給K的回答。我們必須回到小說本身，看看這些文字本身，到底提供了什麼關於K的訊息。

當我們試著接近K的時候，一幅可怕的景象在我們面前展開，因為我們愈想接近K，我們就離他愈遠，各種嗡嗡聲開始出現，沒有一種詮釋是能讓人滿意的，只有混亂的訊息。此時，讀者就愈像土地測量員本身，被召喚來測量小說的意義，卻發現沒有進入這個名為K的城堡道路。

卡夫卡幾乎沒有提供關於K的具體生平，只有兩次略為提到了他的過去。一次是在第二章，講到K的家鄉：「那兒的廣場上也有一座教堂，部分被老墓園所圍繞，而墓園又被一道高牆所圍繞〔…〕在一個曾經失敗過好幾次的地方，他嘴裡啣著一面小旗子，一試就爬上了圍牆〔…〕當時那種勝利的感覺似乎將在漫長的一生中給他支撐……」這段敘述非常值得玩味，暗示了K與死亡的關係，彷彿他像個幽靈來到村莊，只有他自己不知道自己死了。由於讀者無法確定K的真正存在樣貌，這種陰森虛無，反映在《城堡》中，是出現各種無法分辨的房屋（「那間旅店在外表上跟K所住的那一間十分相似」）、人物（例如阿爾圖與耶瑞米亞這兩個助手），甚至是名字（索爾蒂尼與索爾提尼這兩位官員）。

另一次是在第十三章，提到「K剛好有一些醫學知識，更重要的，是他有治療病人的經驗，有些事醫生辦不到，他卻做到了。由於他的治療效果，大家一向稱呼他為『苦草藥』。」這裡則讓我們有一種感覺，K是有神祕力量的，好像這是他身為幽靈所附帶的能力。雖然K沒有在村莊裡發揮這種醫療力量，卻在與女性的交往上，展現了出奇的神祕力量，總能在一瞬間將對方誘入一種情色狀態。例如碰到芙麗妲時，K幾乎是毫無理由就在瞬間擄獲了她（「這正是我最祕密的意圖，您應該離開克拉姆，成為我的情人」），兩人隨即在吧檯底下進行魚水之歡。這種略帶笨拙反浪漫的情色，是除了設法進入城堡，小說的另一個重要主軸。

這兩次提及K的過往時，都是由作者（卡夫卡）所敘述，至於K本人在與其他角色對話時，從未提及自己的生平，令人感覺他與城堡一樣神祕。更有趣的一點，是除了作者與讀者外，幾乎沒有人知道他叫K，他也從沒有如此向他人介紹過自己。

只有四個角色在與K對話時，曾用K這個名字稱呼他（其他人物都叫K為「土地測量員」）。此現象頗不尋常，稱呼他為K的四個人——芙麗妲、歐爾佳、阿瑪麗亞與蓓比——清一色都是女性，而且都是K所喜歡或有曖昧關係的女人。卡夫卡似乎在藉此表達，唯有愛能召喚出主體，把「土地測量員」變成「K」，愛所帶來的不是盲目，而是新的認識能力。

法國後現代哲學家德勒茲（G. Deleuze）與瓜塔利（F. Guattari）在一九七五年出版的《卡夫卡：邁向一種少數文學》（*Kafka. Pour une littérature mineure*），是當代卡夫卡研究中最具突破性的經典。他們不從一般的詮釋角度出發，針對故事內容直接解讀作品的意義，而是用各種比較、拆解的分析方式，讓我們看到卡夫卡作品實際上是一種具生產意義的文學機器，並描述這些概念機器的運作機制。

以《城堡》來說，德勒茲與加塔利發現小說由兩種空間模式所構成，一種是仰角的，也就是向上延伸的，如高度、鐘樓或等級制度；另一種是水平延伸，如走廊、不斷移動的辦公室或分不清楚方向的道路等。我們可以發現，有一種特殊的運動透過這兩種模式展開。當K愈想以第一種模式向城堡接近時，小說就安排他進行水平運動，從旅館、酒店、學校移動到歐爾佳家等。整部小說在現實空間中，是由K的水平運動所構成。另一個值得觀察的現象，是K雖然拚命想接近城堡，但在水平運動的過程中，K所碰到的角色等級，卻離城堡愈來愈遠，產生一種向下延伸的運動。例如K本來想見主任克拉姆，到後面就變成是他的僕役或秘書，甚至是秘書的助理；與他有曖昧關係的女性，也從原是克拉姆情人的芙麗妲，最後變成替代芙麗妲酒吧工作的蓓比——小說愈到後面，K周遭的人物與城堡的關係就愈來愈遠。

村上春樹於二〇〇六年獲得卡夫卡文學獎，他於布拉格頒獎典禮上致辭時提到：「卡夫卡的作品是如此偉大，它具有某種普世價值。我會很直接將他理解為他是歐洲文化的核心。但在同一時間，我們也分享著他的作品。我十五歲的時候，第一次讀到他的作品《城堡》，當時我不並覺得『這本書是歐洲文化的核心』，我只是覺得『這是我的書，這本書是寫給我的。』」

《城堡》的特殊之處，在目標於終極上的不可接近。K愈是無法接近城堡，他愈與更多人物產生關係，讀者對他與村莊的世界，就有更多的認識。《城堡》的內容不於在城堡本身，而是K的世界。城堡像是康德（Immanuel Kant）所謂的物自體（Ding an sich），或是拉康（Jacques-Marie-Émile Lacan）的大他者（l'Autre），你不能接近它，但它卻成了可被認識世界的構成條件，即使它有可能是空的。K拼命想往城堡這個目標前進，不斷嘗試向上面聯絡——小說的內容即是由這個過程中的挫折與奮鬥所組成。城堡本身並不重要，K在村莊的一切才是小說的重點。

如果你跟村上春樹一樣，在閱讀《城堡》時，能感覺到這是本寫給你的書，那你就成了被召喚的K，準備進入這座文學城堡。如同前面我提到，閱讀這部小說，會產生一種特殊的運動，當你愈想靠近它的時候，你就愈往後退，退到你自己的生命裡。只有被召喚的人，才能成為K，而成為K

的方法很簡單，那就是你必須愛卡夫卡。這種愛沒有理由，彷彿卡夫卡在命令讀者說：「這正是我最祕密的意圖，您應該離開現實，成為我的情人。」

《城堡》同時也是一部猶太密教的卡巴拉聖典，它可以產生各種解讀，開啟神祕的訊息與認識能力。正因為這份神祕，一個個文學愛好者，像村上春樹一樣，被召喚到小說面前，開始他們無限期的自我測量過程。

目錄

城堡

第一章　抵達

K抵達時入夜已久，村莊躺在深深的積雪中。絲毫看不見城堡座落的山頭，霧氣和黑暗籠罩著它，就連能依稀辨認出那座大城堡的微弱光線都沒有。一座木橋從大路通往村莊，K在橋上佇立良久，仰望那看似空無一物之處。

接著他去找地方過夜；旅店裡的人還沒睡，這個遲來的客人令老闆極為吃驚困惑，他雖然沒有房間可以出租，但願意讓K睡在店裡的乾草墊上，K同意了。有幾個農民坐在店裡喝啤酒，但他不想跟任何人聊天，自己去閣樓上搬來乾草墊，擺在靠近爐火的地方。那兒很溫暖，農民安安靜靜地，他還用疲倦的眼睛稍微打量了他們一下，就睡著了。

但不久之後他就被叫醒。一個年輕人，穿著城裡人的裝束，有張像演員的臉孔，眼睛細長，眉毛很濃，和旅店老闆一起站在他旁邊。那些農民也還在，其中幾個把椅子轉過來，以便能看得更清楚，聽得更真切。年輕人很有禮貌地為了叫醒K而道歉，自稱為城堡管事之子，然後說：「這個村莊屬於城堡所有，在此居住或過夜的人也可以說是住在城堡裡或是在城堡裡過夜。沒有伯爵的許可，誰都不准這麼做，而您卻沒有這樣的許可，至少您並未出示。」

K半坐起來，把頭髮撫平，仰望著那些人，說道：「我誤闖了哪個村莊？這裡居然有一座城堡嗎？」

「沒錯，」年輕人緩緩地說，四周有人對K的反應搖頭，「這是西西伯爵的城堡。」

「而過夜必須要有許可？」K問，彷彿想讓自己確信先前的通告不是他夢到的。

「必須要有許可，」是對方的回答，其中帶著對K的粗魯嘲諷，這個年輕人把手一伸，問旅店老闆和那些客人，「還是說不需要有許可呢？」

「那我就只好去取得許可。」K一邊打呵欠一邊說，掀開了被子，像是要起來。

「去向誰要呢？」年輕人問。

「去向伯爵先生要，」K說，「沒有別的辦法。」

「在三更半夜這個時候去向伯爵先生取得許可？」年輕人大喊，向後退了一步。

「這不可能嗎？」K鎮靜地問，「那您為何把我叫醒？」

這會兒年輕人按捺不住了：「流浪漢作風！」他喊道，「我要求您尊重伯爵轄下當局！我之所以叫醒您，是為了告知您必須立刻離開伯爵的領地。」

「玩笑開夠了，」K說，聲音出奇地小，躺了下來，蓋上被子，「年輕人，您太過分了點，明天我會再找您理論。旅店老闆和那幾位先生是證人，如果我還需要證人的話。不然的話，您就當我是土地測量員，是伯爵叫我來的。我的助手明天會搭車帶著測量儀器跟著過來。先前是我捨不得錯過在雪地裡長途跋涉，只可惜迷路了幾次，所以才這麼晚抵達。現在要去城堡報到已經太遲了，這一點在您來教訓我之前，我就知道了。所以我才會將就一下在此處過夜，而您——說得客氣一點——沒有禮貌地前來打擾。我的解釋到此結束。晚安，各位先生。」K翻了個身面向火爐。

「土地測量員？」他還聽見有人在他背後猶豫地問，接著就是一片寂靜。但那個年輕人隨即鎮靜下來，對旅店老闆說：「我打電話去問。」一聲調壓低，算是顧及了K的睡眠，卻又大到足以讓他聽見。什麼，在這個村莊旅店裡居然也有電話嗎？這裡的設備還真齊全。在個別的事情上，這令K驚訝，然而就整體而言，這在他預料之中。原來電話幾乎就裝在他頭頂上，先前他在昏昏欲睡當中沒有看見。這會兒那個年輕人若是必須打電話，就無論如何無法不打攪K的睡眠，事情只在於K該不該讓他打電話，而他決定允許此事。但這樣一來，就也沒有必要假裝在睡，因此他又回復仰躺的姿勢。他看見那些農民畏縮地聚攏在一起商量，一個土地測量員的來到不是件小事。廚房的門開了，老闆娘的碩大身軀站在那兒，把門塞滿了，老闆踮起腳尖走近她，去向她報告。這時那番電話對話展開了。城堡管事在睡覺，但一名副管事，副管事其中之一，一位弗里茲先生來接電話。年輕人自稱為許瓦澤，敘述他是怎麼發現K的：一名三十多歲的男子，衣衫襤褸，平靜地睡在一個乾草墊上，把一個小小的背包當成枕頭，一支有節的手杖放在伸手可及之處。他說此人自然引起了他的懷疑，由於旅店老闆顯然疏忽了自己的責任，把這件事弄清楚就成了他許瓦澤的責任。對於被叫醒、接受詢問、按照義務收到被逐出伯爵領地的警告，K表現得很不耐煩，而最後顯示他或許也有權不耐煩，因為他自稱是伯爵先生請來的土地測量員。當然，至少在形式上有義務去查證此言是否屬實，因此許瓦澤要請求弗里茲先生在中央管理處詢問一下，是否的確有人在等候這樣一名土地測量員，並且馬上以電話回覆。

之後就寂靜下來，弗里茲去詢問此事，眾人在這裡等候回覆，K維持著到目前為止的姿勢，看著前方，甚至沒有轉過頭去，似乎一點也不好奇。許瓦澤的敘述摻雜著惡意和謹慎，看得出他受過某種程度的外交訓練，在城堡中就連像許瓦澤這樣卑微的人物都很容易就具有這種教養。而且那裡的人也夠勤勞，中央管理處有人值夜班。而且顯然很快就做出回覆，因為弗里茲已經打電話來了。不過，這個通報似乎很短，因為許瓦澤立刻生氣地扔下聽筒。「我就說嘛，」他大喊，「根本沒有土地測量員這回事，一個卑鄙、滿口謊言的流浪漢，很可能還比這更糟。」在這一瞬間，K以為許瓦澤、那些農民、老闆和老闆娘全都會朝他撲過來，為了至少躲過第一波的攻擊，他整個人縮進了被子底下，這時——他又緩緩把頭伸了出來——電話又響了，而且在K聽來響得格外大聲。儘管這不太可能又跟K有關，眾人全都不再說話，而許瓦澤又回到電話旁。他在那兒仔細聽取了一段較長的說明，然後小聲地說：「所以說是弄錯了？這實在讓我很難堪。局長自己打了電話來？真奇怪，真奇怪。現在要我怎麼向土地測量員先生解釋呢？」

K豎起了耳朵。城堡那邊任命他為土地測量員。這件事一方面對他不利，因為這表示城堡裡的人對他知之甚詳，衡量了雙方的力量，而微笑著接受了挑戰。從另一方面來看卻也對他有利，因為依他的想法，這證明對方低估了他，而他將會有更多的自由，超出他原先的期望。承認他的土地測量員身分，這固然是在鬥智上占上風，但假使對方以為藉此能讓他驚慌不已，那他們就搞錯了，這件事只讓他微微打了個寒噤，如此而已。許瓦澤膽怯地走近，K示意要他走開；別人敦促他搬進老闆的房間，他拒絕了，只接受了老闆給他的一杯睡前酒、老闆娘給他的一個洗臉盆，連同肥皂和毛巾，而且他根本無須要求淨空大廳，因為眾人全都往外擠，別開了臉孔，免得明天被他認出來，燈熄了，他總算得以休息。他沉沉地睡至早晨，只被溜過去的老鼠短短打擾了一、兩次。

根據老闆的說法，早餐由城堡付款，一如K的所有膳食。早餐之後，他想馬上進村子裡去。可是老闆一直在他身邊轉來轉去，帶著無聲的請求，他出於同情，就讓老闆在自己身旁坐一會兒，在他對自己昨日舉止的記憶中，他跟老闆只做過最必要的交談。

「我還不認識伯爵，」K說，「據說他對做得好的工作會付好價錢，這是真的嗎？如果像我這樣長途跋涉，遠離妻兒，那麼就也會想要帶點東西回家。」

「在這件事情上，先生無須擔心，還沒聽說過有人抱怨工資不好。」

「喔，」K說，「我不是個膽怯的人，就算是一位伯爵，我也能對他說出我的看法，不過，能夠和和氣氣地應付那些先生當然更好。」

老闆坐在K對面，坐在窗台邊緣，他不敢坐得更舒服，一直用帶著畏懼的棕色大眼睛看著K。起初是他擠到K身邊來，現在卻好像巴不得跑開。他是害怕被問起關於伯爵的事嗎？還是害怕他視之為「先生」的K不可靠？K必須轉移他的注意。他看看時鐘，說：「我的助手很快就要到了，你能把他們安頓在這裡嗎？」

「當然，先生。」他說，「可是他們不要跟你一起住在城堡裡嗎？」

他這麼輕易而又樂意地就放棄了客人？尤其是K，一定要他住到城堡去？

「這還不確定，」K說，「我首先得要得知，他們要讓我做的是什麼工作。舉例來說，如果我要在山下這裡工作，那麼住在山下也就比較合理。我也擔心在山上城堡中的生活不會合我的意。我想要永遠自由。」

「你對城堡不熟悉。」老闆小聲地說。

「的確，」K說，「不該過早下判斷。目前我對城堡的所知，僅限於那兒的人懂得找到合適的土地測量員。也許城堡裡還有其他的優點。」他站了起來，以擺脫不安地咬著嘴唇的老闆。要贏得這個人的信賴並不容易。

要走開時，K注意到牆上一幅裝在深色鏡框裡的深色肖像。先前從他的鋪位，他就已經注意到它了，可是隔著那段距離無法看清細節，還以為相片已經從鏡框裡被取出，所看見的只是黑色的襯底。但現在看出那的確是張照片，是個大約五十歲的男子的半身照。他把頭深深垂在胸前，乃至於幾乎看不見他的眼睛，頭部低垂的主要原因看來是沉重的高額頭和強烈向下彎曲的鼻子。再往下是一把大鬍子，由於頭部的姿勢被壓在下巴上。左手張開，擱在濃密的頭髮中，但卻無法再把頭抬起來。「這是誰？」K問，「是伯爵嗎？」K站在那張照片前面，並未轉身去看老闆。「不是，」老闆說，「是城堡管事。」「他們在城堡裡有個相貌堂堂的管事，這倒是真的，」K說，「可惜他有這樣一個沒教養的兒子。」「不，」老闆說，把K稍微拉向自己，在他耳邊低語，「許瓦澤昨天言過其實，他父親只是個副管事，甚至還是階級最低的。」在這一刻，那個老闆在K眼中就像個小孩。「這個騙子！」K笑著說，但老闆沒有跟著笑，而是說：「他父親也很有權力。」「是嗎！」K說，「你認為每個人都很有權力。難道你也認為我很有權力嗎？」「你，」他畏縮但嚴肅地說，「我不認為你有權力。」「所以你其實相當懂得觀察，」K說，「因為，私底下說，我的確沒有權力。因此，我對那些握有權力之人的尊敬很可能不比你少，只不過我不像你這麼坦率，不總是願意承認。」K輕輕拍了拍老闆的臉頰，為了安慰他，也為了使自己顯得更親切。這下子他果然微微笑了。他的確還是個男孩，有著幾乎無鬚的柔軟臉龐。不知道他怎麼會娶了那個上了年紀的胖大妻子，在旁邊一扇小窗後面，可以看見她在廚房裡忙，兩隻手肘遠離身體。但K此刻不想再繼續追問，不想趕走他終於引發的那抹微笑，於是只示意他把門打開，就走出去，走進美好的冬日早晨裡。

這會兒在澄清的空氣裡，他看見上方那座城堡的輪廓清晰地顯露出來，由於到處覆蓋著一層薄薄的白雪而更顯清晰，那雪勾勒出所有的形狀。此外，山上的雪似乎要比村莊裡少很多，K吃力前進的程度不亞於昨天在大路上。在此處，積雪達到小屋的窗戶，也重重壓在低矮的屋頂上，可是在山上，一切都裸露著，輕盈地向上聳立，至少從此處看過去是如此。

大體說來，這座出現在遠方的城堡符合K的期望。它既不是一座古老的騎士城堡，也不是一座新的華麗建築，而是一群廣大的房舍，少數建築是二層樓，多數則是緊密相連的矮房子；如果不知道這是一座城堡，也可能以為是一座小城。K只看見一座塔，分辨不出它屬於一棟住屋，還是一座教堂。一群群烏鴉繞著這座塔盤旋。

雙眼對準了城堡，K繼續往前走，不在乎其他任何東西。然而走近之後，那座城堡令他失望，那到底只是一座相當破敗的小城，由村莊房舍聚集而成，特別之處只在於一切也許都是用石頭建造而成，但油漆早已掉落，石頭似乎也在剝落。K驀地回想起他家鄉那座小城，比起這座所謂的城堡毫不遜色，假如K是專程為了參觀而來，那麼這段長途跋涉就白跑了，倘若再次去造訪故鄉還更明智一點，他已經很久不曾回鄉了。他在思緒中把家鄉教堂的那座塔拿來和上方那座塔相比較。家鄉那座塔，堅決而毫不猶豫，筆直地愈往上愈細，末端是覆著紅瓦的寬屋頂，一座塵世建築——我們如何造得出別種建築？——但是比那些低矮的擁擠房舍懷有更高的目的，而且比黯淡的工作日具有更明朗的風格。此處上方這座塔——放眼看去唯一的一座——現在看得出是一棟住宅的塔，也許是城堡主樓的塔，是個單調的圓形建築，部分被長春藤所覆蓋，有小小的窗戶，此刻在陽光下閃閃發亮——帶著點瘋狂——塔頂類似閣樓，牆垛不明確、不規則、斷斷續續，像是由害怕或粗心的孩童之手畫出來的，呈鋸齒狀伸向天空。彷彿有個陰鬱的住客，理應把自己關在屋裡最僻靜的房間，而他鑽破了屋頂，探出身來，向世人露面。

Ｋ又停下腳步，彷彿他在靜靜站立時更有判斷力。但他被打擾了。那座村莊教堂後面是學校，他在教堂旁邊停了下來——其實那只是座小教堂，像穀倉般地加以擴建，以便能容納全體會眾。學校是座長而矮的建築，奇怪地融合了臨時和古老的風貌，位在一個用柵欄圍住的院子後面，那院子此時是一片雪原。孩童剛剛跟著老師出來。他們擠成一堆圍著老師，所有的眼睛都看著他，從四面八方嘰嘰喳喳個不停，他們說得那麼快，Ｋ完全聽不懂。那位教師是個年輕人，矮個子，窄肩膀，站得很挺，但卻不至於可笑，他遠遠地就已經盯住了Ｋ，不過，放眼看去，除了這一群師生以外，也就只有Ｋ一個人。身為外地人，Ｋ先打招呼，尤其對方是個如此愛發號施令的小個子。「老師先生，您好。」他說。那些孩童頓時不再說話，用這突如其來的寂靜替老師將要說的話做準備，這大概能討好老師。「您在觀賞這座城堡嗎？」他問，語氣比Ｋ預料中溫和，但彷彿不贊同Ｋ所做的事。「是的，」Ｋ說，「我是外地來的，昨天晚上才來到此地。」「您不喜歡這座城堡嗎？」那個教師很快地問。「嗄？」Ｋ反問，有一點驚訝，以比較溫和的方式把那個問句重複了一次：「我喜不喜歡這座城堡？您何以假定我不喜歡呢？」「外地人都不喜歡。」教師說。為了不要說出什麼不中聽的話，Ｋ轉移了話題，問道：「您大概認識伯爵吧？」「不。」教師說，想要轉過身去，Ｋ卻不放鬆，又問了一次：「什麼？您不認識伯爵？」「我怎麼會認識他呢？」教師小聲地說，又大聲地用法語加了一句：「請您考慮到還有天真的孩童在場。」Ｋ從這句話中取得詢問的權利：「我能否找個時間去拜訪老師您呢？我會在這裡待上一段時間，而我現在就已經感到有點孤單，我不屬於那些農民，而我大概也不屬於城堡。」「在農民和城堡之間沒有差別。」教師說。「也許是吧，」K說，「這卻絲毫沒有改變我的處境。我可以找個時間去拜訪您嗎？」「我住在天鵝巷的肉舖裡。」雖然這比較像是告知地址，而非邀請，但K還是說：「好的，我會去。」教師點點頭，跟那群馬上又開始大喊大叫的孩童繼續往前走。不久之後，他們就消失在一條下坡路很陡的小巷裡。

K卻心神渙散，由於那番談話而惱怒。在他來此之後，他頭一次真正感到疲倦。前來此地的遙遠路途起初似乎根本無損於他——他是如何多日跋涉，平靜地走了一步又一步！——而現在卻還是顯現出過度勞累的結果，只不過來得不是時候。他忍不住想要結識新交，可是每次結識新交就更增強了那份疲倦。以他今天的狀態，如果他能勉強自己至少散步到城堡入口，就已經很夠了。

於是他繼續往前走，但那是條長路。因為村莊的主要道路並非通往山頭，它只是接近城堡，然後彷彿故意似的轉了個彎，就算並未離開城堡，卻也沒有更接近它。K一直期望這條路會終於轉向城堡，就只因為懷著這樣的期望，他才繼續走；很顯然他由於疲倦，對於離開這條路有所猶豫，他也驚訝於這座村莊的長度，長得沒有盡頭，一間又一間的小屋，結冰的窗玻璃，一片又一片無人的雪地——終於，他把自己從這條緊抓住他不放的道路拉開，一條窄巷接納了他，積雪更深，要把陷入雪中的腳抽出來是件辛苦的工作，汗水涔涔流出，他突然站住了，無法再往前走。

不過，他並不孤單，左右兩邊都立著小小的農舍，他捏了個雪球，朝一扇窗戶扔過去。門隨即開了——在村中整條路上第一扇打開的門——一個老農夫，穿著棕色毛皮上衣，歪著頭，友善而虛弱地站在那裡。「我可以進您屋裡待一會兒嗎？」K說，「我很疲倦。」他根本沒聽見老人說了什麼，感激地接受有一塊木板朝他推了過來，馬上將他從積雪中拯救出來，他走了幾步就站在屋裡了。

那是個大房間，光線昏暗。從外面進來的人起初什麼也看不見。K腳步踉蹌，撞上了一個洗滌槽，一個女子的手把他拉回來。從一個角落傳來孩童的喧鬧。從另一個角落冒出裊裊的煙霧，把昏暗變成了黑暗，K彷彿站在雲中。「他喝醉了嘛。」有人說。「您是誰？」一個盛氣凌人的聲音大聲說，接著大概是轉而向那個老人說話：「你為什麼讓他進來？那些鬼鬼祟祟地走在街巷裡的人，難道能全都讓他們進來嗎？」「我是伯爵聘任的土地測量員。」K說，試圖向那個他仍然看不見的人說明。「喔，是那個土地測量員。」一個女子的聲音說，接著便是一片全然的寂靜。「您認得我嗎？」K問。「當然。」同一個聲音又簡短地說。別人認得K，這似乎沒有讓他給人好印象。

煙霧終於散去了一些，K得以漸漸弄清楚狀況。看來這是個進行大清洗的日子。在靠近門的地方有人在洗衣服。但煙霧卻是來自左邊的角落，在那兒有兩名男子在一個木桶熱氣蒸騰的水裡洗澡，K從未見過這麼大的木桶，足足有兩張床那麼大。不過，更令人驚訝的是右邊那個角落，雖然說不出令人驚訝之處在哪兒。蒼白的雪光從一扇大窗口照進來，那是這個房間後壁上唯一的一扇窗，雪光大概是來自院子，讓一個女子的衣裳閃著絲綢般的光亮，她疲倦得幾乎躺在角落深處一張高高的靠背椅上，胸前抱著一個嬰兒。幾個小孩在她周圍玩耍，看得出是農家小孩，她卻似乎並不屬於農家，不過，疾病和疲憊也會讓農民顯得嬌貴。

「坐吧！」其中一名男子說，他一臉大鬍子，嘴上還有一撇鬍髭，嘴巴始終氣喘吁吁地張著，模樣滑稽，把手伸出木桶邊緣，指著一張下面是儲物櫃的長凳，他這樣做時熱水濺了K一臉。在長凳上已經坐著先前讓K進屋的老人，他在打瞌睡。終於能夠坐下來，K很感激。這會兒不再有人理會他。洗滌槽旁的女子一邊工作一邊輕聲哼唱，她一頭金髮，有青春的豐腴，在洗澡的兩名男子跺著腳，並且轉動身體，那幾個孩子想靠近他們，卻一再被有力的水花趕開，K也免不了被水花噴到，靠背椅上的女子慵懶地躺著，甚至沒有向下看著胸前的孩子，而是迷茫地望向高處。

K大概注視了她很久，這幅美麗而悲傷的不變景象，但之後他想必是睡著了，因為當有人大聲呼喚他，而他驚醒過來，他的頭擱在身旁那個老人的肩膀上。那兩名男子洗完澡了，這會兒是那幾個孩子在澡盆裡嬉鬧，由那個金髮女子看顧，那兩名男子穿好衣服，站在K面前。現在看來，那個大嗓門的大鬍子在兩人當中地位較低。另外那人個子不比大鬍子高，鬍子也少得多，是個安靜、深思熟慮的人，身量寬，臉也大，低著頭。「土地測量員先生，」他說，「您不能留在這兒。請原諒我的失禮。」「我也沒打算留下，」K說，「只想稍微休息一下。我已經休息過了，我這就走。」「您大概會納悶我們不怎麼好客，」那人說，「但我們沒有好客的習俗，我們不需要客人。」睡過一覺之後，K的精神好了一點，反應比先前靈敏，很高興聽見這番坦白的話。他的動作更自由，把手杖一會兒撐在這兒，一會兒撐在那兒，走近靠背椅上那名女子，此外，他也是這屋裡個子最高的。

「的確，」K說，「你們哪裡需要客人。不過，偶爾總也會需要某個人的，例如我，土地測量員。」「這我不知道，」那人慢慢地說，「如果有人叫您來，那麼大概是需要您，這或許是個例外，但我們這些小老百姓遵守常規，這一點請您別見怪。」「不會的，不會的，」K說，「我對您只有感謝，您和這兒所有的人。」出乎每個人意料之外，K幾乎是一個箭步轉過身，站在那女子面前。她用疲倦的藍眼睛看著K，一條絲質透明頭巾直垂到她額頭中央，那個嬰兒在她胸前睡著。「你是誰？」K問。「一個來自城堡的女孩。」她不屑地說，至於這份不屑是針對K，還是針對她自己的回答，這點並不清楚。

這一切只持續了一瞬間，那兩名男子隨即一左一右來到K身旁，沉默但使勁地把他拉到門邊，彷彿沒有別種溝通的辦法。那個老人不知道為了什麼事感到高興，拍起手來。洗衣服的女子也笑了，在那些突然瘋狂叫嚷的孩童身邊。

K隨即站在小巷裡，兩名男子從門檻上監視著他，又下雪了，儘管如此，天色卻似乎亮了一點。那個大鬍子不耐煩地喊：「您想去哪兒？這一邊通往城堡，那一邊通往村莊。」K沒有回答他，卻對另一個男子說：「您是誰？我剛才在此停留該感謝誰？」那個男子雖然地位較優越，卻顯得比較平易近人。對方回答：「我是皮革師傅拉塞曼，但您沒必要感謝誰。」「好，」K說，「也許我們還會再碰面。」「我不這麼認為。」那人說。就在這一刻，那個大鬍子舉起手來喊道：「阿爾圖，你好，耶瑞米亞，你好！」Ｋ轉過身，在這個村莊裡畢竟還是有人出現在街巷中！從城堡的方向來了兩個中等身材的年輕人，兩個人都很苗條，穿著緊身衣服，就連臉孔也十分相似，臉色深棕，但一撮山羊鬍子由於特別黑而仍舊顯眼。以這種路況來說，他們的步伐快得驚人，節奏畫一地邁出修長的腿。「你們有什麼事？」大鬍子喊。要跟他們溝通也只能用喊的，他們走得這麼快，並未停下腳步。「公事。」他們笑著回喊。「在哪裡？」「在旅店。」「我也要去那裡。」Ｋ忽然喊得比其他人更大聲，他渴望那兩個人帶他一起走；在他看來，與他們結識雖然沒有什麼用處，但他們顯然是很好的同行伴侶，令人愉快。他們聽見了Ｋ的話，卻只是點點頭，就已經走開了。

Ｋ仍然站在雪中，提不起興致把腳從雪中抬出來，只為了讓腳在前面一小步遠的地方重新陷入雪中；皮革師傅和他的同伴對於總算把Ｋ給趕走了感到滿意，慢慢從那扇只稍微打開的門中擠進屋裡，一再回頭望向Ｋ，Ｋ獨自一人在那片包圍著他的雪中。「這是個讓人微微感到絕望的情況，」他想到，「假如我只是湊巧站在這兒，而非故意站在這兒。」

這時，左手邊那間小屋開了一扇小窗，窗子關著時呈深藍色，也許是由於雪的反光，窗子很小，當它此時打開，看不見從窗裡向外望之人的整張臉，只能看見那人的眼睛，蒼老的棕色眼睛。「他站在那兒。」Ｋ聽見一個婦人顫抖的聲音說。「是那個土地測量員。」一個男子的聲音說。接著那男子走到窗前，問道：「您在等什麼人？」他的詢問並非不友善，但仍舊像是他很在意自家屋前的路上一切正常。「等一部帶我一起走的雪橇。」K說。「沒有雪橇會到這兒來，」那人說，「這裡沒有交通往來。」「這明明是通往城堡的路。」K反駁道。「儘管如此，儘管如此，」那人說，帶著點強硬，「這裡沒有交通往來。」接著兩人都沉默不語。不過那人顯然在考慮些什麼，因為他仍然讓窗戶敞著，煙霧從窗裡冒出來。「這路很難走。」K說，為了幫他一把。但他只說：「的確是的。」過了一會兒，他卻還是說了，「如果您願意，我就用我的雪橇載您。」「那就拜託了，」K很高興地說，「您要多少錢？」「不收錢。」那人說。K很驚訝。「畢竟您是土地測量員，」那人解釋，「是城堡的人。您想搭雪橇去哪兒呢？」「去城堡。」K很快地說。「那我就不去了。」那人立刻說。「我明明是城堡的人。」K說，重複著那人說過的話。「也許是吧。」那人說，態度仍是拒絕。「那就載我到旅店去吧。」K說。「好，」那人說，「我馬上就帶著雪橇過來。」這整件事並未給人特別友善的印象，反倒像一種十分自私膽怯的努力，幾近迂腐，想把K從自家門前弄走。

院子的門開了，一部載送輕物的小雪橇由一匹瘦弱的小馬拉了出來，雪橇整個是平的，沒有座位，那人跟在後面，他年紀不大，但是身體虛弱，彎著腰，一跛一跛的，一張瘦瘦的紅臉，感冒得厲害，脖子上緊緊圍著一條羊毛圍巾，讓他的臉顯得格外地小。那人顯然生病了，之所以還是出來，只是為了能把K送走。K說起類似的話，但那人擺擺手，要他別說了。K只得知他是車夫，名叫葛爾史特克，也得知他之所以挑了這部不舒適的雪橇，是因為它剛好已經備妥，如果要把另一部雪橇拉出來太過費時。「請坐。」他說，用皮鞭指著雪橇的後部。「我會坐在您旁邊。」K說。「我會用走的。」葛爾史特克說。「為什麼呢？」K問。「我會用走的。」葛爾史特克又說了一次，猛然咳起來，撼動了他，他不得不把雙腿撐在雪中，用雙手扶著雪橇邊緣。K沒有再說什麼，就在雪橇後部坐下，那人的咳嗽漸漸平息，他們上路了。

上方那座城堡已經異樣昏暗，K本來希望今天還能夠抵達那裡，現在它又離得愈來愈遠了。而彷彿在暫別之際還要給他一個信號，那兒響起一陣鐘聲，愉悅輕快，一口鐘，至少在一瞬間讓心顫動，彷彿在警告他——因為這鐘聲也令人心痛——他隱約渴望的事情將會實現。但這口大鐘隨即不再作聲，被一口微弱單調的小鐘接替，或許也在上方，但也可能已經在村莊裡。不過，這叮鈴叮鈴的聲音與這緩慢的行駛更為相稱，也與這可憐兮兮但態度強硬的車夫更為相稱。

「喂，」K突然喊道——他們已經到了教堂附近，離旅店已經不遠，K可以放大膽子了——「我很納悶，你竟敢自行承擔責任載著我到處走。你可以這樣做嗎？」葛爾史特克不予理會，依舊平靜地走在那匹小馬旁。「嘿。」K大喊，從雪橇上抓了一把雪，捏成雪球，朝葛爾史特克扔過去，正中他的耳朵。這下子此人終於停下腳步，轉過身來；可是這會兒，當K從這麼近的地方看見他——雪橇又稍微向前滑了一點——看見這個彎腰駝背、可說是飽受折磨的身軀，疲倦瘦削的紅臉有著不對稱的臉頰，一邊平坦，一邊凹陷，一張嘴在傾聽時張著，嘴裡只有幾顆零零落落的牙齒，K剛才出於惡意所說的話現在不得不出於同情地再說一次，問葛爾史特克是否會因為載送K而受到懲罰。「你想怎麼樣？」葛爾史特克不明所以地問，卻也並不期待進一步的解釋，朝那匹小馬吆喝了一聲，他們就繼續前行。

等他們——K從一個彎道認了出來——幾乎快抵達旅店，天已經完全黑了，令他大為驚訝。他出門這麼久了嗎？根據他的估算，明明才一、兩個小時吧。況且他是在早上出門的，而他並沒有進食的欲望。再說，直到不久之前都是穩定的白晝，此刻才一片漆黑。「白天真短，白天真短。」他對自己說，從雪橇上滑下來，朝旅店走去。

旅店老闆站在屋前的小台階上，舉著燈籠，向他照過來，這令他很高興。K匆匆記起車夫，停下了腳步，黑暗中某處有人在咳嗽，那就是他了。嗯，反正不久之後還會再見到他。直到他上了台階，來到恭敬相迎的老闆身旁，他才注意到在門的兩邊各有一名男子。他從老闆手裡拿過燈籠，朝那兩人照過去；那是他先前碰見過的人，被喚作阿爾圖和耶瑞米亞。此刻他們舉手敬禮。想起他服兵役的日子，想起那段快樂的時光，他笑了。「你們是誰？」他問道，看看這個人，又看看那個人。他們回答：「您的助手。」旅店老闆輕聲地證實：「這是那兩個助手。」「嗄？」K問道，「你們就是我吩咐隨後跟來的老助手嗎？就是我在等待的老助手？」兩人稱是。過了一會兒，K說：「很好，你們來了很好。」又過了一會兒，K又說：「不過你們來得太遲了，你們很不經心。」其中一人說：「那是段遠路。」「一段遠路，」K重複那人說的話，「可是我碰見你們從城堡過來。」「是的。」他們說，沒有多作解釋。「你們的儀器在哪兒？」K問。「我們沒有儀器。」他們說。「我託付給你們的儀器。」K說。「我們沒有儀器。」他們又說了一次。「唉，居然有你們這種人！」K說，「你們懂得土地測量嗎？」「不懂。」他們說。「可是如果你們是我的老助手，你們就應該懂得。」K說。他們沉默不語。「那就跟我來吧。」K說，把他們推進了屋裡。

第二章 巴納巴斯

於是他們三個相當沉默地坐在旅店裡一張小桌旁喝啤酒，K坐在中間，左右兩邊是那兩名助手。除了他們以外，只有一張桌子旁坐了些農民，就跟前一天晚上相仿。「你們很難區分，」K說，一邊比較著他們的臉，他已經比較過好幾次了，「我要怎麼才能把你們分清楚。你們兩個只有名字不同，除此之外，你們相似得就像——」他頓住了，接著又不由自主地往下說：「除此之外，你們就像蛇一樣相似。」他們露出微笑，為自己辯護：「平常大家都分得清我們。」「這我相信，」K說，「我親眼目睹過。但我只能用我的眼睛來看，而我用我的眼睛分不清你們。因此，我將把你們視為一個人來對待，把你們兩個都喚作阿爾圖，你們其中之一是叫這個名字沒錯吧，是你嗎？」K問其中一人。「不，」那人說，「我叫耶瑞米亞。」「好，反正也無所謂，」K說，「我將把你們兩個都喚作阿爾圖。如果我派阿爾圖去某處，你們兩個就一起去；如果我交付一件工作給阿爾圖，你們兩個就一起做；這樣做對我來說雖然有一個很大的缺點，就是我不能使喚你們去做不同的工作，但卻有一個優點，就是你們對我所交代的一切都要共同負起完全的責任。我不在乎你們私底下要如何分配工作，但你們不准拿彼此當藉口互相推託，我把你們兩個當成一個人來看待。」他們考慮著這件事，然後說：「這對我們來說相當為難。」「怎麼會不為難呢？」K說，「你們當然會覺得為難，但我的決定不變。」K看見那些農民當中的一個躡手躡腳地在桌旁打轉，已經轉了好一會兒，終於那人下定決心，朝K的一名助手走過去，想悄悄對他說些什麼。「對不起，」K說，一手拍在桌子上，站了起來，「他們是我的助手，而我們正在商量事情。沒有人有權打攪我們。」「喔，請便，請便。」那個農民膽怯地說，倒退著走回他的同伴處。「這一點你們要特別注意，」K一邊說，一邊再度坐下，「沒有我的許可，你們不准跟任何人交談。在這裡我是個外地人，而你們若是我的老助手，那你們就也是外地人。因此，我們三個外地人得要團結在一起，為此，伸出你們的手來，我們握握手吧。」他們過於殷勤地把手伸向K。「把你們的笨手收回去吧，」他說，「但我的命令仍然算數。現在我要去睡了，也建議你們去睡。今天我們耽誤了一個工作天，明天得要早早開始工作。你們得去弄部雪橇來，以便前往城堡，早上六點和雪橇一起在門口待命。」「好的。」其中一人說。另一人卻插嘴說：「你說：『好的』，卻明明知道這件事辦不到。」「安靜點，」K說，「難道你們想開始區分彼此了嗎？」然而，第一個開口的助手這時也說了：「他說得對，這件事辦不到，沒有許可，外地人是不准進城堡的。」「許可要去哪裡申請呢？」「我不知道，也許是向管事申請吧。」「那麼我們就打電話去申請，立刻打電話給管事，兩個人一起去。」他們朝電話機跑過去，接通了電話——看他們在那裡爭先恐後，從表面上看來真是唯命是從，到了可笑的地步——詢問明天K是否可以和他們一起前往城堡。對方回覆的那聲「不行」就連坐在桌旁的K都聽見了，但對方的回覆還要更為詳盡：「明天不行，其他時候也不行。」「我自己來打電話。」K說，一邊站了起來。到目前為止，撇開那個農民的打擾之外，K和他的助手沒受到什麼注意，但他最後說的這句話卻引起了眾人的關注。所有的人都隨著K一起站起來，儘管老闆試圖阻攔，他們還是聚集在電話機旁，圍著他擠成一個半圓形。大多數人的看法是K根本不會得到回覆。K不得不請他們安靜一點，說他並未要求聆聽他們的意見。

從聽筒裡傳來一陣嗡嗡聲，是K平常打電話時從未聽過的。那就像是由無數孩童的聲音所合成的——但又不是，而是極其遙遠、再遙遠不過的許多聲音在歌唱——像是由這股嗡嗡聲以一種簡直不可能的方式形成一個既高又強的單音，敲擊在耳朵上，像是要求鑽進更深之處，而不僅是鑽進那可憐的聽覺器官。K聆聽著，沒有打電話，左手臂撐在放電話的架子上，就這樣聆聽著。

他不知道過了多久，直到老闆扯扯他的外套，說有個信差來找他。「走開。」K失控地大喊，也許是對著電話喊了，因為這會兒有人來接聽了。隨即發展出下面的對話：「我是歐斯瓦德，是誰打來？」一個嚴厲高傲的聲音大聲說，帶著一點小小的發音缺陷，在K看來，那聲音試圖用加倍的嚴厲來彌補這個缺陷。K猶豫著是否要報上姓名，面對著電話他沒有防衛能力，對方可以厲聲喝叱他，也可以把聽筒擱在一邊，而K就自己堵住了一條也許並非不重要的路。K的猶豫令那人不耐。「是誰打來？」他又說了一次，然後又加了一句：「如果那邊不要這麼常打電話來的話，我會很感激，剛剛才有人打過電話來。」K沒有理會這番話，突然下定決心報上身分：「我是土地測量員先生的助手。」「什麼助手？什麼先生？什麼土地測量員？」K想起昨天那番電話對話，便簡短地說：「請您去問弗里茲。」這居然有所幫助，他自己也大吃一驚。不過，讓他吃驚的不僅是這有所幫助，更讓他吃驚的是對方職務上的統一。對方的答覆是：「我知道了。那個沒完沒了的土地測量員。好吧，還有呢？哪個助手？」「約瑟夫。」K說。那些農民在他背後嘀嘀咕咕，讓他有點煩，他們顯然不贊成他沒有報上真實身分。但K沒有時間去理會他們，因為這番對話需要他全神貫注。「約瑟夫？」對方反問：「那兩名助手的名字是——」對方停頓了一下，顯然是在向另一個人詢問那兩個名字，「——阿爾圖和耶瑞米亞。」「這是新來的助手。」K說。「不，這是老助手。」「這是新助手，我才是今天追隨土地測量員先生前來的老助手。」「不對。」這下子對方喊了起來。「那麼我是誰呢？」K問，就跟到目前為止一樣冷靜。過了一會兒，同一個聲音說：「你是那個老助手。」那聲音帶著同樣的發音缺陷，卻像是另一個更深沉、更值得尊敬的聲音。K聆聽著那聲音的聲調，幾乎漏聽了那句問話：「你想幹嘛？」他巴不得把聽筒擱下。對於這番對話他已經不抱期望，只是出於勉強，還迅速問道：「我的主人什麼時候可以獲准到城堡去？」「永遠不准。」是對方的回答。「好吧。」K說，掛上了聽筒。

在他背後，那些農民已經擠到他身邊來了。那兩名助手正忙著阻止那些農民接近他，不時斜斜地瞥向他。不過，看來那只是在演戲，那些農民對那番對話的結果感到滿意，也漸漸退開。這時，那群人從背後被一名男子迅捷的步伐給分開了，那人在K面前鞠了個躬，遞給他一封信。K把信拿在手裡，看著那人，目前在他看來那人似乎更為重要。那人和那兩名助手十分相像，跟他們一樣苗條，一樣穿著緊身衣服，也跟他們一樣敏捷靈活，卻又全然不同。K寧可要他來當自己的助手！那人依稀令他想起在皮革師傅家裡看見的那個抱著嬰兒的女子。他一身服裝幾乎全是白色，那件衣服大概不是絲質的，是件普通的冬衣，但卻具有一件絲綢衣裳的柔軟和隆重。他的臉明亮開朗，眼睛特別大。他的微笑出奇地令人愉快；他用手在臉上抹了一把，彷彿想把這微笑抹掉，卻沒有成功。「你是誰？」K問。「我叫巴納巴斯，」他說，「我是個信差。」他的嘴唇在說話時一開一闔，既有男子氣概卻又溫柔。「你喜歡這裡嗎？」K問，指著那些農民，他仍未失去對他們的興趣，他們的臉簡直是飽受折磨——頭顱看起來像是頂上被人打平了，臉部的線條則在挨打的痛苦中形成——他們的嘴唇噘起，嘴巴張開，他們觀看著，卻又並未在觀看，因為有時他們的目光偏離了，在轉回來之前久久停留在某件無關緊要的事物上，接著K又指指那兩名助手，他們摟著彼此，臉頰貼著臉頰，面帶微笑，看不出是恭敬還是嘲諷的微笑，他指著所有這些人，彷彿在介紹一群在特殊情況下硬派給他的隨從，並且期望——這其中帶有信賴，而K看重的就是這份信賴——巴納巴斯會明理地把他和他們區分開來。可是巴納巴斯根本沒有回答這句問話——不過，看得出來毫無惡意——他忍受了這句問話，就像一個有教養的僕役忍受主人看似對他而發的一句話，只是隨著這句問話環顧四周，揮手向農民當中的熟人打招呼，跟那兩名助手交談了幾句，他做這一切都自在而自主，並未融入他們。K沒被理睬，但並不覺得難堪，轉而注意手裡那封信，把信拆開。信的內容是：「敬愛的先生！如您所知，您已被任用為領主的服務人員。您的直屬上司是村長，他將告知您有關您工作及薪酬條件的所有細節，您也有責任向他報告自己的所作所為。不過，我也會時時注意您。巴納巴斯，送交這封信的人，每過一段時間就會去向您詢問，以得知您的願望，並且通知我。您將會發現我在可能的範圍內會盡量給您幫忙。我很在意為我工作的人能感到滿足。」簽名看不清楚，不過旁邊印著：X辦公室主任。「等一下！」K對著彎身鞠躬的巴納巴斯說，然後要老闆把他的房間指給他看，他想跟這封信獨處一段時間。同時他又想到，儘管他對巴納巴斯大有好感，但巴納巴斯畢竟仍只是個信差，於是叫了一杯啤酒給他。K注意著巴納巴斯會怎麼接受這杯酒，而他顯然很樂意接受，馬上就喝了。然後K跟著老闆走。在這間小屋裡，他們只能為K準備好閣樓上一個小小的房間，而就連這樣做都還有困難，因為必須把兩個到目前為止睡在那兒的女僕安頓到別處去。事實上，除了把那兩個女僕弄走之外，他們什麼也沒做，那個房間除此之外大概沒有改變，唯一的一張床上沒有床單，只有幾個墊子和一床粗羊毛毯，所有的東西都還維持在昨夜使用過後的狀態，牆上有幾張聖徒畫像和士兵的照片，甚至不曾開窗通風過，顯然他們希望這位新住客不會待太久，沒有做任何事來留住他。但是K對這一切都沒有意見，把自己裹在毛毯裡，在桌旁坐下，開始就著燭光把那封信再讀一次。

那封信並不一致，有些地方把他視為一個自由人跟他談話，承認他有自己的意志，例如一開頭的稱呼，例如言及他的願望的部分。然而卻也有些地方或坦白或隱晦地待他如一個小小的工作人員，從那個主任的位子上幾乎注意不到，那個主任必須要費力地去「時時注意他」──，他的上司只不過是村長，他甚至還有責任向村長報告自己的所作所為，他唯一的同事也許是村中的警察。這毫無疑問是些矛盾，這些矛盾如此明顯，想必是故意的。K幾乎沒有想到這可能是出於猶豫不決，面對這樣的當局，這個念頭未免荒唐。他反倒在其中看出一個公然提供給他的選擇，由他自行決定要如何看待信中的安排，看他是想做一個村中工作人員，跟城堡有著稱得上光彩但只是表面上的關係，還是做個表面上的村中工作人員，實際上卻由巴納巴斯捎來的訊息決定他的整個雇用關係。K毫不猶豫地做出選擇，就算沒有他已經獲得的經驗，他也不會猶豫。唯有身為村中工作人員，盡可能遠離城堡中那些官員，他才能在城堡中達成一些事。不管村子裡這些人對他有多麼猜疑，一旦他成了他們的村民，即便還算不上朋友，他們也會開始交談，而一旦他跟葛爾史特克或拉塞曼不再有差別──這種情況必須盡快發生，一切都取決於此──那麼所有的道路肯定都會頓時為他展開，假如只仰賴上頭那些官員和他們的恩澤，這些道路不僅會永遠對他封閉，而是連看也看不見。當然，危險是有的，在信裡也一再加以強調，帶著某種喜悅加以描述，彷彿這危險無法擺脫。那就是身為工作人員這件事。服務、上司、工作、薪酬條件、報告之責、工作人員，信裡充滿這種詞彙，就算信中言及比較牽涉到個人的其他事情，也是從這個角度出發。如果K想成為一名工作人員，他是可以這麼做，但那就要極其嚴肅地去做，不懷任何其他展望。K知道，並沒有人用實際的強迫手段威脅他，他並不害怕實際的強迫手段，在這裡尤其不怕，但他的確害怕這令人氣餒的環境的力量，對失望習以為常這件事的力量，時時刻刻不知不覺產生之影響的力量。但他必須大膽地與這份危險相抗。這封信也沒有隱瞞，假若發展到對抗的地步，K是會魯莽地展開對抗，這話說得很含蓄，只有不安的良知——不安，而非內疚——能夠察覺，是「如您所知」那四個字，關於他被納入工作人員一事。K報了到，從那以後他就知道自己被任用了，如同信上所言。

K從牆上拿下一幅畫，把這封信掛在釘子上，他將住在這個房間裡，這封信就該掛在這裡。

然後他下樓到旅店去，巴納巴斯和那兩名助手同坐在一張小桌旁。「啊，你在這裡。」K說，沒什麼理由，只因為他很高興看到巴納巴斯。巴納巴斯馬上一躍而起。K一走進來，那些農民就站起來，朝他走近，老是跟著他已經成了他們的習慣。「你們老是跟著我做什麼？」K大聲說。他們並不見怪，緩緩轉身回到自己的座位上。其中一人在走開時隨口說了一句話做為解釋，帶著一絲難以解讀的微笑，另外幾個人也擺出這副笑容，他說：「總是可以聽見一些新鮮事。」說時舔舔嘴唇，彷彿那新鮮事是種菜餚。K沒有說什麼來緩和局面，如果他們對他能有一絲敬意，這是件好事，可是他才在巴納巴斯身旁坐下，後頸就已經感覺到一個農民的呼吸，那人說他是來拿鹽罐，但K氣得跺腳，那農民也就沒拿鹽罐就跑走了。要對付K實在很容易，比方說，只要挑撥那些農民來攻擊他就行了，在他看來，他們固執的關注要比其他人的一言不發更糟，再說，他們的固執關注其實也是一言不發，因為假如K坐到他們那一桌去，他們肯定就不會繼續坐在那裡。只是因為有巴納巴斯在場，他才沒有大聲嚷嚷。但他仍舊作勢威脅地朝他們轉過去，他們也面向著他。可是，當他看見他們這樣坐在那裡，各人坐在自己的位子上，彼此沒有交談，彼此之間沒有明顯的關係，只由於他們全都凝視著他而有了關係，他覺得他們之所以緊盯著他彷彿並非出於惡意，也許他們真的有求於他，只是說不出口，若非如此，那也可能只是孩子氣；孩子氣在此地似乎很常見；就連那老闆不也是孩子氣嗎？他用雙手捧著一杯該端給客人的啤酒，靜靜站著，朝K看過來，沒聽見從廚房小窗探出身來的老闆娘在叫喚。

K冷靜了一些，朝巴納巴斯轉過身去，他很想把那兩名助手支開，卻找不到藉口，再說，他們正靜靜地看著他們的啤酒。「那封信，」K開口了，「我讀過了。你曉得信的內容嗎？」「不曉得。」巴納巴斯說。他的目光似乎比他的話語透露得更多。也許K錯看了他，把他想得太好，一如K錯看了那些農民，把他們想得太壞，但有他在場仍舊令K感到舒服。「信裡面也提到了你，說你會不時在我和那位主任之間傳遞消息，所以我才以為你曉得信的內容。」巴納巴斯說：「我只得到任務把信帶過來，等到信被讀完，另外，如果你覺得有必要的話，我會再把口頭或書面的回覆帶回去。」「好，」K說，「不需要寫信，請轉告主任先生——他姓什麼？我讀不出他的簽名。」「克拉姆。」巴納巴斯說。「好的，那就轉告克拉姆先生，說我感謝他的任用，也感謝他的特別友好，身為一個在此地尚未證明自己能力的人，我懂得珍惜他的友好。我將完全遵照他的意思來行事。今天我沒有什麼特別的願望。」巴納巴斯仔細聽了這番話，請求K准許他在K面前複誦一遍，K允許了，巴納巴斯一字不差地把整番話複誦了一遍，然後站起來告別。

這整段時間裡，Ｋ一直審視著他的臉，現在他又再審視最後一次。巴納巴斯的身高與Ｋ相仿，儘管如此，他的目光卻像是俯視著Ｋ，但這俯視幾乎帶著恭敬，這個人不可能令任何人感到羞辱。當然，他只是個信差，並不識得他所遞送之信件的內容，但他的目光、他的微笑、他走路的樣子似乎也是一種訊息，就算他對此並無所知。Ｋ伸手與他相握，這顯然令他吃驚，因為他本來只打算欠身鞠躬。他剛走——在開門之前，他還稍微用肩膀倚著門，用一道不再針對某個人的目光環顧室內——Ｋ就對那兩名助手說：「我去房間裡拿我的筆記，然後我們再商量接下來的工作。」他們想跟著一起去。「留在這裡！」Ｋ說。他們還是想跟著一起去。Ｋ必須更嚴厲地重複他的命令。巴納巴斯已經不在門廊上了，而他明明剛剛才走。然而就連在屋子前面——又下雪了——Ｋ也沒看見他。他喊道：巴納巴斯！沒有回答。難道他還在屋裡嗎？似乎沒有別種可能。儘管如此，Ｋ還是用盡全力大聲喊出那個名字，那名字響徹了黑夜。而這會兒從遠方果然傳來了一聲微弱的回答，原來巴納巴斯已經走得這麼遠了。Ｋ叫他回來，同時迎著他走過去；在他們相遇之處，從旅店已經看不見他們了。

「巴納巴斯，」Ｋ說，壓抑不住聲音裡的顫抖，「我還有話想對你說。我發覺這個安排實在很差勁，就是我只能仰賴你偶爾前來，倘若我需要城堡的什麼東西。假如我現在不是湊巧追上了你——你走得真是飛快，我本來以為你還在屋裡呢——誰曉得到你下次出現我還得等多久。」巴納巴斯說：「你可以請求主任讓我總是在你指定的某個時間前來。」「這樣也還是不夠，」Ｋ說，

「說不定我一整年都沒有話要你傳送，可是你才走了一刻鐘，我就有了刻不容緩的急事。」巴納巴斯說：「那麼，我是否該向主任稟報，說在他和你之間應該要建立起另一種聯繫，而非透過我。」「不，不，」K說，「我完全不是這個意思，我只是順便提起這件事，畢竟這一次我運氣很好，追上你了。」巴納巴斯說：「我們要回旅店去嗎？好讓你能在那裡把新的任務交付給我？」說著他已經朝那屋子的方向跨出一步。「巴納巴斯，」K說，「沒有必要，我陪你走一小段路。」「為什麼你不想回旅店呢？」巴納巴斯問。「那裡的人打擾我，」K說，「你自己也看到了那些農民的糾纏。」「我們可以到你房間去。」巴納巴斯說。「那是女僕的房間，」K說，「又髒又悶；為了不必待在那裡，我想陪你走一會兒。」為了徹底消除他的猶豫，K又加上一句：「你只需要讓我挽著你的手臂，因為你走得比較穩。」於是K挽起他的手臂。天色已全黑了，K根本看不見他的臉，他的身形也很模糊，先前K已經試了好一會兒，想摸索到他的手臂。

巴納巴斯讓步了，他們朝著旅店的反方向前進。只不過，K自覺跟不上巴納巴斯的腳步，儘管他極其努力地想跟上，自覺他妨礙了巴納巴斯的自由行動，自覺在平常的情況下，單是由於這件小事一切就必將失敗，尤其是在那些小巷裡，如同K上午在那兒陷入雪中的那條小巷，而他只靠著巴納巴斯的背負才得以從雪中脫身。然而，此刻他拋開這些擔憂，巴納巴斯的沉默也令他感到安慰；如果他們沉默地走著，那麼對巴納巴斯來說，就也只有繼續前行這件事本身能構成他們在一起的目的。

他們走著，但Ｋ不知道他們往哪裡走，他什麼也辨識不出，就連他們是否已經走過了教堂，他也不知道。一味行走所造成的勞累，導致他控制不了自己的思緒。他的思緒沒有專注在目的地上，反而變得混亂。家鄉一再浮現，腦中充滿對家鄉的回憶。那兒的廣場上也有一座教堂，部分被一座老墓園所圍繞，而墓園又被一道高牆所圍繞。只有少數幾個男孩曾經爬過那道牆，Ｋ也還沒有成功過。促使他們這麼做的並非好奇心，墓園在他們面前已經沒有祕密，他們常常穿過那道小小的鐵門走進墓園，他們想要征服的只是那道又高又滑的圍牆。某一天上午——那個寂靜無人之處沐浴在陽光下，不管是在這之前，還是在這之後，Ｋ何時見過它這等模樣？——他出乎意料地輕易辦到了；在一個曾經失敗過好幾次的地方，他嘴裡啣著一面小旗子，一試就爬上了圍牆。卵石還從他腳下滑落，他就已經攀到了牆頭。他把旗子豎起，風吹得旗面飄動，他往下俯瞰，也環顧四周，目光也越過肩後，瞧見那些埋入土中的十字架，此時此地沒有人比他更偉大。剛好老師經過，怒目而視的眼神把Ｋ趕了下來。跳下來時Ｋ弄傷了膝蓋，費了很大的功夫才回到家，但他畢竟曾經爬到了牆上，當時那種勝利的感覺似乎將在漫長的一生中給他支撐，那並不算愚蠢，因為如今在這麼多年以後，在這雪夜裡，挽著巴納巴斯的手臂，這份感覺幫助了他。

他挽得更緊了，巴納巴斯幾乎拖著他走，沉默並未被打破；對於所走的路，從道路的情況來判斷，Ｋ只知道他們尚未轉進小巷。他發誓不讓路途的艱難、乃至對歸途的擔憂阻止他繼續往前走；畢竟要讓自己能繼續被拖著走，他的力氣總該還夠。而且這條路難道會沒有盡頭嗎？在白天時，城堡像個容易抵達的目的地座落在他面前，而這個信差肯定知道最近的捷徑。

這時巴納巴斯停下腳步。他們在哪兒？沒法再往前走了嗎？巴納巴斯想跟K道別了嗎？他不會成功。K緊緊抓住巴納巴斯的手臂，幾乎連他自己都覺得痛。還是說，難道是那不可能的事發生了，他們已經在城堡裡，或是在城堡的大門前面？可是就K所知，他們根本沒有往上走這麼遠。還是說巴納巴斯帶著他走了一條不知不覺向上爬升的路？「我們在哪裡？」K小聲地問，與其說是問他，更像是問自己。「在家。」巴納巴斯也小聲地說。「在家？」「但現在請小心了，先生，小心別滑倒了。這是條下坡路。」「下坡？」「只有幾步路。」他又加了一句，說著已經在一扇門上敲著。

一個女孩開了門，他們站在一個大房間的門檻上，屋裡幾乎一片漆黑，因為只有一盞小小的油燈懸掛在左後方一張桌子上。「巴納巴斯，跟你一起來的人是誰？」那女孩問。「是土地測量員。」他說。「是土地測量員。」女孩大聲地朝桌子那邊複述了一次。聽見這話，那邊的兩個老人站了起來，是對夫妻，另外還有一個女孩。他們向K打招呼。巴納巴斯向他介紹大家，那是他的父母和他的姊妹歐爾佳與阿瑪麗亞。K幾乎沒有看著他們，任由他們替他脫掉濕濕的外套，把外套在火爐旁晾乾。

所以說，並非他們到家了，只是巴納巴斯到家了。可是他們為什麼會在這裡？K把巴納巴斯拉到一邊，說：「你為什麼回家來？還是說你們已經住在城堡的範圍之內？」「在城堡的範圍之內？」巴納巴斯複述著，彷彿不明白K的意思。「巴納巴斯，」K說，「你明明是想從旅店走到城堡去。」「不，先生，」巴納巴斯說，「我是想要回家，早上我才去城堡，我從來不在那裡過夜。」「喔，」K說，「你沒想去城堡，只想到這兒來。」——他覺得巴納巴斯的微笑黯淡了一些，巴納巴斯本人也比較不起眼了——「你為什麼沒有告訴我呢？」「你並沒有問我，先生，」巴納巴斯說，「你只是想再交付一件任務給我，可是既不要在旅店裡，也不要在你房間，於是我想，你可以不受打擾地在我父母家把任務交付給我——只要你下命令，他們全都會馬上離開——而你也可以在這裡過夜，如果你比較喜歡我們家的話。難道我做得不對嗎？」K無法回答。原來是一場誤會，一場平凡庸俗的誤會，而K一頭栽了進去。K受到巴納巴斯那件光滑閃亮的緊身絲綢上衣所蠱惑，此刻巴納巴斯解開了上衣鈕釦，露出一件又灰又髒、有多處補丁的粗布內衣，裹著僕役線條分明的強壯胸脯。四周的一切不但與此相稱，甚至有過之而無不及，那位患著風濕的老父與其說是仰賴緩緩推移的僵硬雙腿前進，不如說是仰賴摸索著的雙手幫助。母親雙手交疊在胸前，由於肥胖也只能邁著細碎無比的步伐。這一雙父母在K進門時，就已經從他們所在的角落起身朝他走來，但仍然還遠遠沒有走到他這邊。巴納巴斯的兩個姊妹一頭金髮，彼此很相像，也和巴納巴斯很像，但是容貌比巴納巴斯冷硬，是高大強壯的姑娘，圍在來者的身邊，等待著K開口打招呼，但他卻說不出話來。他原本以為，村子裡的每個人對他都有意義，事實大概也的確如此，唯獨此處的這些人他一點也不放在心上。假如他有能力獨自走回旅店，他馬上就走了。明早跟巴納巴斯一起到城堡去，這個可能性對他毫無誘惑力。此刻在夜裡，不受注意，他想在巴納巴斯的帶領下闖進城堡，然而是由到目前為止在他心目中的那個巴納巴斯帶領，一個比起他到目前為止在此地見到的人都更親近的人，他本來也相信巴納巴斯跟城堡關係密切，遠遠超出他表面上的階級。然而，他完全屬於這個家，也已經跟家人同坐在桌旁，他甚至不准在城堡裡過夜，這就足以說明一切，和這家人的兒子一起，挽著這樣一個人的手臂，在大白天裡走進城堡，這是不可能的，是一種無望得可笑的嘗試。

K在臨窗的長凳上坐下，決心就在那裡度過這個夜晚，不領受這家人的其他招待。村子裡的人，那些趕他走或是害怕他的人，在他看來比較不危險，因為基本上他們只是要他自求多福，這有助於他時時集中力量，可是這些表面上的協助者卻令他分心，他們沒有帶他到城堡去，藉助於小小的偽裝把他帶到家裡來，不管是有意還是無意，他們都在著手摧毀他的力量。從那家人所坐的桌旁傳來一聲邀請的呼喊，K完全不予理會，他低著頭，留在他所坐的長凳上。

這時歐爾佳站起來，她是兩姊妹當中比較溫柔的一個，也流露出一絲少女般的靦覥，她朝K走過來，請他到桌邊來，說桌上備好了麵包和燻肉，而她還會去拿啤酒。「去哪裡拿？」K問。「去旅店裡。」她說。這是K樂於聽見的消息，他請求她不要去拿啤酒，而陪他到旅店去，說他在旅店還有重要的工作要做。結果卻發現她並沒有要走那麼遠，並非要去他所住的那家旅店，而是要去另外一家近得多的旅店，名叫貴賓樓。儘管如此，K還是請她允許他陪她去，他想，也許他能在那裡找到一個睡覺的地方；不管那會是什麼樣的地方，他都寧可睡在那裡，也不願睡在這家人最好的床上。歐爾佳沒有馬上回答，把目光投向那張桌子。她弟弟在桌邊站起來，樂意地點點頭，說：「如果這位先生這樣希望——」這份贊同差點就會讓K收回自己的請求，那個人贊同的事只可能是沒有用的事。可是當他們商量起來，討論K是否會獲准進入那家旅店，而大家對此全都感到懷疑，他就還是急切地堅持要同去，卻並未費心為他的請求編出可以理解的理由；這家人必須接受他就是這個樣子，可以說他在這家人面前沒有羞恥感。只有阿瑪麗亞以她那道嚴肅、直接、無動於衷、或許也有些呆滯的目光微微令他迷惑。

在前往旅店途中——K挽著歐爾佳的手臂，被她拖著走，他沒有別的辦法，幾乎就跟先前被她弟弟拖著走一樣——他得知這間旅店其實只專門接待來自城堡的官員，如果他們有事到村裡來，就會在那兒用餐，有時甚至會在那兒過夜。歐爾佳小聲地和K說話，彷彿跟他很熟，跟她同行很愉快，幾乎就跟她弟弟同行一樣，K抗拒著這份舒適感，但這份感覺仍舊存在。

那間旅店在外表上跟K所住的那一間十分相似，想來村中的屋子在外表上根本沒有太大的差異，不過，小小的差別還是一眼就能看出，屋前的台階有欄杆，一盞漂亮的燈籠固定在門上，當他們走進去，一幅布巾在他們頭上飄動，從顏色看來是伯爵的旗幟。在門廊上他們隨即遇見了老闆，他顯然正在巡視；在經過時他用一雙小眼睛看著K，也許是在審視，也許是睡眼朦朧，他說：「土地測量員先生只可以走到酒吧。」「當然，」歐爾佳說，馬上表現出對K的關照，「他只是陪我來。」可是K卻不知感激，甩開了歐爾佳，把老闆拉到一旁，歐爾佳就耐心地在門廊盡頭等待。

「我想在這裡過夜。」K說。「可惜這是不可能的，」老闆說，「您似乎還不知道，這家店只接待城堡的官員。」「或許規定是這樣，」K說，「可是隨便讓我睡在哪個角落裡，這想必是可能的。」「我很願意給您方便，」老闆說，「可是就算撇開嚴格的規定不談——您提起這規定的語氣就是個外地人——這件事還是不成，因為那些官員非常敏感，我確信他們忍受不了看見一個陌生人，至少在沒有準備的情況下忍受不了；所以，假如我讓您在這裡過夜，而您由於一樁巧合——巧合總是站在官員那一邊——被人發現，不僅我要遭殃，您也一樣。這聽起來可笑，卻是事實。」這位先生身材高大，衣服的扣子緊緊扣著，一隻手撐在牆上，另一隻手叉腰，雙腿交叉，微微向K彎下身子，親密地對他說話，他似乎已經不算是村子裡的人，雖然他的深色衣服看來只是農民的節日服裝。「您的話我完全相信，」K說，「而且我也完全沒有低估規定的意義，就算我表達得有點笨拙。只有一點我還想請您留意，我在城堡中有著很有價值的關係，並且還會得到更有價值的關係，這些關係能夠保障您不受到由於我在此過夜而可能產生的任何危險，並且向您擔保，我有能力為這點兒小恩惠做出對等的酬謝。」「我知道，」老闆說，又再重複了一次，「這我知道。」這時K本來可以更堅決地提出他的要求，可是偏偏是老闆的這個回答令他分心，因此他只問道：「今天有許多來自城堡的官員在這裡過夜嗎？」「就這一點而言，今天的情況很有利，」老闆說，帶著一絲引誘的意味，「只有一位官員留下來。」K仍然無法強求，也希望自己幾乎已經被接納了，於是他只問了這位官員的姓名。「克拉姆。」老闆順口回答，一邊朝他太太轉過身去，她衣裙簌簌地走過來，衣服異樣老舊過時，綴滿了褶襇，但卻是質料很好的城市服裝。她是來叫老闆過去的，說主任先生有事吩咐。可是老闆在臨去之前又向K轉過身來，彷彿過夜一事不再取決於他，而是取決於K。K卻什麼也不能說；尤其是在此地的偏巧是他的上司，這個情況令他驚愕；在克拉姆面前他覺得不像平常面對城堡那麼自由，這一點他自己也無法解釋，如果被克拉姆逮到他在這裡，對K來說，此事雖然不像老闆所說的那麼可怕，但畢竟會是樁難堪的不當行為，彷彿他輕率地使他理應感激的某個人遭受痛苦，在這類顧慮中顯然已經呈現出身為下屬、身為工作人員的後果，是他所害怕的，而且就連在這些後果明顯呈現的此地，他也無力戰勝它們，看出這一點令他心情沉重。於是他站在那兒，咬緊了嘴唇，什麼也沒說。老闆在走進一扇門之前還又朝K看了一眼，K目送著他，站在原地沒有移動，直到歐爾佳走過來，把他拉走。「你想要老闆做什麼呢？」歐爾佳問。「我想在這裡過夜。」K說。「你明明要在我們家過夜。」歐爾佳訝異地說。「對，沒錯。」K說，讓她自己去解讀這句話的含意。

第三章　芙麗妲

在酒吧，在一個中央空蕩蕩的房間裡，幾個農民倚牆而坐，坐在木桶旁邊、木桶上面，他們的模樣卻不同於K所住的旅店裡那些人。他們的衣著比較乾淨，全都穿著黃灰色的粗布衣料，上衣鼓起，長褲貼身。那是些矮小的男子，乍看之下十分相似，臉部扁平，臉骨明顯，但卻有圓圓的臉頰。他們全都很安靜，幾乎一動也不動，只用目光追隨著走進來的人，但目光移動緩慢，而且滿不在乎。儘管如此，由於他們人數眾多，也由於那份寂靜，他們還是對K產生了一些影響。他又挽起歐爾佳的手臂，算是向那些人解釋他何以在這裡。在一個角落裡有個男子站起來，是歐爾佳認識的人，想朝她走過來，可是K用挽著她的手臂把她帶往另一個方向，除了她以外無人能夠察覺，她容忍他這麼做，微笑地瞥了他一眼。

斟啤酒的是個名叫芙麗妲的年輕女孩。一個不起眼的嬌小金髮女孩，面容悲傷，臉頰瘦削，她的目光卻令人吃驚，那道目光帶著特別的優越感。當這道目光落在K身上，他覺得這道目光已經把與K有關的事情解決了，他自己還根本不知道這些事情的存在，但這道目光讓他確信其存在。K不斷從旁邊看著芙麗妲，就連她已經在跟歐爾佳說話時也一樣。歐爾佳和芙麗妲看來並不是朋友，她們只冷冷地交談了幾句。K想要幫忙，因此冷不防地問道：「您認識克拉姆先生嗎？」歐爾佳笑了起來。「你為什麼笑？」K生氣地問。「我又沒有笑。」她說，卻又繼續笑。「歐爾佳還是個相當幼稚的女孩。」K說，彎下身子，深深地探進櫃檯上，為了把芙麗妲的目光再次緊緊拉回自己身上。她卻垂下目光，小聲地說：「您想看看克拉姆先生嗎？」K請求一見。她指著一扇門，就在她左邊。「這裡有一個小小的窺視孔，您可以從這裡看進去。」「那這裡這些人呢？」K問。她噘起下唇，用一隻異常柔軟的手把K拉到門邊。那個小孔顯然是為了偷看而鑽的，透過小孔，他幾乎能夠一眼看盡隔壁那個房間。在房間中央一張書桌旁，在一張舒適的圓形靠背椅上，坐著克拉姆先生，被一個懸在他面前的燈泡刺眼地照亮。他是位中等身材、肥胖而遲鈍的先生，臉還算光滑，但臉頰卻已經隨著年紀的重量而略微凹陷。黑色的小鬍子被拉得長長的。一副歪戴著的夾鼻眼鏡反射著燈光，遮蓋了眼睛。假如克拉姆先生完全坐在桌前，K就只能看見他的側面，可是由於克拉姆面向著他，他看見了他整張臉。克拉姆把左手肘擱在桌上，右手拿著一支維吉尼亞雪茄，靜靜放在膝蓋上。桌上擺著一個啤酒杯；由於桌緣鑲著一道隆起的邊，K無法看清桌上是否放著什麼文件，但他覺得桌上似乎是空的。為了保險起見，他請芙麗妲從窺視孔看進去，再把情況告訴他。不過，因為她不久前才進過那個房間，可以直截了當地向他證實桌上沒有文件。K問芙麗妲他是否該走開了，她卻說只要他有興致，他想從小孔看進去多久都可以。此時K獨自和芙麗妲在一起，K匆匆瞄了一眼，發現歐爾佳還是找到了她的熟人，高高地坐在一個木桶上，一雙腳晃來晃去。「芙麗妲，」K輕聲說，「您跟克拉姆先生很熟嗎？」「是啊，」她說，「很熟。」她倚在K旁邊，撫弄著身上那件薄薄的低領淡黃色上衣，K這才注意到這件上衣，不相稱地覆蓋在她單薄的身體上。然後她說：「您還記得剛才歐爾佳笑了嗎？」「記得，那個沒教養的女孩。」K說。「嗯，」她不記仇地說，「她是有理由笑，您當時問我是否認識克拉姆，而我其實是——」說到這裡，她不自覺地微微挺起身子，那道跟她所說的話毫無關聯的勝利目光又朝K掃過來，「——我其實是克拉姆的情婦。」「克拉姆的情婦。」K說。她點點頭。「那麼您，」K微笑著說，好讓他們之間的氣氛不至於太過嚴肅，「對我來說是個值得尊敬的人。」「不只是對您來說。」芙麗妲說，語氣友善，但並未對他報以微笑。K有個辦法來對付她的傲慢，便加以使用，他問：「您去過城堡嗎？」這話卻沒有起作用，因為她回答：「沒有，不過，我在酒吧這兒不就足夠了嗎？」她的虛榮心顯然非同小可，而看來她正想在K身上滿足她的虛榮心。「當然，」K說，「在酒吧這兒，您做的是老闆的工作。」「正是這樣，」她說，「而我剛開始工作時是橋頭旅店馬廄裡的女僕。」「用這麼一雙柔嫩的手。」K半是詢問地說，自己也不知道他是否只是在恭維她，還是真的被她征服。她的一雙手固然是又小又嫩，但其實也可以稱之為柔弱而乏味。「這一點當時沒有人注意到，」她說，「就連現在——」K詢問地看著她，她搖搖頭，不打算繼續說下去。K說：「您當然有您的祕密，而您不會想跟您才認識了半小時的人談起，這人還沒有機會告訴您他的情況究竟是如何。」可是，看來這番話說得不太恰當，彷彿他把芙麗妲從有利於他的一陣恍惚中喚醒了，她從掛在腰帶上的皮袋裡拿出一小塊木頭，塞住了那個窺視孔，明顯克制住自己，以免讓他察覺她態度的改變，對K說：「關於您，我其實什麼都知道，您是那個土地測量員。」然後又加了一句：「現在我得工作了。」說著就走到她在櫃檯後面的位子，那些人當中偶爾有一個站起來，讓她把空酒杯斟滿。K還想不引人注意地再跟她談一談，因此從一個架子上拿了一個空酒杯，朝她走過去，「只還有一件事，芙麗妲小姐，」他說，「從一個馬廄女僕升任為酒吧女侍，這實在非比尋常，並且需要傑出的能力，可是對這樣一個人來說，難道這就算達成了最終的目標嗎？這是個荒謬的問題。請別笑我，芙麗妲小姐，您的眼睛所透露的，不太是過去的奮鬥，而更是未來的奮鬥。然而，世間的阻礙很大，隨著目標變大，這些阻礙也會更大，而爭取一個同在奮鬥之人的幫助並不可恥，就算此人是個沒有影響力的小人物。也許我們可以找個機會好好交談，不要被這麼多雙眼睛盯著。」「我不知道您想做什麼，」她說，這一次似乎違反了她的意志，在她的語氣中流露出的不是她人生的種種勝利，而是那些無盡的失望，「莫非您想把我從克拉姆身邊拉走嗎？我的老天！」她把雙手一拍。「您把我看透了，」K說，彷彿由於如此多的猜疑而疲憊，「這正是我最祕密的意圖。您應該離開克拉姆，而成為我的情人。現在我可以走了。歐爾佳！」K喊道：「我們回家去。」歐爾佳聽話地從木桶上滑下來，但沒有馬上擺脫掉包圍著她的那些朋友。這時芙麗妲瞪了K一眼，小聲地說：「我什麼時候可以跟您談呢？」「我可以在這裡過夜嗎？」K問。「可以。」芙麗妲說。「我可以馬上就留下嗎？」「您先跟歐爾佳走，讓我能把這些人從這裡趕走。您可以過一會兒之後再來。」「好。」K說，耐心地等候歐爾佳。可是那些農民不放她走，他們發明了一種舞蹈，歐爾佳在中央，他們圍著她跳起輪舞，每當眾人大喊一聲，就有一人走向歐爾佳，用一隻手緊緊摟住她的腰，帶著她轉上幾圈，輪舞愈來愈快，那些叫喊漸漸變成了幾乎是一個聲音，飢渴地喘著氣，歐爾佳先前還微笑地想衝出那個圈子，現在只跌跌撞撞地從一個人身邊換到另一個人身邊，頭髮飛散。「他們派這種人到我這兒來。」芙麗妲說，憤怒地咬住她薄薄的嘴唇。「這是些什麼人？」K問。「克拉姆的隨從，」芙麗妲說，「他總是帶這群人來，他們在這兒弄得我精神錯亂。我簡直不記得今天我跟土地測量員先生您說了些什麼，如果我說了什麼不好的話，請您原諒，都要怪有這些人在這兒，他們是我認得的人當中最令人瞧不起、最讓人噁心的，而我得替他們斟啤酒。我央求過克拉姆多少次，要他把他們留在家裡，就算我必須忍受其他官員的隨從，他總可以體諒我一下，可是所有的央求都是白費，在他抵達之前一個小時，他們就總是已經衝了進來，就像畜生衝進廄棚一樣。不過，現在他們真的得到廄棚去了，那是他們該待的地方。假如您不在這裡，我就會扯開這扇門，而克拉姆就得自己把他們趕出去。」「難道他沒有聽見他們嗎？」K問。「聽不見，」芙麗妲說，「他在睡覺。」「怎麼會！」K大喊，「他在睡覺？我往房間裡看的時候，他明明還醒著坐在桌旁。」「他也還是這樣坐著，」芙麗妲說，「就連您看見他的時候，他也已經在睡覺了——要不然我會讓您看進去嗎？——那是他睡覺的姿勢，那些官員睡得很多，這一點很難理解。話說回來，要不是他睡得這麼多，他怎麼受得了這些人。不過，現在我得自己把他們趕出去。」她從角落拿起一條鞭子，縱身一躍，跳得很高，但不是很穩，就像一隻小羊躍起一樣，朝那些跳舞之人跳過去。起初他們朝她轉過身來，彷彿有一名新的女舞者來到，而有那麼一瞬，看起來也的確像是芙麗妲想要放下手裡的鞭子，但她隨即又揚起鞭子，「克拉姆有令，」她喊道，「到廄棚去，全都到廄棚去。」這下子他們看出這是認真的，在一種K無法理解的恐懼中，他們開始擠向後方，在頭幾個人的推擠下，那兒的一扇門開了，夜風吹了進來，所有的人都跟芙麗妲一起消失了，她顯然是趕著他們穿過院子，一直趕到廄棚裡。在此刻驟然來臨的寂靜中，K卻聽見走道上響起腳步聲。為了設法保護自己，他跳到櫃檯後面，在那櫃檯底下是唯一能夠躲藏之處，雖然他並未被禁止在酒吧停留，但因為他打算在這裡過夜，他必須避免現在還被人看見。因此，當門果真被打開了，他滑到桌下。在那裡若被人發現固然也不是沒有危險，但他可以編個藉口，說他是為了躲避那幫撒起野來的農民，至少這個藉口聽起來不無可信。進來的人是老闆。「芙麗妲！」他喊著，在房間裡來來回回走了幾趟，幸好芙麗妲很快就來了，沒有提起K，只抱怨那些農民，她為了尋找K而走到櫃檯後面，在那裡K能摸到她的腳，從這時起就感到安全。由於芙麗妲沒有提起K，最後老闆只好提起。「那個土地測量員呢？」他問。他大概本來就是個有禮貌的人，由於經常與階級遠高於他的人較無拘束地來往而培養出良好的教養，但是他以一種特別尊敬的態度和芙麗妲說話，這種態度之所以引人注目，主要是因為儘管如此，他在談話中仍然維持著雇主面對員工的身分，而他面對的還是個相當大膽的員工。「我完全忘了那個土地測量員，」芙麗妲說，把一隻小腳擱在K胸膛上，「他大概早就走了。」「可是我沒有看見他，」店主說，「而這整段時間裡我幾乎都在門廊上。」「可是他不在這兒，」芙麗妲冷冷地說。「也許他躲起來了，」老闆說，「根據我對他的印象，他是做得出某些事的。」「他大概還不至於這麼大膽。」芙麗妲說，把她的腳在K身上踩得更重了。她整個人帶著一種愉悅，一種無拘無束，是K先前根本沒有察覺的，而這種氣質令人難以置信地完全占了上風，當她突然笑著說「也許他藏在這下面」一邊朝K彎下身來，匆匆地親吻了他一下，隨即又再跳起來，怏怏地說：「不，他不在這裡。」不過，那個老闆也有驚人之舉，此時他說：「我無法確切知道他是不是走了，這一點令我十分難堪。這件事不僅跟克拉姆先生有關，也跟規定有關。而規定既適用於您，芙麗妲小姐，也適用於我。酒吧由您負責，屋子的其餘部分我還會再搜查一次。晚安！好好休息！」他想必還根本沒有離開這個房間，芙麗妲就已經關掉了電燈，來到檯子底下K的身邊。「我親愛的！我甜蜜的愛人！」她輕聲呢喃，卻根本沒去碰K，彷彿由於愛情而暈厥，她仰躺著，伸出雙臂，在她幸福的愛情之前，時間大概有無限長，與其說她在唱哪一首小曲，不如說她是在嘆息。然後她驚醒過來，由於K仍在思索，她開始像個小孩一樣拉扯他，「來，這底下會讓人窒息！」他們擁抱彼此，那具在K手中的嬌小身軀灼熱發燙，他們在一種失去知覺的狀態中翻滾，K不斷想把自己從這種狀態中拯救出來，卻徒勞無功，在幾步之遠處，重重地撞在克拉姆的門上，隨即躺在一小灘啤酒和覆蓋了地板的其他穢物中。在那兒過了幾個鐘頭，幾個鐘頭共同的呼吸，共同的心跳，幾個鐘頭裡，K一直有種感覺，彷彿自己迷失了，或是如此深入一片陌生的土地，在他之前無人走得這麼遠，在這片陌生土地上，就連空氣都沒有故鄉空氣的成分，一個人不得不由於陌生感而窒息，而在其荒誕的誘惑中，一個人沒有別的辦法，除了繼續向前走，繼續迷失。因此，當有人從克拉姆的房間裡用低沉、命令式的冷淡聲音呼喊芙麗妲，至少他起初感覺到的不是驚嚇，而是一種令人安慰的漸漸清醒。「芙麗妲。」Ｋ對著芙麗妲的耳朵說，就這樣把這聲呼喊傳遞下去。在一種簡直是天生的服從中，芙麗妲想要一躍而起，但她隨即記起自己在哪裡，伸展身體，無聲地笑了，說：「我才不去呢，我再也不去他那裡。」Ｋ想要出言反對，想催促她到克拉姆那兒去，動手整理她凌亂的上衣，但他什麼也說不出口，把芙麗妲抱在手裡讓他太過幸福，既害怕又幸福，因為他覺得如果芙麗妲離開他，他所擁有的一切就離開了他。而芙麗妲彷彿由於Ｋ的贊同而精神大振，她握起拳頭，在門上敲著，大聲說：「我跟土地測量員在一起！我跟土地測量員在一起！」這會兒克拉姆卻安靜下來。但Ｋ起身跪在芙麗妲旁邊，在破曉前的朦朧光線裡四下張望。發生了什麼事？他的希望在哪裡？這會兒他還能從芙麗妲身上指望些什麼呢？既然一切都已經洩露？敵人強勁，目標重大，他卻沒有因此而小心翼翼地向前走，反而在一灘啤酒裡翻滾了一夜，啤酒的氣味現在令人發暈。「你做了什麼？」他喃喃地說，「我們兩個都完了。」「不，」芙麗妲說，「只有我完了，但我贏得了你。你冷靜點。可是你看，那兩個人笑成那樣。」「誰？」Ｋ問，同時轉過身去。在櫃檯上坐著他那兩個助手，有點睡眠不足，可是神情愉快，是忠於職守所帶來的愉快。「你們在這裡做什麼？」Ｋ大叫，彷彿一切都是他們的錯，他到處尋找芙麗妲晚上拿的那根鞭子。「我們必須要找你呀，」那兩名助手說，「因為你沒有下樓到旅店裡找我們，我們就去巴納巴斯家找你，最後在這裡找到你，我們在這兒坐了一整夜。這份職務可不輕鬆。」「白天我才需要你們，夜裡不需要，」K說，「走開！」「現在是白天呀。」他們說，一動也不動。的確是白天了，院子的門打開，那些農民和歐爾佳衝了進來，K完全把她給忘了，歐爾佳就跟前晚一樣活潑，雖然她的衣服和頭髮都被弄得凌亂不堪，她才進門，一雙眼睛就在尋找K。「為什麼你不跟我一起回家？」她說，幾乎要掉淚。接著又說：「為了這麼一個女人！」而且重複了好幾次。芙麗妲有一會兒不見蹤影，此時帶著一小捆衣物回來，歐爾佳難過地站到一邊。「現在我們可以走了。」芙麗妲說，她指的自然是橋頭那家旅店，他們該往那兒去。K和芙麗妲，兩名助手跟在他們身後，這就是他們一行人，那些農民對芙麗妲流露出輕視，這很容易理解，因為在這之前她嚴厲地駕馭他們，其中一人甚至拿起一根棍子，那副架勢好像不想讓她通過，除非她從棍子上跳過去，可是她的目光就足以把他趕走。到了外面，在雪地裡K稍微鬆了一口氣，置身戶外是那麼快樂，讓困難的路況變得可以忍受，假如K是獨自一人，那麼情況還會更好。到了旅店，他馬上到他房間去，在床上躺下，芙麗妲在旁邊的地板打好地鋪，那兩個助手也跟著擠進來，被趕了出去，可是隨後又從窗戶爬進來。K太累了，沒法把他們再趕出去。老闆娘特地上樓來歡迎芙麗妲，芙麗妲喚她媽媽，她們衷心問候彼此，互相親吻並久久擁抱，令人無法理解。在這個小房間裡根本少有安靜的時候，那些穿著男用靴子的女僕也常常咚咚地走進來，帶什麼東西過來，或是拿什麼東西走。她們若是需要從那張塞滿各式物品的床上拿什麼東西，就肆無忌憚地從K身體下抽出來。她們問候芙麗妲，把她視為和她們地位相當。儘管這樣不安寧，K還是在床上待了一天一夜。一些小事由芙麗妲替他處理。等他在次日早晨終於神清氣爽地起床，已經是他在村中停留的第四天了。

第四章　與老闆娘第一次交談

他很想跟芙麗妲私下談談，但光是那兩名助手硬賴在房間裡就阻礙了他這麼做，此外芙麗妲也偶爾跟他們打趣逗笑。不過他們並不挑剔，在角落鋪著兩件破舊女裙的地板上安頓下來，他們常常跟芙麗妲商量，說他們一心不想打擾土地測量員先生，盡可能少占空間，在這一點上，他們做了種種嘗試，不過總是一邊嘰嘰咕咕和格格輕笑，他們把雙臂雙腿交疊，蜷縮在一起，在朦朧的光線中，別人在他們那個角落裡只看見一大團東西。儘管如此，可惜從白天的經驗中還是知道他們是十分警覺的觀察者，總是盯著K看，就算他們在看似稚氣的遊戲中把手當成望遠鏡，並且做著類似的蠢事，還是朝這邊眨眼，看起來主要是忙著整理他們的鬍子，他們很在乎他們的鬍子，無數次互相比較長短和疏密，並且讓芙麗妲來評斷。K往往從他的床上漠然地看著他們三個的活動。

這會兒當他覺得有足夠的力氣下床，大家全都急忙跑過來伺候他。他的力氣還沒有強到能抗拒他們的服侍，他察覺自己因此在某種程度上落入對他們的依賴，這種依賴可能會有不良的後果，但他只能任由此事發生。再說，這也稱不上不愉快，坐在桌旁喝著芙麗妲拿來的好咖啡，坐在芙麗妲所生的爐火旁取暖，讓那兩名熱心而笨拙的助手下樓上樓跑個十趟，拿來盥洗用的水、肥皂、梳子和鏡子，最後還拿來一小杯蘭姆酒，因為K含蓄地表達了這個願望。

在這番發號施令和接受伺候當中，K說：「現在走吧，你們兩個，我暫時什麼也不需要了，想單獨和芙麗妲小姐談一談。」他這樣說與其說是懷著成功的希望，不如說是出於愜意的心情，而當他在他們臉上沒看出什麼抗拒之意，為了補償他們，他又說：「然後我們三個就到村長那兒去，你們到樓下店裡等我。」說也奇怪，他們聽從了，只不過臨走之前他們還說：「我們也可以在這裡等。」而K回答：「這我知道，但我不想。」

那兩個助手一走，芙麗妲就坐到K懷裡，說：「親愛的，你對這兩個助手有什麼不滿呢？在他們面前我們不需要有祕密。他們很忠誠。」這令K生氣，但在某種意義上卻也樂於聽到。「哦，忠誠，」K說，「他們一直在窺伺我，那毫無意義，可是令人厭惡。」「我想我了解你的意思。」她說，摟住他的脖子，還想說些什麼，卻沒法往下說，而由於那張椅子就在床旁邊，他們往那邊一晃，倒了下去。他們就躺在那兒，但不像那一夜那般沉醉。她在尋找什麼，他也在尋找什麼，憤怒地，面容扭曲，把頭往對方胸膛裡鑽，他們尋找著，而他們的擁抱和抬起的身體沒有讓他們忘記尋找的義務，反而提醒了他們尋找的義務，就像狗兒拚命地刨地，他們刨著彼此的身體，而且無助地感到失望，為了得到最後的幸福，有時他們的舌頭橫掃過對方的臉。直到疲憊讓他們安靜下來，感謝起彼此。接著那些女僕也上樓來了，「看他們躺在這裡的樣子。」其中一個說，出於同情扔了塊布在他們身上。

後來，當K掙脫了那塊布，環顧四周，那兩個助手已經又在他們的角落裡了——這並不令他感到奇怪——他們用手指著K，互相提醒對方要嚴肅，並且敬了禮——可是除此之外，老闆娘也貼著床邊坐著，在織一隻襪子，一件小小的工作，跟她幾乎遮住整個房間光線的龐大身軀不太相稱。「我已經等了很久了。」她說，抬起臉來，那張臉已經布滿年老的皺紋，但整張大臉倒還算是光滑，也許曾經美麗過。她這句話聽起來像是指責，一個不恰當的指責，因為K並沒有要她來。因此他只點點頭證實她的話，同時坐直了身子，芙麗妲也站起來，但離開了K，倚著老闆娘所坐的椅子。「老闆娘太太，」K心不在焉地說，「您想對我說的話難道不能延後再說嗎？等我從村長那兒回來之後？我在那兒有一場重要的會談。」「請相信我，土地測量員先生，這一場更重要，」老闆娘說，「在那兒要談的事大概只是關於一件工作，在這兒要談的事卻是關於一個人，關於芙麗妲，我親愛的女僕。」「原來如此，」K說，「那麼您說的當然沒錯，只不過我不知道，這件事為什麼不交給我們兩個來處理。」「出於愛，出於擔心。」老闆娘說，一邊把芙麗妲的頭拉向自己，芙麗妲站著也只及於坐著的老闆娘的肩膀。「既然芙麗妲對您如此信賴，」K說，「我也只好信賴您。由於芙麗妲剛剛才說我的助手忠誠，那麼我們等於都是朋友。老闆娘太太，我可以對您說，我認為最好的辦法是我和芙麗妲結婚，而且要盡快。只可惜，只可惜我無法補償芙麗妲由於我而失去的東西，在貴賓樓的職位，還有克拉姆的友誼。」芙麗妲抬起臉來，眼裡盈滿淚水，眼中毫無勝利之情。「為什麼是我？為什麼偏偏選中了我？」「怎麼說？」K和老闆娘同時問道。「她心亂了，可憐的孩子，」老闆娘說，「由於太多的幸與不幸交織在一起而心亂。」這時，像是要證實這句話，芙麗妲衝向K，瘋狂地親吻他，彷彿房間裡沒有別人，然後哭泣著、始終仍擁抱著他，在他面前跪下。K一邊用雙手撫摸芙麗妲的頭髮，一邊問老闆娘：「看來您認為我說得對？」「您是個正人君子，」老闆娘說，聲音裡也帶著淚，模樣有點虛弱，呼吸沉重，儘管如此，她還是打起精神說，「現在只需要考慮您必須給予芙麗妲某些保證，因為不管這會兒我對您有多尊重，您畢竟是個外地人，沒有任何人能替您作證，在這裡沒有人知道您家裡的情況，所以保證是必要的，這一點您會明白，親愛的土地測量員先生，畢竟您自己也強調過，由於和您的關係，芙麗妲不管怎麼說都失去了不少。」「的確，保證，當然，」K說，「要做出保證大概最好是當著公證人的面，不過，伯爵轄下的當局或許也會插手。再說，在婚禮之前，我也還有點事非解決不可。我必須和克拉姆談一談。」「這是不可能的，」芙麗妲說，稍微抬起身來，依偎著K，「這是什麼念頭！」「必須如此，」K說，「如果我辦不到，你就必須辦到。」「我沒辦法，K，我沒辦法，」芙麗妲說，「克拉姆絕對不會跟你談，你怎麼會以為克拉姆會跟你談呢！」「那麼他會跟你談嗎？」K問。「也不會，」芙麗妲說，「不會跟你談，也不會跟我談，這是完全不可能的事。」她攤開雙臂，轉向老闆娘，「老闆娘太太，您看看他在要求什麼。」「您很奇怪，土地測量員先生，」老闆娘說，此刻她坐得更直了，那模樣很嚇人，雙腿叉開，偌大的膝蓋從薄薄的裙子裡凸出來，「您要求的事是不可能的。」「為什麼不可能？」K問。「這我會向您解釋，」老闆娘說，那語氣像是這番解釋並非幫他最後一個忙，而已經是她所施加的第一個懲罰，「我很樂意向您解釋。我雖然不屬於城堡，而且只是個女人，只是這間最低級的一間旅店裡的一個老闆娘——它不是最低級的，但也相去不遠——所以，有可能您不會太重視我的解釋，但是我這一生裡都睜大了眼睛，也遇見過許多人，並且獨自挑起經營旅店的整個重擔，因為我丈夫雖然是個好孩子，但他不是當老闆的材料，而且他永遠不會明白什麼叫負責任。舉例來說，其實就只是多虧了他的疏忽——那天晚上我已經累得要倒下——您才會在這村子裡，平平安安、舒舒服服地坐在這張床上。」「怎麼說？」K問，從某種心不在焉當中清醒過來，與其說是由於生氣而激動，不如說是由於好奇。「您會在這裡只是多虧了他的疏忽。」老闆娘又大聲說了一次，食指對著K伸出來。芙麗妲試圖安撫她。「你這是幹嘛？」老闆娘說，一邊迅速轉動整個身軀，「土地測量員先生問了我，而我必須回答他。否則他怎麼會了解對我們來說理所當然的事，也就是克拉姆先生絕對不會跟他說話，我說『不會』，其實是絕對不能跟他說話。您聽好了，土地測量員先生。克拉姆先生是城堡的官員，單是這一點，完全撇開克拉姆的其餘職位不提，就是個很高的階級。我們在這兒低聲下氣地請求您同意結婚，可是您算什麼。您不是城堡的人，也不是村裡的人，您什麼也不是。只可惜您又還是點什麼，是個外地人，一個多餘而且到處礙事的人，一個老是給人惹麻煩的人，為了您我們得叫女僕讓出房間，一個意圖不明的人，一個引誘了我們最親愛的小芙麗妲的人，而我們不得不把她嫁給您當妻子。基本上，我並沒有為了這一切指責您；您就是您；我這一輩子已經看得太多了，這一幕也沒有理由承受不了。可是現在您倒想一想，您所要求的到底是什麼。要一個像克拉姆這樣的人跟您談話。我很難過地聽說了芙麗妲讓您從窺視孔看進去，她這麼做的時候就已經被您引誘了。您倒說說看，您怎麼受得了看見克拉姆。您不必回答，我知道，您很受得了。您根本沒有能耐真的看見克拉姆，這不是我自負，因為我自己也沒有這個能耐。您要克拉姆跟您談話，可是他甚至不跟村裡的人談話，他自己還從來沒有跟村子裡哪個人談過話。而他至少會喊芙麗妲的名字，她可以隨意對他說話，得到使用窺視孔的許可，這就是芙麗妲的榮耀，這份榮耀是我終身的驕傲，可是他卻也沒跟她說過話。至於他偶爾會喊芙麗妲，這也根本不見得具有別人喜歡加諸於此事的意義，他就只是喊出芙麗妲這個名字——誰曉得他的用意？——芙麗妲當然會趕緊跑過去，這是她的事，而她獲准到他那兒去，沒有遭到反對，這是克拉姆的好意，但別人不能聲稱是他直截了當喊她過去。不過，這份曾有的東西現在也永遠一去不回了。也許克拉姆還會喊芙麗妲這個名字，這是可能的，可是她肯定不會再獲准到他那兒去，這個跟您混在一起的女孩。而只有一點，只有一點是我可憐的腦袋想不通的，就是一個被人說是克拉姆情婦的女孩——順帶一提，我認為這個稱呼過於誇大——居然會讓您碰她。」

「這的確是很奇怪，」K說，把芙麗妲拉進懷裡，她也馬上依從了，雖然低著頭，「可是我想，這證明了其他的事也不見得都像您所想的那樣。舉例來說，您說得的確沒錯，當您說我在克拉姆面前什麼也不是，而且就算我現在要求跟克拉姆談話，就算連您的解釋也無法讓我打消這個念頭，這也並不表示若非隔著一扇門，我會有能耐承受得了看見克拉姆，也不表示我不會在他出現時就跑出房間。不過，這種擔憂就算合理，對我來說還不構成不敢去做的理由。而我若是能成功地面對他，那麼他就根本沒有必要跟我說話，我只要能看見我說的話留給他的印象就夠了，如果我說的話沒有給他留下印象，或是他根本充耳不聞，我還是有所收穫，亦即我曾在一個有權勢之人面前暢所欲言。而以您豐富的生活經驗與識人能力，老闆娘太太，您和昨天還是克拉姆情婦的芙麗妲——我看不出有什麼理由不用這個稱呼——肯定很容易就能替我製造出和克拉姆交談的機會，如果沒有別的辦法，那麼就在貴賓樓好了，也許他今天還在那裡。」

「這是不可能的，」老闆娘說，「而我看出，您缺少理解這件事的能力。不過，您倒說說看，您到底想跟克拉姆談些什麼？」

「當然是談芙麗妲。」K說。

「談芙麗妲？」老闆娘大惑不解地問，轉而向芙麗妲說，「你聽見了嗎？芙麗妲，他想要談你，跟克拉姆，他，要跟克拉姆談。」

「唉，」K說，「老闆娘太太，您是個如此令人尊敬的聰明人，卻還是會被一點小事嚇到。嗯，我要跟他談芙麗妲，這件事並沒有那麼驚人，反倒是理所當然的。因為您肯定也弄錯了，如果您認為從我出現的那一刻，芙麗妲對克拉姆就失去了重要性。如果您這樣認為，您就低估了他。我很清楚我這樣做很狂妄，想在這件事情上教導您，但我卻不得不這麼做。克拉姆和芙麗妲的關係不可能由於我而有任何改變。要嘛就是沒有什麼重要的關係——那些剝奪了芙麗妲『情婦』這個榮譽頭銜的人其實就是這麼說的——那麼這份關係如今也不存在，要嘛就是有這份關係存在，那麼它怎麼可能由於我——您正確地說過，我在克拉姆眼中什麼也不是——那麼這份關係怎麼可能由於我而受到干擾。這種事一個人在受到驚嚇的那一刻會相信，可是稍加考慮就能糾正過來。另外，讓我們也聽聽芙麗妲對這件事的看法吧。」

芙麗妲的目光飄向遠方，臉頰貼在K胸前，說道：「事情肯定是像媽媽說的這樣：克拉姆不會再理我了。不過，並不是因為親愛的你來了，這種事情震驚不了他。我倒認為那是他的安排，讓我們在那櫃檯底下相聚，那個時刻應該受到祝福，而非詛咒。」

「如果事情是這樣，」K緩緩地說，因為芙麗妲這話很甜蜜，他閉上眼睛幾秒鐘，讓自己被這番話滲透，「如果事情是這樣，那就更沒有理由害怕跟克拉姆把話說清楚。」

「說真的，」老闆娘說，從上方俯視著K，「您有時候讓我想起我丈夫，您就跟他一樣固執而且孩子氣。您才到這兒幾天，就以為您什麼事都比本地人更懂，比我這個老太太更懂，也比芙麗妲更懂，她在貴賓樓裡可是見多識廣。我不否認，偶爾也有可能完全違反規定、違反老規矩來辦成某件事，這種事我沒有親身經歷過，但據說是有過這樣的例子，也許吧，不過，那肯定不是以您這種方式辦到的，像您這樣老是說『不』，一味固執己見，把別人好心的勸告當成耳邊風。您以為我是為您擔心嗎？當您只是一個人的時候，我管過您嗎？雖然我若是管管您可能會好一點，有些事情說不定能夠避免。當時我針對您就只跟我丈夫說過一句話：『離他遠一點。』對我來說，要不是芙麗妲現在被捲進您的命運中，這句話直到如今都還適用。不管您喜不喜歡，我對您的關心是多虧了她，甚至我對您的重視也是多虧了她。而您不能就這樣拒絕我，因為我是唯一一個像母親一樣關心守護小芙麗妲的人，您必須對我負起全責。有可能芙麗妲說得對，所有發生的事都是克拉姆的意思，可是我現在對克拉姆一無所知，我永遠不會跟他交談，我完全無法接近他，而您卻坐在這兒，抱著我的芙麗妲，而且將——我何必隱瞞呢？——由我照顧。是的，由我照顧，因為，年輕人，如果我把你趕出這屋子，您在村子裡去找個住處試試看，哪怕是間狗屋。」

「謝謝，」K說，「您的話很坦白，而我完全相信您。所以說，我的地位是這麼不穩固，而受到我的牽連，芙麗妲的地位也不穩固。」

「不，」老闆娘生氣地大聲插進話來，「在這件事上，芙麗妲的地位跟您的地位根本沒有關係。芙麗妲是我家裡的人，沒有人有權利說她在這裡的地位不穩固。」

「好，好，」K說，「算您說得對，尤其是芙麗妲基於我所不知道的理由似乎十分怕您，而不敢插嘴。所以我們暫時就只談我吧。我的地位極為不穩固，您沒有否認這一點，反而努力想證明這一點。一如您所說的一切，這句話也只是大部分正確，而非完全正確。舉例來說，我知道有一個相當不錯的地方可以讓我過夜。」

「是哪裡？是哪裡？」芙麗妲和老闆娘同時急切地喊道，彷彿她們之所以這麼問是有同樣的理由。

「在巴納巴斯家裡。」K說。

「那些無賴！」老闆娘喊道，「那些狡詐的無賴！在巴納巴斯家！你們聽聽——」她轉而面向那兩個助手所在的角落，可是這兩人早已經走出角落，手挽著手站在老闆娘身後，此刻她彷彿需要支撐，抓住了其中一人的手，「你們聽聽這位先生都在哪裡鬼混，在巴納巴斯家裡！在那裡他當然有地方過夜，唉，要是他果真在那裡過夜就好了，而不是在貴賓樓。可是你們兩個當時又在哪裡呢？」

那兩個助手還沒回答，K就說：「老闆娘太太，這是我的助手，您對待他們卻好像他們是您的助手、我的看守人。在所有其他事情上，我都願意極其禮貌地至少針對您的看法來做討論，可是在我的助手這件事上我卻不願意，因為這件事的情況再清楚不過。因此，我請求您不要跟我的助手說話，要是我的請求不夠，我就禁止我的助手回答您。」

「所以說，我不准跟你們說話。」老闆娘說，而他們三個人都笑了，老闆娘的笑帶著嘲諷，但比K預料中溫和得多，兩個助手的笑帶著他們平常那種態度，似是意味深長，又似了無含意，完全不負責任。

「你可別生氣，」芙麗妲說，「你得正確地了解我們的激動。其實也可以說，我們現在彼此相屬，這件事全得感謝巴納巴斯。我第一次在酒吧看見你的時候——你走進來，挽著歐爾佳的手臂——雖然我已經知道你的一些事，但整體來說，我其實根本不在乎你。而我不僅是不在乎你，我幾乎一切都不在乎，幾乎一切。當時我也對許多事不滿，而有些事令我生氣，可是那是種什麼樣的不滿和生氣。例如，一個在酒吧的客人冒犯了我——他們老是糾纏我，你也見過那些小伙子，可是還有比那更氣人的事，克拉姆的隨從還不是最氣人的——對，一個人冒犯了我，當時這對我來說意味著什麼呢？對我來說那像是發生在許多年前，又像是根本不是發生在我身上，或者像是我只是聽說了這件事，又像是我自己也已經忘了這件事。可是現在我無法描述這件事，甚至無法想像，自從克拉姆離開我之後，一切改變了這麼多——」

芙麗妲中斷了敘述，難過地低下頭，雙手交疊在懷裡。

「您看吧，」老闆娘大聲說，那樣子彷彿不是她自己在說話，而只是把她的聲音借給芙麗妲，她也靠近了一點，這會兒就坐在芙麗妲旁邊，「土地測量員先生，這會兒您看看您所作所為的後果，您不准我跟他們說話的這兩個助手也該看一看，得個教訓。您把芙麗妲從她所遇過最幸福的處境中拽了出來，而您之所以能夠辦到，是因為芙麗妲孩子氣地過度具有同情心，受不了看見您挽著歐爾佳的手臂，似乎就這樣任由巴納巴斯一家人擺布。她拯救了您，因而犧牲了自己。而這會兒，事情已經發生了，芙麗妲用她擁有的一切換來坐在您膝上的幸福，您卻把您曾經有機會在巴納巴斯家過夜這件事當成您最大的一張王牌打出來。藉此您莫非是想證明您並不依靠我。的確，假如您真的在巴納巴斯家裡過了夜，那麼您就完全不必依靠我，必須立刻離開我的屋子，一刻也不許多待。」

「我不知道巴納巴斯一家人犯了什麼過錯，」K說，一邊小心地把有氣無力的芙麗妲扶起來，慢慢扶她坐在床上，自己站了起來，「也許在這件事情上您說得有理，但是當我懇求您把我們的事，芙麗妲和我的事，留給我們兩個自己來處理，我肯定也有理。您先前提起過愛和擔心，可是在那之後我並沒有察覺到多少愛和擔心，反倒是察覺到不少恨與譏笑，還有逐客令。倘若您是存心要芙麗妲離開我或是要我離開芙麗妲，那麼您做得相當巧妙，但我認為您還是不會成功，而要是您成功了，那麼您將會——容許我也做一次陰沉的恐嚇——後悔莫及。至於您提供我的住處——您指的只可能是這間令人噁心的陋室——根本不能肯定是您自願這麼做，事情更像是有伯爵轄下當局的指令。現在我會去那裡報告，說您要我搬出這裡，等他們分配另一個住所給我，您大概可以如釋重負地鬆一口氣，我卻會更加鬆一口氣。現在我要為了這件事和其他事情到村長那兒去，請您至少照顧一下芙麗妲，您用您所謂的母親般的話語把她整得夠慘了。」

說完他轉向那兩名助手。「跟我來。」他說，從鉤子上取下克拉姆那封信，打算離去。老闆娘一直沉默地看著他，直到他已經把手擱在門把上，她才說：「土地測量員先生，在您上路前我還有句贈言，因為不管您都說了些什麼，也不管您想怎麼侮辱我這個老太太，您畢竟是芙麗妲未來的丈夫。就只因為這樣，我才要告訴您，您對此地的情況驚人地無知，如果聽您說話，把您所說所想的在腦中跟實際的情況相比較，會讓人腦袋發暈。這份無知不可能一下子加以改善，也許根本改善不了，可是只要您稍微相信我的話，時時記得自己的無知，很多事情就會好得多。舉例來說，您立刻就會更公平地對待我，並且漸漸意識到我承受了多麼大的驚嚇——這份驚嚇的後果還在持續——當我看出，我親愛的小芙麗妲可以說是為了跟一隻蜥蜴在一起而拋棄了老鷹，但實際上的情況還要比這更糟，而我必須一再試圖忘記這一點，否則我沒辦法心平氣和地和您說話。唉，這會兒您又生氣了。不，您先別走，再聽聽我這個請求就好：不管您去到哪裡，切記您在此地是最無知的人，並且請您小心；在我們這兒，因為有芙麗妲在場而保護了您免受傷害，您還可以暢所欲言，例如，在我們這兒您可以表現出您打算去跟克拉姆談話，可是實際上，實際上您可別這麼做，拜託，拜託。」

她站了起來，由於激動而有點搖晃，朝K走去，抓住他的手，央求地看著他。「老闆娘太太，」K說，「我不懂，您何以為了這樣一件事而貶低自己來央求我。如果如您所說，我不可能跟克拉姆交談，那麼我就不可能辦到，不管有沒有人求我。可是，如果這件事畢竟還是可能的，那麼我為什麼不該去做，尤其是隨著您的主要反對意見不再成立，您其餘的擔憂也會變得十分站不住腳。我的確無知，這個事實不管怎麼說都繼續存在，這對我來說很悲哀，可是這件事卻也有個好處，亦即無知之人更能放膽去做更多事，因此我願意再繼續承擔無知及其必然嚴重的後果一段時間，只要我還有足夠的力氣。但是這些後果基本上只涉及我，因此，我最不懂的就是您為何求我。畢竟您肯定會永遠照顧芙麗妲，如果我徹底從芙麗妲的視線中消失，依您的意思，這不是只可能意味著幸運嗎？那麼您在怕什麼呢？您怕的該不會是——在無知之人的眼中，一切都是可能的。」——說到這裡，K已經開了門——「您該不會是替克拉姆感到害怕吧？」老闆娘沉默地目送著他，看著他急忙走下樓梯，而那兩個助手跟在他後面。

第五章 在村長家

和村長的會談並不怎麼令K擔心，這幾乎讓他自己也感到奇怪。對此他試圖這樣解釋，亦即根據他到目前為止的經驗，與伯爵轄下當局的因公往來十分簡單。這一方面在於，對於處理他的事情，此地顯然一勞永逸地頒布過一個既定的、對他來說十分有利的基本原則；另一方面則是因為當局辦事的一致性令人讚嘆，尤其在這份一致性看似不存在之處，格外感覺得到它的完美。偶爾，當K只想到這些事時，他幾乎就要覺得他的處境令人滿意，儘管他在這樣的愜意感之後總是趕緊告訴自己，這正是危險之所在。跟當局的直接往來其實並不困難，因為當局不管組織得有多好，總是只代表遙遠而不可見的官員在維護著遙遠而不可見的事物，而K卻是為了某種活生生近在身邊的事物而奮鬥，為了他自己，而且至少在最初的時候是出於自己的意志，因為他是個攻擊者，而且不單是他為了自己而奮鬥，顯然還有其他的力量也在奮鬥，他雖然不識得這些力量，但是根據當局的措施他能夠相信有這些力量。然而，由於當局從一開始就在比較不重要的事情上——到目前為止所涉及的就只有這種事——大大遷就了K，因此剝奪了他得到輕鬆的小勝利的可能性，而隨著這種可能性也剝奪了他繼之而來的滿足感，以及從這份滿足感而產生的合理信心，去進行更大的奮鬥。當局反而讓K到處通行無阻，不管他想去哪裡，當然這只限於村中，藉此寵壞了K，削弱了他的力量，根本就排除了任何奮鬥，而把他放置到那非公務的、捉摸不透的、模糊而陌生的生活中。以這種方式，如果他不時時留心，很可能會發生這樣的事：儘管當局對他多方關照，儘管他善盡了公務上各項過於輕鬆的職責，被表面上給予他的恩惠所矇騙，有一天他會過於大意地去過平常的生活，乃至於垮掉，而當局仍舊溫和友善，彷彿違反了自己的意志，但卻代表著某種他不知道的公共秩序，不得不來把他除掉。而所謂平常的生活在此地究竟是什麼呢？K從未在其他任何地方見到公務和生活如此交織在一起，有時候看起來就像是公務和生活交換了位置。舉例來說，和克拉姆實際上在K的臥室裡所掌握的權力相比，克拉姆到目前為止對K的職務所行使的正式權力算得上什麼。因此，在此地，只有在直接面對當局時適用一種較為隨便的做法，適合稍微放鬆，除此之外則永遠要小心翼翼，每走一步都要眼觀四面。

在村長家，K起初發現他對此地當局的看法得到了證實。村長是個友善、肥胖、鬍子刮得乾乾淨淨的男子，生著病，痛風嚴重發作，在床上接見K。「原來是我們的土地測量員先生。」他說，想坐起來打招呼，卻辦不到，帶著歉意指著雙腿，又倒回枕頭上。一個安靜的女子拿了張椅子來給K，把椅子放在床邊，在這間只有小窗、由於窗簾放下而更加陰暗的房間裡，在昏暗的光線中，她幾乎像個影子。「請坐，請坐，土地測量員先生，」村長說，「並且告訴我您的要求。」K唸出了克拉姆那封信，加上了自己的意見。他又有了那種感覺，覺得跟當局打交道出奇地容易。

當局簡直是挑起了每一個擔子，任何事都可以交由它承擔，自己則維持事不關己，輕鬆自在。村長彷彿也感覺到了這一點，不舒服地在床上翻身。終於他說：「土地測量員先生，想來您也注意到了，我曉得這整件事。我之所以還沒有做任何安排，原因之一在於我的病，其次在於您一直沒有來，我還以為您已經放棄這件事了。如今既然您這麼客氣地親自來找我，我自然得把令人難堪的全部真相告訴您。您說您被任用為土地測量員，但可惜我們並不需要土地測量員。這兒根本沒有工作給他做。我們這些小農地的界線是劃定好的，一切都有條不紊地登錄下來，地產易主的事幾乎不曾發生，由於界線而起的小紛爭則由我們自行處理。我們要一個土地測量員做什麼呢？」K在內心深處確信他已經料到會聽見類似的消息，雖然他先前並未思考過這件事。正因為如此，他能夠馬上就說：「這令我很驚訝。這打亂了我所有的計畫。我只能希望這是樁誤會。」「可惜不是，」村長說，「事情就跟我所說的一樣。」「可是這怎麼可能呢？」K大聲說，「我走了這麼遠的路，可不是為了現在又被送回去。」「這是另外一回事，」村長說，「是我無權決定的，不過這樁誤會何以可能出現，這一點我倒是可以向您解釋。在一個像伯爵轄下當局這麼大的機關裡，有時候會出現這種情形，亦即一個部門這樣指示，另一個部門又那樣指示，部門彼此之間卻毫不知情，在部門之上的管控雖然極為仔細，可是卻來得太遲，這是由於其本身性質所致，因此難免會產生小小的混亂。當然，這一向都只是些微不足道的小事，例如您這件事，在大事上我還不曾聽說有過錯誤，不過，這些小事往往也夠尷尬的了。至於您這件事，我願意坦白地把事情的經過告訴您，不將之視為公務機密——就這一點而言，我不太像官員，我是個農民，這個身分不會改變。很久以前，那時候我當上村長才幾個月，來了一份公告，我不記得是來自哪個部門了，公告中以城堡那些官員特有的斬釘截鐵的方式通知，說要任用一名土地測量員，委託全體村民準備好土地測量員工作所需的地圖和紀錄。這份公告指的當然不會是您，因為那是許多年前的事了，而我本來也不會想起來，要不是我現在生病了，有足夠的時間在床上思考再可笑不過的事。」

「米琪，」他說，突然中斷了他的敘述，對那個始終在房間裡跑來跑去、不知道在忙些什麼的女子說，「麻煩你去那邊那個櫥子裡看一下，也許你能找到那份公告。」他向K解釋道：「因為那份公告是在我剛當上村長的時候下達的，當時我還把所有的文件都保存下來。」那女子隨即打開櫃子，K和村長旁觀著。櫃子裡塞滿了文件，打開時兩大捆檔案滾了出來，它們被綁成圓圓一捆，就像一般人習慣綁柴火那樣；那女子吃了一驚，往旁邊一跳。「可能是在下面，在下面。」村長說，從床上指揮著。那女子聽話地用雙臂抱住那兩捆檔案，把所有的東西都從櫃子裡拿出來，以便拿到最底下的文件。那些文件已經鋪滿了半個房間。「辦過的工作真不少，」村長點點頭說，「這還只是一小部分。我把大部分保存在穀倉裡，不過，絕大部分已經遺失了。誰能把所有的東西都保存起來！但是在穀倉裡還有很多。」他又轉而問他太太：「你能找得到那份公告嗎？你得去找一份檔案，上面在『土地測量員』這幾個字下面畫了藍線。」他太太說：「這裡太暗了，我去拿支蠟燭來。」她從那些文件上踩過去，出了房間。村長說：「在這項沉重的公務上，我太太給了我很大的幫助，畢竟這份工作我們只能兼著做，雖然在文書工作上我還有一位助手，就是那位教師，儘管如此，工作還是不可能做完，總是剩下許多做不完的，都收在那邊那個櫥子裡。」他指著另一個櫃子。「而我這一病，工作就愈積愈多。」他說，疲倦地躺了回去，但仍舊帶著自豪。當那個女子拿著蠟燭回來，在櫥子前跪下來找那份公告，K說：「我能不能幫您太太找呢？」村長露出微笑，搖搖頭，「我說過了，在您面前我沒有什麼公務機密好隱瞞，可是我卻也不能過分到讓您自己在檔案中找。」此刻房間裡安靜下來，只聽得見紙張的沙沙聲，村長說不定還打起盹兒來。一陣輕輕的敲門聲讓K轉過身去。那自然是那兩名助手。至少他們已經比較有教養了，沒有馬上衝進來，而是先從稍微打開的門裡輕聲說道：「我們在外面太冷了。」「那是誰？」村長嚇了一跳地問。「那只是我的助手，」K說，「我不知道該讓他們在哪裡等我，外面太冷，在這裡他們又太礙事。」村長和氣地說：「他們不會打攪我，您就讓他們進來吧。再說我也認識他們。是認識很久的熟人了。」「我卻覺得他們礙事，」K坦白地說，把目光從那兩個助手身上移到村長身上，再移回那兩個助手身上，覺得他們三個人的笑容一模一樣，無法區分。接著他試探地說：「不過，既然你們已經在這兒了，那就留下來，去幫忙村長太太找一份檔案，檔案上在『土地測量員』這幾個字下面畫了藍線。」村長沒有提出異議；K不可以做的事，這兩個助手可以做，他們也立刻朝那些文件撲過去，可是與其說他們在找，不如說他們在紙堆裡亂翻，當其中一個把字拼出來，另一個人總是從他手中搶走。村長太太卻跪在那個空空的櫃子前面，似乎根本不再去找，至少蠟燭放在離她很遠的地方。

「所以說，」村長帶著自滿的微笑說，彷彿一切都出自他的安排，可是別人就連猜都猜不到，「您覺得這兩個助手礙事。可是他們明明是您自個兒的助手。」「不，」K冷冷地說，「他們是在這裡才跑到我這兒來的。」「怎麼說是跑到您那兒呢，」村長說，「您的意思應該是他們被派到您那兒。」「那就算是被派來的好了，」K說，「可是他們也可以說是天外飛來的，這個分派實在有欠考慮。」「在此地發生的事沒有一件是有欠考慮的。」村長說，忘了腳痛，坐直了身子。「沒有一件，」K說，「那麼任用我這件事又怎麼說呢？」「您的任用也是好好斟酌過的，」村長說，「只是一些附帶情況造成了混亂，我將根據那些檔案來向您證明。」K說：「那些檔案是找不到的。」「找不到？」村長大聲說，「米琪，麻煩你稍微找得快一點！不過，就算沒有檔案，我也可以先把事情的始末說給您聽。我提到的那份公告，我們表示感謝地回覆了，說我們不需要土地測量員。可是這個回覆似乎沒有被送回原先的那個部門，我姑且稱之為A部門，而是陰錯陽差地被送到了B部門。也就是說，A部門沒有收到回覆，但可惜B部門也沒有收到我們完整的回覆；不管是檔案的內文被留在我們這兒了，還是在傳送途中遺失了——我可以保證它肯定不在那個部門裡——總之，送到B部門的也只有一個公文封，上面就只注明裡面所裝的公文是關於一名土地測量員的任用，只可惜裡面並沒有那份公文。在此同時，A部門還在等待我們回覆，該部門雖然已經將此事做了備忘登記，可是部門負責人相信我們會回覆，在我們回覆之後，他要不就是任用土地測量員，要不就是按需要繼續和我們就這件事進行文書往來。這種事經常發生，這也可以理解，在處理一切事情都一絲不苟的情況下也會發生。因為這樣，他就忽略了那個備忘紀錄，而這整件事就被他忘了。可是在B部門，這個公文封卻被送到了一個以認真聞名的負責人手中，他名叫索爾蒂尼，是個義大利人，就連我這個熟知內情的人都不明白，一個像他這麼有能力的人何以被留在那個簡直是最低階的職位上。這個索爾蒂尼自然把那個空公文封送回來給我們，要我們補充內容。然而，自從A部門頭一次發文來已經過了好幾個月，說不定是好幾年，這是可以理解的，因為依照慣例，一份公文如果循著正確的途徑走，那麼最慢在一天之後就會送達該部門，而且在同一天就會處理完畢，可是如果這份公文走錯了路，由於整個組織的完善，它簡直得要吃力地去尋找這條錯誤的途徑，否則它是找不到的，在這種情況下，當然就會拖上很久。因此，當我們收到索爾蒂尼的短箋，我們只還依稀記得這件事，當時我們就只有兩個人在處理公務，米琪和我，那個教師當時還沒有被分派給我，我們只有在最重要的事情上才會保留副本——簡而言之，我們只能十分含混地回答，說我們不知道有這麼一樁任用案，還有我們這裡並不需要土地測量員。」

「不過，」村長打斷了自己，彷彿他在熱心敘述時扯得太遠了，或者至少是可能扯得太遠了，「這個故事不會讓您感到無聊嗎？」

「不，」K說，「這故事讓我覺得有趣。」

村長回道：「我說給您聽不是為了讓您覺得有趣的。」

「它之所以讓我覺得有趣，」K說，「只是因為我得以一窺這可笑的混亂，在某些情況下，這片混亂會決定一個人的生存。」

「您還沒有窺見什麼，」村長嚴肅地說，「而我可以向您繼續說下去。像索爾蒂尼那樣的人當然不會滿意我們的回覆。我很佩服他，雖然他令我頭痛。因為他不信賴任何人，舉例來說，就算他在無數件事情上認清某個人再值得信賴不過，在下一件事情上他還是不信賴他，彷彿他根本不認識這個人似的，或者說得更貼切一點，彷彿他認得這個人是個無賴似的。我認為這是對的，一個官員必須這樣做，可惜由於我的天性，我沒法遵守這個基本原則，您也看見了，我把一切都坦白攤開在您這個外地人面前，沒辦法，我就是這樣。可是索爾蒂尼看到我們的回覆立刻就起了疑心。接下來就發展成大量的文書往來。索爾蒂尼問，我為什麼突然想到不該任用土地測量員。靠著米琪優異的記憶力，我回答說最初的建議明明是當局自己提出來的（我們當然早就忘了當初提出的是另一個部門）。索爾蒂尼又問：為什麼我到現在才提起這份公函；我則說：因為我現在才想起這份公函。索爾蒂尼：這件事很奇怪；我：就一件拖了這麼久的事情來說，這一點也不奇怪。索爾蒂尼：這件事明明很奇怪，因為我所想起的那份公函並不存在；我：它當然不存在，因為整份公文都遺失了。索爾蒂尼：可是針對那頭一份公函想必有個備忘紀錄，而這個紀錄卻並不存在。這下子我無話可說了，因為我既不敢宣稱也不敢相信在索爾蒂尼的部門裡出了錯。土地測量員先生，您也許會在心裡責怪索爾蒂尼，認為他若是考慮到我所說的話，就至少應該去向其他部門打聽一下這件事。可是如果這麼做，卻正好錯了，我不希望這個人身上留下缺點，哪怕只是在您心裡。這是當局的一條基本工作原則，就是根本不把犯錯的可能性考慮在內。由於整個機構的組織完善，如果想把事情盡快處理完畢，這條基本原則是合理的，也是必要的。所以，索爾蒂尼根本不能去向其他部門打聽，再說那些部門也根本不會回覆他，因為它們馬上就會察覺這是在追究一個犯錯的可能。」

「請容許我用一個問題來打斷您，村長先生，」K說，「您先前不是提到過一個管控機構嗎？根據您的敘述，這種辦事情況讓人一想到可能沒有管控，就會感到不舒服。」

「您很嚴格，」村長說，「可是就算把您的嚴格乘上一千倍，比起當局對自己的嚴格還是微不足道。只有道地的外地人才會問您所提的這個問題。有沒有管控機構呢？根本就只有管控機構。當然，它們不是用來找出粗略的字義上所謂的錯誤，因為錯誤不會發生，而就算偶爾發生了一個錯誤，如同在您這件事上，誰又能下定論說這是個錯誤。」

「這倒是件新鮮事。」K大聲說。

「對我來說這已經老掉牙了，」村長說，「就跟您一樣，我也確信是發生了一個錯誤，索爾蒂尼由於絕望而生了重病，第一級的管控機構也在此事上看出了錯誤，多虧了它們，我們才發現了錯誤的來源。可是誰能宣稱第二級的管控機構也會如此判定，還有第三級和其餘各級的管控機構？」

「有可能，」K說，「在這類考量上，我最好還不要插嘴，再說我也是頭一次聽說這些管控機構，當然還無法了解它們。只不過，我認為在這件事上有兩件事得要加以區分，亦即，其一是在當局內部所發生的事，然後又可以用官方的角度做出這樣或那樣的解釋，其二則是我這個具體的人，位在當局之外的我，眼看就要遭到當局損害的我，這份損害是如此荒唐，乃至於我始終還無法相信這份危險的嚴重性。關於第一點，村長先生您用如此驚人的專門知識所說的話也許適用，只不過我也想聽聽針對我您有什麼話說。」

「這我也將會談到，」村長說，「可是如果我不把幾句話先說在前頭，您就無法了解。單是我現在提起那些管控機構，就已經是說得太早了。所以我再回到跟索爾蒂尼意見不一致這件事上。如同我提過的，我漸漸招架不住。而索爾蒂尼在面對任何人時只要手中握有一丁點優勢，他就已經贏了，因為這下子他的注意力、精力、定力都更加提高，對於受他攻擊的人來說，他那副模樣很可怕，對於受他攻擊之人的敵人來說，他那副模樣很雄偉。只因為我在另外一些事情上曾經體驗過後一種情況，我才能夠像現在這樣談起他。此外，我還從不曾親眼見過他，他不能到村子裡來，他的工作過於繁重。別人向我描述過他的房間，說所有的牆壁都被一大捆一大捆的檔案堆疊而成的柱子給遮住了，這些還只是索爾蒂尼正在處理的檔案。由於一再有檔案從這一捆捆檔案中被抽出來和塞進去，而且一切都發生得極為倉促，這些柱子一再垮掉，而正是這種不斷接連響起的巨響，成了索爾蒂尼辦公室的特徵。嗯，索爾蒂尼是個工作者，事情不問鉅細，他都同樣細心處理。」

「村長先生，」K說，「您總是把我這件任用案稱之為最微不足道的小案子，然而它卻讓許多官員十分費心，就算它剛開始時是件小案子，由於像索爾蒂尼這類官員的勤奮，它也已經成了一件大案子。這很遺憾，也非我所願；因為我並沒有這樣的野心，要讓與我有關的檔案多到疊成柱子再轟一聲垮下來，我只想當個小小的土地測量員，靜靜地在一張小繪圖桌旁工作。」

「不，」村長說，「這不是件大案子，就這一點而言，您沒有理由抱怨，這屬於小案子當中最微不足道的那一類。工作量的大小並不能決定一樁案子的等級，如果您這麼以為，那麼您就還是遠遠不夠了解當局。可是就算案子的等級是取決於工作量的大小，您的案子也還是屬於最微不足道的，一般的案子，也就是那些沒有所謂的錯誤的案子，產生的工作量還要更大，不過也更有成果就是了。再說，您還根本不知道您這件案子所造成的實際工作，因為我現在才要對您說。起初索爾蒂尼讓我置身事外，可是他手下的官員來了，每天都在貴賓樓對村中大老進行審訊，做下筆錄。大多數人站在我這邊，只有幾個人起了疑心，測量土地這件事跟農民有切身關係，他們懷疑有某種祕密協定和不公道的事，此外還找到了個領袖，從他們的陳述中，索爾蒂尼不得不得出一個結論，亦即我若是把這件事在村民大會中提出來，那麼並非所有的人都會反對任用一名土地測量員。就這樣，一件本來理所當然的事——亦即我們並不需要土地測量員——被弄得至少是有了疑問。在這件事情上，一個叫做布倫斯維克的人表現尤其突出，您大概不認識他，他這個人也許並不壞，可是又愚蠢又愛幻想，他是拉塞曼的小舅子。」

「那個皮革師傅的小舅子？」K問，形容了一下他在拉塞曼家裡看見的那個大鬍子。

「沒錯，就是他。」村長說。

「我也見過他太太。」K隨口說道。

問的口氣。

「有可能。」村長說，隨即閉口不言。

「她很美，」K說，「可是有點蒼白，有點虛弱。她大概是城堡裡的人吧？」這句話半帶著詢問的口氣。

村長看看時鐘，把藥倒在一根湯匙上，急急吞了下去。

「關於城堡，您大概只知道辦公室裡的陳設吧？」K沒禮貌地問。

「是的，」村長說，露出一抹嘲諷卻又感激的微笑，「辦公室裡的陳設也是最重要的。至於布倫斯維克：假如我們可以把他排除在村民之外，幾乎我們這兒所有的人都會很高興，拉塞曼高興的程度也不會小。可是當時布倫斯維克贏得了一些影響力，他雖然不擅長演說，但是嗓門很大，對某些人來說這也就夠了。於是我被迫把這件事在村民大會上提出來，而這起初也是布倫斯維克唯一的勝利，因為村民大會中絕大多數的人不想要什麼土地測量員。這也已經是好幾年前的事了，可是在這整段時間裡，這件事都沒有平息，這一部分是由於索爾蒂尼的認真，他透過極為仔細的調查，試圖查明多數派和反對派的動機，另一部分則是由於布倫斯維克的愚蠢和野心，他跟當局有各種私人的關係，而他一再用他想出的新招數來動用這些關係。不過，索爾蒂尼並沒有受布倫斯維克的騙——布倫斯維克怎麼可能騙得了索爾蒂尼？——但正是為了不要受騙，就必須做新的調查，而這些新的調查還沒有結束，布倫斯維克就已經又想出了新招數，他是很機靈的，這就是他愚蠢之處。現在我要談到我們當局機構的一個特質。與它的一絲不苟相應，它也極為敏感。如果一件事被斟酌了很久，那麼有可能會發生，在這些斟酌尚未結束之前，在一個無法預見、事後也不再找得到的地方，突然閃電般地冒出一個解決辦法，從而了結了這件事，雖然大多十分正確，卻畢竟還是有點隨意。那就像是當局機構再也受不了由於同一件事而產生的長年刺激和緊張，這件事就其本身而言也許微不足道，於是不藉助官員的協助，自行做出決定。當然，這並非奇蹟發生，而且肯定有哪個官員寫下了這個解決辦法，或是做出了一個沒寫下來的決定，無論如何，至少從我們這邊無法確定，就算是當局也無法確定，究竟是哪一個官員在這件事情上做了決定，還有他做此決定是出於哪些原因。過了很久以後，才由管控機構確定了，但我們卻不再得知，況且也幾乎不再有人感興趣。嗯，我剛才說過，這些決定多半極佳，令人困擾之處只在於眾人太晚得知這些決定，這種事通常都是這樣，因此在這段時間裡還在熱烈討論早就已經被決定的事。我不知道在您這件案子上是否做出過這樣的決定——從某些跡象看來是有，從某些跡象看來則無——假如做出過這樣的決定，那麼就會有一張任命狀寄給您，您會長途跋涉來到這裡，這會花上許多時間，而在這段時間裡，索爾蒂尼還會繼續處理同一件事，直到筋疲力盡，布倫斯維克還會繼續要陰謀，而我則被他們兩個折磨。我只是暗示有這個可能性，但我確實知道下面的事：一個管控機構後來發現，在許多年前，A部門為了土地測量員一事向村裡詢問過，但卻一直沒有收到回覆。他們又再一次來詢問我，而這整件事自然就被澄清了，A部門對我的回覆表示滿意，亦即我們不需要土地測量員，而索爾蒂尼不得不看出這件案子不歸他管，看出他平白做了這麼多勞心傷神的工作，雖然錯不在他。假如新的工作沒有如常從四面八方湧來，假如您的案子不是明明只是椿極小的案子——幾乎可以說是小案子當中最小的——那麼我們大家大概全都會鬆了一口氣，我認為就連索爾蒂尼自己都會鬆一口氣，只有布倫斯維克不高興，但那只是可笑罷了。而現在，土地測量員先生，請您想像一下我的失望，當這整件事如今已經幸運地了結之後——從那以後已經又過了很長的時間——您突然冒了出來，看來這件事似乎又要重新來過。我下定了決心，就我能力所及，絕不讓這種情況發生，這一點您應該可以了解吧？」

「當然，」K說，「但我更加了解的是，在這件事情上我受到了可怕的利用，說不定就連法律都受到了可怕的利用。我會知道該怎麼自衛的。」

「您打算怎麼自衛呢？」村長問。

「這我不能透露。」K說。

「我不想強人所難，」村長說，「我只請您考慮這一點，亦即我是您的——我不想說我是您的朋友，因為我們其實完全是陌生人——但可以說是您公事上的伙伴。我只是不容許您被任用為土地測量員，在其他的事情上您卻永遠可以懷著信賴向我求助，不過要在我的權限之內，而我的權限不大。」

K說：「您一直用假設語氣提起我是否被任用為土地測量員，但我明明已經被任用了，這裡是克拉姆的信。」

「克拉姆的信，」村長說，「這封信由於克拉姆的簽名而具有價值，令人肅然起敬，這簽名看來是真的，可是除此之外——不過，我不敢單獨對此表示意見。米琪！」他大聲喊道，接著又說：「你們這是在幹嘛？」很久沒被注意的那兩個助手和米琪顯然沒有找到他們要找的檔案，於是想把所有的文件再鎖回櫃子裡，可是由於檔案太多又未經整理，他們沒能辦到。那兩名助手大概就在那時候想到了他們此刻正在付諸實行的主意。他們把櫃子倒放在地板上，把所有的檔案都塞進去，然後和米琪一起坐在櫃子的門上，試圖這樣子慢慢地把櫃門壓下去。

「所以說那份檔案沒有找到，」村長說，「可惜，不過您反正已經知道了事情的始末，其實我們也不再需要那份檔案了，再說肯定還是找得到，很可能是在教師那兒，還有很多檔案在他那兒。不過，米琪，現在拿著蠟燭過來吧，把這封信唸給我聽。」

米琪過來了，當她坐在床緣，依偎在充滿生命力的強壯丈夫身上，而他摟著她，她看起來還要更蒼白，更不起眼。只有她那張小臉此刻在燭光中引人注目，輪廓清楚嚴肅，只由於年紀大了而顯得溫和一些。她才往那封信上看了一眼，就輕輕交疊起雙手，說：「是克拉姆寫的。」接著他們就一起讀那封信，彼此輕聲說了些什麼，最後，當那兩名助手正好歡呼一聲，因為他們總算把櫃門壓緊了，而米琪感激地靜靜望向他們，村長說了：

「米琪完全同意我的看法，現在我想我可以大膽說出來了。這封信根本不是官方的公函，而是封私人信件。單從『敬愛的先生！』這個稱呼就能清楚看出來。此外，信中沒有一句話提到您被任用為土地測量員，而只是籠統地提到領主的服務人員，而且這一點也說得並不具備約束力，只說

『如您所知』您被任用了，意思是您被任用了這件事，要由您自己來證明。最後，您被指示在公務上只和村長我接洽，作為您的直屬上司，說我將告知您一切細節，這一點我已經做到絕大部分了。一個人若是懂得閱讀官方公函，就更懂得閱讀非官方的信件，對這樣一個人來說，這一切再清楚不過；身為外地人的您看不出這一點，這並不令我感到奇怪。總的說來，這封信的意思無非是克拉姆打算親自關照您，如果您被任用為領主的服務人員的話。」

「村長先生，」K說，「按照您對這封信的解釋，到最後所剩下的就只是簽在一張白紙上的名字了。您不覺得您這樣做是貶低了克拉姆的名字嗎？您假裝敬重的克拉姆？」

「這是個誤會，」村長說，「我沒有低估這封信的意義，我的解讀並未貶低它，正好相反。克拉姆的一封私人信件當然要比一份官方公函更具意義，只不過它偏巧並沒有您所賦予它的意義。」

「您認識許瓦澤嗎？」K問。

「不認識，」村長說，「米琪，你認識嗎？也不認識。不，我們不認識他。」

「這很奇怪，」K說，「他是一個副管事的兒子。」

「親愛的土地測量員先生，」村長說，「我怎麼可能認識每一個副管事的每一個兒子？」

「好吧，」K說，「那麼您就得相信我的話，相信他是一個副管事的兒子。在我抵達的那一天，我跟這個許瓦澤就有了一番不愉快的爭執。接著他就打電話去向一個名叫弗里茲的副管事詢問，得到的答覆是我被任用為土地測量員。這一點您要怎麼解釋呢？村長先生？」

「很簡單，」村長說，「這表示您根本還不曾真正和我們的當局有過接觸。所有這些接觸都是表面上的，而您卻把它們當真了，由於您不了解情況。至於電話：您看，在我這裡沒有電話，而我明明得常跟當局打交道。在旅店或是類似的地方，電話也許能提供很好的服務，就像一具音樂播放器一樣，但也就僅止於此。您曾經在此地打過電話嗎？打過？那麼您也許會懂得我的意思。在城堡裡，電話顯然發揮了極佳的功能；別人告訴過我，在那裡電話打個不停，這當然能夠大大加快工作的速度。這種打個不停的電話在我們這裡的電話中聽起來就是沙沙聲和歌唱聲，這您肯定也聽過。可是這個沙沙聲和歌唱聲就是我們這裡的電話所傳送的唯一可信的東西，其餘的一切都靠不住。這裡跟城堡之間並沒有特定的電話線路，沒有替我們轉接電話的總機；如果有人從這裡打電話給城堡裡的某個人，那裡最低階的部門裡所有的電話都會響起來，或者應該說每個人的電話本來都會響起來，要不是幾乎每個人都把電話的聲音關掉了，這一點我確實知道。可是偶爾會有一個疲勞過度的官員想要稍微放鬆一下——尤其是在晚上或是夜裡——於是把電話的聲音打開，那麼我們就得到了回應，只不過這個回應就只是個玩笑。這其實也很容易理解。誰有權利拿起電話，為了他個人的小小煩惱而用電話鈴聲去干擾極其重要的、總是飛快進行的工作？我也不明白，就算是一個外地人，他怎麼會相信如果他打電話給索爾蒂尼，來接電話的人就真的是索爾蒂尼，這是舉例。來接電話的很可能是完全不相干的另一個部門的小小登錄員。不過，相反地，在極少數的時刻，也可能發生，當有人打電話給那個小登錄員，來接電話的卻是索爾蒂尼本人。在這種情況下，當然最好是在聽到對方吭聲之前就從電話機旁跑走。」

「我的確沒有這樣看待這件事，」K說，「這些細節我不可能知道，不過，我對這些電話交談並不怎麼信賴，我一直都知道，只有直接在城堡裡得知或達成的事才具有真正的意義。」

「不，」村長說，抓住了K話中的一點，「這些電話中的回應當然具有真正的意義，怎麼會沒有呢？一個官員從城堡中做出的答覆怎麼會沒有意義呢？在談到克拉姆那封信的時候我就已經說過了。所有這些陳述都不具有官方的意義；如果您賦予它們官方的意義，您就弄錯了，相反地，在表達友好或敵意上，它們的私人意義很大，通常是官方的意義永遠無法相比的。」

「好吧，」K說，「假定一切都如您所說，那麼我在城堡裡就有許多好朋友了；嚴格說來，在許多年前，當那個部門想到可以找個土地測量員來此，這個念頭就已經是對我的一樁友好行動，在那之後，友好行動就一樁接著一樁，直到我最後被引誘到這兒來，而別人又威脅著要把我趕走。」

「您的觀點有某種真實性，」村長說，「您說得對，一個人不能把城堡的意見按照字面去接受。但畢竟不管在哪裡都需要小心謹慎，不只是在這裡，而且涉及的意見愈是重要，就愈需要小心。可是您接著說到您被引誘到這兒來，這我就不明白了。假如您更仔細地聽了我的說明，那麼您就該知道，您被任用到此地這個問題實在太難了，不是我們在一番短短的交談中就能回答的。」

「那麼，結果就是，」K說，「一切都不清不楚，而且無法解決，除了要趕我走這一點。」

「誰會膽敢趕您走呢？土地測量員先生，」村長說，「正是因為在真正的問題之前還有問題需要釐清，才保證了您受到最禮貌的對待，只是看來您過於敏感。沒有人留您在這兒，但這可還不能算是趕您走。」

「噢，村長先生，」K說，「這會兒您又把某些事情看得太過透徹。我將向您列舉幾件把我留在此地的事：我為了離開家鄉所做的犧牲、那辛苦的長途跋涉、由於在此地被任用而讓我合理抱持的希望、我的一文不名、如今要在家鄉再找一份合適的工作不大可能，最後，很重要的一點是我的未婚妻是個本地人。」

「喔，芙麗妲，」村長毫不驚訝地說，「我知道。不過芙麗妲會追隨您到天涯海角。當然，至於其他幾件事，的確需要做些斟酌，而我將會向城堡報告。要是有決定下達，或是在決定下達之前需要再詢問您一次，我會派人找您來。這樣您同意嗎？」

「不，一點也不同意，」K說，「我並不要城堡的施捨，我只要我應得的權利。」

「米琪，」村長對他太太說，她仍舊依偎著他坐著，怔怔失神地玩弄著克拉姆那封信，把它摺成了一艘小船，這時K嚇了一跳，把信從她手裡拿走，「米琪，我的腿又開始痛得厲害，我們得重新熱敷了。」

K站了起來，說道：「那麼我就告辭了。」「好，」米琪說，她已經準備好一副膏藥，「這風也太大了。」K轉過身，那兩個助手一聽到K說要告辭，以他們一貫不恰當的工作熱情，就把兩扇門都打開了。為了讓病人所待的這個房間，免於受到強烈湧進來的寒氣侵襲，K只能匆匆在村長面前一鞠躬。然後他拉著那兩名助手一起跑出房間，迅速把門關上。

第六章　與老闆娘第二次交談

老闆在旅店前面等他。如果不去問他，他是不敢說話的，因此K問他有什麼事。「你已經有了新的住處了嗎？」老闆問，目光看著地上。「是你太太派你來問的，」K說，「你大概很依賴她吧？」「不，」老闆說，「不是她派我來問的。可是由於你，她情緒很激動，而且很不開心，沒辦法工作，躺在床上，一直唉聲嘆氣。」「我該去看看她嗎？」K問。「我拜託你這麼做，」老闆說，「我本來想去村長那兒接你回來，在門前偷聽了一下，可是你們正在談話，我不想打擾，而且我也擔心我太太，就又跑回來，可是她不讓我去看她，所以我沒有別的辦法，只好等你回來。」「那我們就快去吧，」K說，「我很快就能讓她平靜下來。」「要是能這樣就好了。」老闆說。

他們穿過明亮的廚房，三、四個女僕在那兒工作，彼此之間相距很遠，她們在做著手邊的工作時看到K，簡直呆住了。在廚房裡就已經聽得見老闆娘在嘆氣。她躺在一個隔出來的房間裡，沒有窗戶，以一片薄薄的木板牆與廚房相隔。房間裡只有地方放一張大雙人床和一個櫃子。床所放的位置讓人從床上可以看見整間廚房，可以監督那兒的工作。相反地，從廚房裡卻幾乎看不見這個房間裡的東西，那裡很陰暗，只有紅白相間的寢具微微閃著亮光。要等進了房間，眼睛適應了以後，才分辨得出個別的東西。

「您總算來了。」老闆娘虛弱地說。她伸直了身體仰躺著，顯然呼吸困難，把羽絨被掀了開來。在床上她看起來比衣著整齊時年輕許多，但她所戴的一頂精緻蕾絲小睡帽讓臉部的虛弱引人同情，雖然那睡帽太小了，在她頭髮上搖晃。「我怎麼能來呢？」K溫和地說，「您又沒有叫我來。」「您不該讓我等這麼久。」老闆娘說，帶著病人的固執。「請坐，」她說，指著床緣，「可是你們其他人都走開。」除了那兩名助手之外，這時候那些女僕也擠了進來。「嘉爾德娜，我也該走開嗎？」老闆問，這是K頭一次聽見這婦人的名字。「當然，」她緩緩地說，彷彿她心裡想著別的事情，她又心不在焉地加了一句，「為什麼偏偏你該留下來？」眾人全都退回廚房裡，就連那兩個助手這一次也馬上照辦，只不過他們是看上了一個女僕，緊跟在她後面，但這時候嘉爾德娜畢竟夠警覺，看出在這裡所說的話別人從廚房裡全都聽得到，因為這個隔出來的房間沒有門，於是她命令所有的人也退出廚房。大家馬上照辦。

「麻煩您，」嘉爾德娜接著說，「土地測量員先生，前面那個櫃子裡掛著一件披肩，請您遞給我，我要拿來蓋在身上，我呼吸困難，受不了這床羽絨被。」等K把披肩拿來給她，她說：「您看，這條披肩很漂亮，對吧？」K覺得那只是條普通的羊毛披肩，只是出於客氣又再摸了一下，但卻沒說什麼。「是的，這是條漂亮的披肩。」嘉爾德娜說，把自己裹住。這會兒她安詳地躺在那兒，所有的病痛似乎都消除了，她甚至想到了她由於躺著而變得凌亂的頭髮，坐起來一會兒，把那頂小睡帽周圍的頭髮稍微整理一下。她有一頭濃密的頭髮。

K不耐煩起來，說：「老闆娘太太，您叫人來問我是否已經另有住處。」「我叫人去問您？」老闆娘說，「不，您弄錯了。」「您的丈夫剛剛才問過我這件事。」「這我相信，」老闆娘說，「我跟他吵了一架。當我不想要您在這兒，他把您留了下來，現在我很高興您住在這裡，他又要趕您走。他老是做這種事。」「所以說，」K說，「您對我的看法有了這麼大的改變？就在一、兩個鐘頭裡？」「我對您的看法沒有改變，」老闆娘說，又變得比較虛弱，「把您的手遞給我。就這樣。現在請答應我您會完全誠實，我也會對您完全誠實。」「好，」K說，「可是誰先開始呢？」「我。」老闆娘說，給人的印象不像是她想遷就K，而像是她急於最先說話。

她從床墊下抽出一張照片，遞給了K。「請您看看這張相片。」她央求他。為了看得更清楚一點，K朝廚房裡走了一步，可是就連在那兒也不容易看出相片上有什麼，因為相片由於年代久遠已經褪色，有多處摺痕，被壓皺了，而且有了汙漬。「這相片的狀況不是很好。」K說。「可惜是這樣，」老闆娘說，「如果把它長年帶在身邊，就會變成這樣。可是只要您仔細地看，您還是可以全都看出來，肯定如此。再說我也可以幫幫您，告訴我您看到了什麼，我很高興聽人說起這張相片。所以說，您看到了什麼呢？」「一個年輕男子。」K說。「沒錯，」老闆娘說，「而他在做什麼呢？」「我想他是躺在一塊木板上，伸著懶腰，打著呵欠。」老闆娘笑了。「大錯特錯。」她說。「可是這裡明明是塊木板，而他就躺在這上面。」K堅持他的看法。「您再仔細看看，」老闆娘生氣地說，「難道他真的躺著嗎？」「不，」這會兒K說，「他不是躺著，是懸在半空中，現在我看出來了，那根本不是木板，而可能是條繩子，那個年輕人在跳高。」「這就對了，」老闆娘高興地說，「他正跳起來，公務信差就是這樣練習的，我就知道您會看出來。您也看見他的臉了嗎？」「臉我只看得見一點，」K說，「顯然他很賣力，嘴巴張著，眼睛瞇了起來，頭髮在飛揚。」「很好，」老闆娘讚許地說，「沒有親自見過他的人是不可能看出更多了。不過，那是個俊秀的青年，我只匆匆見過他一次，而我永遠也忘不了他。」「這人是誰呢？」K問。「是個信差，克拉姆第一次叫我到他那兒去時就是派了他來。」

K無法仔細聆聽，玻璃叮叮噹噹的聲音令他分心。他隨即發現了此一干擾的來源。那兩個助手站在外面院子裡，在雪地上兩腳交替地跳著。他們一副很高興又見到K的樣子，高興得把他指給彼此看，同時不斷敲著廚房的窗戶。K做出一個威脅的動作，他們立刻罷手，試圖把對方擠回去，可是其中一人隨即閃過了另一人，轉眼他們就已經又在窗前。K趕緊走進那個隔出來的房間，在那裡那兩個助手從外面看不見他，而他也無須看見他們。可是即使在那兒，窗玻璃那彷彿在懇求的輕聲叮噹仍舊久久糾纏著他。

「又是那兩個助手。」他向老闆娘說，以示道歉，並且指著外面。她卻沒有理會他，她已經把相片從他手裡拿走，看了看，撫平，又塞回床墊下。她的動作慢了下來，但不是由於疲倦，而是由於回憶的重擔。她本來是想說給K聽，而在敘述中把他給忘了。她玩弄著披肩上的流蘇，過了一會兒才抬起目光，伸手拂過眼睛上方，說：「這條披肩也是克拉姆給我的，還有這頂小睡帽。那張相片、這條披肩和這頂小睡帽，這就是我紀念他的三件物品。我不像芙麗妲那麼年輕，不像她那麼有野心，也沒有她那麼敏感，她非常敏感，簡而言之，我懂得適應生活，但我必須承認：如果沒有這三件物品，我就沒辦法在這裡撐這麼久，說不定連一天也撐不下去。在您眼中，這三件紀念品也許微不足道，可是您看看，芙麗妲和克拉姆交往了那麼久，卻連一件紀念品也沒有，她太過熱情，也太過不知足，而我，我才去過克拉姆那兒三次——後來他不再叫我去，我不知道為什麼——卻像是有預感我的時間不長，帶回了這幾件紀念品。當然，這種事一個人得要自己想辦法，克拉姆是不會主動給什麼東西的，可是如果在那裡看見什麼合適的東西，可以向他要。」

聽見這些故事讓K覺得不太舒服，不管這些故事跟他多麼有關。「這一切都是多久以前的事了？」他嘆著氣問。

「超過二十年了，」老闆娘說，「遠遠超過二十年。」

「所以說，別人對克拉姆保持忠誠這麼久，」K說，「老闆娘太太，可是您是否也意識到，您這番自白會讓我深深擔憂起來？當我想到我未來的婚姻。」

老闆娘覺得K想用他自己的事插話進來實在很不得體，從旁邊怒視著他。

「別生氣，老闆娘太太，」K說，「我並沒有說一句對克拉姆不滿的話，可是由於種種事件的影響，我跟克拉姆有了某種關係；這一點就連最崇拜克拉姆的人也不能否認。事情就是這樣。因此，一提起克拉姆，我就不免想到我自己，這是改變不了的。再說，老闆娘，」——這時K猶豫地握住了她的手——「您想一想我們上一次談話的結果有多糟，這一次我們要和和氣氣地分手。」

「您說得對，」老闆娘說，低下了頭，「可是請您體諒我。我不比其他人更敏感，正好相反，每個人都有敏感之處，而我就只有這麼一個。」

「可惜這同時也是我的敏感之處，」K說，「但我肯定會自我克制；現在您倒解釋給我聽，老闆娘太太，我要如何在婚姻裡忍受對克拉姆這種要命的忠誠，假定芙麗妲在這件事情上也跟您很像。」

「要命的忠誠，」老闆娘惱怒地重複著K的話，「那是忠誠嗎？我對我的丈夫忠誠，而克拉姆？克拉姆一度讓我做了他的情婦，這個地位我會在任何時候失去嗎？您問您在芙麗妲身邊要如何忍受這件事？唉，土地測量員先生，您算什麼，竟敢這樣問？」

「老闆娘太太！」K說，帶著警告的語氣。

「我知道，」老闆娘順從地說，「可是我丈夫沒有提出過這種問題。我不知道誰更不幸，是當年的我，還是現在的芙麗妲。是故意離開克拉姆的芙麗妲，還是他不再召喚的我。也許還是芙麗妲更為不幸，就算她似乎還不明白這件事的全部意義。可是我當年的不幸卻更加占據了我的思緒，因為我必須一再自問，基本上直到今天還是無法停止去問：這件事為什麼發生？克拉姆召喚了你三次，第四次就不再召你去了，永遠也不會再有第四次了！當時有哪一件事更讓我想了又想？除了這件事，我還能跟我在不久之後所嫁的丈夫談什麼呢？白天我們沒有時間，當時我們接手經營這間情況很糟的旅店，必須想辦法把生意做起來，而在夜裡呢？有許多年，我們在夜裡的談話就只圍繞著克拉姆打轉，還有他改變心意的理由。如果我丈夫在這些交談當中睡著了，我就把他叫醒，而我們就繼續談。」

老闆娘沉默不語。

「現在，」K說，「如果您允許，我要問一個很冒昧的問題。」

「所以說，您不允許我問，」K說，「對我來說這也就足夠了。」

「當然，」老闆娘說，「對您來說這也就足夠了，非常足夠。您曲解了一切，包括沉默在內。您這個人就是這樣，這也沒辦法。我允許您問。」

「如果我曲解了一切，」K說，「那麼或許也曲解了我的問題，也許我的問題根本沒那麼冒昧。我只是想知道，您是怎麼認識您丈夫的，還有這間旅店是怎麼到您手中的。」

老闆娘皺起了眉頭，但卻鎮靜地說：「這是個很簡單的故事。我父親是鐵匠，而我現在的丈夫漢斯從前是一個富農的馬夫，當時他常來找我父親。那是在我最後一次跟克拉姆會面之後，我很難過，而我其實不該難過，因為一切事情的發生都是正確的，而我不准再到克拉姆那兒去，這件事就只是克拉姆的決定，也就是正確的，只是原因不明，我可以探究原因，但卻不該難過，嗯，但我還是難過，無法工作，整天坐在我們家小小的前院裡。漢斯在那兒看見了我，偶爾會坐到我旁邊，我沒有向他訴苦，但他知道那是怎麼回事，而且因為他是個好孩子，有時候他會陪我一起哭。當時的旅店老闆死了太太，因此不得不放棄這門行業，再說他也已經是個老人了，有一天，他經過我們家的小院子時，看見我們坐在那兒，他停下腳步，當下乾脆地提出要把旅店租給我們，因為他信賴我們，沒有要我們先付錢，而且把租金訂得很低。我不想成為父親的負擔，其餘的一切我都無所謂，就這樣，心裡想著那間旅店，想著這份新工作也許能讓我稍微忘記過去，我就答應嫁給漢斯。這就是整個故事。」

一陣寂靜之後，K說：「那個老闆把事情做得很漂亮，但不夠小心，還是他對你們兩個的信賴有什麼特別的原因？」

「他對漢斯很了解，」老闆娘說，「他是漢斯的叔叔。」

「那就難怪了，」K說，「所以說，漢斯的家人顯然很重視跟您的關係。」

「也許吧，」老闆娘說，「我不知道，我從來不關心這個。」

「可是事情想必是這樣，」K說，「如果他的家人願意做出這麼大的犧牲，就這樣把那間旅店交到您手中，沒有任何擔保。」

「事後證明，那並非不小心，」老闆娘說，「我投入工作，身為鐵匠的女兒，我身強力壯，我不需要女僕也不需要男僕，我到處忙碌，在旅店裡，在廚房裡，在馬廄裡，在院子裡，我飯菜做得好，甚至搶走了貴賓樓的客人，您還沒有在中午時分待在旅店裡過，沒見識過我們中午時的客人，當時的客人還要更多，在那之後已經流失了不少。結果是，我們不但能夠好好繳納租金，而且在幾年之後就買下整間旅店，如今幾乎已經沒有債務。不過，另一個結果是我把自己累垮了，得了心臟病，現在成了個老太婆。您也許以為我比漢斯大很多，但事實上他只比我年輕兩、三歲，而且他是不會老的，因為以他所做的工作——抽煙斗、聽客人說話，再把煙斗清乾淨，偶爾去端杯啤酒——做這種工作是不會變老的。」

「您的成就令人欽佩，」K說，「這一點毫無疑問，可是我們先前談的是您結婚前那段時間，在那時候，漢斯的家人那樣做的確是有點奇怪，他們犧牲了金錢，或者至少是承擔了把旅店拱手讓人這樣大的風險，而催著你們結婚，同時沒抱著其他希望，除了您和漢斯的勞動力之外，而那時候他們還根本不曉得您有那麼大的勞動力，想必也已經知道漢斯沒有什麼勞動力。」

「這個，」老闆娘疲倦地說，「我知道您說這些是什麼意思，也知道您錯得離譜。克拉姆跟所有這些事一點關係也沒有。他有什麼理由要照顧我，或者說得更正確一點：他怎麼可能照顧我？他根本不再知道我的事。他沒有再召喚我，就表示他已經忘了我。凡是他不再召喚的人，他就忘得一乾二淨。當著芙麗妲的面，我不想提這件事。而那不僅是忘記，還超乎於忘記。因為凡是忘記了的人，還可以再重新認識。在克拉姆身上這卻是不可能的。凡是他不再召喚的人，他不但是就過去而言完全忘記了，而可說是將來也永遠忘記了。如果我多費點勁，就能設想出您的想法，您的想法在此地顯得愚蠢，在您所來自的外地也許適用。有可能您竟敢瘋狂到去以為，是克拉姆給了我一個像漢斯這樣的人當丈夫，為的是如果他將來要召喚我，我要去他那兒不會有太多阻礙。嗯，這真是瘋狂透頂。如果克拉姆給了我一個信號，有哪個男人能夠阻止我跑到克拉姆那兒去？荒謬，完完全全荒謬，如果玩弄這種荒謬的念頭，會把自己弄糊塗。」

「不，」K說，「我們不想把自己弄糊塗，我還根本沒有如您所假定地想得那麼遠，雖然說實話，我是在往那個方向想。目前我所納悶的只是您那些親戚對於這件婚事懷有那麼多希望，而這些希望也果真實現了，只不過賠上了您的心臟、您的健康。我的確不由得想到這些事實和克拉姆有所關聯，但不像您所表達的那麼粗魯，或者說還沒有那麼粗魯，顯然您的目的只是想要能夠再訓我一頓，因為這令您愉快。但願您有這份愉快！我的想法卻是：首先，克拉姆顯然是促成這樁婚事的原因。要不是克拉姆，您就不會難過，不會無所事事地坐在小前院裡；要不是克拉姆，漢斯就不會在那裡看見您，要不是您那麼悲傷，羞怯的漢斯絕對不敢跟您攀談；要不是克拉姆，那個年老好心的旅店老闆叔叔絕對不會看見漢斯和您在那兒靜靜坐在一起，要不是克拉姆，您當時就不會對生活毫不在乎，也就不會嫁給漢斯。嗯，我會說，在所有這些事情上明明已經足夠顯出克拉姆的影響了。事情還不僅止於此。假如您不是想要遺忘，您肯定不會這麼不顧惜自己地去工作，生意也就不會做得這麼好。所以在這件事情上也有克拉姆的影響。而除了這些之外，克拉姆也是您生病的原因，因為您的心在您結婚之前就已經由於那不幸的熱情而耗竭了。現在就只剩下一個問題，這樁婚事何以如此吸引漢斯的親戚。您自己曾經提到過，身為克拉姆的情婦意味著地位的永久提升，那麼，也許就是這一點吸引了他們。而除此之外，我想，吸引他們的還有那份希望，亦即把您帶到克拉姆那兒去的那顆福星——假定那是顆福星，但您的確這麼認為——是屬於您的，也就是說想必會留在您身邊，而不會突然離開您，像克拉姆離開您那樣。」

「您說這些話全是認真的嗎？」

「是認真的，」K很快地說，「只是我認為，漢斯的親戚抱持那樣的希望既不能說對，也不能說不對，而我認為我也看出了您所犯的錯誤。表面上看來好像一切都成功了，漢斯受到很好的照顧，有個強壯的太太，受人尊敬，旅店也沒有債務。可是一切其實並沒有成功，假如他跟一個普通女孩在一起，是她熱烈愛上的第一個男人，那麼他肯定會快樂得多；如果他像您所指責的，有時候在旅店裡失魂落魄地站著，那麼這是因為他的確感到失落——雖然並未因此而不快樂，這一點是確定的，我對他已經夠了解了——但同樣確定的是，這個俊秀明理的年輕人和另外一個女人在一起會更快樂，我指的同時也是他會變得更獨立、更勤快、更有男子氣概。而您自己也肯定並不快樂，您說過，如果沒有這三件紀念品，您根本不想活下去，而且您還有心臟病。那麼，那些親戚抱持那樣的希望是錯的嗎？我不這麼認為。福氣的確是在您頭上，可是你們不懂得把它取下來。」

「到底有什麼事是我們該做而沒做的呢？」老闆娘問。此時她伸直了身子仰躺著，目光望向天花板。

「去問克拉姆。」K說。

「所以說我們又回到您的事情上。」老闆娘說。

「或者說是您的事情上，」K說，「我們的事情彼此接近。」

「您究竟想找克拉姆做什麼呢？」老闆娘說。她坐直了身體，把枕頭抖了抖，靠坐在上面，直視著K，「我坦白地把我的事告訴了您，從中您應該可以學到點什麼。現在請您同樣坦白地告訴我，您想問克拉姆什麼。我費了很大的功夫才說服芙麗妲上樓到她房間去，並且待在那裡，我怕有她在這兒，您說話會不夠坦白。」

「我沒有什麼好隱瞞的，」K說，「首先我想請您注意一件事。您說克拉姆事過即忘。但我覺得這件事第一不太可能，第二也無法證明，顯然就只是個傳說，是那些在克拉姆身邊正受寵的女孩以女孩子的理解力編造出來的。我納悶您怎會相信這麼無聊的捏造。」

「這不是傳說，」老闆娘說，「其實是大家的經驗之談。」

「所以也可以藉由新的經驗來駁斥，」K說，「另外，在您的情況和芙麗妲的情況之間還有一個差別。說克拉姆不再召喚芙麗妲，這件事可以說是根本沒有發生，其實是他召喚了她，但她沒有聽從。他甚至有可能還一直在等著她。」

老闆娘沉默不語，只用目光上上下下打量著K。然後她說：「您想說的話，我都會平靜地聆聽。請您最好是坦白地說，而不必顧慮我。我只有一個請求，請您不要用到克拉姆的名字。您可以用『他』來稱呼他，或是用其他方式，但不要用他的名字。」

「我很樂意，」K說，「可是我想向他要求的，很難說得清楚。首先，我想要從近處看他，然後我想聽他的聲音，之後我想知道他對我們的婚事有何看法；其他我想請求他做的事，要視我們商談的情形而定。我們可能會談到一些事，但對我而言，最重要的是站在他面前。因為我還不曾直接跟真正的官員說過話。這件事看來要比我所以為的更難辦到。但如今我有義務讓他以私人身分跟我談，依我的看法，達成這件事要容易得多；以他官員的身分，我只能在他的辦公室裡跟他談，在城堡裡，或是在貴賓樓，但這也成問題，而他的辦公室一般人可能也進不去；以私人的身分卻可以在任何地方談，在屋子裡，在街上，只要我能碰上他。至於我順帶也面對著身為官員的他，這一點我樂於接受，但那不是我的首要目標。」

「好吧，」老闆娘說，把臉埋進枕頭裡，彷彿她說了什麼不知羞恥的話，「假如我透過關係得以把您想和克拉姆會談的請求傳達出去，您就答應我，在沒有收到答覆之前不要擅自採取行動。」

「這我沒法答應，」K說，「不管我再怎麼樂意滿足您的請求還是您一時的情緒。因為事情很急迫，尤其是我和村長商談的結果不太理想。」

「這個反對意見不成立，」老闆娘說，「村長這個人完全無關緊要。難道您沒有察覺嗎？要不是有他太太掌管一切，他在那個職位上一天也待不住。」

「米琪？」K問。老闆娘點點頭。「當時她也在。」K說。

「她說了些什麼嗎？」老闆娘問。

「沒有，」K說，「可是就我的印象，我也不認為她能說什麼。」

「這個嘛，」老闆娘說，「您錯看了這裡的每一件事。總之：村長對您的吩咐不重要，而我會找機會跟他太太談。如果現在我再答應您，最慢在一個星期之後就會收到克拉姆的答覆，那您應該就不再有理由不向我讓步了吧。」

「這一切都不是關鍵，」K說，「我已經下了決定，即使收到拒絕的答覆，我也還是會設法執行我的決定。既然我從一開始就有這種意圖，我總不能還先請人去轉達我想跟他會談的請求。如果不去請求，那也許就只是大膽的貿然嘗試，而在收到拒絕的答覆之後，那就成了公然反抗。這當然要糟得多。」

「糟得多？」老闆娘說，「不管怎麼樣那都是反抗。現在您想怎麼做就怎麼做吧。請您把那件裙子遞給我。」

她不顧慮有K在場，穿上了裙子，急忙進了廚房。從好一會兒之前，就已經聽得見從旅店餐廳裡傳來的騷動，有人在敲門上的小窗。那兩名助手又一次推開了小窗，往裡面喊，說他們餓了。接著其他幾張臉孔也出現在窗裡。甚至聽得見一陣多聲部的小聲合唱。

的確，K和老闆娘的談話大大延遲了午餐的烹調；午餐還沒做好，可是客人已經聚在一起了，不過，沒有人膽敢違反老闆娘的禁令而走進廚房。而這會兒，在小窗邊觀察的那幾個人通報，說老闆娘已經出來了，那幾個女僕立刻跑進廚房，當K走進旅店餐廳，數量驚人的那群人從他們先前聚集的那扇小窗旁衝回桌邊，以求搶到座位，他們的人數超過二十個，男女都有，穿著似鄉下人，但非農民裝束。在一個角落裡的一張小桌旁已經坐著一對夫妻和幾個小孩，做丈夫的是位和善的先生，有一雙藍眼睛和凌亂的灰色頭髮與鬍子，他彎著身面向那幾個小孩站著，用一把餐刀打著拍子，和著他們的歌聲，而他一再努力要他們唱得小聲一點。也許他是想讓他們藉由歌唱忘了肚子餓。老闆娘用幾句無關痛癢的話向眾人道歉，沒有人責怪她。她四下環顧，尋找老闆，可是碰上這種困難的情況，他大概早就溜走了。隨後她緩緩走進廚房；K急忙回房間去找芙麗妲，老闆娘沒有再看他一眼。

第七章　教師

Ｋ在樓上碰見了那位教師。那個房間幾乎讓人認不出來了，令人欣喜，芙麗妲真是勤快。房間裡好好通風過，爐火生得很旺，地板洗過，床鋪整理過，那些女僕的東西，那堆惹人厭的破爛，連同她們那些圖片一起消失了，那張桌子的桌面先前覆蓋著一層厚厚的汙垢，不管你轉向何方，都簡直是緊盯著你不放，現在鋪上了一條白色針織桌布。這下子可以接待客人了，火爐邊上晾著幾件Ｋ的換洗衣物也不至於有所妨礙，那些衣物顯然是芙麗妲上午洗的。教師和芙麗妲坐在桌旁，在Ｋ進來時站了起來，芙麗妲親了Ｋ一下表示歡迎，教師微微鞠了個躬。Ｋ心不在焉，仍舊處於與老闆娘談話的不安中，為了他到目前為止尚未能去拜訪這位教師而道起歉來，彷彿他以為那教師是因為Ｋ沒有去，才等不及地親自來拜訪。可是那教師態度從容，似乎這會兒才慢慢想起來，在他和Ｋ之間曾經有過類似拜訪的約定。「土地測量員先生，」他緩緩地說，「原來您就是前幾天和我在教堂廣場上談過話的那個外地人。」「是的。」Ｋ簡短地說；當時他在孤單中所容忍的事，如今在他的房間裡他無須忍受。他轉向芙麗妲，和她商量起他必須馬上去做的一次重要拜訪，而且他必須盡可能地穿戴整齊。芙麗妲沒有多問Ｋ什麼，立刻就把那兩名助手叫來，他們正忙著檢視那條新桌布，Ｋ

隨即動手脫下衣服和靴子，芙麗妲命令兩個助手把衣服和靴子拿下樓到院子裡去仔細刷一刷。她自己從晾衣繩上取下一件襯衫，跑下樓到廚房去熨燙。

現在只剩下K和教師，教師又安靜地坐在桌旁，K還再讓他等了一下，脫下襯衫，就著洗臉盆擦洗身體。直到這時候，背對著教師，他才問起他來此的原因。「我來此是受了村長先生的委託。」他說。K願意聽聽這個委託。可是由於K說的話在水聲中很難聽懂，教師不得不走近一點，在K身旁倚著牆壁。K以急於去做他打算要做的拜訪為由，為他的盥洗和不安寧道歉。教師沒有加以理會，說：「您對村長先生不太禮貌，他是個勞苦功高、經驗豐富、值得尊敬的長者。」「我並不知道我哪裡不禮貌，」K說，一邊擦乾自己的身體，「可是，說我心裡想著別的事，而沒想到文雅的舉止，這倒是沒錯，因為事情關係到我的生存，我的生存由於可恥的公務運作而受到威脅，其細節我無須向您說明，因為您本身就是當局的現職成員。村長抱怨我了嗎？」「他該向誰抱怨呢？」那教師說，「就算他能向某個人抱怨，難道他會去抱怨嗎？我只是根據他的口述寫了一份筆錄，關於你們的商談，從中我足以得知村長先生的善意及您答覆時的態度。」K一邊找他的梳子，芙麗妲想必把梳子收在哪裡了，一邊說：「什麼？一份筆錄？事後趁我不在場時由一個根本不在商談現場的人寫成。這倒不壞。而且為什麼要做筆錄呢？難道那算是種公務行為？」「不，」教師說，「是半公務性質，那個筆錄也只是半公務性質，之所以做這份筆錄，只是因為在我們這兒一切都必須有條不紊。總之，如今有了這份筆錄，而且並不能替您增光。」K總算找到了那把滑到床裡的梳子，較為平靜地說：「有了就有了吧。您來這兒是為了通知我這件事嗎？」「不，」教師說，「可是我並非機器，必須把我的看法告訴您。至於我所受的委託則是再次證明了村長先生的善意；我要強調，這份善意我無法理解，我之所以執行這項委託，只是迫於我的職位，還有出自對村長先生的尊敬。」K梳洗完畢，這會兒在桌旁坐下，等著他的襯衫和衣服，對於教師捎來的消息，他並不怎麼好奇，而且旅店老闆娘對村長的輕視也影響了他。「中午大概已經過了吧？」他問，心裡想著他打算要走的路途，接著又修正自己的話，「您剛才說要轉告我村長說的什麼話。」「是的，」教師說，聳了聳肩膀，像是要抖落自己對此事的任何責任，「村長先生擔心，如果您的事遲遲沒能決定，您會自作主張，做出什麼有欠考慮的事來。就我這方面來講，我不知道他為什麼要擔心這個，我的看法是，您最好是想怎麼做就怎麼做。我們不是您的守護天使，沒有義務跟在您後面到處跑。嗯，算了。村長先生的看法不同。決定本身是伯爵轄下當局的事，他自然無法加快其速度。但他在權限範圍內，想做一個十分慷慨的臨時決定，只看您接不接受，他可以暫時提供您一個校工的職位。」對於別人提供了他什麼，起初K幾乎沒有加以注意，然而，有人提供了他什麼，這件事實在他看來並非不重要。這顯示出，根據村長的看法，為了自衛，他是做得出某些事的，為了防止他這麼做，就算要村裡略微破費也說得過去。他們把這件事看得多重要啊。這個教師已經在這裡等了好一會兒，先前還寫了那份筆錄，想必村長簡直是催著他到這兒來的。

當那教師看出，這會兒他畢竟讓K開始深思，他繼續往下說：「我當時提出反對意見。我指出，在這之前沒需要過校工，教堂工友的太太偶爾會來打掃，由女老師吉莎小姐監督，那些孩童就已經夠我忙的了，我不想還要跟一個工友生氣。村長先生反駁說可是學校裡明明很髒。我照實回答說情況沒那麼糟。又加了一句說，何況，如果我們用了這個人當校工，難道情況就會變好嗎？肯定不會。姑且不論他不懂得做這種工作，學校就只有兩間沒有附屬房間的大教室，所以校工和他的家人必須住在其中一間教室裡，得在那兒睡覺，說不定還得在那兒煮飯，這當然不會讓那裡更乾淨。可是村長先生指出，這個職位對您來說是救急之舉，因此您將會盡一切努力來做好這份工作，此外，村長先生認為，隨著您，我們也還得到了您妻子和您那兩名助手的勞動力，不僅是校舍，就連校園都可以被維持得井井有條。所有這些話我都輕輕鬆鬆地就加以駁斥。到最後，村長先生根本沒法再說出什麼對您有利的話，就只笑著說，既然您是土地測量員，您可以把校園的花圃劃分得格外平整。嗯，玩笑話是沒法反駁的，於是我就帶著他的委託到您這兒來了。」「您過慮了，老師先生，」K說，「我根本不想接受這個職位。」「太好了，」那教師說，「太好了，您毫無保留地拒絕了。」他拿起帽子，鞠了個躬，走了。緊接著，芙麗妲神情慌亂地上樓來，帶回那件並未熨燙的襯衫，也不回答問題；為了轉移她的心思，K向她說起那位教師和提供給他的職位，她一聽見這話，就把襯衫往床上一扔，又跑走了。她很快就再回來，但卻是和教師一起，教師看起來悶悶不樂，連聲招呼也沒打。芙麗妲拜託他稍微有點耐性——很顯然在回來此地的路上她已經拜託過他好幾次了——然後拉著K穿過一道側門，去到隔壁的閣樓，K原先還根本不知道有這麼一道側門，在那裡芙麗妲才終於激動得上氣不接下氣地說出發生了什麼事。原來老闆娘氣自己降低身分在K面前坦白了自己的過去，更糟的是，在與克拉姆會談一事上向K讓步，而這樣做的結果卻什麼也沒達到，如她所說，除了冰冷而不真誠的拒絕，老闆娘說她決定不再容忍K住在她的屋子裡；如果他跟城堡有關係，那就請他盡快加以利用，因為他今天就得離開這棟屋子，現在就得離開，除非是當局直接下令強迫她，她才會再收容他，但她希望事情不會走到這一步，因為她跟城堡也有關係，而她將會設法讓這些關係發揮作用。老闆娘說，還有，K之所以住進這間旅店，只是由於老闆的疏忽，此外也根本不是無處可住，因為今天早上他還誇口有另一個地方可以讓他過夜。老闆娘說，芙麗妲當然應該留下，要是芙麗妲跟著K一起搬出去，老闆娘會深深感到難過，在樓下廚房裡，她光是想到這件事，就哭得倒在爐灶旁，她這個患有心臟病的可憐女人，可是她還能怎麼做，既然事情現在可說是涉及紀念克拉姆一事的榮譽。這就是老闆娘的態度。芙麗妲說她當然會跟隨K，不管他去哪裡，就算是在冰天雪地，關於這一點自然無須多說，可是他們倆的處境卻無論如何都很糟，因此她聽見村長提供K的職位非常高興，就算那個職位不適合K，畢竟那只是個暫時的職位，這一點也經過特別強調，藉此可以爭取到時間，將很容易就能找到其他機會，就算最終的決定對他不利。「必要時，」最後芙麗妲大聲說，已經摟住了K的脖子，「我們就移民吧，這個村莊有什麼好留戀的？但是親愛的，讓我們暫時先接受這個提議好嗎？我把老師帶回來了，你跟他說『接受』，其他不必多說，我們就搬到學校去。」

「這很糟，」K說，但並沒有很認真，因為住處的事他不怎麼在乎，再說他只穿著內衣，在這閣樓上凍得要命，這個閣樓有兩面既沒有牆也沒有窗，冷風刺骨地吹過，「你才把房間布置得那麼漂亮，這會兒我們就得搬出去。我很不願意，很不願意接受這個職位，眼前在這個小教師面前受辱就已經夠令我難堪了，而他居然還要成為我的上司。哪怕我們只能在這裡多待一會兒也好，說不定我的處境今天下午就會有所改變。如果至少你留在這裡，我們可以再等看看，只給那教師一個不確定的答覆。我自己總是找得到地方過夜的，若真是不得已，可以在巴納——」芙麗妲用手摀住了他的嘴。「別這麼說，」她害怕地說，「拜託你再也別這麼說。但除此之外我什麼都依你。如果你這麼希望，我就獨自留在這裡，儘管這對我來說是那麼悲哀。如果你這麼希望，我們就拒絕這個建議，儘管我認為這樣做大錯特錯。因為你看，如果你找到其他機會，甚至就在今天下午，那麼，我們理所當然會立刻放棄在學校裡的這個職位，誰也不會阻止我們。至於在那教師面前受辱這件事，就讓我來想辦法，讓那不會是件屈辱，我會自己去跟他談，你只需要站在旁邊別吭聲，而且將來事情也不會有所不同，如果你不願意，你就永遠無須親自跟他說話，事實上，我一個人將成為他的屬下，而就連我也不會是他的屬下，因為我知道他的弱點。所以說，如果我們接受這個職位，我們一點損失也沒有，可是如果我們拒絕，卻會損失很多，尤其是，除非你今天就能從城堡那邊得到什麼消息，你在村子裡絕對、絕對找不到地方過夜，我的意思是，找不到一個不至於讓身為你未婚妻的我感到丟臉的地方。而你若是沒有地方過夜，難道你要我睡在這兒的溫暖房間裡，當我知道你在外面的寒夜裡四處流浪。」在她說話的時候，K始終把雙臂交叉抱在胸前，用雙手拍打著背部取暖，這時K說：「那麼，除了接受，沒有別的辦法，來吧。」

回到房間裡，他急忙走到火爐邊，沒去理會那個教師；此人坐在桌旁，掏出錶來，說道：「已經很晚了。」「不過，我們現在意見完全一致了，老師先生，」芙麗妲說，「我們接受那個職位。」「好，」那教師說，「可是那個職位是提供給土地測量員先生的，他必須親口表達。」芙麗妲替K解圍，「當然，」她說，「他接受這個職位，不是嗎？K？」於是K得以把他的聲明侷限在簡單的一聲「是」，而且這聲「是」甚至不是對著教師說的，而是對芙麗妲。「那麼，」教師說，「我就只還需要向您說明您的職責，好讓我們在這一點上徹底達成協議：土地測量員先生，您必須每天打掃兩間教室，並且生火提供暖氣，對校舍裡的東西進行小型修繕，也包括校內的器材和體操用具，剷除穿過校園那條路上的積雪，替我和那位女老師送信，在比較暖和的季節裡負責所有的園藝工作。相對地，您有權在教室裡任選一間來居住；不過，如果沒有同時在兩間教室裡授課，而您剛好住在正在授課的那間教室裡，那麼您當然就得搬到另一間去。您不准在學校裡煮飯，但您和您的眷屬可以在旅店這兒用餐，費用由村裡負擔。至於您的舉止必須符合學校的尊嚴，尤其是絕不能讓孩童在上課時目睹您家中令人不快的場景，這一點我只順帶提及，因為，身為受過教育的人，這一點您應該知道。關於這一點，我還想補充一句，就是我們必須堅持您盡快把您和芙麗妲小姐的關係合法化。關於上述這一切，還有另外幾件小事，我們將會擬定一份聘僱合約，等您一搬進學校，就必須簽署這份合約。」這一切在K看來都不重要，彷彿這與他無關，或者至少是對他沒有約束力，只是那教師自以為了不起的態度激怒了他，他隨口說道：「喔，都是些一般的職責。」為了稍微淡化這句話，芙麗妲問起了薪水。「發不發薪水，」那教師說，「要在一個月的試用期過後才會加以考量。」「可是這對我們來說太艱難了，」芙麗妲說，「要我們在幾乎沒有錢的情況下結婚，就這樣白手起家。老師先生，難道我們不能向村裡申請，請求立刻發放一點微薄的薪水嗎？您會建議我們這麼做嗎？」「不會，」那教師說，他的話始終是針對K而發，「這樣的申請只有在我加以推薦的情況下才會通過，而我不會這麼做。授予您這個職位只不過是幫您一個忙，而一個人若是對自己的公共責任有所自覺，就不能把幫忙的事做得太過分。」這會兒K終究還是插進話來，幾乎違反了他自己的意願。「說到幫忙，老師先生，」他說，「我想您弄錯了。也許應該說是我幫了你們一個忙。」「不，」那教師微笑著說，由於他畢竟還是迫使K開口說話了，「對於這一點我知之甚詳。我們對校工沒有迫切需要，一如我們並不迫切需要土地測量員。不管是校工還是土地測量員，對我們都是一大負擔。我還得要再三思考，該如何向村民說明這筆支出的理由。最好、也最符合實際情況的做法會是把這項要求往桌上一扔，根本不去說明理由。」「這就是我的意思呀，」K說，「違反了您的意願，您不得不雇用我，儘管這讓您大傷腦筋，您也必須雇用我。如果某個人被迫雇用另一個人，而這另一個人接受雇用，那麼自然他才是幫忙的人。」「真是怪了，」教師說，「什麼能迫使我們雇用您，是村長先生那顆善良的心、那顆過度善良的心迫使我們這麼做。土地測量員先生，我看得很清楚，您將得要放棄某些幻想，才能成為一個有用的校工。對於給不給薪水，您這些話自然也只會幫倒忙。可惜我也察覺，您的舉止將來還會給我惹來許多麻煩，這整段時間裡您居然都只穿著內衣褲在和我交涉，我一直眼睜睜地看著，簡直不敢相信。」「的確，」K笑著大聲說，把雙手一拍，「那兩個讓人受不了的助手到底在哪裡？」芙麗妲急忙跑到門邊，那教師察覺這會兒沒辦法再跟K說什麼了，就問芙麗妲，他們什麼時候要搬進學校。「今天，」芙麗妲說。「那麼我明天早上去檢查。」那教師說，揮手告別，想走出門去，芙麗妲替他把門打開了，但他卻和那些女僕撞個正著，她們已經帶著她們的東西回來，準備在這個房間裡再安頓下來，她們不讓路給任何人，他只好從她們之間擠過去，芙麗妲跟在他後面。「你們倒還真急，」K說，這一次他對她們很滿意，「我們還在這兒，而你們就已經非進駐不可？」她們沒有回答，只是尷尬地轉動她們的包袱，K看見他熟悉的骯髒破布從包袱裡垂掛出來。「你們大概還從來沒洗過你們的東西吧。」K說，他這樣說沒有惡意，而是帶著一種好感。她們察覺到了，同時張開緊繃的嘴，露出強壯有如動物的漂亮牙齒，無聲地笑了。「那就來吧，」K說，「你們就安頓下來吧，這本來就是你們的房間。」她們卻還在猶豫——大概是覺得她們的房間改變太多了——於是K拉起其中一個的手臂，帶她往前走。但他隨即鬆開她的手臂，那兩個女僕的目光是那麼驚愕，在她們彼此短暫會意之後，這道目光再也沒有離開K的身上。「現在你們看著我看得夠久了。」K說，想揮去某種不舒服的感覺，接過芙麗妲剛剛拿來的衣服和靴子，一一穿上，那兩名助手膽怯地跟在她後面。K始終無法理解芙麗妲對那兩名助手表現出的耐性，現在也還是不能理解。他們本來該把衣服在院子裡刷乾淨，而她找了很久才發現他們在樓下安詳地吃午餐，沒刷乾淨的衣服揉成一團擱在腿上，於是她不得不親自把所有的衣物刷乾淨，可是她卻根本沒有責罵他們，雖然她很懂得管束平民百姓，當著他們的面，她說起他們的嚴重疏忽就像是說起一個小玩笑，甚至還討好似的輕輕拍拍其中一個助手的臉頰。K打算之後要為此告誡她。但現在該是他出門的時候了。「這兩個助手留在這裡，幫忙你搬家。」K說。但他們卻不同意，他們吃飽了而且心情愉快，很樂意出去動一動。直到芙麗妲說：「當然，你們留在這裡。」他們才聽從了。「你知道我要去哪裡嗎？」K問。「知道。」芙麗妲說。「這麼說來，你不阻攔我？」K問。「你將會遇到那麼多阻礙，」她說，「我的話又算什麼！」道別時她親吻了K，由於他沒吃午飯，她包了一點麵包和香腸給他，是她從樓下替他帶回來的，提醒他之後不要再回這兒來，而是直接到學校去，她把手擱在他肩膀上，陪著他走到門口。

第八章 等待克拉姆

起初K很高興躲開了擠在那個溫暖房間裡的女僕和助手。而雪地也有點結冰，變得比較堅實，走起來比較容易。只不過天色已漸漸黑了，於是他加快了腳步。

城堡的輪廓已經漸漸模糊，如常地靜靜座落著，K始終不曾見到那裡有絲毫生命跡象，也許從這麼遠的地方根本無法辨識出來，然而眼睛仍舊渴望看見，不願意忍受那片寂靜。當K注視著那座城堡，有時候他會自覺像在觀察某個人，那人平靜地坐在那裡，望向前方，並非陷入沉思而與一切隔絕，而是自由自在，無憂無慮；彷彿他是獨自一人，沒有人在觀察他；然而他勢必會察覺自己受到觀察，但那卻絲毫不曾撼動他的平靜，而且的確——不知道這是原因還是結果——觀察者的目光因無法抓牢而滑落。這個印象由於提早降臨的暮色而更為強烈，他看得愈久，辨識出的就愈少，一切就更深地陷入朦朧之中。

K抵達尚未亮燈的貴賓樓時，二樓的一扇窗戶正好打開，一位胖胖的年輕先生探身出來，隨即留在窗邊，他的鬍子刮得很乾淨，身穿毛皮外套，K向他打招呼，他卻沒有回禮，似乎連頭都不曾輕輕點一下。K在門廊上和酒吧裡都沒有遇見任何人，酒吧那兒殘留的啤酒味比上一次更難聞，類似的情形在橋頭旅店大概不會發生。K立刻走向上次他窺視過克拉姆的那扇門，小心地按下門把，可是那扇門鎖住了；接著他試圖摸出那個窺視孔所在的位置，可是那個蓋子很可能是蓋得極為密合，使他無法以這種方式找到，因此他點燃了一根火柴。這時一聲尖叫把他嚇了一跳。在門和餐具櫃之間，靠近火爐的角落裡，坐著一個年輕女孩，她蜷縮著身子，在火柴的亮光中用勉強睜開的惺忪睡眼盯著他。那顯然是來接替芙麗妲的女孩。她旋即鎮靜下來，打開了電燈，臉上仍露出生氣的表情，這時她認出了K。「啊，土地測量員先生，」她微笑著說，向他伸出手來，自我介紹說，「我叫蓓比。」她個子嬌小，紅潤而健康，濃密的紅金色頭髮編成了一條粗粗的辮子，鬈髮圍繞著臉龐，她穿著一件由閃亮的銀色布料做成的衣裳，平滑地垂下，很不合身，下端用一條絲帶笨拙地收緊，顯得稚氣，末端綁成蝴蝶結，把她束縛住了。她問起芙麗妲，問她是否很快就會回來。這個問題近乎惡意。接著她說：「芙麗妲一走，我就被匆匆叫到這兒來，因為總不能隨隨便便派個女孩在這兒工作，在這之前我是客房女僕，可是換到這裡來工作對我並非好事。在這兒有許多晚間和夜裡的工作，很累人，我簡直承受不了，芙麗妲放棄了這份工作並不令我納悶。」「芙麗妲在這兒的時候很滿足。」K說，為了向蓓比點出她和芙麗妲之間的差別，她所忽略的差別。「您別相信她，」蓓比說，「芙麗妲能夠自我克制，這不是別人能輕易做到的。凡是她不想承認的事，她就不會承認，別人也根本察覺不出她有什麼事需要承認。我跟她一起在這裡服務已經好幾年了，我們一向睡在同一張床上，可是我並沒有跟她親暱起來，如今她肯定不會再想起我。她唯一的朋友也許是橋頭旅店的老闆娘，而這也足以說明她的作風。」「芙麗妲是我的未婚妻。」K說，一邊尋找著門上的窺視孔。「這我知道，」蓓比說，「所以我才說起這些。否則這些話對您來說沒有意義。」「我懂了，」K說，「您的意思是，我可以自豪我贏得了一個這麼難以接近的女孩。」「沒錯。」她說，滿足地笑了，彷彿針對芙麗妲這個人，她和K達成了祕密的默契。

不過，並非她所說的話占據了K的心思，轉移了他對窺視孔的尋找，而是她的模樣，還有她人在酒吧這件事。當然，她比芙麗妲年輕許多，幾乎還像個孩子，而且她的衣服很可笑，她之所以這樣穿，顯然是因為她對於酒吧女侍的重要性有誇張的想像。而她這番想像甚至不無道理，因為這個職位根本還不適合她，大概是出乎意料、受之有愧地派給了她，而且只是暫時的，就連芙麗妲總是掛在腰帶上的那個小皮包也並未交付給她。而她聲稱不滿意這個職位也只不過是出於自大。然而，儘管她年幼無知，她很可能也跟城堡有關係，如果她沒有撒謊，她原本是客房女僕，她不知道自己擁有這些關係，在這裡昏睡度日，而擁抱一下這個嬌小豐腴、背部微圓的身體，雖然不能把她所擁有的關係奪過來，卻能碰一下，鼓舞自己一下，為了那艱難的道路。那麼，這也許跟在芙麗妲身邊沒什麼不同？噢，不，那是不一樣的。只要想想芙麗妲的目光，就會了解。K絕對不會去碰蓓比。但此刻他得把眼睛遮住一會兒，他是如此貪婪地看著她。

「燈其實不必開著，」蓓比說，又把電燈關掉，「我之所以開燈，只是因為您嚇了我一大跳。您來這裡做什麼呢？是芙麗妲忘了什麼東西嗎？」「對，」K說，指著那扇門，「在旁邊這個房間裡，一條桌布，白色的，手工編成的。」「是的，她的桌布，」蓓比說，「我記得，很漂亮的手工，我也有幫忙她做，可是它想來不會在這個房間裡。「芙麗妲認為在這裡。是誰住在這兒？」K問。「沒有人住在這兒，」蓓比說，「這是貴賓室，那些官員在這裡吃飯喝酒，意思是說這個房間是用來做這個用途的，可是大多數的官員都留在樓上他們的房間裡。」「要是我知道，」K說，「旁邊這個房間裡現在沒人，那我很想進去找那塊桌布。不過，這件事說不準，例如克拉姆就常常坐在裡面。」「克拉姆現在肯定不在那裡，」蓓比說，「他馬上就要搭雪橇走了，雪橇已經在院子裡等著了。」

K立刻離開了酒吧，一句解釋的話也沒說，在門廊上，他沒有走向出口，而是走向屋子裡面，幾步之後，就進了院子。這裡多麼寂靜，多麼美麗！一座四四方方的院子，三面被房子圍住，臨街的那一邊——一條K不識得的小街——被一堵白色高牆圍住，牆上有一扇沉重的大門，此時敞開著。從院子裡看過去，這棟屋子比從正面看過去顯得更高，至少二樓是整個擴建過的，看起來更壯觀，因為二樓被一道木頭迴廊環繞，那迴廊是封閉式的，只在眼睛的高度留下一條窄縫。在K的斜對面，有一道通往屋內的入口，是開放式的，沒有門，那個入口還屬於主要建築，但已經位在連接對面那座側翼建築的角落。入口前停著一部深色的封閉式雪橇，由兩匹馬拉著。除了車夫，一個人也看不到，而隔著這段距離，此刻在暮色中，K也只是猜測車夫在那兒，沒有辨識出他來。

K雙手插在口袋裡，小心地環顧四周，貼著圍牆，繞過院子的兩面，直到抵達雪橇旁。車夫是上一回在酒吧的那些農民之一，裹在毛皮大衣裡，無動於衷地看著K走過來，就像是盯著一隻貓走過的路。即使當K已經站在他身邊，向他打了招呼，就連那兩匹馬都由於這個從黑暗中出現的男子而不安起來，他還是滿不在乎。這是K十分樂見的。他倚著圍牆，打開包好的食物，感激地想起芙麗妲把他照顧得這麼好，同時往屋子裡瞄。一道中間成直角拐了個彎的樓梯通往下面，在下面又跟一條走道相交，走道低矮，但是看來很長，一切都乾乾淨淨，刷成白色，界線分明。

等待的時間比K所想的要長。他早已經吃完了東西，感覺到寒意，朦朧的暮色已經變成一片漆黑，而克拉姆始終尚未出現。「這還得要等很久。」一個沙啞的聲音突然說道，距離K這麼近，把他嚇了一跳。說話的人是那個車夫，他彷彿清醒過來，伸著懶腰，大聲打著呵欠。「什麼還要等很久？」K問，對於這個打擾並非不感激，因為持續的寂靜和緊張已經令人難受。「在您走開之前。」車夫說。K不明白他的意思，卻沒有追問，自認為以這種方式最能夠使那個高傲的人開口。在這一片漆黑中，不回答幾乎令人氣憤。而果然，過了一會兒之後，那車夫問：「您想喝點白蘭地嗎？」「想。」K不假思索地說，這個提議太誘人了，因為他冷得發抖。「那您就把雪橇打開，」車夫說，「在側袋裡有幾瓶，您去拿一瓶，喝了之後再遞給我。穿著這件毛皮大衣，我要爬下去太不方便。」K討厭這樣替他遞東西，可是他既然已經跟車夫說上了話，他就照辦了，就算要冒著在雪橇旁被克拉姆撞見的危險。他打開寬寬的門，本來可以馬上從裝在門內側的袋子裡把酒瓶掏出來，可是由於這會兒門開了，他按捺不住想進去雪橇裡面的衝動，只想在裡面稍坐一下。他溜了進去。雪橇裡異樣溫暖，儘管K不敢關門，門還大大地敞開著，裡面仍舊很暖和。他躺進一堆毯子、墊子和毛皮裡，根本不知道自己是否坐在凳子上；他可以朝各個方向轉動身體，舒展四肢，而總是會陷進一堆柔軟溫暖的東西裡。K攤開雙臂，頭倚著隨手可得的墊子，從雪橇裡望進黑漆漆的屋裡。為什麼克拉姆這麼久還不下來？在雪地裡站了那麼久之後，這份暖意令他有點暈眩，K希望克拉姆終於會來。至於以他目前的情況最好是別給克拉姆看見，這個念頭只模糊地在他腦中浮現，作為對意識的小小干擾。而車夫的態度更加深了他的渾然忘我，車夫想必明明知道他在雪橇裡，卻任由他待在那兒，甚至沒有向他要白蘭地。車夫這樣做很體貼，但K的確想為他效勞；K沒有改變姿勢，笨拙地伸手去搆那個側袋，但不是在打開的那扇門上，因為那扇門離得太遠，而是在他身後關著的那扇門上，嗯，反正無所謂，在這個側袋裡也有幾個瓶子。他抽出一瓶，旋開瓶蓋，還聞了聞，不禁露出微笑，那味道那麼甜，令人受寵若驚，就像從我們喜歡的人口中聽見了誇獎和美言，即使根本不知道那些話的意義是什麼，也根本不想知道，只知道是他在說話，因此而感到幸福。「這是白蘭地嗎？」K懷疑地自問，出於好奇而嚐了嚐。沒錯，是白蘭地，真奇怪，熱辣辣的，讓人暖和起來。

這東西喝下去之後起了很大的變化，從一種幾乎只帶著甜香的東西變成了適合車夫的飲料。「這可能嗎？」K問自己，像是在責備自己，又再喝了一口。這時候——K正喝下一大口——周圍明亮起來，電燈亮起，在屋裡的樓梯上、走道上、門廊上、屋外的入口上方。聽得見腳步聲走下樓梯，酒瓶從K手中滑落，白蘭地流到一塊毛皮上，K從雪橇裡跳出來，他剛好還來得及把門關上，造成一聲巨響，不久之後就有一位先生緩緩從屋子裡走出來。唯一令人安慰之處似乎在於此人不是克拉姆，還是說這正是令人惋惜之處？那人是K已經在二樓窗邊見過的那位先生。是個年輕人，樣子很體面，皮膚白裡透紅，但是十分嚴肅。K也陰沉地看著他，但他這陰沉的目光是針對他自己的。早知道還不如派那兩個助手過來，像他先前那種舉止，他們也做得到。在他面前，那位先生仍舊沉默不語，彷彿在他過於寬廣的胸膛裡還沒有足夠的空氣，能讓他說出他想說的話。「這實在太不像話了。」然後他說，把帽子往額頭上推了一點。怎麼？這位先生可能還不知道K在雪橇裡待過，就已經覺得某件事太不像話？莫非是K闖進院子裡來這件事？「您是怎麼到這兒來的？」接著那位先生問道，聲音已經小了些，已經吐了一口氣，對於改變不了的事實感到認命。這是什麼問題！要他怎麼回答！難道K還得自己詳細地向這位先生證實，他懷著那麼多希望展開的路途全是徒勞？K沒有回答，轉向雪橇，開了門，拿出他忘在裡面的帽子。他注意到那白蘭地一滴滴地滴在踏板上，心裡不太自在。

然後他又轉身面向那位先生；如今他不再顧慮對方會知道他曾經待在雪橇裡，那也並不是最糟的事；假如別人問他，不過也只有在別人問起的情況下，他不打算隱瞞是那個車夫要他去的，至少是要他去打開雪橇的門。而糟糕的事其實在於，這位先生出人意料地出現，讓他不再有足夠的時間去躲起來，以便能不受打擾地等待克拉姆，或是在於他不夠沉著，沒有留在雪橇裡，把門關上，坐在那些毛皮上等待克拉姆，或者至少在這位先生仍在附近時待在裡面。當然，他當時無法知道，此刻過來的人會不會就是克拉姆本人，在這種情況下，在雪橇外面迎接他當然比較好。是的，剛才還有些事該顧慮，現在卻絲毫無須再顧慮，因為事情已經結束了。

「您跟我來。」那位先生說，其實並非在下命令，可是命令之意不在話語中，而在伴隨著這句話的擺手動作中，那動作短促，故意顯得滿不在乎。「我在這裡等人。」K說，不再抱著任何成功的希望，只是基本上表明態度。「您跟我來。」那位先生又說了一次，完全不為所動，彷彿是想表示他從未懷疑過K不是在等人。「可是這樣一來，我就會錯過我在等的人。」K說，身子動了一下。無論剛才發生了什麼事，他覺得自己到目前為止所達成的也是一種收穫，這份收穫雖然他只能在表面上緊緊抓住，但卻也不必在隨便一道命令下交出去。「您反正都會錯過他，不管您是等還是走。」那位先生說，這句話的意思雖然不客氣，但卻順著K的思路，這一點引人注意。「那我寧可在等待的情況下錯過他。」K倔強地說，他肯定不會讓這位年輕先生的幾句話就把他從這兒趕走。聽見這話，那位先生把眼睛閉上了一會兒，向後仰的臉上露出優越的神態，彷彿想從K的不可理喻再回到他本身的理智，嘴巴微微張開，用舌尖把嘴唇舔了一圈，然後對那車夫說：「把馬具卸下來吧！」

車夫聽命於那位先生，但生氣地從旁邊看了K一眼，這會兒他終究還是得穿著毛皮大衣爬下來，開始十分躊躇地把那兩匹馬連同雪橇向後拉，彷彿他並非期望那位先生會再下達相反的命令，而是期望K會改變主意，他拉著雪橇和馬匹朝房屋側翼接近，在那裡的一扇大門後面顯然是馬廄和車棚所在之處。K眼看自己獨自留在原處，那部雪橇從一邊逐漸離開，而在另一邊，那位年輕的先生從K來時的路上逐漸離開，不過，兩者的動作都很慢，彷彿想向K表示，他還有權力把他們叫回來。

也許他有這個權力，但是這個權力對他也不會有用處；因為把雪橇叫回來就意味著把自己趕走。於是他靜止不動，身為唯一固守此地的人，然而這是一場沒有帶來喜悅的勝利。他輪流目送著那位先生和車夫。那位先生已經走到K最初走進院子的那扇門，又回過頭來看了K一眼，K自認看見他在搖頭，為了K的頑固，接著他毅然決然地迅速轉身，走進門廊，隨即消失了蹤影。車夫留在院子裡的時間比較長，為了那部雪橇，他有許多工作要做，必須打開馬廄沉重的門，倒退著把雪橇退回原位，解下馬匹身上的馬具，把牠們牽到馬槽邊，他嚴肅地做著這一切，十分專注，已經不再指望不久後就能啟程；比起那位先生的舉止，車夫沒有朝K瞥上一眼而默默幹活，反倒讓K覺得是種更嚴厲的指責。當車夫做完了在馬廄裡的工作，以他那種慢吞吞、搖搖晃晃的步伐穿過院子，關上大門，又再回來，他做這一切都慢吞吞的，簡直是只打量著自己在雪地裡的足跡，然後把自己關進馬廄，這會兒也已經關掉了所有的電燈——它們該照亮誰呢？——只有木頭長廊上方的縫隙還透著光，稍微抓住了迷失的目光，K覺得彷彿別人斷絕了和他的所有關係，彷彿他現在自然也比任何時候更為自由，可以在這個原本禁止他來的地方等待，要等多久都可以，彷彿他替自己爭取到這份自由，幾乎沒有別人做得到，也沒有人可以移動他或趕走他，就連跟他說話都不行，然而——這份確信至少同樣強烈——彷彿也沒有什麼比這份自由、這份等待、這種不可侵犯，更沒有意義，更令人絕望。

第九章　對抗審訊

他掙脫開來，走回屋裡，這一次不是貼著圍牆走，而是穿過雪地中央，在門廊上遇見了老闆，老闆無聲地向他打了招呼，指著通往酒吧的門，他聽從了這個提示，因為他凍壞了，也因為他想見到人群，但他卻十分失望，當他看見那位年輕先生坐在那兒的一張小桌旁，那張桌子大概是特地擺出來的，因為平常眾人在那兒都把木桶當桌子用，而橋頭旅店的老闆娘就站在那位年輕先生面前，這一幕令K心情沉重。蓓比自豪地揚著頭，帶著永遠相同的微笑，不容反駁地意識到她的尊嚴，每次轉身就甩動她的辮子，匆匆來來去去，端來啤酒，接著又拿來墨水和筆，因為那位先生把紙張在面前攤開，一會兒看看這份文件，一會兒又看看桌子另一端的一份文件，比較著兩份文件上的日期，這會兒打算要書寫。老闆娘從高處向下俯視，嘴唇微微噘起，像是在休息似的靜靜看著那位先生和那些文件，彷彿她該說的話都已經說了，也被對方接受了。「土地測量員先生，您總算來了。」那位先生在K走進來時說道，抬起眼睛來看了一下，接著就又專注於那些文件上。老闆娘也只用一道滿不在乎、一點也不驚訝的目光從K身上掠過。而蓓比則是等到K走到櫃檯邊點了一杯白蘭地，似乎才注意到他。

K倚著櫃檯，把手按在眼睛上，什麼也不去理會。然後他啜了一口白蘭地，把酒推回去，因為那酒難以入口。「所有先生都喝這酒，」蓓比簡短地說，倒掉杯中剩下的酒，把那個小酒杯洗乾淨，放回架子上。「那些先生有比這更好的酒。」K說。「有可能，」蓓比說，「但我沒有。」她用這句話打發了K，又去替那位先生服務，但他並不需要什麼，而她只是一直在他身後繞著彎路走來走去，恭敬地試圖越過他的肩膀朝那些文件看上一眼；但那只是空洞的好奇和裝模作樣，就連老闆娘都皺起眉頭表示不贊同。

但老闆娘突然豎起了耳朵，愣愣地凝視前方，全神貫注地傾聽。K轉過身去，他根本沒聽見什麼特別的聲音，其他人似乎也沒有聽見什麼，但老闆娘踮著腳尖大步跑到後面通往院子的那扇門邊，從鑰匙孔中望出去，然後睜大了眼睛轉身面向其他人，臉脹紅了，用手指示意他們到她那兒去，這會兒他們輪流從鑰匙孔中望出去，雖然老闆娘看的時間最長，但蓓比也沒被忘記，相對而言，那位先生是最不在乎的。蓓比和那位先生也很快就回來了，只有老闆娘仍舊吃力地從鑰匙孔看出去，身子彎得很低，差點跪在地上，別人幾乎會以為她現在只是在懇求那個鑰匙孔放她出去，因為大概早就沒有什麼可看了。等她終於又直起身子，用雙手拂過臉龐，整理了一下頭髮，深深吸了一口氣，一雙眼睛似乎得先再習慣這個房間和房間裡的人，也不情願地這麼做了，這時K說：「所以說，克拉姆已經搭雪橇走了嗎？」他這麼說不是為了證實他已經知道的事，而是為了先發制人，他幾乎害怕受到攻擊，此刻他是如此脆弱。老闆娘一言不發地從他身旁走過，可是那位先生卻從那張小桌旁回答：「是的，當然。由於您放棄在那兒站崗，克拉姆就得以啟程。不過，那位先生是多麼敏感，這真是不可思議。老闆娘太太，您注意到了嗎？克拉姆是多麼不安地四處張望？」這一點老闆娘似乎並沒有注意到，但那位先生繼續說：「嗯，幸好他什麼也看不到了，車夫就連雪地上的足跡都掃除了。」「老闆娘太太並沒有注意到什麼。」K說，但他這樣說並非出於任何希望，只是被那位先生的話激怒了，那番話存心讓人聽起來已成定局，無法挽回。「也許那個時候我剛好沒從鑰匙孔裡望出去。」老闆娘先說了這句話，以維護那位先生，但接著她卻也想為克拉姆說句話，又加了一句：「不過，我不認為克拉姆有這麼敏感。當然，我們為他擔心，想要保護他，因此假定克拉姆極其敏感。這樣很好，肯定也是克拉姆所希望的。但實際情況是如何，我們並不知道。當然，如果克拉姆不想跟某個人談話，他就絕對不會跟這個人談話，不管這個人費多少力氣，也不管他多麼令人難以忍受地向前擠，不過，光是這件事實就已經足夠了，亦即克拉姆絕對不會跟他說話，絕對不會讓他出現在自己面前，何必還要說他實際上受不了看見這個人呢。至少這一點無從證明，因為永遠不會有檢驗的機會。」那位先生猛點頭。「這基本上當然也是我的看法，」他說，「如果我表達得稍微有點不同，那只是為了讓土地測量員先生能夠明白。不過，克拉姆走出屋外時，的確左顧右盼了好幾次。」「也許他是在找我。」K說。「有可能，」那位先生說，「這一點我倒是沒想到。」大家都笑了，蓓比笑得最大聲，雖然這整件事她幾乎不懂。

「既然我們現在這麼愉快地齊聚一堂，」那位先生接著說，「我想麻煩土地測量員先生提供我一些資料，來補充我的檔案。」「這裡的人很愛寫東西。」K說，遠遠地朝那些檔案望過去。「是的，一個壞習慣，」那位先生說，又笑了，「不過您也許還根本不知道我是誰。我是莫姆斯，是克拉姆在村裡的秘書。」在他說了這幾句話之後，整個房間裡的氣氛都嚴肅起來；雖然老闆娘和蓓比當然很清楚這位先生是誰，卻還是在他提起自己的名字時為之一震，也為了他所流露出的尊嚴。就連那位先生本人也埋首在檔案中，彷彿他說的話超出了他自己的吸收能力，又彷彿他想至少逃避事後蘊含在自己這番話中的每一分莊嚴，他動手書寫，房間裡除了動筆的聲音什麼也聽不見。「這是什麼職位：村裡的秘書？」過了一會兒之後K問。莫姆斯在做過自我介紹之後，現在覺得不再適合由他自己來做這類說明，於是老闆娘代替他說：「莫姆斯先生是克拉姆的秘書，就跟克拉姆的任何一個秘書一樣，不過他的辦公地點，如果我沒有弄錯的話，還有他的職權範圍——」莫姆斯一邊寫，一邊用力搖頭，於是老闆娘修正了她的話，「也就是說，只有他的辦公地點而非職權範圍局限於村裡。莫姆斯先生處理克拉姆在村中所需的文書工作，所有來自村中向克拉姆提出的申請也由莫姆斯先生先行收下。」由於所發生的事，K還有點激動，用空洞的目光看著老闆娘，她又有點尷尬地加了一句：「事情就是這樣安排的，城堡的官員都有他們的村中秘書。」莫姆斯比K聆聽得更為專注，對老闆娘所說的話加以補充：「大部分的村中秘書都只替一位官員工作，我卻替兩位工作，克拉姆和瓦拉貝納。」「對，」老闆娘這會兒也想起來了，轉身向K說，「莫姆斯先生替兩位官員工作，克拉姆和瓦拉貝納，所以是雙重的村中秘書。」「原來還是雙重秘書呢。」K說，向莫姆斯點點頭，就像對一個剛剛聽見有人誇獎的小孩點頭，莫姆斯此時幾乎傾身向前，抬起眼睛來正面看著K。如果K此言此舉當中帶有某種輕視，那麼這份輕視若非沒被注意到，就簡直是對方所盼望的。K連被克拉姆湊巧看見的資格都沒有，而他們偏偏在K面前詳細地介紹克拉姆一個手下的功勞，其未加掩飾的意圖是想博得K的讚賞和誇獎。但K卻無意這麼做；他雖然使盡全力想讓克拉姆看自己一眼，卻並不看重像莫姆斯之流的職位，更別提佩服乃至於羨慕了，儘管莫姆斯可以生活在克拉姆眼前。因為他認為值得追求的並非待在克拉姆身邊這件事本身，而是他，K，就只有他，而非其他人，帶著他的要求，而非其他人的要求，去找克拉姆，而且去找克拉姆不是為了在他那兒歇息，而是為了越過他，再繼續向前，進入城堡。

他看看他的錶，說：「但現在我得回家了。」情況立刻轉變為對莫姆斯有利。「喔，當然，」此人說，「校工的職務在呼喚。可是您還得再給我一點時間。只有幾個簡短的問題。」「我沒有興趣。」K說，想朝著門走去。莫姆斯把一份檔案摔在桌上，站了起來，「奉克拉姆之名，我要求您回答我的問題。」「奉克拉姆之名？」K重複了一次，「他在乎我的事嗎？」「關於這一點，」莫姆斯說，「我無從判斷，而您更是無從判斷；所以這一點我們兩個就安心地留給他來決定吧。但我以克拉姆所賦予我的職位要求您留下來，並且回答問題。」「土地測量員先生，」老闆娘插話進來，「我不打算再給您什麼建議，到目前為止我所給您的建議，全天下最好意不過的建議，被您不知好歹地加以拒絕，而我之所以到秘書先生這裡來——我沒什麼好隱瞞的——只是為了恰當地向當局報告您的舉止和意圖，讓我永遠免於再度接納您在我那兒住宿，這就是我們之間的關係，這一點大概也不會再有什麼改變，因此，我現在說出我的看法，並不是為了要幫助您，而是為了稍微減輕秘書先生的沉重任務，要和向您這樣的人交涉所意味的沉重任務。儘管如此，由於我完全開誠布公——若非開誠布公，我無法跟您打交道，而就連這樣，我也是勉為其難——您也可以從我的話中獲得好處，只要您願意。在您願意的情況下，現在我要提醒您，能帶您到克拉姆那兒去的唯一途徑就是透過秘書先生的筆錄。但我不想誇大其詞，也許這條途徑並不能通到克拉姆那兒，也許這條途徑在離他很遠的地方就斷了，這要由秘書先生來決定。無論如何，這卻是至少能帶您往克拉姆的方向走的唯一途徑。而您打算放棄這條唯一的途徑？沒有別的理由，就只是出於倔強？」「唉，老闆娘，」K說，「這既不是通往克拉姆的唯一途徑，也不比其他的途徑更有價值。而您，秘書先生，會決定我在此所說的話能否傳到克拉姆那兒。」「當然，」莫姆斯說，用自豪地垂下的眼睛左顧右盼，而那兒根本沒什麼可看的，「否則我當什麼秘書。」「老闆娘太太，這會兒您看看，」K說，「我需要的不是通往克拉姆的途徑，而是先需要通往秘書先生的途徑。」「這就是我想要替您打開的途徑，」老闆娘說，「今天上午我不是向您提出過，說我願意把您的請求傳達給克拉姆嗎？本來這件事透過秘書先生就能辦到。但您卻拒絕了，而現在，除了這條路，您卻也沒有別的路可走了。當然，在您今天的表現之後，在您試圖出其不意地去見克拉姆之後，您成功的希望更為渺茫。然而，這最後一絲正在消失的微小希望，這份其實根本不存在的希望，卻是您唯一的希望。」

「老闆娘太太，」K說，「這是怎麼回事，您原本那麼努力想要阻止我去到克拉姆身邊，現在卻這麼認真地看待我的請求，好像以為我的計畫若是失敗我就全完了？如果您曾經真心誠意地勸阻我根本不要試圖去找克拉姆，那麼您現在怎麼可能像是同樣真誠地想把我推上通往克拉姆的路？就算您也承認這條路根本通不到他那兒去？」「我推您向前？」老闆娘說，「如果我說，您的企圖沒有希望，這叫做推您向前嗎？如果您想用這種方式把您對自己的責任推到我身上，這就真的是大膽至極。也許是因為秘書先生在場，才讓您有了這個興致？不，土地測量員先生，我沒有推您去做任何事。只有一點我可以承認，就是我頭一次見到您的時候，也許稍微高估了您。您那麼快就征服了芙麗妲，把我嚇壞了，我不知道您還會做出什麼樣的事情來，我想要避免其他的不幸，我以為要達成這一點，除了試圖透過請求和威脅來打動您之外沒有別的辦法。如今我學會了較為平靜地來思考這整件事。您愛怎麼做就怎麼做吧。您的舉動也許會在院子的雪地上留下深深的足跡，但也僅止於此。」「我覺得那個矛盾之處並沒有完全被澄清，」K說，「不過能讓您注意到這個矛盾，我也就滿足了。但現在我請求秘書先生您告訴我，老闆娘太太的看法是否正確，亦即您想同我做的筆錄，其結果能讓我獲准出現在克拉姆面前。如果情況是這樣，那麼我立刻願意回答所有的問題。就這件事而言，我根本就是什麼都願意。」「不，」莫姆斯說，「這種關聯並不存在。我只是要針對今天下午所發生的事，替克拉姆在村中的檔案室留下一份詳盡的敘述。這份敘述已經完成了，只有兩、三處空白還需要您來填上，這是規矩，其他的目的並不存在，也不可能被達成。」K沉默地看著老闆娘。「您為什麼看著我，」老闆娘問，「難道我說過不一樣的話嗎？他這個人就是這樣，秘書先生，他這個人就是這樣。先是扭曲別人給他的資訊，然後卻聲稱別人給了他錯誤的資訊。我從一開始就告訴他，今天這樣說，一向這樣說，說他毫無希望被克拉姆接見，既然沒有希望，那麼透過這份筆錄他也不會得到希望。這話還能夠說得更明白嗎？我又說，這份筆錄是他和克拉姆之間在公務上唯一能有的真正關聯，這一點明明也說得夠清楚了，而且不容懷疑。可是如果他不相信我，不斷地——我不知道這是為什麼，有什麼目的——希望能去到克拉姆面前，那麼，如果按照他的思路去想，就只有他和克拉姆之間在公務上唯一能有的真正關聯能幫得上他的忙，也就是這份筆錄。我所說的就只有這樣，誰要是聲稱事情不是這樣，就是惡意地扭曲了我的話。」「如果是這樣，老闆娘太太，」K說，「那麼我請您原諒，那麼我就是誤解了您，因為我以為從您先前所說的話中聽出，對我來說的確還存在著一絲希望，現在看來是我想錯了。」「沒錯，」老闆娘說，「這的確是我的看法，您又扭曲我的話了，只不過這一次是朝著相反的方向。依照我的看法，這樣的希望對您來說是存在的，但卻只建立在這份筆錄上。但是這並不是說，您就可以拿『如果我回答這些問題，是否就能獲准去見克拉姆』這個問題來問得秘書先生措手不及。如果一個小孩子這樣問，別人會一笑置之，如果一個成年人這麼做，是對當局的一種侮辱，只不過秘書先生透過他巧妙的回答寬大地加以遮掩。而我所指的希望，就是存在於您透過這份筆錄和克拉姆產生的某種關聯中，也許會產生的某種關聯。難道這不是足夠的希望嗎？倘若問起您有何功勞讓您有資格獲贈這樣一份希望，您提得出來嗎？哪怕只是一點點？當然，關於這份希望的細節是不能說的，尤其是秘書先生以他的公職身分絕不可能對此做出暗示，即便是最小的暗示。如他剛才所說，對他而言此事就只在於針對今天下午的事加以敘述，這是規矩，他不會再多說什麼，就算您現在根據我的話再去問他。」「那麼，秘書先生，」K問，「克拉姆會讀這份筆錄嗎？」「不會，」莫姆斯說，「為什麼要讀呢？克拉姆總不能去讀所有的筆錄，甚至根本一份也不讀，『別拿你們那些筆錄來煩我！』他常這麼說。」「土地測量員先生，」老闆娘抱怨，「您這些問題讓我筋疲力盡。要克拉姆去讀這份筆錄，逐字逐句地得知您的生活瑣事，這有必要嗎？還是說值得追求嗎？您不覺得謙卑地請求別人在克拉姆面前隱瞞這份筆錄會比較好嗎？話說回來，這個請求就跟先前那個請求一樣不明智，因為有誰能在克拉姆面前隱瞞什麼，但這個請求畢竟讓人看出一個比較討人喜歡的個性。而且對於您所謂的希望，這難道有必要嗎？您自己不也說過，只要您有機會當面和克拉姆談話，您就滿足了，哪怕他不看您一眼，也不去聽您說了什麼？而透過這份筆錄，您不是至少能達成這一點嗎？而也許還能達成更多？」「更多？」K問，「以哪種方式？」「如果您不要老是這樣就好了，」老闆娘大聲說，「像個小孩子，希望別人端來的任何東西都是馬上就能吃的。有誰能夠回答這種問題呢？這份筆錄會送到克拉姆在村中的檔案室，這一點您已經聽到了，其餘的就沒法說得準了。不過，您已經知道這份筆錄、秘書先生、村中檔案室有多重要了嗎？當秘書先生審問您，您知道這意味著什麼嗎？也許他自己也不知道，或者說他很可能也不知道。他平靜地坐在這裡，盡他的義務，這是規矩，如他所說。但請您考量到，他是克拉姆任命的，他是以克拉姆的名義在工作，他所做的事畢竟從一開始就得到克拉姆的同意，就算這事永遠傳不到克拉姆耳中。而凡是獲得克拉姆同意的事，怎麼可能不充滿著他的精神。我並無意用笨拙的方式來恭維秘書先生，他自己也不會允許，但我談的並不是他獨立的人格，而是他在擁有克拉姆的同意時是什麼，就像現在。這時候他就是克拉姆手中的工具，誰要是不服從他就要倒楣。」

K並不害怕老闆娘的恐嚇，也厭倦了她用來誘騙他的那些希望。克拉姆很遙遠，老闆娘曾經把克拉姆比喻成一隻老鷹，當時K覺得那很可笑，但現在他不再覺得可笑了，他想到他的遙遠，想到他無法攻占的住處，想到他的緘默，也許只會被K從未聽過的叫喊打斷，想到他向下逼視的目光，永遠無法證實也無法駁斥的目光，想到他在上方依照無法理解的規律所做的盤旋，只在瞬間可見，是K從下方破壞不了的——這些都是克拉姆和老鷹的共同點。然而，這肯定和這份筆錄沒有關係，此刻莫姆斯正掰開一個椒鹽扭結餅，拿來配啤酒吃，鹽粒和碎屑在檔案上撒得到處都是。

「晚安，」K說，「我對每一種審問都很反感。」現在他真的朝著門口走去。「所以說，他真的要走。」莫姆斯幾乎害怕地對老闆娘說。「他不敢的。」她說，其餘的話K就沒聽見了，他已經走上門廊。天氣很冷，颳著一陣強風。老闆從對面一扇門裡走出來，他似乎是從那扇門的一個窺視孔後面監視著門廊。就連在門廊上，那風也把他外套的下襬吹得掀了起來，他不得不把外套的下襬按在身上。「土地測量員先生，您已經要走了嗎？」他說。「您感到納悶嗎？」K問。「是的，」

老闆說，「您不是在接受審問嗎？」「不，」K說，「我不接受審問。」「為什麼不呢？」老闆問。「我不明白，」K說，「我為什麼要接受審問，為什麼要順從一個玩笑或是當局一時的興致。換做是另一次，或許我也會出於玩笑或一時的興致而接受，但今天不想。」「喔，這是當然。」老闆說，但那只是禮貌的附和，而非深信不疑的同意。「現在我得讓那些隨從進酒吧去了，」接著他說，「早該讓他們進去了。我先前只是不想打擾那番審問。」「您把那番審問看得這麼重要嗎？」K問。「噢，是的。」老闆說。「所以說，我不該拒絕囉？」K問。「對，」老闆說，「您不該那麼做的。」由於K沉默不語，他又加了一句：「嗯，不過，老天也不見得會因此而馬上下起硫磺雨。」不管這話是為了安慰K，還是為了快點脫身。「是不會，」K說，「天氣看起來不像是會下硫磺雨。」於是他們就笑著分手了。

第十章　在路上

K走上狂風陣陣的露天台階，望進那一片漆黑。天氣很惡劣，很惡劣。彷彿與此有某種關聯，他想起老闆娘如何努力要他就範去做筆錄，而他又是如何堅定不屈。不過，那番努力並非公開的，在暗中，她同時把他從那份筆錄拉開，到最後他不知道自己究竟是堅定不屈，還是屈服了。一個陰險狡猾的人，行事看似毫無意義，好比風，遵照著遙遠而陌生的指令，他永遠看不見的指令。

他才在大路上走了幾步，就看見遠處有兩道晃動的光；這個生命的跡象令他很高興，急忙迎著光走去，那兩道光也搖搖晃晃地迎向他。當他認出了那兩名助手，他不知道自己何以這般失望，畢竟他們是迎向他走來，很可能是芙麗妲派他們來的，而那兩盞燈籠大概是他的財產，它們把他從一片漆黑中解救出來，在那片漆黑中，強風從四面八方向他怒號，儘管如此他還是感到失望，他期望遇到陌生人，而不是這兩個對他而言是種負擔的老相識。但來者不僅是那兩個助手，在他們兩個之間，從黑暗中走出來的是巴納巴斯。「巴納巴斯，」K喊道，向他伸出了手，「你是來找我的嗎？」重逢的驚喜讓K暫時忘了巴納巴斯曾引起的一切不快。「是來找你，」巴納巴斯說，就跟先前一樣和氣，「帶著一封克拉姆的信。」「一封克拉姆的信！」K說，把頭往後一仰，急忙把信從巴納巴斯手裡接過來。「替我照亮！」他對那兩個助手說，他們一左一右緊緊挨著他，把燈籠舉了起來。K必須把那一大張信紙摺得小小的來讀，以免被風吹走。然後他讀著：「致橋頭旅店的土地測量員！截至目前，您所做的土地測量工作深獲我的肯定。您兩個助手的工作也值得讚許；您懂得如何讓他們勤奮工作。請您繼續努力不要鬆懈！好好完成您的工作！您若中斷將令我不悅。此外請您放心，有關酬勞的問題很快會有決定。我會密切注意您。」直到那兩個讀得比他慢得多的助手為了慶祝這個好消息，大聲歡呼了三次，並且擺動燈籠，K才把目光從那封信上抬起來。「你們安靜點，」他說，然後向巴納巴斯說，「這是個誤會。」巴納巴斯不明白他的意思。「這是個誤會。」K又說了一次，這天下午的疲憊再度襲來，前往學校的路在他感覺上還那麼遠，而在巴納巴斯身後浮現了他全家人，那兩個助手仍然緊緊挨著他，他用手肘把他們推開；芙麗妲怎麼能派他們來迎接他呢？既然他明明下過命令，要他們留在她身邊。回家的路他自己一個人也找得到，自己一個人還比跟這群人在一起要更容易找到。此外，一名助手在脖子上繫了一條圍巾，兩端在風中飛揚，好幾次打在K的臉上，不過，另一個助手總是馬上用他又長又尖、一直動個不停的手指，把圍巾從K的臉上拿開，但卻於事無補。他們兩個似乎還覺得這樣你來我往很有趣，一如那風和不寧靜的黑夜也令他們興奮。「走開！」K吼道，「你們既然來接我，為什麼沒有把我的手杖帶來？讓我能用來趕你們回家？」他們躲到巴納巴斯身後，但並未害怕到不敢把燈籠一左一右放在他們的保護者肩上，只是他隨即把燈籠抖落。「巴納巴斯。」K說，巴納巴斯顯然不明白他的意思，在平靜的時刻，巴納巴斯的外套閃著美麗的光澤，可是當情況嚴重起來，在他身上卻得不到幫助，只會發現無言的阻力，無法對抗的阻力，因為他自己也無力自衛，只有他的微笑是閃亮的，可是那毫無幫助，就像天上的星星對於地上的暴風毫無幫助一樣，這令K心情沉重。「你看看這位先生給我寫的信，」K說，把信遞到他面前，「這位先生得到的消息是錯誤的。我明明沒有做什麼測量工作，至於這兩個助手有多大用處，你自己也看見了。而我沒有做的工作，自然也就不能中斷，我甚至無法引起這位先生的不悅，要怎麼博得他的肯定！而且我永遠不可能放心。」「這話我會轉達。」巴納巴斯說，在這整段時間裡他都沒有看著那封信，而他其實也根本無法去讀，因為那封信離他的臉太近。「唉，」K說，「你答應我，你會轉達這話，可是我難道真的能夠相信你嗎？我是如此需要一個值得信賴的信差，現在比任何時候都更需要！」K急躁地咬住嘴唇。「先生，」巴納巴斯說，脖子柔軟地歪向一邊——K差點又被這個動作引誘得去相信他——「我肯定會去轉達，你上一次託付給我的口信，我也肯定會去轉達。」「什麼？」K喊道，「難道你還沒有轉達那個口信嗎？你第二天不就到城堡裡去了嗎？」「沒有，」巴納巴斯說，「我父親年紀大了，你自己也見過他，那時候剛好有很多工作要做，我必須幫他的忙，不過現在我很快就會再到城堡去。」「可是你到底在做什麼啊，你這個不可理喻的人，」K喊道，在自己額頭上拍了一下，「克拉姆的事情不是比所有其他的事更重要嗎？你擔任著信差這個重要職務，卻執掌得這麼差勁？誰在乎你父親的工作？克拉姆在等著消息，而你，不但沒有連翻帶滾地跑去，反而寧可清除馬廄裡的馬糞。」「我父親是鞋匠，」

巴納巴斯不為所動地說，「他從布倫斯維克那兒接了訂單，而我是父親的幫手。」「鞋匠——訂單——布倫斯維克，」K憤恨地喊道，彷彿永遠不想再用到這三個詞，「在這些永遠空蕩蕩的路上誰會需要靴子。而且我哪裡在乎這些做鞋的事，我把一個口信託付給你，不是為了讓你在做鞋的凳子上把它給忘了，給弄亂了，而是要你馬上送去給那位先生。」K稍微冷靜了一點，當他想到，在這整段時間裡，克拉姆很可能都不在城堡裡，而在貴賓樓，可是巴納巴斯又惹惱了他，當他為了證明自己好好記住了K的第一個口信，開始背誦起來。「夠了，我什麼也不要聽。」K說。「先生，請別生我的氣。」巴納巴斯說，彷彿不自覺地想要懲罰K，他把目光從K身上縮回去，垂下了眼睛，不過那大概是出於震驚，由於K的吼叫。「我沒有生你的氣，」K說，他的焦慮這會兒轉回自己身上，「我不是生你的氣，可是，只有這樣一個信差來替我傳達重要的消息，這對我來說實在很糟。」「你看，」巴納巴斯說，像是為了維護他身為信差的榮譽，而多說了他不該說的話，「克拉姆並沒有在等這個消息，我到他那兒去的時候他甚至會生氣，有一次他說：『怎麼又有新消息』，而且他一看到我遠遠地走過來，他通常就會站起來，走進隔壁房間，並不接見我。而且也並沒有規定，我一有訊息就要馬上送過去，假如有這條規定，那我當然會馬上送去，可是關於這一點並沒有規定，假如我永遠都不去，我也不會因此而被告誡。如果我帶一個訊息過去，那是出於自願。」「好，」K說，一邊觀察著巴納巴斯，故意不去看那兩個助手，他們從巴納巴斯的肩膀後面輪流出現，就像從舞台的升降裝置裡緩緩現身，輕輕吹了聲模仿風聲的口哨，就又迅速消失，彷彿見到K

把他們嚇了一跳，他們就這樣玩了很久，「克拉姆那兒的情況我不清楚；我也懷疑你能看清那兒的一切，而就算你能，這些事我們也無法改善。不過，帶一個口信過去，這是你做得到的，而這就是我要請求你做的事。一個很短的口信。你可以明天就帶過去嗎？並且明天就把回覆告訴我，或是至少告訴我你受到了什麼樣的接待？這你做得到嗎？也願意做嗎？這對我來說會很有價值。也許我還會有機會好好答謝你，說不定我現在就能滿足你的一個願望。」「我當然會把口信帶到。」巴納巴斯說。「而你願意努力盡可能好好去做嗎？把這個口信帶給克拉姆本人，從克拉姆本人那兒得到答覆，而且全都在明天做到，就在明天上午，你願意嗎？」「我會盡力而為，」巴納巴斯說，「不過我一向盡力。」「關於這一點，我們現在不要再爭論了，」K說，「口信是這樣的：土地測量員K請求主任先生准許他親自前去拜訪，他願意事先接受取得此一許可所需的任何附帶條件。他之所以被迫做此請求，是因為到目前為止，所有的中間人都徹底失敗了，這一點他可以舉例為證，亦即到目前為止他一點測量工作也沒做，而按照村長所言，他也永遠不會進行測量工作；因此他懷著絕望的慚愧讀了主任先生最近那封信，唯有親自去拜訪主任先生才能對此事有所幫助。土地測量員知道這是個不情之請，但他會努力不讓主任先生感覺到被打擾，他願意接受任何時間限制，如果有必要，他也願意遵守對字數的限制，亦即在會談時准許他使用幾個字，他認為只要准許他用十個字就夠了。他懷著深深的崇敬並且迫不及待地等候裁決。」K說得忘我，彷彿他就站在克拉姆的門前，在跟守門人說話。接著他說：「這個口信比我原先所想的長了許多，但你還是得口頭轉達，我不想寫信，一封信就只會跟其他檔案一樣又沒完沒了地被傳送下去。」於是K只替巴納巴斯潦草地在一張紙上把口信寫下，把紙墊在一個助手的背上，另一個助手則提燈照亮，不過，K已經可以按照巴納巴斯的口述來寫，他把所有的話全記住了，像個學生一樣正確地背了出來，沒去理會那兩個助手的錯誤提示。「你的記憶力真是優異，」K說，把那張紙交給他，「但現在請你在別的事情上也表現優異。還有，你的願望呢？你沒有願望嗎？坦白說，想到我這個口信的命運，如果你有一些願望，會讓我安心一點。」巴納巴斯起初沒有作聲，然後他說：「我的姊姊和妹妹向你問好。」「你的姊姊和妹妹，」K說，「對了，那兩個高大強壯的女孩。」「她們兩個都向你問好，但尤其是阿瑪麗亞，」巴納巴斯說，「這封給你的信也是她今天從城堡裡帶給我的。」K緊緊抓住這個消息，問道：「難道她不能也把我的口信帶進城堡嗎？還是說你們兩個難道不能一起去嗎？各自去試試自己的運氣？」「阿瑪麗亞不准到辦公室去，」巴納巴斯說，「否則的話，她肯定會很樂意去做。」「也許我明天會到你們家去，」K說，「不過，你得先把回覆帶給我。我會在學校裡等你。也代我問候你的兩個姊妹。」K的承諾似乎讓巴納巴斯十分開心，在握手道別之後，他還輕輕碰了一下K的肩膀。彷彿現在一切又像巴納巴斯首次神采飛揚地走進旅店裡那群農民當中一樣，K自然是帶著微笑，覺得這輕輕一碰是種嘉獎。他的脾氣溫和了一些，在回家的路上就由著那兩個助手想做什麼就做什麼。

第十一章　在學校裡

他回到家時完全凍壞了，到處都一片漆黑，燈籠裡的蠟燭已經燃盡，那兩名助手對此地已經很熟悉，在他們的帶領下，K一路摸索著走進一間教室——「這是你們頭一件值得稱讚的成就。」他說，想起克拉姆那封信——芙麗妲還在半睡半醒之中就從一個角落裡喊道：「你們讓K睡覺！不要打擾他！」K是如此占據了她的心思，就算她抗拒不了睡意，無法等他。這會兒燈光亮起，不過不能調得太亮，因為燈裡只剩下一點煤油了。這個新住家還有種種缺陷。雖然生了火，可是這個也用來上體操課的大房間——到處都擺著體操器材，也有些器材從天花板垂掛下來——已經把現有的柴火都用完了，本來也已經夠溫暖舒適，如同他們向K保證的，但可惜又涼掉了。雖然在一個棚子裡還存放著大批柴火，但棚子鎖著，鑰匙在教師那兒，他只允許在上課時間為了生火而取用木柴。假如有床的話，情況就還可以忍受，可以躲進床裡。然而就這一點而言，就只有一個乾草墊，值得稱許的是這個乾草墊上乾乾淨淨地鋪著芙麗妲的一件羊毛斗蓬，但是沒有羽絨被，只有兩條硬梆梆的粗毯子，幾乎無法保暖。而就連這個可憐兮兮的乾草墊，那兩個助手都還眼巴巴地看著，不過，他們當然不敢奢望能獲准躺在那上面。芙麗妲怯生生地看著K；在橋頭旅店她已經證明她懂得把一個房間布置得適於居住，哪怕是最簡陋不過的房間，可是在這裡，一點資源也沒有，她就無法再施展才能了。「我們房間裡唯一的裝飾是那些體操器材。」她說，帶著淚勉強露出微笑。至於兩項最大的缺陷，沒有床鋪和暖氣不足，她堅決地承諾第二天就會加以補救，請K先忍耐一下。沒有一句話、一個暗示、一個表情顯示出她心裡對K有一絲埋怨，雖然明明是他先把她從貴賓樓拉走，如今又把她從橋頭旅店拉走，這一點他不得不承認。因此，K努力去覺得一切都還可以忍受，這對他來說也一點都不困難，因為他在思緒裡跟著巴納巴斯一起走，逐字逐句地複述他的口信，但不是如他所託付給巴納巴斯那樣，而是如他所認為在克拉姆面前聽起來那樣。此外，他也的確為了芙麗妲用酒精爐替他煮的咖啡感到高興，他倚著逐漸冷卻的火爐，看著她用靈活熟練的動作，在講桌上鋪上那條必不可少的白色桌布，放上一個有花朵圖案的咖啡杯，旁邊擺上麵包和燻肉，甚至還有一罐沙丁魚。這會兒一切準備就緒，芙麗妲也還沒有吃飯，而等著K回來。房間裡有兩把椅子，K和芙麗妲在桌旁坐下，那兩個助手坐在他們腳邊，坐在講台上，可是他們始終靜不下來，就連在吃飯時也是種干擾；雖然他們從每樣食物都拿到了很多，距離吃完也還差得很遠，他們卻不時站起來，以確認桌上是否還有許多食物，他們是否還能期望再分到一些。K沒有理會他們，是芙麗妲的笑聲才讓他去注意他們。他討好地把手蓋在芙麗妲放在桌上的手上，小聲地問她何以對他們這麼寬容，甚至連他們的頑皮也好脾氣地忍受。他說這樣一來將永遠擺脫不了他們，反之，如果對待他們稍微強硬一點，會跟他們的行為比較相稱，也能夠約束他們，或是讓他們受不了這份職務，最後溜之大吉，這個可能性更高也更好。看來待在這校舍裡的時光不會太愉快，不過反正也不會待太久，而只要那兩個助手離開，他們兩個能在這安靜的屋子裡獨處，那麼就幾乎不會察覺這屋子的所有缺陷。難道她不也察覺到這兩個助手一天比一天更放肆，彷彿是由於芙麗妲在場才鼓勵了他們，由於他們希望在她面前K不會像平常那樣堅決地對付他們。再說，也許有十分簡單的辦法，能立刻乾淨俐落地擺脫他們，說不定芙麗妲也知道這種辦法，畢竟她對此地的情況如此熟悉。倘若設法把他們趕走，說不定還是幫了那兩個助手的忙，因為他們在這裡過的生活談不上舒適，就連到目前為止所能享受的偷懶，在這裡至少也會部分終止，因為他們將得要幹活，由於芙麗妲在這幾天的緊張之後必須保重身體，K則將忙於找到出路來擺脫他們的困境。然而，如果那兩個助手走了，K會感到如釋重負，將能在所有其餘工作之外輕鬆地處理校工的各項工作。

芙麗妲在專注聆聽之後，緩緩撫摸他的手臂，說這也是她的看法，不過他也許把那兩個助手的頑皮看得太嚴重了，他們是年輕小伙子，生性開朗，頭腦有點簡單，頭一次替一個外地人做事，脫離了城堡的嚴格管束，因此不免有點興奮和感到新奇，在這種情況下，他們偶爾難免做出一些蠢事，為了這些蠢事而生氣固然很自然，但比較明智的做法是一笑置之。儘管如此，她完全同意K的意見，亦即最好是把他們打發走，讓她和K可以獨處。她朝著K挪近了一點，把臉埋在他肩膀上。以這個姿勢，很難聽清楚她接下來所說的話，K不得不朝她彎下身子，她說她並不知道有什麼對付那兩個助手的辦法，而且她擔心K所提的建議都不會成功。據她所知，是K自己要他們來的，現在他們來了，他就得留下他們。最好是把他們當成無關緊要的人來輕鬆看待，他們也就是這樣的人，這是忍受他們最好的辦法。

Ｋ不滿意她的回答，半開玩笑半認真地說，她似乎和他們結盟了，或者至少是對他們很有好感，嗯，他們的確是俊秀的小伙子，但只要有心，沒有擺脫不了的人，而他將在這兩名助手身上向她證明這一點。

芙麗妲說，如果他能辦到，她會很感謝他。此外，從現在開始，她不會再笑他們，也不會跟他們說沒必要的話。她也不再覺得他們有什麼好笑，老是被兩個男人盯著瞧也的確不是件小事，她學會了用Ｋ的眼光來看這兩個人。當此刻那兩個助手又站了起來，一來是為了查看剩餘的食物，二來則是想弄清楚這不斷的輕聲細語是怎麼回事，她果然微微嚇了一跳。

Ｋ利用這個機會來讓芙麗妲討厭這兩個助手，把芙麗妲拉向自己，他們緊緊依偎著吃完了飯。現在該去睡覺了，大家全都十分疲倦，一個助手甚至在吃飯時睡著了，這逗樂了另一個助手，想讓主人看看睡著那人的蠢相，但他沒有成功，Ｋ和芙麗妲高高坐在椅子上不予理會。在愈來愈難以忍受的寒冷中，他們對於去睡覺這件事也感到猶豫，最後Ｋ宣布非得再生火不可，否則沒辦法睡覺。他問起有沒有斧頭，那兩個助手曉得有一把，拿了來，他們就到放木柴的棚子去。一會兒之後，那道簡易的門就被撬開了，兩個助手欣喜若狂，彷彿從未經歷過這種好事，爭先恐後、你推我擠地動手把柴火搬進教室，沒多久就堆起了一大疊，火生了起來，大家全都圍著爐火躺下，兩名助手得到一條毯子來裹住身體，一條毯子就完全足夠，因為他們講好，總是有一個人醒著照看爐火，沒多久，在火爐旁邊就暖和到根本不需要毯子了，熄了燈以後，K和芙麗妲在溫暖和寂靜中愉快地舒展身體入睡了。

在夜裡，K由於某種聲響而醒來，在乍醒的睡意中迷迷糊糊地伸手去摸芙麗妲，他察覺躺在他身邊的不是芙麗妲，而是助手。這是他到目前為止在這村裡所受到的最大驚嚇，很可能是由於驟然驚醒而起的敏感。他尖叫一聲，坐了起來，不假思索地給了那個助手一拳，打得他哭了起來。而這整件事隨即真相大白。原來芙麗妲先前被弄醒了，因為有一隻動物——至少在她感覺上是這樣——跳上她胸膛，馬上又跑走了，很可能是一隻貓。她起來，拿著一支蠟燭，在整個房間裡尋找那隻動物。一個助手就趁機來享受一下躺在乾草墊上的滋味，現在他為此嚐到苦頭了。但芙麗妲什麼也沒找到，也許那只不過是個錯覺，她回到K身邊，在途中經過那個蜷起身子呻吟的助手，安慰地摸了摸他的頭髮，彷佛忘了她和K前晚的談話。K沒有說什麼，只命令那兩個助手停止生火，因為在搬來的柴火就快用完的情況下，房間裡已經太熱了。

早上，當第一批學童已經來了，好奇地圍在床鋪周圍，他們大家才醒過來。這很尷尬，因為屋裡太熱，他們全都脫得只剩下內衣，不過，如今在早晨，那熱氣已經又被明顯的涼意取代，當他們正要開始穿衣服，女老師吉莎出現在門口，她是個高大美麗的金髮女孩，只是有點拘謹。顯然她已經料到會見到這名新校工，大概也從教師那兒得知了行事準則，因為她才在門檻上就說了：「這我不能容忍。這也太不像話了。您只不過得到許可在教室裡睡覺，我卻沒有義務在您的臥室裡授課。一家人在床上一直賴到上午，這麼個校工家庭。哼！」嗯，這話不無可以反駁之處，K心想，尤其是所謂的一家人和床上，他一邊和芙麗妲趕緊把雙槓和鞍馬推過來——那兩個助手派不上用場，他們躺在地板上，詫異地看著女老師和那些孩童——把兩條毯子搭在上面，隔出一個小小的空間，擋住那些孩童的目光，讓人至少可以在裡面穿上衣服。不過，他們得不到片刻安寧，首先是女老師為了臉盆裡沒有清水而責罵——K原本正想去替自己和芙麗妲把臉盆拿過來，這會兒暫時放棄了這個意圖，免得過度激怒那個女老師，可是他的放棄於事無補，因為緊接著就是匡啷一聲巨響，因為很不幸地，他們忘了把剩餘的晚餐從講桌上清除，女老師用一把直尺一掃，所有的東西都摔落在地上；沙丁魚罐頭的油和剩餘的咖啡四濺，咖啡壺摔得粉碎，這些都不需要女老師來操心，反正校工馬上就會收拾乾淨。K和芙麗妲尚未完全穿好衣服，倚在雙槓上眼睜睜地看著他們那一丁點財產被毀掉，那兩個助手顯然根本沒想到要穿上衣服，在底下從毯子之間偷偷望出去，逗得那些孩童大樂。最讓芙麗妲傷心的當然是失去了那個咖啡壺，直到K為了安慰她，向她保證馬上會到村長家去要求補償，而且也會得到補償，她才鎮靜下來，只穿著內衣和襯裙，就從隔間裡跑出去，為了至少把那條桌布拿回來，免得它被弄得更髒。她也辦到了，雖然女老師想把她嚇退，用直尺不斷重重敲著桌子，令人神經崩潰。那兩個助手由於這一連串的事件而顯得迷迷糊糊，等到K和芙麗妲穿好衣服，他們不僅得下命令，又推又碰地催促那兩個助手穿衣服，甚至還得替他們穿。等到大家都穿戴整齊，K分配了接下來的工作，派兩名助手去拿柴火，但是先去另一間教室生火，在那兒還有很大的危險可能降臨，因為那個教師很可能已經在那兒了，K要芙麗妲清潔地板，他會去提水，並且整理其他地方，至於早餐，暫時沒辦法去想。不過，為了約略得知女老師的情緒，K打算第一個走出去，要其他人等他叫他們時再跟著出去，他之所以這樣安排，一方面是因為他不希望由於那兩個助手的愚蠢而在一開始就把情況弄得更糟，另一方面則是因為他想盡可能地保護芙麗妲，因為她有虛榮心，而他沒有，她個性敏感，而他不會，她只想到眼前惱人的小事，他卻想著巴納巴斯和將來。芙麗妲完全聽從他的指示，目光幾乎不曾離開他身上。他一走出去，女老師就在孩童的笑聲中喊道：「喔，睡飽啦？」從這一刻起，孩童的笑聲就再也停不下來，K沒有加以理會，而朝著臉盆走去，因為那句話本來就也不是個問句，這時女老師問：「你們把我的貓咪怎麼了？」一隻胖大的老貓舒展身子，懶洋洋地躺在桌上，女老師檢查著牠顯然受了點傷的腳掌。所以說，芙麗妲想得其實沒錯，這隻貓雖然沒有跳到她身上，因為牠大概已經跳不動了，卻從她身上爬了過去，平常空蕩蕩的屋子裡有人在，這把牠嚇了一跳，急忙躲起來，而在牠不習慣的倉促中弄傷了自己。K試圖平靜地向女老師解釋，她卻只聽懂了結果，說：「好了，你們傷了牠，這就是你們帶來的見面禮。您自己看看。」她把K叫到講台上，讓他看看那隻腳掌，趁著他不注意，用貓爪在他手背上抓了一道；貓爪雖然已經鈍了，但女老師這一回卻沒有心疼那隻貓，按得很用力，還是留下了帶血的傷痕。「現在您去幹活吧。」她不耐煩地說，又朝那隻貓彎下身子。芙麗妲和兩個助手在雙槓後面看著這一幕，看到血的時候尖叫起來。K把手拿給那些孩童看，說道：「你們看，這是一隻又兇惡又陰險的貓抓的。」當然，他這句話並不是說給那些孩童聽的，他們的叫喊和笑聲已經變得理所當然，不再需要其他的誘因和鼓勵，也沒有一句話能穿透或影響他們的笑鬧。然而，由於女老師也只用短短一瞥來回應他的挖苦，除此之外仍舊繼續在那隻貓身上忙著，也就是說，看來她最初的怒氣由於這個見血的懲罰而得以平息，於是K就呼叫芙麗妲和那兩個助手，大家開始工作。

當K把裝著髒水的水桶提出去，再提了清水回來，開始打掃教室，一個大約十二歲的男孩從一張凳子上走過來，摸摸K的手，說了些什麼，但是在那片吵鬧聲中完全聽不清楚。這時所有的吵鬧聲突然停止。K轉過身去。他一整個上午都在擔心的事發生了。那位教師站在門口，這個矮個子兩手各抓著一名助手的衣領。他大概是在他們去拿柴火時逮住他們的，因為他用洪亮的聲音大喊，每說一個字就停頓一下，「是誰膽敢闖進放柴火的棚子？那傢伙在哪兒？我要把他揍扁。」這時芙麗妲從地板上直起身子，她正在女老師腳邊努力把地板擦乾淨，她朝K望過去，彷彿想得到力量，目光和姿態中仍流露出一絲昔日的優越感，說道：「是我，老師先生。我想不出別的辦法。如果一早就要在教室裡生火，就必須打開那個棚子，我不敢在夜裡去向您拿鑰匙，我的未婚夫當時在貴賓樓，有可能會在那兒過夜，所以我必須獨自決定。如果我做錯了，請原諒我沒有經驗，我已經被我未婚夫訓了一頓，當他看見所發生的事。是的，他甚至不准我一早就生火，因為他認為您把棚子鎖住，就表示您不希望在您到校之前就先生火。所以，還沒有生火是他的錯，可是棚子被撬開則是我的錯。」「是誰把門撬開的？」教師問那兩個助手，他們仍舊努力想掙脫他的掌握，卻徒勞無功。「是先生。」他們兩個說，同時指著K，以免還有疑問。芙麗妲笑了，而這個笑聲似乎比她的話語更能證明一切，接著她開始把她用來擦地板的抹布在水桶裡擰乾，彷彿這場風波由於她的解釋已經結束，那兩個助手所說的話只不過是事後開個玩笑，直到她又跪下來準備要工作，她才說：「我們這兩個助手還是孩子，儘管年紀這麼大了，卻還應該再上上學。是我昨晚獨自用斧頭打開了那扇門，那很容易，我不需要這兩個助手來幫忙，他們只會妨礙我。可是後來在夜裡，當我的未婚夫來了，他去看看那扇門損壞的情形，如果可能就修理一下，這兩個助手就跟在後面跑過去，很可能是因為他們害怕單獨留在這裡，他們看見我未婚夫在那扇打開的門旁忙著，所以現在他們才這麼說——嗯，他們就只是小孩子。」雖然兩個助手在芙麗妲解釋時一直搖頭，繼續指著K，努力想藉由無聲的臉部表情來改變芙麗妲的說法，可是由於他們沒能成功，他們終於認命了，把芙麗妲的話當成命令，當那教師又再問了一次，他們就不再回答。「哦，」那教師說，「原來你們先前是在說謊？或者至少是輕率地指控校工？」他們仍舊不說話，可是他們的顫抖和恐懼的眼神似乎暗示出他們自知有罪。「那我立刻就要把你們痛打一頓。」教師說，派一個孩子到另一間教室去拿藤條。等他把藤條舉起，芙麗妲喊道：「這兩個助手說的是實話。」她絕望地把抹布扔進水桶，水高高濺起，她跑到雙槓後面，躲了起來。「一群說謊的傢伙。」女老師說，她剛剛替貓的腳掌包紮完畢，把貓抱在膝上，就那個位子而言，那隻貓幾乎太胖了。

「所以說，還是校工先生做的。」那教師說，推開那兩個助手，轉身面向K，在這整段時間裡，K都拄著掃帚聆聽。教師說：「這個校工先生，出於懦弱，坦然坐視別人為了他自己的卑鄙行為而誣告他人。」「嗯，」K說，他清楚地察覺，芙麗妲的插手畢竟還是緩和了教師起初的怒不可遏，「假如那兩個助手挨一點打，我也不會替他們感到難過，如果他們在十次應該挨打的時候沒有挨打，那麼他們也可以在不該挨打的時候挨一次打來贖罪。不過，撇開這點不談，如果得以避免我與教師您之間的直接衝突，也是我所樂見的，說不定就連您也會高興。可是現在既然芙麗妲為了那兩個助手而犧牲了我，」──說到這裡，K停頓了一下，在寂靜中聽得見芙麗妲在毯子後面啜泣──「那當然就得把事情弄個明白。」「太不像話了。」女老師說。「我完全同意您的看法，吉莎小姐，」教師說，「由於這樁可恥的職務疏失，校工您自然是立刻被解聘，我同時保有之後對您進行懲處的權利，但現在您馬上帶著您所有的東西滾出去。那會讓我們大大鬆一口氣，終於可以開始授課。所以，快滾吧！」「我不會離開這裡，」K說，「您是我的上司，但不是授予我這個職位的那一位，授予我職位的人是村長先生，我只接受他的解聘。而他之所以給我這個職位，總不會是要我和我的家人在這裡凍僵，而是──如您自己說過的──為了阻止我做出有欠考慮的絕望行為。因此，如果現在突然將我解聘，會正好違反了他的用意；除非我從他自己嘴裡聽見相反的話，我是不會相信的。此外，如果我不聽從您輕率的解聘，很可能對您也大有好處。」「所以說，您不聽從？」教師說，「您的決定不見得都是最好的，舉例來說，想想昨天下午，當您拒絕接受審問。」

「您為什麼現在提起這件事？」K問。「因為我高興，」教師說，「現在我再重複最後一次：滾出去！」當這句話也沒有產生效果，教師往講台走去，小聲地和女老師商量；她提起了警察，但教師拒絕了，最後他們取得一致的意見，教師要求那些孩童到他班上去，他們將在那裡跟其他的孩童一起上課，小孩子都很高興能有這種調劑，隨即在笑聲和叫喊聲中離開了這個房間，教師和女老師跟在他們後面最後出去。女老師捧著班級紀錄簿，上面是那隻無動於衷的胖貓。那教師很想把貓留在這裡，可是女老師堅決拒絕了他對此事所做的暗示，指出K的殘忍，於是，在所有令人生氣的事情之外，K還又把這隻累贅的貓推給了教師。這大概也影響了教師在門口對K說的最後幾句話：「女老師被迫帶著學生離開這間教室，因為您頑固地拒絕被解聘，而沒有人能要求這位年輕女孩在您骯髒的家務中授課。所以您自個兒留下來吧，可以不受正派觀眾的反感打擾，隨心所欲，大剌剌地待在這兒。但是這種情況不會維持太久的，這點我可以保證。」說完他就把門重重關上。

第十二章　助手

眾人才走，K就對那兩個助手說：「你們出去！」這道命令出人意料，令他們詫異，在詫異之下便聽從了，可是當K在他們身後把門關上，他們就又想要回來，在外面哀求，敲打著門。「你們被解雇了，」K喊道，「我再也不會用你們。」這件事他們自然不願意忍受，手腳並用地搥打著門。「我們要回到你身邊，先生！」他們喊著，彷彿K是乾燥的陸地，而他們正要在洪水中滅頂。但K並無憐憫之心，他不耐煩地等待，等著這令人難以忍受的叫喊將迫使教師前來干預。這件事不久之後就發生了。「讓您那兩個該死的助手進去！」教師吼道。「我把他們解雇了。」K吼了回去，此舉具有一個意想不到的附帶作用，可以讓那個教師看看，如果一個人權力夠大，不僅能夠解雇別人，還能夠付諸實現，是個什麼情況。教師這會兒試著心平氣和地安撫那兩個助手，說只要他們安靜地在這兒等待，到最後K終究還是得再讓他們進去。說完他就走了。這下子本來也許能夠安靜下來，若非K又開始對他們喊，說他們現在徹底被解雇了，沒有一絲希望被重新雇用。聽見這話，他們又像先前一樣開始大吵大鬧。那教師又來了，但這會兒他不再跟他們商量，而顯然是用那根令人生畏的藤條把他們趕走了。

不久之後，他們出現在體操教室的窗前，敲著窗玻璃，大吼大叫，但不再聽得清楚他們在喊些什麼。不過，他們也沒有在那裡待太久，在急躁不安中，他們想要跳來跳去，在深深的積雪中卻無法做到。因此他們跑到校園的柵欄邊上，跳上柵欄的石頭基座，從那裡他們也能更清楚地看進那間教室，不過只能遠遠地看，他們抓著柵欄，在那兒跑過來跑過去，隨即又停下來，雙手合十，央求地向K伸出來。他們就這樣鬧了很久，不去考慮這番努力毫無用處；他們彷彿失去了理智，當K放下窗簾，免得看見他們，他們大概也沒有停止。

在此刻暗下來的房間裡，K走到雙槓那兒去看看芙麗妲。在他的注視下，她站起來，整理了一下頭髮，把臉擦乾，沉默地動手去煮咖啡。雖然她什麼都知道，K還是正式地告知她，說他把那兩名助手解雇了。她只點點頭。K坐在一張課桌椅上，看著她疲憊的動作。之前一直是靠著她活潑的朝氣和果決的意志，美化了她那乏善可陳的身軀，如今這份美麗已然消逝。才和K共同生活了幾天，就變成這番景況。在酒吧的工作並不輕鬆，但很可能卻更適合她。還是說，離開了克拉姆才是她憔悴下來的真正原因？在克拉姆身邊讓她顯得異常誘人，她藉由這份誘惑力擄獲了K，如今她卻在他的懷裡凋萎。

「芙麗妲。」K說。她立刻把磨咖啡機放下，走到K所坐的課桌椅旁。「你在生我的氣嗎？」她問。「不，」K說，「我想你也是不得不如此。你在貴賓樓過得很滿足。我應該要讓你留在那兒的。」「是的，」芙麗妲說，悲傷地凝視前方，「你應該讓我留在那兒的。我不配跟你一起生活。

擺脫了我，也許你能夠做到你想做到的一切。由於顧念我，你屈服於那個蠻橫的教師，接下這個可悲的職位，大費周章地想和克拉姆談話。這一切都是為了我，我卻沒有好好報答你。」「不，」K說，安慰地摟住了她，「這些全都是小事，不會讓我難過，而我想去找克拉姆也不只是為了你的緣故。再說你替我做了多少事！在認識你之前，我在此地完全走錯了路。沒有人接納我，而我硬是去強求的人，很快就把我送走。如果說我能在誰那兒找到安寧，那又是些我避之唯恐不及的人，像是巴納巴斯一家人——」「你對他們避之唯恐不及？不是嗎？親愛的！」芙麗妲有精神地插進話來，在K猶豫地說了聲「是的」之後，她就再度陷入疲憊之中。然而，K也不再有堅決的意志去解釋，和芙麗妲的關係究竟給他帶來了什麼好處。他緩緩鬆開了摟著她的手臂，他們沉默地坐了一會兒，直到芙麗妲說：「我將無法忍受在這裡的生活。如果你想留住我，我們就必須移居國外，去哪裡都好，去法國南部，去西班牙。」彷彿K的手臂給了她如今再也無法缺少的溫暖。「我不能移居國外，」K說，「我到此地來，是為了留下來。我將留在這裡。」以一種他根本沒有費力去解釋的矛盾，他像是自言自語地又加了一句：「除了想要留在這裡的渴望，有什麼能吸引我來到這個荒涼的地方呢。」接著他說：「可是你也想要留在這裡，畢竟這是你的家鄉。你只不過是缺少了克拉姆，才讓你有這種絕望的念頭。」「你說我缺少了克拉姆？」芙麗妲說，「在這裡克拉姆多得是，有太多的克拉姆；就是為了躲開他，我想要離開。我不缺少克拉姆，我缺少的是你。為了你，我想要離開；因為在這裡大家都來拉扯我，我沒法好好擁有你。只要能夠安寧地在你身邊生活，我寧可別人揭開我漂亮的面具，寧可我的身體消瘦。」從這番話中K只聽出了一件事。「克拉姆還一直跟你有聯繫嗎？」他立刻問道，「他叫你去嗎？」「克拉姆的事我什麼也不知道，」芙麗妲說，「我現在談的是其他人，例如那兩個助手。」「喔，那兩個助手，」K驚訝地說，「他們在糾纏你嗎？」「難道你沒有察覺嗎？」芙麗妲問。「沒有，」K說，試圖回想起細節，但卻徒勞無功，「他們的確是纏人而且好色的小伙子，但我並沒有察覺他們膽敢接近你。」「沒有嗎？」芙麗妲說，「你沒有察覺，在橋頭旅店裡，他們硬是不肯離開我們的房間，嫉妒地監視著我們之間的關係，不久前他們當中的一個還躺在乾草墊上我睡覺的地方，現在他們又說出對你不利的證詞，為了把你趕走，毀掉你，好單獨跟我在一起。這一切你都沒有察覺嗎？」K看著芙麗妲，沒有回答。針對那兩個助手的這些指控大概是正確的，但基於這兩個人可笑幼稚、輕率不羈的天性，這些行為也可以被解釋成比較沒有惡意。再說，不管K去哪裡，他們不總是想要跟著去，而不想留在芙麗妲身邊，這不也與這番指控不符？K提起了類似的話。「那是虛偽，」芙麗妲說，「你難道沒有看穿這一點嗎？如果不是出於這些原因，那你又為什麼把他們趕走呢？」她走到窗前，把窗簾稍微往旁邊拉開一點，望出去，然後叫K過去。那兩個助手仍舊在外面的柵欄邊，雖然他們顯然很疲倦，卻還是不時鼓起全副力氣，央求地朝著校舍伸出雙臂。其中一人為了免於要一直牢牢抓緊，把外套鉤在身後柵欄的一根椿子上。

「真可憐！真可憐！」芙麗妲說。「我為什麼把他們趕走？」K問，「最直接的原因就是你。」「我？」芙麗妲問，目光沒有離開外面。「你對那兩個助手太過友善，」K說，「你原諒他們的頑皮，為了他們而發笑，撫摸他們的頭髮，總是同情他們，現在你又說『真可憐，真可憐』，再加上最後那樁風波，當你為了讓那兩個助手免於挨打，不惜犧牲了我。」「這就是了，」芙麗妲說，「這就是我要說的，就是這一點令我難過，讓我不能跟你在一起，而我卻不知道有比跟你在一起更大的幸福，一直跟你在一起，沒有間斷，沒有盡頭，當我夢想著在這塵世間，沒有較為寧靜的地方讓我們相愛，在這村子裡沒有，在其他地方也沒有，於是我想像有一座墳墓，又深又窄，在那裡我們緊緊相擁，像用鉗子夾在一起，我把臉藏在你懷裡，你把臉藏在我懷中，從此再也不會有人看見我們。可是在這裡——看看那兩個助手！他們雙手合十不是在求你，而是在求我。」「而且他們看著的不是我，」K說，「而是你。」「沒錯，是我，」芙麗妲說，幾乎生氣了，「我一直在說的不就是這個；否則這兩個助手為何要一直糾纏我，就算他們是克拉姆派來的人——」「克拉姆派來的人。」K說，雖然他立刻覺得這個說法合情合理，卻還是大吃一驚。「沒錯，克拉姆派來的人，」芙麗妲說，「就算他們是克拉姆派來的，但他們同時也是幼稚可笑的小伙子，還需要挨打來接受管教。他們長得又醜又黑，而他們的臉孔和舉止之間那種對比是多麼惹人厭，他們的臉像個成年人，幾乎像是大學生，而他們的行為卻幼稚愚蠢。你以為我沒有看見這一點嗎？我為他們而感到羞愧。但事情正是這樣，他們並不令我厭惡，而是讓我為了他們而感到羞愧。我忍不住要一直去看他們。要是有人為了他們而生氣，我就忍不住要笑。如果有人要打他們，我就忍不住要撫摸他們的頭髮。當我在夜裡躺在你身邊，我無法入睡，忍不住要越過你看過去，看著他們其中一個把自己緊緊裹在毯子裡，另一個跪在打開的火爐門前生火，我忍不住要探身向前，差點把你弄醒。嚇到我的不是那隻貓——唉，貓我見多了，我在酒吧也習慣了不安寧、總是受到打擾的淺眠——嚇到我的不是那隻貓，而是我自己。只要有一點聲響我就會驚醒，根本不需要這麼一隻龐然大貓。我一會兒擔心你會醒來，而一切都將結束，隨後我又跳起來，點燃蠟燭，好讓你快點醒來，能夠保護我。」「對於這一切我都毫無所知，」K說，「我只是隱約意識到，才把他們趕走，不過現在他們已經走了，現在也許一切都沒事了。」「是的，他們總算走了，」芙麗妲說，但她的表情痛苦，並不愉悅，「只不過我們不知道他們是什麼人。我在思緒裡戲稱他們為克拉姆派來的人，但他們說不定真的是。他們的眼睛，這些憨傻卻又閃亮的眼睛，不知怎地讓我想起克拉姆的眼睛，對，就是這樣，有時候是克拉姆的目光從他們的眼睛穿過我身上。因此，當我說我為了他們而感到羞愧，那並不正確。我雖然知道，在其他地方，在其他人身上，同樣的舉止會是愚蠢而惹人厭惡，在他們身上卻並非如此，我帶著尊敬和欣賞看著他們所做的蠢事。可是如果他們是克拉姆派來的人，誰能讓我們擺脫他們？而擺脫他們又究竟是否真是件好事？若是這樣，你是否該趕快把他們叫進來，而且若是他們還願意進來，你是否應該要感到高興？」「你要我再讓他們進來嗎？」K問。「不，不，」芙麗妲說，「我最不想要的就是這個。我也許根本受不了他們屆時衝進來的那副模樣，他們因為又看見我而流露出的喜悅，他們那孩子般的跳來跳去，還有像男人般伸出的手臂。可是，如果我又考慮到，倘若你繼續這樣嚴厲地對待他們，也許就等於拒絕了克拉姆自己來找你，那麼我要用盡所有的辦法來使你免於遭受此事的後果。那麼，我就想要你讓他們進來，就想要他們快快進來。不要顧慮我，我有什麼重要？我會保護自己，能保護多久算多久，而就算我會輸，那麼就輸吧，但我心裡會知道這也是為了你而發生的。」「你只是更加強了我對那兩個助手的看法，」K說，「他們絕不會在我的同意下進來。我把他們弄了出去，這一點不就證明在某些情況下還是可以控制他們，也證明了他們和克拉姆沒有什麼重要的關係。昨天晚上我才收到一封克拉姆的信，從信中可以看出，關於這兩個助手，克拉姆得到的消息完全錯誤，由此又只能推論出，他根本不在乎他們，因為情況若非如此，他肯定能弄到關於他們更準確的消息。至於你在他們身上看見了克拉姆，這並不能證明什麼，因為很遺憾地，你始終還受到老闆娘的影響，到處都看見克拉姆。你始終還是克拉姆的情婦，還遠遠不是我的妻子。這有時候讓我很抑鬱，覺得彷彿失去了一切，我會覺得自己彷彿剛剛抵達村裡，但不是滿懷希望，如同當時的我實際的情況，而是自覺只有失望在等我，自覺我將得一一品嚐這些失望，直到最後的殘渣。」「但這只是偶爾，」K微笑地加了一句，當他看見芙麗妲聽了他這番話而愈來愈沮喪，「而且這基本上證明了某件好事，亦即你對我有多重要。如果你現在要我在你和那兩個助手之間作選擇，那麼那兩個助手就已經輸了。在你和那兩個助手之間作選擇，這是個什麼念頭。但現在我想徹底擺脫他們。再說，有誰知道，我們之所以感到虛弱，不是由於我們始終還沒有吃早餐的緣故。」「有可能。」芙麗妲說，帶著疲倦的微笑，動手工作。K也又拿起了掃帚。

第十三章 漢斯

過了一會兒之後，有人輕輕敲門。「巴納巴斯！」K大喊，扔掉了掃帚，幾個箭步就到了門邊。芙麗妲看著他，比起其他一切，最讓她吃驚的是那個名字。K用他那雙不穩的手沒法立刻打開那把舊門鎖。「我馬上開門。」他一再重複著這句話，卻沒有去問究竟是誰在敲門。於是他不得不看著，從那被大大扯開的門裡走進來的不是巴納巴斯，而是先前就曾經想要跟K說話的那個小男孩。但K卻無意回想起他。「你到這裡來做什麼？」他說，「上課是在隔壁。」「我是從那兒來的。」男孩說，用那雙棕色的大眼睛平靜地仰望著K，站得直挺挺的，手臂緊貼著身體。「那麼你想做什麼呢？快說！」K說，稍微彎下身子，因為那男孩說話很小聲。「我能幫你的忙嗎？」男孩問。「他想要幫我們的忙。」K對芙麗妲說，接著對男孩說：「你叫什麼名字？」「漢斯．布倫斯維克，」男孩說，「四年級的學生，奧圖．布倫斯維克的兒子，他是馬德萊納街上的鞋匠。」「喔，你姓布倫斯維克。」K說，這會兒對他比較友善了。原來漢斯看見女老師在K手上抓出的血痕，十分激動，當時就下定決心要幫助K。現在他冒著受到重罰的危險，擅自從隔壁教室偷偷溜了出來，像個逃兵。他可能主要是受到那種稚氣的想像所掌控。從他的一舉一動當中所流露出來的那份嚴肅也與這些想像相應。他只在一開始時有點害羞，但不久之後就習慣了K和芙麗妲，等他喝了熱騰騰的好咖啡，他變得活潑而不怕生，他提出的問題既熱心又急切，彷彿他想盡快得知最重要的事，以便能夠獨自替K和芙麗妲做出決定。他的天性中也帶著點頤指氣使，但是摻雜著稚氣的純真，讓別人半是認真半是開玩笑地樂於服從他。無論如何，他占據了所有的注意力，所有的工作都停下了，早餐的時間也拖得很長。雖然他坐在課桌椅上，K坐在講桌上，芙麗妲坐在旁邊一張椅子上，看起來卻好像漢斯是老師，彷彿他在檢驗並評斷那些答案，在他柔軟的嘴邊一抹淡淡的微笑似乎暗示出，他很清楚這只是個遊戲，但除此之外，他在整件事情上就更加專注認真，或許那也根本不是微笑，而是童年的幸福掠過唇邊。他很晚才承認他已經見過K，就是K在拉塞曼家歇腳那一次。這讓K很高興。「當時你在那個婦人腳邊玩耍嗎？」K問。「對，」漢斯說，「那是我母親。」這會兒他不得不談起他母親，但他卻只猶豫地談起，而且是在別人一再要求之下，這下子畢竟顯示出他還是個小男孩，雖然他說起話來有時幾乎像個精力充沛、聰明而有遠見的大人，尤其是在他所提的問題中，也許是出於對未來的預感，但也可能只是由於聽他說話的人緊張不安而產生的錯覺，而這個大人轉眼間又只是個學童，有些問題他根本聽不懂，對另一些問題則理解錯誤，由於稚氣不懂事而說話太小聲，儘管別人一再提醒他這個缺陷，到最後他彷彿出於倔強，對某些急切的問題完全沉默不答，而且一點也不覺得尷尬，這是成年人永遠做不到的。彷彿依照他的看法，只有他可以發問，而其他人的發問卻破壞了某種規定，而且是浪費時間。這種時候他就會久久靜坐，身體挺直，頭部垂下，噘著下唇。芙麗妲喜歡看他這個樣子，於是常常問他問題，希望能以這種方式讓他一言不發。她有時候也成功了，可是這令K生氣。整體說來，從他那兒得知的很少，他母親有點生病，至於是生什麼病，卻不清楚，布倫斯維克太太抱在懷裡的孩子是漢斯的妹妹，名叫芙麗妲（得知妹妹跟這個對他盤問不休的女子同名，漢斯並不高興），他們全都住在村裡，但不是住在拉塞曼家，他們只是去那兒作客，為的是去洗澡，因為拉塞曼有那個大木桶，在裡面洗澡和玩耍讓那些幼兒格外開心，但漢斯並不算在內；提起父親時，漢斯滿懷敬畏，也可能是帶著畏懼，但只有在沒有同時提起母親時才會這樣，相對於母親，父親顯然並不重要，此外，凡是關於他們家庭生活的問題他一律不回答，不管別人再怎麼努力探聽，關於他父親的職業，得知他是地方上最了不起的鞋匠，沒有人比得上他，在被問到其他問題時，漢斯也經常重複這一點，他父親甚至還會給其他鞋匠工作，例如巴納巴斯的父親，而布倫斯維克之所以這麼做，想來只是特別施恩，至少漢斯自豪的擺動頭部暗示出這一點，使得芙麗妲朝他跳下去，給了他一個吻。問起他是否去過城堡，這個問題他在被問了好幾次之後才回答，而他的回答是「沒有」，至於他母親是否去過城堡，這個問題他就根本不回答。到最後K累了，他也覺得這樣問下去沒有用，在這一點上他覺得男孩是對的，再說，兜著圈子想從這個無辜的孩子身上探問出家庭祕密，這也有點丟臉，不過，加倍丟臉的是什麼也沒問出來。等K在最後問這男孩，他究竟打算在什麼事情上幫忙，而漢斯說他只是想幫忙他們工作，免得教師和女老師又再責罵K，這個回答也就不再讓K感到奇怪了。K向漢斯解釋，說他並不需要這種幫助，責罵別人大概是老師的天性，就算是把工作做得再徹底，大概也還是免不了要挨罵，這工作本身並不困難，今天只是由於一些偶發情況才沒有按時做完，再說，這種責罵在K身上產生的作用不像在一個學生身上那樣，他不會放在心上，幾乎不在乎，而且他希望不久之後就能完全擺脫那位教師。他說既然漢斯所謂的幫忙只是針對那位教師，他非常感謝漢斯的好意，而漢斯可以回去了，希望他還不至於受到處罰。雖然K根本並未強調，而只是隨口暗示，他不需要的只是針對那位教師的幫助，而沒有去提他是否需要其他幫助，漢斯卻清楚地聽了出來，並且問K是否需要其他幫助，說他會很樂意幫忙，如果他自己辦不到，那他會去央求他母親幫忙，那麼就肯定會成功。他父親有煩惱的時候，也會央求母親幫忙。而且他母親也曾經問起過K，她自己很少出門，那一次去拉塞曼家只是個例外，但漢斯常去拉塞曼家，為了和拉塞曼的小孩玩耍，而有一次他母親就問他，土地測量員是不是又去過那裡。由於母親既虛弱又疲倦，不能問她沒必要的問題，於是他只簡單地回答，說他在那裡沒有看見土地測量員，而他們就沒有再談起這件事；可是這會兒當他在學校裡發現了K，他就忍不住要跟K說話，好讓他可以去告訴母親。因為母親最喜歡的，就是別人在她沒有明白指示的情況下滿足她的願望。聽了這話，K考慮了一下，就說他並不需要幫助，他所需要的東西他都有，不過漢斯想要幫助他實在很好心，而他謝謝他的好意，之後他是有可能會需要什麼，到那時候他會向漢斯求助，他反正有漢斯的地址。這一次反倒是K也許能幫上一點忙，他很遺憾地得知漢斯的母親體弱多病，而此地顯然沒有人了解她的病痛；一件原本輕微的病痛若是像這樣被忽略，往往會嚴重惡化。而K剛好有一些醫學知識，更重要的是，他有治療病人的經驗。有些事醫生辦不到，他卻做到了。由於他的治癒效果，在家鄉大家一向稱呼他為「苦藥草」。無論如何，他很想見見漢斯的母親，跟她談一談。也許他能夠提出好的建議，單是為了漢斯，他就很樂意這麼做。聽到這個提議，漢斯的眼睛先是一亮，使得K變得更加急切，但結果卻不令人滿意，因為漢斯針對不同的問題都回答陌生人不准拜訪母親，因為她需要好好休養；儘管當時K幾乎沒有跟她說到話，在那之後她還是在床上躺了好幾天，不過這種事經常發生。他父親當時很生K的氣，肯定絕對不會允許K去見他母親，事實上，他父親當時想要去找K，為了他的舉止而懲罰他，只不過被他母親勸阻了。但主要是他母親自己平常不想跟任何人談話，而她問起K並不意味著破例，正好相反，在她提起他的時候，她本來可以說出想見他的願望，但她並沒有這麼做，這就明白地表達出她的意願。她只是想聽聽關於K的事，但並不想和他談話。此外，她所患的其實也不是什麼疾病，她很清楚她身體狀況的原因，有時候也會暗示出此一原因，很可能是此地的空氣讓她受不了，但她卻又不想離開這個地方，為了孩子和孩子的父親，而且現在也已經比從前好了。K所得知的大約就是這些；漢斯的思考能力明顯提高，由於他應該要保護他母親免受K的打擾，雖然他先前宣稱想要幫助K；為了阻止K接近他母親，他甚至在某些事情上與自己先前所說的話自相矛盾，例如，關於她的病。儘管如此，即便是現在，K也察覺漢斯對他仍舊懷著好意，只是一想到母親，他就把其餘的一切全忘了；不管是誰站在他母親的對立面，這人立刻就顯得理虧，現在這個人是K，但這個人也可能是別人，例如他父親。K想試試後面這一種可能，於是說，他父親保護他母親不受任何打擾，這樣做肯定是很明智，而K當時若是猜到類似的情況，他肯定不敢去跟漢斯的母親攀談，而現在他還要在事後請求原諒，請漢斯在家裡代為轉達。另一方面，他不太了解漢斯的父親為什麼阻止漢斯的母親在別種空氣中休養，如果她病痛的原因如同漢斯所說的這麼清楚；別人不得不說是他阻止了她，因為她不願離開就只是為了他和孩子，而孩子她可以帶著走，她並不需要離開很長的時間，也不需要去很遠的地方；單是在城堡山上，空氣就完全不同。這樣出遊一趟的費用，他父親不需要擔心，畢竟他是地方上最了不起的鞋匠，而且他或是漢斯的母親肯定有親戚或熟人在城堡中，會很樂意接待她。為什麼他不讓她去呢？他不該低估這樣一種病痛，K雖然只短暫地見過漢斯的母親，但正是她引人注目的蒼白和虛弱促使他去向她攀談，當時他就已經納悶漢斯的父親把生病的妻子留在眾人洗澡洗滌處的汙濁空氣裡，自己也毫不收斂地大聲說話。漢斯的父親大概不知道事情的嚴重性，就算病情最近也許好轉了，像這種病痛是時好時壞，可是如果不去治療，這病最後就會嚴重惡化，到時候就毫無辦法了。如果K不能跟漢斯的母親談話，那麼如果他能跟漢斯的父親談一談，提醒他這一切，或許也是好的。

漢斯專注地聆聽，聽懂了大部分，也強烈感受到其餘聽不懂的部分當中所含的威脅。儘管如此，他說K不能跟他父親談話，說他父親對K有反感，很可能會像那個教師一樣對待K。他說這番話時，提到K就害羞地微笑，提到父親時就憤懣而悲傷。但他又加了一句，說K也許還是可以跟他母親談話，但是只有在他父親不知情的情況下。接著漢斯兩眼發直地思索了一會兒，活像一個女子想要做件不被許可的事，在尋找一種能不受懲罰地去做的可能，然後說，後天也許有可能，那天晚上他父親要去貴賓樓，得去那裡商談事情，到時候漢斯會在晚上過來，帶K去見他母親，不過，前提是他母親要同意，而這還不太可能。主要是她不會做任何違反他父親意志的事，在所有的事情上她都順從他，就算是連漢斯也看得出來不太明智的事情也一樣。這會兒，漢斯果真是在K這兒尋求幫助來對付他父親，彷彿他原先是誤以為他想幫助K，事實上他卻是想要探聽，這個突然出現、連他母親也提起過的陌生人是否幫得上忙，既然在原有的環境裡沒有人能夠幫忙。這男孩像是不自覺地深藏不露，幾近陰險，在這之前，從他的模樣和他的話語當中幾乎看不出這一點，要從那些事後的表白中才察覺得出來，透過巧合和有意套出的表白。這會兒他在和K的長長對話中考慮將得克服哪些困難，那是些幾乎無法克服的困難，不管漢斯再怎麼想促成此事，他不斷用不安眨動的眼睛看著K，完全陷入沉思，卻又在尋求幫助。在他父親出門之前，他什麼都不能對他母親說，否則他父親就會得知，而一切就變得不可能，所以他要晚一點才能向母親提起，但顧慮到母親，也不能倉促地突然提起，而要慢慢地在適當的時機提起，到時候他才能請求得到母親的同意，然後他才能去接K，可是那樣不就太遲了嗎？他父親豈不是就快回家了？是的，這的確是不可能辦到。K則反過來證明這並非不可能辦到。他們不必擔心時間不夠，一番短短的交談、一陣短暫的共處就夠了，而且漢斯不必來接K。K會在他們家附近找個地方躲起來等待，只要漢斯給他一個信號，他就會立刻過去。不行，漢斯說，K不能在他們家附近等待——因他母親而起的敏感又掌控了他——K不能在他母親不知情的情況下先行上路，漢斯不能瞞著母親和K達成這樣一種祕密協定，必須由他到學校來接K，而且必須在母親知情並且准許之後。好吧，K說，那麼這件事就真的很危險，那麼他父親就有可能會在家裡撞見K，而就算這樣的事沒有發生，他母親卻會由於害怕這種事發生，根本不敢讓K過去，那麼一切就會由於他父親而失敗。漢斯卻又反對這個想法，於是這場爭辯就這樣你來我往地繼續下去。K早已把漢斯從課桌椅上叫到了講台上，把他拉到自己的膝蓋之間，偶爾安慰地撫摸他。這份親近也促成了一份融洽，儘管漢斯有時仍會抗拒。最後他們達成了以下的協議：漢斯會先把整件事情的真相告訴母親，不過，為了讓她更容易表示同意，漢斯會再補充說K也想跟布倫斯維克本人談話，但不是為了母親，而是為了K自己的事。這也沒有說錯，在這番對話進行的過程中，K想到，就算布倫斯維克在其他方面是個危險而兇惡的人，其實卻不可能是K的敵人，畢竟他是那些要求聘用土地測量員的人的領袖，就算是出於政治因素，至少根據村長的敘述是如此。因此，K抵達村裡，此事應該是布倫斯維克所樂見的；只不過，若是這樣，那麼他第一天見到K的惱怒態度，還有漢斯所提到的他父親對K的反感，就令人費解了，但也許布倫斯維克之所以被得罪，正是因為K沒有先向他求助，也許另外還有一樁誤會，只要幾句話就可以澄清。而誤會若是澄清，K就的確可以得到布倫斯維克作為後盾，來對付那位教師，甚至是對付村長，官方的這整樁騙局可以被揭發——這不是騙局是什麼？——村長和教師用這樁騙局來阻止他去見城堡當局，強迫他接受校工的職位，若是在布倫斯維克和村長之間重新又有一場為了K而起的抗爭，布倫斯維克勢必會把K拉到自己那一邊，那麼K就會成為布倫斯維克家中的客人，布倫斯維克的權力工具將會供K使用，不在乎村長的反對，誰曉得K藉此還能達成什麼樣的進展，而且無論如何，他將會常常在布倫斯維克的妻子身邊——他就這樣玩弄著他的夢想，而他的夢想也玩弄著他，漢斯則一心只想著母親，擔憂地觀察著K的沉默，一個人在醫生面前就會這麼做，當醫生陷入沉思，為了替一樁嚴重的病找到良方。K的提議，說他想為了土地測量員的職位跟布倫斯維克交談，漢斯表示同意，但他之所以同意只是因為這樣一來，他母親能在他父親面前受到保護，而且這也只涉及一個但願不會發生的緊急情況。他只還又問道，K要如何向他父親解釋在那麼晚的時間登門拜訪，K說他會說校工的職位令人難以忍受，再加上那教師侮辱人的對待，使得他在突如其來的絕望中忘了一切顧慮，對於K的這番說詞，漢斯最後勉強同意，雖然臉色有點陰沉。

這會兒，以這種方式，在可見的範圍內，把一切都事先考慮過，而成功的可能性至少不再被排除在外，漢斯擺脫了思索的重擔，變得愉快一些，還稚氣地閒聊了一會兒，先是和K，然後也和芙麗妲，她彷彿另有所思地坐在那兒許久，直到現在才又加入談話。她問了漢斯一些事，包括他將來想做什麼，他沒有多作考慮，就說他想成為一個像K這樣的人。當他被問到他這樣回答的原因，他卻不知道該怎麼回答，問起他莫非是想成為校工，他堅決地否認了。直到別人繼續追問，才看出他這個心願是怎麼迂迴出現的。K目前的處境一點也不值得羨慕，而是悲哀且令人輕視，這一點漢斯也看得很明白，要看出這一點，他根本不需要去觀察其他人，他自己就巴不得保護母親免於承受K的目光和話語。儘管如此，他卻來找K幫忙，而且很高興K同意幫忙，他自認在其他人身上也看出類似的情況，尤其是他母親畢竟自己提起過K。由於這份矛盾，在他心中產生了一個信念，亦即K目前雖然地位低賤，令人敬而遠之，但在幾乎無法想像的遙遠未來，他卻將勝過所有的人。而正是這份簡直可笑的遙遠，以及將通往這份遙遠未來的可觀發展，吸引著漢斯；為了這個獎賞，他甚至願意容忍目前的K。這個願望中格外稚氣而又早熟之處在於，漢斯看待K像是看著一個年紀比自己還小的人，這人的前途將比他自己身為小男孩的前途延伸得更遠。而他也帶著一種近乎憂鬱的嚴肅，當他在芙麗妲的詢問下一再被迫說起這些事。後來K才又讓他開朗起來，當K說他知道漢斯是羨慕他哪一點，是放在桌上那根有節的漂亮手杖，漢斯在談話時心不在焉地把玩著。嗯，K會做這種手杖，等他們的計畫成功了，他會替漢斯做一根更漂亮的。如今已經不再分得清楚，漢斯是否真的是羨慕K的手杖，他對於K的承諾十分高興，愉快地向K道別，還緊緊握住K的手說：「那就後天見。」

第十四章　芙麗妲的指責

漢斯走得正是時候，因為不久之後，那教師就扯開了門，當他看見K和芙麗妲平靜地坐在桌旁，他大吼：「抱歉打攪了！可是告訴我，這裡到底什麼時候才會整理好。我們在另一間教室裡得擠著坐，上課大受影響，你們卻在這間大體操教室裡舒展四肢，為了擁有更大的空間，還把那兩個助手也支開了。但現在請你們至少站起來，動一動吧！」接著他只對著K說：「現在你到橋頭旅店去替我把點心拿來。」這些話全是怒氣沖沖地吼出來的，但是措辭相對來說還算溫和，包括本來有點粗魯的「你」字。K願意立刻照辦，但為了從教師那兒探聽出一點什麼，他說：「我不是已經被解聘了。」「不管是解聘了，還是沒有解聘，你都去替我把點心拿來。」那教師說。「解聘了還是沒有解聘，這正是我想要知道的。」「你囉唆什麼？」那教師說，「你又沒有接受解聘。」「這就足夠讓解聘無效嗎？」K問。「對我來說不夠，」教師說，「這一點你大可以相信我，可是對村長來說卻大概夠了，我真是不懂。可是這會兒你快去，否則你就真的要被趕走了。」K感到滿意，所以說，在剛才這段時間裡教師跟村長談過話，也可能根本沒談過，而只是教師推想出村長大概會有的意見，而這個意見對K有利。現在K打算立刻趕去拿那份點心，但他人還在門廊上，教師就又把他叫了回來，不管他只是想藉由這個特別的命令來測試K樂意效勞的程度，以後好據此行事，還是說他這會兒又有了發號施令的興致，樂於看見K急忙跑走，然後又在他一聲令下像個服務生一樣急忙掉頭。至於K，他知道過於逆來順受會讓他成為教師的奴隸和代罪羔羊，但是在某種程度之內，他現在想耐下性子容忍教師的脾氣，因為，就算教師看來不能合法地解聘他，但卻肯定可以讓他這個職位難熬到無法忍受。偏偏K現在比先前更加在乎這個職位。和漢斯的交談給了他新的希望，這些希望固然很渺茫、毫無根據，但他卻再也忘不了，這些希望甚至幾乎蓋過了巴納巴斯。如果他追隨著這些希望，而他不能不追隨，那麼他就必須把全副力量集中在這上面，不去操心其他任何事，不去操心吃住和村莊當局，就連芙麗妲也不去操心，而說到底，事情其實就只跟芙麗妲有關，因為其餘的一切只有在跟她有關時他才在乎。因此，他必須努力保住這個給了芙麗妲一點安全感的職位，為了這個目的，他不該後悔對教師多所容忍，超過他平常所能容忍的限度。這一切並不至於太難受，屬於生活中持續不斷的小痛苦，和K所追求的目標相比微不足道，而且他到這裡來並不是為了過受人尊重的寧靜生活。

於是，一如他原本想馬上跑到旅店去，當命令改變，他也馬上又準備好先把這間教室整理好，以便讓女老師能帶著她的班級回來。不過，整理的動作必須十分迅速，因為在那之後K還是得去拿那份點心，而教師已經又餓又渴。K保證一切都會如教師所願；教師看了一會兒，看著K急急忙忙把床鋪收拾起來，把體操器材推回原位，飛快地清掃乾淨，芙麗妲則擦洗著講台。這份勤奮似乎令教師感到滿意，他還又提醒K，在門口有一堆木柴是準備用來生火的——他大概不想再讓K到放柴火的棚子去了——接著就朝孩童那邊走去，同時警告說他不久之後會再回來查看。

沉默地工作了一會兒之後，芙麗妲問K現在為什麼這樣聽教師的話。這大概是個充滿同情和憂慮的詢問，K卻想著，芙麗妲原本承諾要保護他免於接受教師的命令和暴行，而她能做到的卻是這麼少，於是他只簡短地說，既然他成了校工，他就得要執行勤務。接著又是一片寂靜，直到這番簡短的對話正好讓K想起，芙麗妲已經有很長一段時間像是陷入充滿憂慮的沉思，尤其是在他跟漢斯交談的那整段時間裡幾乎都是如此，此刻他一邊把木柴搬進來，一邊坦率地問她，究竟是什麼令她煩心。她緩緩朝他抬起目光，答道並不是什麼特定的事，她只是想起旅店老闆娘，想起她說的一些話的真實性。在K的追問下，她才在幾度拒絕之後回答得更詳盡一點，但卻並沒有擱下手邊的工作，她這麼做並非出於勤勞，因為她的工作根本就毫無進展，而只是為了不必被迫去看著K。現在她說起，在K和漢斯談話時她先是平靜地聆聽，然後被K的幾句話給嚇了一跳，開始更為敏銳地領會那些話的含意，從那時起，她就不斷在K的話語中聽出老闆娘給她的一個勸告得到了證實，她從來不願意相信那個勸告是合理的。這些含糊的慣用說法令K生氣，就連她帶淚的哀怨聲音也讓他氣惱多於感動——尤其是因為老闆娘這會兒又插手干預他的生活，至少是透過回憶，由於她本人到目前為止沒獲得什麼成功——K把手裡抱著的木柴往地上一扔，坐在上面，以嚴肅的話語要求芙麗妲把話講清楚。「已經有很多次，」芙麗妲開口了，「從一開始，老闆娘就努力要讓我懷疑你，她沒有說你在說謊，正好相反，她說你像個孩子般坦率，但是你的天性跟我們如此不同，乃至於就算你說話坦率，我們也很難勉強自己去相信你，若非一個好朋友及早拯救我們，就必須透過苦澀的經驗才能習慣去相信。就連看人的目光如此銳利的她，情況也幾乎沒有兩樣。可是最後一次在橋頭旅店和你談話之後，她說——我只是重複她的狠話——她識破了你的詭計，如今你無法再欺騙她，就算你再怎麼努力隱藏你的意圖。『可是他根本什麼也不隱藏。』這句話她說了又說，然後她還說：『你該花點功夫，隨便找個機會真正去聽他說話，不只是膚淺地聽，而是真正去聽。』她所做的也就只是真正去聽，而關於我，她聽出了下面的事：你來勾搭我——她用了這個難聽的字眼——只是因為我剛好讓你碰上，並不令你討厭，也因為你誤把酒吧女侍視為命中注定的犧牲品，對每個伸出手來的客人來說。此外，老闆娘從貴賓樓的老闆那兒得知，當時你基於某種理由想要在貴賓樓過夜，而想達到這個目的，除了透過我根本沒有別的辦法。這一切就足以促使你在那一夜成為我的情人，可是要讓這份關係變得不僅止於此，就還需要更多，而這份更多就是克拉姆。老闆娘沒有聲稱她知道你想從克拉姆那裡得到什麼，她只聲稱，在你認識我之前，你就一心想去見克拉姆，就跟在那之後一樣強烈。差別只在於，在那之前你毫無希望，如今卻認為在我身上有了一件可靠的工具，能夠真正而且很快地去到克拉姆面前，甚至帶著一份優越。我是多麼吃驚——但起初那只是短暫一驚，沒有更深刻的理由——當你今天說到在你認識我之前，你在此地完全走錯了路。這也許跟老闆娘所用的是同樣的話語，她也說，你在認識我之後才變得目標明確。她說這是因為你認為在我身上贏得了克拉姆的情婦，因此擁有了一件抵押品，別人只能用最高的價格來贖回。你唯一想做的就是針對這個價格和克拉姆談判。由於我對你無足輕重，那個價格對你來說卻是一切，關於我，你願意做任何讓步，關於那個價格就堅持不讓。因此，你不在乎我失去在貴賓樓的職位，不在乎我連橋頭旅店也得離開，也不在乎我將得擔起沉重的校工工作，你對我不再溫柔，甚至也沒有時間陪我，你把我丟給那兩個助手，你不懂得嫉妒，我對你唯一的價值在於我曾是克拉姆的情婦，由於你的無知，你努力不讓我忘了克拉姆，好讓我到最後不至於太抗拒，當關鍵時刻來臨，然而你也和老闆娘對抗，你相信只有她能夠把我從你身邊拉開，因此你故意跟她大吵一架，為了不得不和我一起離開橋頭旅店；如果事情只由我來決定，我在任何情況下都屬於你，對於這一點你沒有懷疑。你把和克拉姆的商談想像成一門生意，以物易物。你考慮了各種可能；假定你能得到那個價格，你什麼都願意做；如果克拉姆要我，你會把我給他，如果他要你留在我身邊，你就會留下，如果他要你把我趕走，你就會把我趕走，可是你也樂意演一齣戲，如果那樣做對你有好處，你就會假裝愛我，你會設法對抗他的滿不在乎，藉由強調你的微不足道，以你成為他的接替者這件事實來令他感到丟臉，或是把我針對他所做過的愛的告白轉告他，央求他再接納我，但必須支付那筆價格；如果沒有別的辦法，你就會乾脆以K夫婦的名義去乞討。老闆娘的結論是，一旦你看出你在所有的事情上都弄錯了，包括你的假設和你的希望、你對克拉姆的想像還有他和我的關係，那麼我的地獄就將展開，因為到那時候我才真正成了你唯一擁有的東西，你得繼續依靠的東西，但同時也是一件被證明毫無價值的東西，你將以相應的態度來對待，由於你對我沒有別的感覺，除了身為擁有者的感覺。」

K緊抿著嘴，專注地聆聽，他所坐的木柴滾動起來，他差點就滑到地上，但他沒有加以理會，直到此刻他才站起來，在講台上坐下，執起芙麗妲的手，她無力地試圖掙脫，K說道：「在你這番話裡，我不總是能夠區分你的看法和老闆娘的看法。」「那只是老闆娘的看法，」芙麗妲說，「我聆聽了所有的話，因為我尊敬老闆娘，但那是我這一輩子頭一次完全拒絕她的看法。她所說的一切在我看來是那麼可悲，一點也不了解我們兩個的情況。我反倒覺得與她所說的完全相反的情況才是正確的。我想起我們共度的頭一夜之後那個陰鬱的早晨。想起你跪在我身邊，帶著彷彿一切全完了的那種眼神。而事情後來也的確是如此，儘管我再怎麼努力，也沒能幫助你，反而阻礙了你。由於我的關係，老闆娘成了你的敵人，一個力量龐大的敵人，你至今仍低估了她；為了我，因為你得照顧我，你不得不為了你的職位而抗爭，在面對村長時處於劣勢，還得屈服在那個教師之下，受制於那兩個助手，最糟的卻是：為了我，你可能冒犯了克拉姆。你現在之所以一直想去見克拉姆，只是出於軟弱的努力，想和他達成和解。而我對自己說，老闆娘對這一切肯定知道得比我更清楚，她之所以跟我說這些悄悄話，只是想讓我免於太過自責。她是一番好意，但是費這個力氣卻是多餘。我對你的愛會幫助我度過一切，它最終也會帶你向前，不是在這村裡，就是在其他地方，關於它的力量，也已經有過一次證明，它拯救了你免受巴納巴斯一家人的糾纏。」「所以說，這就是你當時與老闆娘相反的看法，」K說，「而從那以後，什麼改變了呢？」「我不知道，」芙麗妲說，看著K

的手，那手握著她的手，「也許什麼也沒有改變；當你離我這麼近，這麼平靜地問，那麼我就認為什麼也沒有改變。但事實上，」——她把手從K的手裡抽回去，面對著他坐直了身體，哭了起來，沒有遮住她的臉；她坦率地把這張淌滿淚水的臉對著他，彷彿她不是為了自己而哭泣，因此沒有什麼好遮掩，彷彿她是為了K的背叛而哭泣，因此他理應看見她這副悽慘模樣——「但事實上，一切都改變了，自從我聽見你和那個男孩的談話。你開始談話時是多麼純真，問起他的家庭狀況，問起這個那個，我覺得彷彿你剛到酒吧來，親切可愛，坦白直率，孩子般急切地尋找我的目光。和當時相比，這情況沒有差別，而我只希望老闆娘能在這兒，聆聽你說話，然後看她是否還能堅持她的看法。可是後來，突然之間，我不知道事情是怎麼發生的，我察覺了你和那男孩談話是懷著什麼意圖。藉由關切的話語，你贏得了他並不容易贏得的信賴，為了在那之後不受干擾地朝著你的目標前進，我愈來愈能看清的目標。這個目標就是那個女人。從你看似關心她的談話中，完全不加掩飾地只流露出你對自己的事的顧慮。你在尚未贏得那個女人之前就已經欺騙了她。從你的話中，我不僅聽出了我的過去，也聽出了我的未來，彷彿老闆娘就坐在我旁邊，向我解釋一切，而我試圖用所有的力量來把她推開，卻清楚看出這種努力的無望，而被欺騙的其實也根本不再是我，而是那個陌生女人，我就連被欺騙的份都沒有了。當我後來又打起精神，問漢斯將來想做什麼，而他說他想成為像你一樣的人，也就是說他已經完全屬於你，那麼如今，在他這個被利用的好男孩和當時在酒吧的我之間又有多大差別呢？」

「這一切，」K說，由於習慣了這番指責，他鎮靜下來，「你所說的一切在某種意義上是正確的，並非不真實，只是帶有敵意。就算你認為這些是你自己的念頭，但這其實是老闆娘的念頭，而她是我的敵人，這一點令我感到安慰。不過，這些念頭很有啟發性，從老闆娘那兒還是能學到點東西。她沒有把這番話告訴我本人，雖然她對我一向不留情面，顯然她把這個武器託付給你，是希望你會在一個對我來說特別艱難或是具有關鍵性的時刻用上這個武器；如果說我利用了你，那麼她也同樣利用了你。可是，芙麗妲，你考慮一下：就算一切完全如同老闆娘所說的那樣，那也只會在一種情形下十分惡劣，那就是如果你並不愛我。在這種情況下，只有在這種情況下，事情才的確是我用算計和詭計贏得了你，為了以擁有你來敲詐。若是這樣，也許我當時是為了引發你的同情，才和歐爾佳手挽著手走到你面前，就連這件事也在我計畫之中，老闆娘只是在列舉我的罪狀時忘了提起。而如果並不是這種惡劣的情況，當時並非一頭狡猾的猛獸把你擄了去，而是你朝我走來，一如我朝你走去，我們找到了彼此，雙雙忘了自己，你說吧，芙麗妲，那麼事情又是如何呢？那麼我做的事明明就跟你做的事一樣，這其中沒有差別，只有敵人才能找出差別來。這一點在任何地方都適用，說到漢斯也一樣。此外，在評斷我跟漢斯的談話時，由於你的敏感，你太過誇大，因為就算漢斯的意圖和我的意圖不全然一致，卻也沒有到兩者之間形成對立的地步，再說，漢斯並非沒有注意到我們之間的意見分歧，假如你以為他沒有注意到，你就太低估了這個謹慎的小傢伙，而就算他沒有注意到這一切，也不會因此而造成某個人的痛苦，我希望是這樣。」

「K，要弄清楚狀況實在很難，」芙麗妲說，嘆了一口氣，「我對你肯定沒有猜疑，如果有類似的情緒從老闆娘身上移轉到我身上，我會高高興興地把它扔掉，跪下來求你原諒，其實這段時間以來我都在這麼做，就算我說出這麼難聽的話。但事實仍舊是，你有很多事瞞著我；你來來去去，我不知道你從哪裡來，要往哪裡去。漢斯來敲門的時候，你甚至喊著巴納巴斯的名字。要是你曾經這樣親熱地喊過我一次就好了，像你當時出於我不明白的原因那樣親熱地喊出這個可恨的名字。如果你不信賴我，我心裡又怎麼會不起猜疑，那麼我就只能完全聽老闆娘的，而你的行為似乎證實了她的話。不是在所有的事情上，我不想聲稱你在所有的事情上都證實了她的話，畢竟，你難道不是為了我而把那兩個助手給趕走了嗎？唉，你不知道，我多麼渴望在你所說所做的一切當中找到一個在我看來好的本質，就算你所說所做的一切折磨著我。」「首先，芙麗妲，」K說，「我連最小的事都沒有瞞著你。老闆娘恨我恨得多厲害，她是多麼努力地想把你從我身邊拉走，用的又是多麼卑鄙的手段，而你又是多麼聽她的話，芙麗妲，你是多麼聽她的話。你倒說說看，我在哪件事情上瞞著你什麼？我想去見克拉姆，這你知道；你在這件事情上幫不了我，因此我必須憑自己的力量來達成，這你也知道；到目前為止我還沒有成功，這你看得出來。難道要我敘述那些實際上已經讓我受盡屈辱的無用嘗試，讓我再受到雙重的屈辱？難道要我自誇在克拉姆的雪橇門旁受凍，白白等了一個下午？我很高興自己不必再去想這些事，急忙趕回你身邊，而如今這一切卻又氣勢洶洶地從你口中朝我撲來。至於巴納巴斯？沒錯，我是在等他。他是克拉姆的信差，他又不是我派的。」「又是巴納巴斯！」芙麗妲喊道，「我沒法相信他是個好信差。」「也許你說得對，」K說，「可是他是唯一被派到我這兒來的信差。」「這就更糟，」芙麗妲說，「你就更應該要提防他。」「可惜到目前為止，他沒有給我提防他的理由，」K微笑著說，「他很少來，而且他帶來的消息無關緊要；只不過因為這消息直接來自克拉姆，才使得它有了價值。」「可是你看，」芙麗妲說，「就連克拉姆都不再是你的目標了，也許這件事最讓我不安；你老是想撇下我去找克拉姆，這件事很糟，而你現在似乎想脫離克拉姆，這件事還要糟得多，這是連老闆娘也沒能預見的事。根據老闆娘的看法，我的幸福將在那一天終止，我那雖成疑問卻又十分真實的幸福，當你終於看清你對克拉姆所抱的希望全是徒然。而這會兒，你甚至不再等到這一天，突然來了個小男孩，而你就開始和他爭奪他的母親，彷彿是在爭奪自己生存所需的空氣。」「你正確地理解了我和漢斯的談話，」K說，「事情的確是這樣。可是，難道你已經遺忘了自己過去的全部人生（當然，老闆娘除外，她不讓自己被遺忘），乃至於你不再知道，要想前進就必須奮鬥，尤其是當你要從底層往上爬？凡是能夠帶來一點希望的，都必須要加以利用？而這個女人來自城堡，這是我在第一天迷路去到拉塞曼家時，她親口告訴我的。求她給個建議，甚至是求她幫忙，還有什麼比這更容易理解；如果說老闆娘知道的只是阻止我去見克拉姆的所有障礙，那麼這個女人很可能知道那條路，畢竟她自己就是從那條路走下來的。」「通往克拉姆的路？」芙麗妲問。「當然是通往克拉姆，不然還能通往哪裡。」K說。然後他一躍而起，「不過，現在該是去拿點心的時候了。」芙麗妲急切地央求他留下，動機遠遠超出不讓他去拿點心，彷彿只有當他留下，才能夠證實他對她所說的那些安慰的話。K卻提醒她想想那位教師，指著那扇隨時可能砰一聲打開的門，也答應會馬上回來，她甚至不必生火，這件事他自會處理。最後芙麗妲沉默地順從了。當K在戶外腳步沉重地穿過雪地——這路上的積雪早就該被剷除了，真奇怪，這工作進展得還真慢——他看見其中一個助手累得半死地緊緊抓著柵欄。只有一個，另一個到哪兒去了？難道K至少耗盡了其中一人的耐力？不過，留下來的這一個還有足夠的熱忱，這一點可以看得出來，他一看到K就有了精神，立刻又開始向他伸出手臂，渴望地轉動眼睛。「他的不屈不撓值得效法。」K對自己說，又忍不住加了一句：「以這份不屈不撓，會在柵欄上凍僵。」但表面上，K只是舉起拳頭威脅那個助手，絕對不許他接近，那個助手還害怕地退後，距離可觀。芙麗妲剛剛打開窗戶，為了在生火前先通通風，這是先前和K講好的。那個助手立刻不再管K，無法抗拒地受到吸引，溜到了窗邊。她的表情由於對那助手的和藹及朝K望過來的央求無助而扭曲，她把手從窗戶裡伸出來，微微搖動，分不清那是在抗拒還是在打招呼，那個助手在接近時也沒有因此而受到動搖。這時，芙麗妲急忙關上外面那扇窗戶，但卻留在窗後，手擱在窗把上，頭歪向一邊，眼睛睜得大大地，微笑僵在臉上。她知不知道她這個樣子與其說是在嚇退那個助手，不如說是吸引了他？但是K沒有再回頭去看，他寧可快去快回。

第十五章 在阿瑪麗亞那兒

終於——天已經黑了，接近傍晚——K把園子裡的路掃乾淨了，把積雪高高堆在路的兩邊，壓實了，這會兒做完了一天的工作。他站在園子的大門口，放眼望去就只有他一個人。幾個小時之前他就已經把那個助手趕走了，追了他好一段路，之後那個助手在小園子和小屋之間的某處躲了起來，再也找不到，從那以後就沒有再出來。芙麗妲在家裡，如果不是已經在洗衣服，就是還在替吉莎的貓洗澡；把這件工作交付給芙麗妲，這在吉莎是高度信賴的表示，不過這件工作既令人倒胃口，也不恰當，K本來肯定不會容許芙麗妲接下這件工作，若非在種種失職之後，最好是善用每一個能討好吉莎的機會。吉莎先前愜意地看著K把兒童用的小澡盆從閣樓上拿下來，看著水被加熱，最後再看著那隻貓被小心翼翼地放進澡盆。之後吉莎甚至把那隻貓完全交給了芙麗妲，因為許瓦澤來了，就是K在此地的第一個晚上認識的那個人，他向K打了招呼，表情摻雜著羞怯和極度的輕蔑，羞怯的原因在於那第一個晚上，輕蔑則是校工所應得的，然後他就跟吉莎到另一間教室去了。此刻他們兩個還在那裡。K在橋頭旅店聽人說過，許瓦澤雖然是城堡管事的兒子，但出於對吉莎的愛，已經在村裡住了很久，透過關係，他設法讓自己被村民任命為助理教師，但他執行這項職務主要是以下述的方式，亦即他幾乎不錯過吉莎的任何一堂課，若非坐在課桌椅上，在學童之間，就是在講台上坐在吉莎腳邊，而他更喜歡後者。這已經根本不再構成干擾，那些孩童早就已經習慣，而由於許瓦澤對孩童既沒有好感，也不了解他們，幾乎不跟他們說話，只從吉莎那兒接下了體操課，除此之外，他滿足於生活在吉莎身邊，生活在吉莎的氣息和體溫中，這也許使那些孩童更容易習慣。他最大的享受就是坐在吉莎身旁，和她一起改作業簿。今天他們也是在忙這件事，許瓦澤帶來了一大疊作業簿，那位教師一向也把他的作業簿交給他們改，當天色還亮的時候，K看見他們兩個在窗前的一張小桌旁工作，頭挨著頭，一動也不動，此刻只看見那兒有兩支蠟燭的燭光在搖曳。把這兩人繫在一起的是一份嚴肅而沉默的愛，定調的人自然是吉莎，她那慢吞吞的天性雖然偶爾在發火時會逾越一切界限，但是在其他時候卻絕不容許別人有類似的行為，因此生性活潑的許瓦澤也只好順從，慢慢走，慢慢說話，常常沉默，但是別人看得出來，透過吉莎單純而安靜的在場，他做這一切得到了豐厚的報償。而吉莎也許根本不愛他，至少她那雙圓圓的灰色眼睛對於這種問題沒有給出答案，那雙眼睛幾乎從不眨動，反倒像是瞳孔在轉動，別人只看得出她沒有異議地容忍著許瓦澤，但她肯定不懂得賞識被城堡管事之子愛上的榮幸，而且不管許瓦澤是否用目光追隨著她，她都平靜地帶著她豐滿的身軀走來走去，沒有改變。而許瓦澤持續為她做出犧牲，留在村子裡；他父親常派信差來帶他回去，他怒氣沖沖地打發了他們，彷彿他們所引發的短暫回憶，憶起城堡及他身為人子的義務，就是對他的幸福一種嚴重而無法彌補的打擾。而他空閒的時間其實很多，因為一般說來，吉莎只在上課時間還有改作業簿時才會出現在他面前，不過，這並非出於算計，而是因為她喜歡舒適勝過一切，因此喜歡獨處，很可能她最快樂的時光就是在家自由自在地舒展四肢，躺在沙發上，那隻貓在她身旁，牠不會打擾她，因為牠幾乎連動都動不了了。於是許瓦澤一天裡大部分的時間都無所事事地到處閒晃，但他也喜歡這樣，因為他總是有機會到吉莎所住的獅子街去，而他也經常利用這種機會，他會爬到她所住的小閣樓，在始終鎖上的門前傾聽，不過之後他又會走開，等他確認了房間裡令人無法理解的全然寂靜，從無例外。然而，這種生活方式的後果偶爾還是會在他身上顯現，在身為官員的傲慢重新甦醒的時刻，表現為可笑的情緒爆發，但從來不會當著吉莎的面，只不過這份傲慢正好跟他目前的職位極不相稱；結果自然通常不太好，這一點K也體驗過。

令人訝異之處只在於，大家說起許瓦澤還是帶著某種尊敬，至少在橋頭旅店是如此，就算談起的事與其說是值得尊敬，不如說是可笑，而且大家因此也對吉莎懷著尊敬。儘管如此，如果身為助理教師的許瓦澤自以為要比K優越許多，這一點卻不正確，這種優越並不存在；對全體教師來說，更別提對像許瓦澤這樣的教師來說，校工是十分重要的人物，倘若加以輕視，不可能不吃苦頭，倘若出於階級意識而無法放棄這種輕視，至少必須用相應的謝禮使校工可以忍受這份輕視。K打算找個機會想想這件事，況且許瓦澤由於那第一個晚上也還對他有所虧欠，雖然接下來這幾天其實證明了許瓦澤當時那樣接待他沒有錯，這份虧欠也並不因此而減少。因為，不能忘記的是，許瓦澤對K的接待也許給了之後所有發生的事一個方向。由於許瓦澤，在第一個小時裡，當局的全副注意就以全然荒謬的方式轉移到了K身上，當他在村子裡還完全陌生，沒有熟人，無處避難，由於長途跋涉而疲憊不堪，像他那樣全然無助地躺在乾草墊上，當局有任何行動他都只能任其擺布。只要過了一夜，一切就可能以不同的方式進行，平靜地，半在暗中。肯定不會有人知道他的事，不會起疑心，至少不會猶豫把他當成漫遊的工匠收留一天，大家會看出他的有用和可靠，這話會在鄰里之間傳開來，很可能不久之後，他就能以雇工的身分在哪個地方找到安身之處。當然，當局他是躲不過的。可是，事情會有本質上的差異，一種情況是在半夜裡，中央辦公室或是在電話旁的哪個人由於他而被驚醒，被要求當下做出決定，要求者看似謙恭但卻帶著惹人厭的堅持，再說，要求者還是上面很可能並不喜歡的許瓦澤；第二種情況是K第二天在上班時間去敲村長家的門，按照規矩，通報自己乃是外地來的漫遊工匠，在某一位村民那兒已經有了下榻之處，很可能明天就會再上路，除非那個不太可能的情況發生，他居然在此地找到工作，當然只做幾天，因為他絕不想待更久。如果沒有許瓦澤，事情就可能會是這樣，或類似這樣。當局也還是會繼續處理這件事，但會是平靜地，循官方管道，不受當事人不耐煩的打擾，這種不耐煩是當局特別討厭的。嗯，這一切都不是K的錯，錯在許瓦澤，可是許瓦澤是城堡管事的兒子，而且表面上他的行為是正確的，所以別人只可能要K付出代價。而這一切的可笑起因是什麼呢？也許是吉莎那天情緒不好，導致許瓦澤睡不著覺而在夜裡四處閒晃，之後拿K出氣。當然，從另一方面也可以說，K必須好好感謝許瓦澤的這種行為。就因為這樣，K獨自一人絕對做不到、也永遠不敢去做的事才成為可能，這也是當局方面幾乎不會承認的事，亦即他從一開始就坦率地面對當局，沒有使詭計，面對面，在可能的範圍內，如果是有坦率面對當局的可能。然而這是件糟糕的贈禮，這雖然讓K省下了許多謊言和偷偷摸摸的行為，但這也讓他幾乎沒有抵抗能力，至少讓他在對抗中處於劣勢，可能讓他在想到這一點時感到絕望，若非他必須告訴自己，在當局和他之間的權力差異如此巨大，乃至於他能夠想出的所有謊言和花招都不可能把這個差異朝著對他有利的方向扭轉，而勢必永遠察覺不到地維持下去。然而，這只是K用來自我安慰的念頭，許瓦澤仍然對他有所虧欠；如果他當時對K造成了損害，也許接下來他可以幫點忙，K也會繼續需要幫助，在最微小的事情上，在最初的先決條件上，比方說，巴納巴斯看來也又沒能把事情辦成。由於芙麗妲的緣故，K一整天都猶豫著該不該去巴納巴斯的住處打聽；為了不必在芙麗妲面前接見他，K此刻在戶外工作，工作做完之後還留在這裡，期待巴納巴斯會來，但巴納巴斯沒有來。這會兒沒有別的辦法，只好去找他的兩個姊妹，只花一點時間，他打算只站在門口詢問，很快就會再回來。於是他把鐵鍬插進雪中，拔腿就跑。他上氣不接下氣地抵達巴納巴斯的家，短暫敲門之後把門扯開，沒有留意屋裡的情況，就問道：「巴納巴斯還沒有回來嗎？」這時候他才發覺歐爾佳不在，那兩個老人又坐在遠遠的那張桌子旁，在半睡半醒之中，尚未弄清楚在門口發生了什麼事，剛剛才緩緩地把臉轉過來，最後K看見阿瑪麗亞蓋著毯子躺在火爐邊的長凳上，由於K的出現，她在最初的驚嚇中跳了起來，把手擱在額頭上，以便鎮靜下來。假如歐爾佳在這裡，她馬上就會回答，而K就可以離開，現在他卻至少得要走幾步路到阿瑪麗亞那兒去，把手遞給她，她沉默地握了握，K也請求她阻止被驚動的父母親隨便亂走，她也用幾句話照辦了。K得知歐爾佳在院子裡劈柴，阿瑪麗亞累壞了——她沒有說原因——剛才不得不躺下，而巴納巴斯雖然還沒有回來，但想必很快就會回來，因為他從來不留在城堡裡過夜。K謝謝她的回答，現在他可以走了，阿瑪麗亞卻問他想不想等歐爾佳一下，但可惜他沒有時間了，接著阿瑪麗亞又問，他今天是否已經和歐爾佳談過話，他詫異地否認，問她歐爾佳是否有什麼特別的事要通知他，阿瑪麗亞像是微微生氣地撇撇嘴，沉默地向K點點頭，顯然是告別之意，又躺了回去。她靜躺著打量著他，彷彿納悶他還在這裡。她的目光冷淡、清澈，跟平常一樣一動也不動，那目光並非對準了她所觀察的東西，而是——這令人不自在——稍微從那上面掠過，幾乎察覺不到，但卻毫無疑問，其原因看來不是虛弱，不是尷尬，不是不誠實，而是一種對孤獨的持續渴望，超乎其他任何感覺的渴望，也許只有以這種方式她本身才意識到這份渴望。K自覺回憶起這道目光在第一個晚上就令他思索，是的，這一家人當時所給他的整個醜陋印象，很可能都源於這道目光，這道目光本身並不醜陋，而是驕傲的，雖然難以接近，但卻真誠。「你總是這麼悲傷，阿瑪麗亞，」K說，「有什麼事折磨著你嗎？你不能說出來嗎？我從來沒見過像你這樣的鄉下女孩。直到今天，直到此刻，我其實才注意到。你是這個村子的人嗎？你是在這裡出生的嗎？」阿瑪麗亞給了肯定的答覆，彷彿K只提了最後一個問題，然後她說：「所以說，你還是要等歐爾佳？」「我不知道你為什麼一直問同樣的問題，」K說，「我不能久留，因為我的未婚妻在家裡等我。」阿瑪麗亞用手肘撐起身子，她不知道K有未婚妻。K說出了名字，阿瑪麗亞說不認識。她問歐爾佳是否知道他訂婚的事，Ｋ認為她知道，說歐爾佳看過他和芙麗妲在一起，而且這種消息在村子裡很快就會傳開。阿瑪麗亞卻向他保證歐爾佳不知道這件事，說這件事會令她很不開心，因為她似乎愛著Ｋ。阿瑪麗亞說歐爾佳沒有坦率地說出來，因為她很含蓄，但愛情是會不經意地洩露出來的。Ｋ確信是阿瑪麗亞弄錯了。阿瑪麗亞露出微笑，這個微笑儘管悲傷，卻照亮了那張陰沉、皺起的臉龐，讓她的無言像在述說，讓陌生變得熟悉，洩露了一個祕密，放棄了一件保守至今的東西，這件東西雖然可能再度被收回去，但永遠無法再完全收回。阿瑪麗亞說，她肯定沒有弄錯，而且她知道的還要更多，她知道Ｋ對歐爾佳也有好感，也知道他拿巴納巴斯可能捎來的消息當藉口，但他來訪其實只是為了歐爾佳。如今既然阿瑪麗亞什麼都知道了，他就不必太過拘謹，可以更常過來。她就只想告訴他這件事。Ｋ搖搖頭，提醒她他已經訂了婚。阿瑪麗亞似乎並沒有浪費太多心思在這樁訂婚上，對她來說關鍵在於Ｋ給她的直接印象，畢竟他就獨自站在她面前，她只問Ｋ是什麼時候認識那個女孩的，畢竟他到村子裡來才只有幾天。Ｋ說起在貴賓樓的那一晚，阿瑪麗亞聽了只簡短地說，當時她十分反對把他帶到貴賓樓去。對於此事，她也喚了歐爾佳來作證人，歐爾佳剛好抱了一堆柴火進來，由於冷冽的空氣而神清氣爽，臉色泛紅，由於勞動而活潑有力，跟平常沉重地站在房間裡的她相比判若兩人。她把柴火扔下，大方地跟Ｋ打招呼，隨即問起芙麗妲。Ｋ用眼神向阿瑪麗亞示意，但她似乎並不認為自己剛才說的話受到反駁。這令Ｋ有點惱怒，於是更加詳細地談起芙麗妲，在平常的情況下，他是不會說得這麼詳細的，他描述她在何等困難的情況下，在學校裡操持家務，在急於敘述時——他本來打算馬上回家——說得忘我，結果他在道別時順口邀請兩姊妹改天去拜訪他。這下子他吃了一驚，說不下去了，阿瑪麗亞則立刻表示接受他的邀請，沒有給他時間再說一句話，這樣一來歐爾佳也只好接受，而她也這麼做了。K一再被必須趕緊道別的念頭所迫，在阿瑪麗亞的目光下又感到不安，沒有多做掩飾，毫不猶豫地承認，他的邀請完全欠缺考慮，只是他個人的感覺讓他有了這個念頭，說他很遺憾沒法堅持這個邀請，由於在芙麗妲和巴納巴斯一家人之間存在著一份很大的敵意，雖然他完全不了解這份敵意從何而來。「那不是敵意，」阿瑪麗亞說，從長凳上站起來，把毯子扔在背後，「沒這麼嚴重，那只不過是追隨眾人的意見罷了。現在你走吧，去找你的未婚妻，我看得出來你多麼趕時間。你也不必擔心我們會去，我一開始說我會去就只是開玩笑，出於惡意。但你可以常到我們家來，這樣做大概沒什麼阻礙，反正你總是可以拿巴納巴斯捎來的消息當藉口。我還要告訴你，巴納巴斯就算從城堡帶來了給你的消息，也不能再去學校向你報告，這就讓你更容易拿此事當藉口。他不能常常這樣跑來跑去，這個可憐的孩子，這份職務把他累垮了，你必須要親自過來取得消息。」K還從未聽過阿瑪麗亞有條有理地說這麼多話，那語氣也跟她平常的言談不同，其中有種威嚴，不僅K感覺到了，就連歐爾佳顯然也感覺到了，而歐爾佳明明對她妹妹很熟悉，歐爾佳站在離他們稍遠的地方，雙手擱在懷裡，此刻又擺出平常那種叉開兩腿、有點駝背的姿勢，兩眼望向阿瑪麗亞，阿瑪麗亞則只看著K。「你弄錯了，」K說，「大錯特錯，如果你認為我等待巴納巴斯不是認真的，跟當局把我的事處理好，是我最大的願望，其實是我唯一的願望。而巴納巴斯應該要協助我辦到，我的希望有很大一部分寄託在他身上。雖然他曾經讓我大大失望過一次，但那一次主要是我自己的錯，而不全是他的錯，那發生在最初幾個小時的混亂中，當時我以為藉由一次小小的夜間散步就能夠達成一切，當不可能的事被證明為不可能之後，我又為此怪他。這一點也影響了我對你們一家人的判斷，對你們的判斷。這都是過去的事了，現在我認為我更了解你們了，你們甚至，」——K在找適當的字眼，一時卻找不到，於是將就用了一個粗略的字眼——「你們也許比村裡任何其他人都要好心，依我目前對他們的認識。可是，阿瑪麗亞，你又把我弄湖塗了，由於你就算沒有貶低你哥哥的職務，卻貶低了他的職務對我的重要性。也許你對巴納巴斯的事並不知情，那就沒有關係，我不想深究，可是也許你是知情的——這比較是我的印象——那樣的話就很糟，因為那就表示你哥哥在騙我。」「你放心，」阿瑪麗亞說，「我並不知情，什麼也不能讓我願意知情，什麼也不能讓我這麼做，就算是顧慮到你也一樣，雖然為了你我的確願意做些事，因為如你所說，我們是好心的。可是我哥哥的事是他自己的事，我什麼也不知道，除了我有時違反了我的意願湊巧聽到的以外。不過，歐爾佳可以把所有的事告訴你，因為她是他說知心話的對象。」說完阿瑪麗亞就走了，先到她父母親那兒去，跟他們說了幾句悄悄話，然後到廚房去；她走時沒有向K道別，彷彿她知道他還會再待很久，因此沒有必要道別。

第十六章

Ｋ留在原地，表情有點詫異，歐爾佳笑他，把他拉向火爐前的長凳，她看來真的很開心此刻能獨自跟他坐在這裡，但那是種寧靜的愉悅，肯定沒有沾染上嫉妒。正是這種毫不嫉妒，從而也不帶一絲嚴厲，令Ｋ感到自在，他很樂意看著這雙不引誘、不專橫、而是怯怯凝視、怯怯承受的藍眼睛。彷彿芙麗妲和老闆娘的警告沒有讓他更容易接受這裡的一切，卻讓他更加留心，更加機敏。他跟著歐爾佳一起笑了，當她說她納悶為什麼Ｋ偏偏說阿瑪麗亞好心，她說阿瑪麗亞有各種特質，但其實不算好心。聽了這話，Ｋ解釋說這個誇獎當然是針對歐爾佳而發的，可是阿瑪麗亞是那麼霸道，不僅把所有當著她的面所說的話都據為己有，而別人也自願把所有的話都分派給她。「這是真的，」歐爾佳說，神情嚴肅了一點，「比你所以為的更真。阿瑪麗亞年紀比我小，也比巴納巴斯小，可是在我們家，她是做決定的人，不論在好事和壞事上都是如此，當然，她也比其他人扛得更多，好事壞事都一樣。」Ｋ認為這話過於誇張，舉例來說，剛剛阿瑪麗亞才說過，她不管她哥哥的事，反倒是歐爾佳什麼都知道。「這我該怎麼解釋呢？」歐爾佳說，「阿瑪麗亞既不管巴納巴斯，也不管我，事實上，除了父母親之外，她誰也不管，她日夜照料他們，現在她又去問過他們想吃什麼，到廚房去替他們煮東西了，她為了他們而勉強起床，因為她從中午就不舒服，躺在這張長凳上。可是儘管她不管我們，我們卻依賴著她，彷彿她是長姊似的，假如她對我們的事情提出建議，我們肯定會聽她的，但她卻沒有這麼做，我們對她來說很陌生。你見過很多人，又是從外地來的，你不也覺得她特別聰明嗎？」「我覺得她特別不開心，」K說，「可是，舉例來說，巴納巴斯做著這份阿瑪麗亞不贊成、也許還瞧不起的信差職務，這又怎麼會符合你們對她的尊重呢？」「假如他知道除此之外他能怎麼做，他就會馬上拋棄這份他根本不滿意的信差職務。」「他不是已經出師的鞋匠嗎？」K問。「沒錯，」歐爾佳說，「他也兼差替布倫斯維克工作，假如他願意，他白天晚上都有工作可做，可以賺很多錢。」「嗯，這樣說來，」K說，「他明明有一份可以取代信差職務的工作。」「取代信差職務？」歐爾佳詫異地問，「難道他是為了賺錢才接下這份職務的嗎？」「也許吧，」K說，「可是你明明提到，這份職務不令他滿意。」「這份職務不令他滿意，而且是出於種種原因，」歐爾佳說，「但這畢竟是一份跟城堡有關的職務，不管怎麼說也算是一份跟城堡有關的職務，至少該這麼相信。」「嗄？」K說，「就連這一點，你們都有懷疑嗎？」「嗯，」歐爾佳說，「其實沒有，巴納巴斯到辦公室去，跟那些僕役像同儕一樣地往來，也遠遠地看見個別的官員，比較重要的信件也會託付給他，甚至是口信，這畢竟相當不簡單，而我們可以為他感到驕傲，他年紀輕輕的就已經有這番成就。」K點點頭，現在他不去想回家的事。「他也有自己的制服？」他問。「你是指那件外套？」歐爾佳說，「不，那是阿瑪麗亞替他做的，還在他當上信差之前。不過，你快說到他的痛處了。城堡裡沒有制服，但他早就該從公家得到一套西裝，別人也答應了要給他，可是在這種事情上，城堡裡的人動作很慢，而糟糕的是，你永遠不知道這份緩慢意味著什麼；它可以意味著事情已經進入官方程序了，但也可以意味著，官方程序還根本沒有展開，例如，他們還想要先考驗巴納巴斯一下，最後，它卻也可能意味著，官方程序已經結束，由於某些原因，他們撤回了這項承諾，而巴納巴斯將永遠不會得到那套西裝。詳細的情形你永遠不會知道，或是過了很久以後才會知道。此地有句俗話，也許你聽過：『當局的決定就像少女一樣害羞。』」「這一點是很好的觀察，」Ｋ比歐爾佳更認真地看待這句話，「這一點是很好的觀察，當局的決定跟少女也許還有其他的共同點。」「也許吧，」歐爾佳說，「不過，我不知道你這話是什麼意思，說不定還帶有誇獎之意。可是，說到這套公務服裝，這的確是巴納巴斯的一樁煩惱，而由於我們共同承擔煩惱，這也成了我的一樁煩惱。為什麼他沒有拿到公務服裝，我們徒然地問自己。可是這整件事並不單純。舉例來說，那些官員似乎根本就沒有公務服裝；就我們在此地所知，還有根據巴納巴斯的敘述，那些官員穿著普通的衣服走來走去，當然，是很漂亮的衣服就是了。再說，你也看見過克拉姆。嗯，巴納巴斯當然不是官員，連最低階的官員也不是，也不敢妄想成為官員。而根據巴納巴斯的敘述，就連階級較高的僕役也沒有公務西裝，當然，在村子裡根本見不到這些人；別人可能會從一開始就認為這算得上一種安慰，可是這種安慰是騙人的，因為，巴納巴斯算是高階僕役嗎？不算，哪怕你再喜歡他，也不能這樣聲稱，他不是高階僕役，單是他會到村裡來，甚至住在村裡，就足以證明他不是，那些高階僕役比官員還少露面，也許這是有道理的，說不定他們的地位比某些官員還高，這也有些根據，他們的工作比較少，而且聽巴納巴斯說，看見這群出類拔萃、高大強壯的男子緩緩從走廊上走過，那一幕真是壯觀，巴納巴斯總是躡手躡腳地繞著他們走。簡而言之，絕對不能說巴納巴斯是個高階僕役。那麼，他可能是那些低階僕役當中的一員，可是這些人卻是有公務西裝的，至少當他們下到村莊裡時會穿，那其實不是制服，也有許多不同之處，但別人總能從那服裝上一眼看出他們是來自城堡的僕役，你在貴賓樓就見過這些人。這種服裝最引人注目之處在於它們大多很貼身，農民或是工匠大概用不上這種衣服。嗯，巴納巴斯所欠缺的就是這樣一套衣服，這不僅是讓人覺得丟臉或屈辱，這些還能忍受，但是這讓人懷疑起一切，尤其是在心情黯淡的時刻，而巴納巴斯和我偶爾會有這種時刻，次數不算少。這時候我們就會問，巴納巴斯所做的到底算不算是城堡的職務；他的確會到辦公室去，可是那些辦公室就真的算是城堡了嗎？就算辦公室屬於城堡，巴納巴斯獲准進入的那些辦公室也算嗎？他到辦公室去，但那畢竟只是所有辦公室的一部分，那兒還有柵欄，在柵欄後面還有其他的辦公室。別人沒有直截了當地禁止他往裡面走，但他卻不能往裡面走，如果他已經找到了他的上司，而他們也已經打發了他，叫他走了。此外，在那裡的人總是受到監視，至少大家這麼相信。而就算他往裡面走，又有什麼用處，如果他在那兒沒有公務，就只是個闖入者。你也不能把這些柵欄想像成一種特定的界線，巴納巴斯也一再提醒我這一點。在他前去的那些辦公室裡也有柵欄，也就是說，他也會通過一些柵欄，而這些柵欄看起來跟那些他還不曾穿越的柵欄沒有兩樣，因此，也不能從一開始就假定，在他不曾穿越的那些柵欄後面的辦公室跟巴納巴斯已經去過的那些辦公室有什麼基本差異。只有在那些心情黯淡的時刻，我們才會認為兩者之間有差異。在這種時候，懷疑就會愈來愈深，讓人根本無法抗拒。的確，巴納巴斯會跟官員交談，巴納巴斯會接到訊息。可是那是些什麼樣的官員，什麼樣的訊息。如同他所說的，現在他被派給了克拉姆，從克拉姆本人那兒接到任務。嗯，這本來算是很不簡單，就連高階僕役也做不到，簡直是太不簡單了，這就是令人害怕之處。你想想看，直接被派給克拉姆，親口與他交談。可是事情真是如此嗎？如果說事情真是這樣，那麼為什麼巴納巴斯會懷疑在那裡被稱為克拉姆的那個官員真的是克拉姆？」「歐爾佳，」K說，「你總不會是在開玩笑吧；關於克拉姆的相貌怎麼可能會有懷疑，大家明明知道他的長相，我自己就見過他。」「我肯定不是在開玩笑，K，」歐爾佳說，「這不是開玩笑，而是我再認真不過的擔憂。不過，我把這話告訴你，並不是為了讓我心裡輕鬆一點，讓你心裡變得沉重，而是因為你問起巴納巴斯，因為阿瑪麗亞把述說的任務交給了我，也因為我認為，知道得更詳細一點對你來說也有用處。我這麼做也是為了巴納巴斯，免得你把太大的希望寄託在他身上，免得他令你失望，而你自己也由於失望而痛苦。他很敏感，舉例來說，昨天夜裡他沒有睡覺，因為你昨天晚上對他不滿意，據說你表示你只有像巴納巴斯這樣的信差，對你來說很糟。這番話讓他睡不著覺，你自己大概不太能發覺他的激動，城堡的信差必須要很能自制。但是他的工作並不輕鬆，就連跟你在一起也不輕鬆。依你的想法，你對他的要求肯定並不多，你對於信差的職務有既定的概念，並且依照這些概念來衡量你的要求。可是城堡裡的人對於信差的職務有不同的概念，這些概念跟你的概念並不相符，就算巴納巴斯為了職務完全犧牲自己也一樣，遺憾的是有時候他似乎真的願意犧牲自己。他必須要順從，不能說什麼反對的話，但問題在於他做的是否真的是信差職務。在你面前，他當然不能對此表示出懷疑，假如他這麼做，就等於是在葬送他自己的生存，嚴重違反了當然還約束著他的法律，就連在我面前他也無法坦率地說話，我必須哄著他，親吻他，讓他甩落他的懷疑，而就連這樣，他都還拒不承認那些懷疑是懷疑。他的性子有點像阿瑪麗亞。而且他肯定沒有把所有的事都告訴我，儘管我是他唯一的知己。不過，我們偶爾會談起克拉姆，我還沒見過克拉姆，你知道的，芙麗妲不喜歡我，絕對不會讓我看他一眼，不過，村裡的人當然認得他的相貌，有幾個人看過他，大家全都聽說過他，從親眼目睹所留下的印象、再從謠傳及別有用心的捏造，構成了一幅克拉姆的圖像，在基本特徵上大概是相符的。但也就只有在基本特徵上相符。除此之外，這幅圖像是變化無常的，而且說不定還沒有克拉姆真正的外貌那樣變化無常。據說他到村裡來的時候模樣完全不同，走的時候又不同，喝啤酒之前不同，喝啤酒之後又不同，醒著時不同，睡著時又不同，獨自一人時不同，和人談話時又不同，據此就可以理解，他在上面城堡裡的時候幾乎完全不一樣。而就連在村子裡，大家的敘述也有相當大的差異，在高矮上、姿態上、胖瘦上、鬍子上，只有在衣服上這些敘述幸好是一致的，他總是穿著同樣的衣服，一件長下襬的黑色西裝上衣。這些差異當然不是源自於魔術，而很容易理解，它們之所以產生，是由於觀看者當下的心情、激動的程度、處於無數等級的希望或絕望當中的哪一級，再說，觀看者通常只獲准看克拉姆一下下，我這是把巴納巴斯經常解釋給我聽的話通通再告訴你，而在一般情況下，一個人可以藉此來讓自己安心，如果他本身沒有直接涉及這件事。我們卻沒辦法心安，對巴納巴斯來說，他是否真的是和克拉姆交談，這是個攸關性命的問題。」「對我來說也一樣。」K說，他們在火爐前的長凳上又朝彼此挪近了一點。歐爾佳所說的這些不利的消息，雖然令K震驚，但是他在一件事當中看見補償，亦即他在這裡發現有些人跟他的情況十分相似，至少在表面上，也就是說，他可以加入他們，在許多事情上可以和他們互相理解，不像他跟芙麗妲只在某些事情上能夠互相理解。雖然他漸漸失去了希望，不再相信巴納巴斯所傳遞的訊息能夠成功，可是巴納巴斯在城堡中愈是不順利，在村子裡就與他愈為接近，K從來沒想到，在村民當中會有像巴納巴斯和他姊姊這般不幸的努力。當然，事情還遠遠沒有解釋清楚，到最後還有可能變成完全相反，他不必馬上任由自己受到歐爾佳純真的天性所引誘，便也相信巴納巴斯的正直。「關於克拉姆外貌的報導，」歐爾佳接著說，「巴納巴斯知道得很清楚，他收集了很多，並且加以比較，也許收集得太多了，在村裡他隔著一扇車窗看見過克拉姆本人一次，或者說他以為他看見了，也就是說，他有足夠的準備來認出他，可是——這你要怎麼解釋？——當他在城堡裡去到一個辦公室，別人在好幾個官員當中指著一個，告訴他說這人就是克拉姆，他卻沒能認出來，在那之後也還有很長一段時間無法習慣那人就是克拉姆。可是如果你問巴納巴斯，此人跟大家平常對克拉姆的印象哪裡不同，他無法回答，他的回答反倒是描述城堡裡那個官員，可是他的描述跟我們所知道的對克拉姆的描述卻完全相符。『那麼，巴納巴斯，』我說，『你為什麼要懷疑，為什麼要折磨自己。』聽我這麼說，他顯然很窘，開始細數城堡裡那個官員的特點，但這些特點更像是他憑空臆想出來的，而不像是在報導，此外，這些特點是那麼微不足道——例如：點頭的樣子很特別，或者就只是背心的扣子沒扣上——讓人無法認真看待。在我看來，更重要的是克拉姆和巴納巴斯來往的方式。巴納巴斯常常描述給我聽，甚至還畫給我看。通常巴納巴斯會被帶進一間大辦公室，但那不是克拉姆的辦公室，根本就不是單屬於一個人的辦公室。房間裡有一張供站著工作用的斜面長桌，從一面牆伸到另一面牆，把房間隔成兩半，一半窄，只能容兩個人勉強錯身而過，這是屬於官員的空間，另一半寬，是屬於當事人、觀眾、僕役和信差的空間。在斜面長桌上擺著翻開來的大書，一本挨著一本，在大多數的書旁都站著官員，在書裡讀著。不過，他們並不總是待在同一本書旁邊，但卻沒有交換書籍，而是交換位置，最令巴納巴斯詫異的是，正因為這個空間很窄，在交換位置時，他們必須從彼此身旁擠過去。緊靠著斜面長桌前面是一張張低矮的小桌，坐著抄寫員，當那些官員要求，抄寫員就會按照他們的口述聽寫下來。巴納巴斯對聽寫的進行總是感到納悶。在聽寫之前，官員並沒有明確地下命令，口述的聲音也不大，別人幾乎察覺不到他在口述，不如說那個官員似乎跟先前一樣在閱讀，只不過他在閱讀時也在輕聲細語，而抄寫員在聽。往往官員口述得很小聲，抄寫員坐著根本聽不見，這時候他就總是得跳起來，攔截住口述的內容，迅速坐下，將之寫下，然後再度跳起來，就這樣繼續下去。這是多麼奇怪呀！簡直令人無法理解。巴納巴斯當然有的是時間來觀察這一切，因為在屬於觀眾的那個空間裡他要站上好幾個鐘頭，有時候要站上好幾天，克拉姆的目光才會落在他身上。而就算克拉姆已經看見他了，巴納巴斯也以立正的姿勢站好，仍然是什麼都沒有決定，因為克拉姆可能會把目光從他身上再轉回書上，把他給忘了，這種事經常發生。可是這麼不重要的信差職務算什麼呢？當巴納巴斯一早說他要到城堡去，我心裡就覺得難受。很可能這次又白跑一趟，很可能這一天又白白浪費，很可能又是希望落空。這一切究竟所為何來？而在家裡，做鞋的工作堆著沒人做，布倫斯維克又催著做。」「好吧，」K說，「巴納巴斯得要長久等待，才能接到任務。這是可以理解的，看來這裡雇用的人太多，不是每個人每天都能接到任務，對此你們無須抱怨，大概每個人的情形都是這樣。但最後巴納巴斯畢竟也還是接到了任務，光是我這兒他就已經送了兩封信來。」「是有可能，」歐爾佳說，「我們沒有道理抱怨，尤其是我，這一切都只是我聽來的，身為女孩，我也不像巴納巴斯那麼能夠理解，再說他也還有一些事沒有說。不過，現在你來聽聽，那些信是怎麼回事，例如那些給你的信。這些信不是他直接從克拉姆那兒拿到的，而是從抄寫員那兒。在隨便哪一天，隨便哪個時辰——因此，這份職務看似輕鬆，卻十分累人，因為巴納巴斯得要不斷留意——那個抄寫員想起了他，示意他過去。這似乎根本不是克拉姆授意的，克拉姆仍平靜地讀著他的書，不過，偶爾，巴納巴斯來的時候，他正好在擦拭他的夾鼻眼鏡，可是他平常也常擦眼鏡，這時候他也許會看巴納巴斯一眼，假定他在沒戴眼鏡時還能看得見，巴納巴斯對此感到懷疑，這時克拉姆幾乎閉上了眼睛，似乎在睡覺，只是在夢裡擦拭著眼鏡。在這段時間裡，抄寫員從他放在桌下的許多檔案和書信中，找出一封給你的信，也就是說，這不是一封他剛剛寫好的信，正好相反，從信封的樣子看來，這是封很舊的信，已經在那裡放了很久。而如果那是一封舊信，為什麼他們要讓巴納巴斯等那麼久？也讓你等那麼久？最後也讓那封信等那麼久，因為現在它大概已經失去時效了。這樣一來也給巴納巴斯帶來了壞名聲，說他是個動作緩慢的差勁信差。抄寫員倒是很輕鬆，把信交給巴納巴斯，說：『是克拉姆寫給K的。』說完就叫巴納巴斯退下。接著巴納巴斯回到家裡來，上氣不接下氣，那封終於到手的信在襯衫下面貼身收著，然後我們就像現在這樣坐在這張長凳上，他述說事情的經過，我們就把一切逐點加以分析，評估他達成了什麼，最後發現他達成的很少，而所達成的這一點點也還成疑問，於是巴納巴斯把那封信擺在一邊，沒有興致去送，但也沒有興致去睡，動手做起鞋來，在矮凳上呆坐了一夜。事情就是這樣，K，這就是我的祕密，現在你大概不會再納悶，阿瑪麗亞何以不想知道這些祕密了。」「那麼那封信呢？」K問。「那封信？」歐爾佳說，「嗯，等過了一段時間，如果我時時催促他，可能要過好幾天或好幾個星期，他才會拿起那封信，把它送出去。在這些瑣事上，他還是很依賴我。因為，一旦我克服了他的敘述給我的第一印象，我就能再度冷靜下來，這是他做不到的，很可能正是因為他知道的比較多。於是我就會一再對他說類似這樣的話：『巴納巴斯，你到底想怎麼樣呢？你夢想著什麼樣的職業生涯？什麼樣的目標？難道你想爬到高位，讓你不得不拋下我們，不得不完全拋下我？難道這就是你的目標？我怎麼能不這麼認為，否則我就無法理解，為什麼你對於已經達成的事如此萬般不滿？看看你四周，看看在我們的鄰居當中有誰已經爬到了這個位置。當然，他們的處境跟我們不同，而且他們沒有理由在家計之外還要另謀出路，不過，就算不去比較，別人也看得出來，在你身上，一切都進展得再好不過。是有障礙，是有疑問，還有失望，但這只意味著我們從前就已經知道的事，亦即你不會平白得到什麼，相反地，每一件小東西你都得要自己去爭取，這更有理由讓你感到自豪，而非感到挫敗。再說，你不也是為了我們在奮鬥？這對你來說難道毫不重要嗎？這沒有給你新的力量嗎？有這樣一個弟弟讓我很幸福，幾乎讓我感到驕傲，這難道不能給你自信嗎？說真的，不是你在城堡裡達成的事令我失望，而是我在你身上達成的事。你可以到城堡去，是那些辦公室的常客，一整天都跟克拉姆在同一個房間裡度過，顯然是被認可的信差，有權得到一套公務服裝，要負責傳送重要的書信，這一切都是你，這一切你都可以做，而你下到這兒來，我們不但沒有喜極而泣地互相擁抱，反而像是一看到我你就失去了所有的勇氣，你對一切都感到懷疑，只有製鞋模子吸引著你，而那封信，我們前途的保證，你卻擺在一邊。』我就是這樣對他說的，等我把這番話重複了好幾天，他才嘆著氣，拿起那封信走了。但那很可能根本不是由於我的話起了作用，而是他又想到城堡去了，若是沒有把任務完成，他是不敢去的。」「可是你對他說的話明明全都正確，」K說，「你把一切歸納得多麼正確，令人佩服。你的思路真是清晰得驚人！」「不，」歐爾佳說，「你被騙了，也許我也騙了他。他究竟達成了什麼呢？他獲准進入一間辦公室，可是那似乎連辦公室都還不算，比較像是辦公室的前廳，說不定連前廳都算不上，說不定那個房間是用來擋住所有不准進入真正的辦公室的人。他和克拉姆交談，可是那真的是克拉姆嗎？說那只是個跟克拉姆長得很像的人不是更貼切嗎？也許頂多是個秘書，跟克拉姆長得有點像，還努力變得跟他更像，然後裝腔作勢，擺出克拉姆那種睡眼惺忪、神情恍惚的樣子。他天性中的這一部分最容易模仿，有些人就嘗試去模仿，不過，他天性中的其餘部分，他們就明智地不敢去碰。像克拉姆這樣的人，別人常盼望見到，卻很少能見到，這樣的人在眾人的想像中很容易就會染上不同的形象。例如，克拉姆在此地有一個村中秘書，叫做莫姆斯。哦？你認識他？他也很少露面，但我還是見過他幾次。他是位年輕力壯的先生，對吧？所以說，他很可能跟克拉姆一點也不像。儘管如此，你在村子裡可以發現有些人會信誓旦旦地說莫姆斯就是克拉姆，不是別人。這些人就是這樣把自己愈弄愈糊塗。在城堡裡難道就會有所不同？有人告訴巴納巴斯，說那個官員就是克拉姆，而在兩人之間也確實有相似之處，但卻是巴納巴斯始終感到懷疑的一種相似之處。而一切都顯示出他的懷疑有道理。難道克拉姆會在一個公用的房間裡，把鉛筆夾在耳後，擠在其他官員之間？這實在非常不可能。巴納巴斯有時會說，帶著點孩子氣——不過，這已經算是充滿信心的情緒了——『那個官員的樣子跟克拉姆很像，假如他坐在自己的辦公室裡，坐在自己的辦公桌前，假如門上有他的名字——那我就不會再有懷疑。』這話是孩子氣，但卻也可以理解。不過，假如巴納巴斯趁著在上面的時候立刻就多去詢問幾個人，弄清楚事情究竟是怎麼回事，這會更可以理解，畢竟據他所說，房間裡有很多人站著沒事。而就算他們所說的話不比那個主動把克拉姆指給他看的那個人所說的話可靠多少，至少從那些形形色色的說法中可以得出一些線索，一些比較的根據。這並不是我的主意，而是巴納巴斯的主意，可是他不敢去執行；他害怕可能會因此不自覺地觸犯了他所不知道的規定，從而失去他的職位，因此不敢跟任何人攀談；他是這麼沒有自信；這種沒有自信實在可悲，比起所有的描述都更向我清楚闡明了他的地位。如果他連一個無傷大雅的問題都不敢開口去問，想必那兒的一切都讓他覺得可疑而帶有威脅。想到這一點，我就怪我自己，讓他獨自留在那些不熟悉的地方，那兒的情況讓他這個並不怯懦反而是有點大膽的人很可能都害怕得顫抖。」

「說到這裡，我想你說到了事情的關鍵，」K說，「這就是了。聽你說了這些話之後，現在我認為事情很清楚了。對於這項任務來說，巴納巴斯還太年輕。他所說的話，別人都無法不假思索地認真看待。由於他在那上面害怕得要命，他在那兒無法好好觀察，而在這裡若還是強迫他報導那兒的情況，就會聽到瞎編的混亂故事。對此我並不感到奇怪。對於當局的敬畏在你們這兒的人身上是與生俱來的，在你們一生中又繼續以各種方式從各方面灌輸到你們心裡，你們自己還竭盡所能地去幫忙。不過，基本上我並不反對；如果一個當局是好的，為什麼不該讓人敬畏呢？只是不能把像巴納巴斯這樣沒經過指點、沒出過村莊的年輕人突然派到城堡去，然後就想要求他如實做出報導，把他的話像天啟一樣加以分析，讓自己人生的幸福取決於如何解讀他所說的話。這樣做實在是大錯特錯。當然，我也跟你沒有兩樣，也被他弄糊塗了，不但把希望寄託在他身上，也由於他而承受了失望，希望或失望都只是基於他所說的話，也就是說簡直沒有根據。」歐爾佳沉默不語。「這對我來說並不容易，」K說，「動搖你對你弟弟的信賴，因為我分明看出，你有多麼愛他，對他抱著多大的期望。但我卻必須這麼做，而且有部分原因正是你對他的愛和期望。因為你看，一再有個東西——我不知道那是什麼——阻礙了你去看清事實，不是看出他達成了什麼，而是看出他獲贈了什麼。他獲准到那些辦公室去，或者照你說的，到一間前廳去，就說是前廳好了，可是那兒有可以通往別處的門，有可以穿越的柵欄，只要你有這個能耐。舉例來說，我就根本進不了這個前廳，至少目前進不了。我不知道巴納巴斯在那裡跟誰說了話，也許那個抄寫員是僕役當中階級最低的，但就算他是階級最低的，他也可以帶你去見比他高一階的人，如果他不能帶你去見那人，那麼他至少可以說出那人是誰，如果他不能說出那人是誰，那他總可以讓你去找某個可以說出那人是誰的人。那個被說是克拉姆的人跟真正的克拉姆也許毫無共同點，他們之間的相似也許只存在於巴納巴斯由於激動而盲目的眼中，也許他是最低階的官員，甚至連官員都不是，可是他在那張斜面長桌旁邊總是有件任務的吧，他在那本大書裡總是讀著些什麼，總是對那個抄寫員低語了些什麼，當他的目光在一段長時間裡偶爾落在巴納巴斯身上，他總是在想著些什麼，而就算這一切都不是真的，而他和他的所作所為都毫無意義，那麼畢竟還是有個人派他站在那裡，而且這麼做是帶有某種意圖。說了這麼多，我想說的是，那兒是有點什麼，是給了巴納巴斯點什麼，至少有點什麼，而他若是除了懷疑、恐懼和絕望之外別無所獲，那就只能怪他自己。而且我說這些還是以最壞的情況為出發點，這種情況甚至十分不可能。因為我們手上有那兩封信，雖然我並不太信賴這些信，但還是遠勝於信賴巴納巴斯所說的話。就算那只是沒有價值的舊信，未經選擇地從一堆同樣沒有價值的信裡抽了出來，未經選擇，所用的判斷力也不會勝過市集上的金絲雀，當牠從一堆紙籤裡叼出隨便哪個人的命運，就算事情是這樣，這些信卻至少還是跟我的工作有點關聯，顯然是寫給我的，就算不見得對我有利，而且是由克拉姆親筆寫成，如同村長夫婦所證實的，雖然只具有不太明確的私人意義，但還是意義重大，這也是根據村長所說。」「這是村長說的嗎？」歐爾佳問。「是的，是他說的。」K回答。「我要把這件事告訴巴納巴斯，」歐爾佳很快地說，「這對他會是很大的鼓勵。」「可是他並不需要鼓勵，」K說，「鼓勵他就等於是跟他說他做得對，說他只需要以目前的方式繼續做下去，可是偏偏以這種方式他卻永遠不會達成什麼，一個眼睛被蒙住的人，你可以鼓勵他看穿那塊布，他還是永遠也看不見；只有當別人拿掉遮住他眼睛的布，他才能看見。巴納巴斯需要的是幫助，不是鼓勵。你只要想一想，那上面的當局大得令人理不出頭緒——在我來此地之前，我以為對它約略有些概念，我當時的想法是多麼天真——所以說，當局在那兒，而巴納巴斯迎向它，沒有別人，就只有他，孤單得可憐，如果他不是一輩子下落不明地被壓在那些辦公室的一個陰暗角落，就已經夠光榮了。」歐爾佳說：「K，你別以為我們低估了巴納巴斯所接下的任務有多沉重。我們並不缺少對當局的敬畏，這是你自己說的。」「可是那是一種被誤導的敬畏，」K說，「放錯地方的敬畏，這種敬畏反而侮辱了其對象。當巴納巴斯糟蹋了獲准進入那個房間的這項贈禮，在那兒無所事事地度過好幾天，或是當他下來以後，懷疑或貶低那些他剛剛還在他們面前顫抖的人，或是當他由於疲憊或絕望沒有馬上把信送出去，也沒有把託付給他的訊息馬上傳達出去，這還能稱之為敬畏嗎？這明明就不再是敬畏了。不過，我的指責還不止於此，我也還要責怪你，歐爾佳，我不得不責怪你，儘管你自認敬畏當局，卻叫年輕軟弱而孤單的巴納巴斯到城堡去，至少是沒有攔住他。」

「你對我的指責，」歐爾佳說，「也是我對自己的指責，一直都是。只不過，不能指責我叫他到城堡去，我沒有叫他去，是他自己去的，但想來我應該要用盡所有的辦法，用勸說、用詭計、用蠻力來攔住他。我是該攔住他，可是，假如今天是關鍵的那一日，假如我像當時和今天一樣感覺到巴納巴斯的困境，感覺到我們一家人的困境，假如巴納巴斯儘管明白意識到所有的責任和危險，為了要走卻還是微笑著輕輕掙脫了我，就算是今天，就算有這些日子以來的所有經驗，我也不會攔住他，而我認為，假如你是我，你也不能不這麼做。你不了解我們的困境，因此而錯怪了我們，尤其是錯怪了巴納巴斯。當時我們比今天抱著更多的希望，但即便是當時，我們的希望也不大，大的是我們的困境，至今仍舊如此。難道芙麗妲沒有跟你說起過我們嗎？」「她只做了些暗示，」K說，「沒說什麼明確的事，不過，光是聽到你們的姓名就令她激動。」「那個老闆娘也沒說過什麼嗎？」「沒有，什麼也沒說。」「其他人也都沒說過嗎？」「誰也沒說。」「當然了，誰能說些什麼呢！人人都知道一點關於我們的事，要不就是知道真相，如果那些人能知道真相的話，要不就是至少知道哪個謠傳，聽來的，或大多是自己編出來的，每個人超過必要地想到我們，卻沒有人會直截了當地說起我們，他們不敢把這些事用嘴巴說出來。而且他們這樣做是有道理的。要說出這些事很難，就算是對你也一樣，K，如果你聽了，你也可能會就此走開，再也不想與我們來往，就算這事跟你似乎沒什麼關係。這樣一來，我們就失去了你，而我承認，現在你對我來說，幾乎要比巴納巴斯到目前為止在城堡的職務更為重要。然而——這個矛盾已經折磨了我一整個晚上——你還是必須得知，因為除非這樣，你無法全面了解我們的處境，將會繼續錯怪巴納巴斯，這令我格外難受，我們將會缺少必要的團結一致，而你將既不能幫助我們，也無法接受我們的幫助，非正式的幫助。不過，我還有一個問題要問：你到底想不想知道呢？」「你為什麼問呢？」K說，「如果這是必要的，我就想要知道，可是你為什麼要這樣問？」「由於迷信，」歐爾佳說，「你將會被牽扯進來，無辜地，就跟巴納巴斯差不多。」「你快說吧，」K說，「我不怕。懷著女人的這種恐懼，你只會把事情弄得更糟。」

第十七章 阿瑪麗亞的祕密

「這由你自己來判斷吧，」歐爾佳說，「再說，事情聽起來很單純，別人無法馬上明白此事怎麼會如此重要。城堡裡有個官員名叫索爾提尼。」「我聽說過他，」K說，「他參與了聘任我這件事。」「這我不相信，」歐爾佳說，「索爾提尼幾乎不出席公眾場合。你是不是把他跟索爾蒂尼弄混了，拼寫時用的是『d』？」「你說對了，」K說，「我聽說過的是索爾蒂尼。」「對，」歐爾佳說，「索爾蒂尼很有名，他屬於那些最勤勞的官員，大家常常談起他，而索爾提尼很少露面，大多數的人對他都很陌生。三年多以前，我第一次看見他，那也是最後一次。那是在七月三號，在民間消防隊的一場慶祝活動上，城堡方面也參與了，捐贈了一個新的滅火器。索爾提尼參加了滅火器的遞交儀式，據說他也處理消防事宜，但也許他只是代理某人出席——那些官員常常會互相代理，因此很難看出這個官員或那個官員是主管哪些事務，當然也還有來自城堡的其他人，包括官員和僕役，而索爾提尼完全退居幕後，這也符合他的個性。他是位矮小虛弱、常常若有所思的先生，凡是會注意到他的人都對一件事印象深刻，就是他額頭皺起來的樣子，所有的皺紋——數目相當多，雖然他肯定不到四十歲——呈扇形從額頭直接伸向鼻根，我從沒見過這種模樣。嗯，再說回正題，就是那場慶祝活動。我們，阿瑪麗亞和我，從幾個星期前就期待著，星期天穿的正式服裝重新妝點過，尤其是阿瑪麗亞那件衣裳非常漂亮，白襯衫前面高高鼓起，花邊一排接著一排，母親把自己所有的花邊都借給她了，當時我感到嫉妒，在慶祝活動前一晚哭了大半夜。直到早上橋頭旅店的老闆娘來看我們——」「橋頭旅店的老闆娘？」K問。「是的，」歐爾佳說，「她以前跟我們是好朋友，所以說，她來了，不得不承認阿瑪麗亞占了上風，為了安慰我，就把她自己的項鍊借給我，那項鍊是用產自波希米亞的石榴石做的。等我們打扮好準備出門，阿瑪麗亞站在我面前，我們全都為她而讚嘆，父親說：『你們記得我說的話，今天阿瑪麗亞會找到新郎。』這時候，我不知道為什麼摘下了那條令我自豪的項鍊，替阿瑪麗亞戴上，一點也不再嫉妒了。我就只是臣服於她的勝利，而我相信，每個人都不得不在她面前臣服；也許是她當時跟平常看起來不一樣，令我們驚訝，因為她本來其實不算美，可是她從那時起就留下來的憂鬱眼神高高地從我們身上掠過，讓人幾乎真的臣服在她面前，而且是不自覺的。大家都注意到了，包括拉塞曼和他太太，他們是來接我們的。」「拉塞曼？」K問。「是的，拉塞曼，」歐爾佳說，「那時候我們一家人是很受尊敬的，舉例來說，那場慶祝活動若是少了我們就無法好好開始，因為我父親是消防隊排名第三的演習負責人。」「當時你父親還那麼硬朗嗎？」K問。「我父親？」歐爾佳問，彷彿沒完全聽懂，「三年前他還算得上是個年輕人，舉例來說，貴賓樓有一次發生火警，他把一位官員背在背上，跑著救了出去，就是那個很重的葛拉特。當時我也在場，那時雖然沒有失火的危險，只不過是火爐旁的乾燥木柴開始冒煙，可是葛拉特害怕起來，探出窗外呼救，消防隊來了，而我父親必須把他背出去，儘管火已經被熄滅了。嗯，葛拉特行動不便，在這種情況下不得不小心。我說起這件事就只是為了我父親，從那時候到現在才不過三年多，而現在你看看他坐在那兒的樣子。」直到這時候，K才看見阿瑪麗亞已經回到房間裡，但她離得很遠，在父母親的桌旁餵母親吃東西，她母親患有風濕的手臂抬不起來，阿瑪麗亞一邊安撫父親，要他稍微再耐心等一會兒，她馬上就會過去餵他。然而，她的勸說沒有效果，因為她父親已經饞得想喝他的湯，克服了身體的虛弱，一會兒試著從湯匙上咂嘴去喝，一會兒試著直接從盤子上喝，當兩種嘗試都沒能成功，他生氣地嘟囔著，湯匙早在他送進嘴裡之前就已經空了，而嘴巴從來沒能伸進湯裡，伸進湯裡的總是垂下來的鬍鬚，湯汁朝著四面八方流淌四濺，唯獨進不了他的嘴。「三年就把他變成了這個樣子？」K問，但他對那兩個老人及這一家人圍坐桌旁的那個角落仍然沒有同情，只有厭惡。「三年，」歐爾佳緩緩地說，「或者說得更確切一點，是一場慶祝活動的那幾個鐘頭。那場慶祝活動在村前溪邊的一片草地上舉行，我們抵達時已經是人潮洶湧，從鄰近村莊裡也來了許多人，人聲嘈雜，令人暈頭轉向。父親當然是先帶我們去看那具滅火器，當他看見它時，高興得笑了，一具新的滅火器讓他很開心，他開始觸摸它，並且解釋給我們聽，不容許別人反駁和阻攔，如果要看滅火器下方的東西，我們全都得彎下身子，幾乎得鑽到滅火器底下，巴納巴斯當時拒絕這麼做，結果挨了一頓打。只有阿瑪麗亞不去理會那具滅火器，穿著她的漂亮衣裳直挺挺地站著，沒有人敢跟她說什麼，我偶爾跑到她那兒去，挽住她的手臂，可是她一言不發。直到今天我都無法解釋，我們怎麼會在那具滅火器前面站了那麼久，直到父親放開了那具滅火器，我們才注意到索爾提尼，在這段時間裡他顯然都在那具滅火器後面，倚在一根操縱桿上。當然，當時嘈雜得要命，不只是像平常有慶祝活動時那麼吵；因為城堡方面還送了幾支喇叭給消防隊，那是些特別的樂器，只需要費一點點力氣，就能發出震耳欲聾的聲響，連一個小孩子也辦得到；聽見那聲音，你會以為是土耳其人來了，而且你沒法習慣那個聲音，每次它又吹響，你就又會再嚇一跳。而且因為那些喇叭是新的，每個人都想試吹一下，而那畢竟是場民間的慶祝活動，所以大家就也被允許這麼做。正好在我們周圍有幾個這樣的人在吹喇叭，也許是受到阿瑪麗亞的吸引，在這種情況下，很難集中注意力，如果還得遵照父親的要求去注意那具滅火器，那也就是一個人所能做到的極致了，因此我們才會那麼久都沒發現索爾提尼，而我們在那之前也根本不認識他。終於，拉塞曼低聲對父親說：『索爾提尼在那兒。』當時我就站在旁邊。父親深深鞠了個躬，也興奮地向我們示意，要我們鞠躬。雖然在這之前父親並不認識他，但父親一向敬重索爾提尼在消防事務上是個專家，在家裡常常談起他，因此，此刻真的見到索爾提尼，對我們來說既令人驚訝，又意義重大。索爾提尼卻不理會我們，這並非索爾提尼的獨特之處，大多數的官員在公眾場合都顯得漠不關心，而且他也累了，只是他的公務職責要求他留在這下面，並非最差勁的官員才會覺得這種代表當局出席的職責特別累人，其他的官員和僕役既然已經來了，就會融入民眾之中，索爾提尼卻留在滅火器旁邊，凡是試圖用請求或恭維接近他的人，他就用沉默把他們趕走。因此，他是在我們注意到他之後，才注意到我們。直到我們滿懷敬畏地向他鞠躬，父親試圖為我們向他道歉，他才把目光投向我們，一個接著一個地看過去，疲倦地，彷彿在感嘆在一個人的旁邊總還是又有一個人，直到他的目光停在阿瑪麗亞身上，他必須要仰望她，因為她比他高得多。這時他愣住了，跳過車槓，好更靠近阿瑪麗亞一點，我們起初誤會了他的意思，在父親帶領下，打算一起朝他走近，可是他舉起手來阻止我們，然後示意我們走開。就只有這樣。之後我們多次調侃阿瑪麗亞，說她這下子真的找到了一個新郎，由於我們的無知，我們一整個下午都很快活，阿瑪麗亞卻比任何時候都更沉默，『她徹頭徹尾地愛上了索爾提尼。』布倫斯維克說，他一向是個老粗，無法理解像阿瑪麗亞這種個性的人，可是這一次，我們覺得他幾乎說對了，那一天我們根本就是瘋瘋癲癲的，當我們在午夜之後回到家裡，除了阿瑪麗亞之外，我們全都由於城堡的香甜葡萄酒而醺醺然。」「那索爾提尼呢？」K問。「對，索爾提尼，」歐爾佳說，「在慶祝活動當中，我在經過時還看見索爾提尼好幾次，他坐在車槓上，雙臂交叉在胸前，就維持著這個姿勢，直到城堡派車來接他。他甚至沒有去看消防演習，在那些演習當中，我父親當時正是因為希望索爾提尼會看見，在所有他那個年紀的男子當中表現得特別優異。」「你們就沒有再聽到他的消息了嗎？」K問，「看來你很尊敬索爾提尼。」「是啊，尊敬，」歐爾佳說，「是啊，而且我們也還有聽到他的消息。第二天早上，阿瑪麗亞的一聲尖叫把我們從酒後的沉睡中叫醒，其他人立刻就又倒回床上，我卻完全醒了，跑到阿瑪麗亞那兒去，她站在窗前，手裡拿著一封信，是一名男子剛才從窗戶遞給她的，那個男子還在等候回覆。阿瑪麗亞已經讀了那封信——那信很短——把信拿在無力垂下來的手中；我向來愛她那副疲倦的模樣。我在她身旁跪下來，讀了那封信。我幾乎還沒讀完，阿瑪麗亞就看了我一眼，又把信拿過去，但沒有勇氣再讀一次，她把信撕了，把碎片扔到窗外那人的臉上，並且關上了窗戶。這就是那個關鍵性的早晨。我稱它為關鍵，可是前一天下午的每一刻其實也同樣關鍵。」「那封信裡寫了些什麼呢？」K問。「對了，我還沒有跟你說，」歐爾佳說，「那封信是索爾提尼寫的，收件人是戴著石榴石項鍊的女孩。信的內容我無法重述。那是要求阿瑪麗亞到貴賓樓去找他，而且要她馬上就去，因為半個小時之後，索爾提尼就得啟程。那封信的表達方式很粗鄙，是我從來沒聽過的，我只能從上下文中猜出這信的意思。誰要是不認識阿瑪麗亞，而只讀了這封信，想必會認為這個女孩名聲很糟，才會有人敢寫這樣的信給她，哪怕她還根本不曾被人碰過。而且那不是封情書，裡面沒有一句恭維的話，索爾提尼反而顯然很惱怒，因為看見阿瑪麗亞令他心情激動，妨礙了他處理公事。事後我們把事情理出一個頭緒，很可能索爾提尼本來晚上就想搭車回城堡，卻由於阿瑪麗亞的緣故而留在村裡，早上他對於自己在夜裡也無法忘記阿瑪麗亞而感到光火，才寫了那封信。看到這封信，一個人最初的感覺一定是憤怒，就算是最冷靜的女人也一樣，可是接下來，換作是另一個女人，而不是阿瑪麗亞，讀到這種帶著威脅的惱怒語氣，很可能恐懼會占了上風，但阿瑪麗亞的感覺卻仍是憤怒，她不懂得恐懼，不管是為她自己，還是為其他人。當我又再爬回床上，在心裡重述那封信的最後一句話，一句沒寫完的話：『所以你馬上過來，否則——！』阿瑪麗亞仍然坐在窗臺上，望出窗外，彷彿在等待還有信差會來，而且她準備好以對待第一個信差的方式來對待他們。」

「原來那些官員是這樣的，」K猶豫地說，「在他們當中居然有這種人。你父親是怎麼做的？我希望他去向主管部門針對索爾提尼提出強烈投訴，如果他不是寧可選擇去貴賓樓那條更近、更可靠的路徑。在這件事情上，最醜陋之處並不在於對阿瑪麗亞的侮辱，這侮辱很容易就能得到補救，我不知道你為什麼偏偏把這一點看得這麼重，重得過了頭；照你的敘述會讓人以為，索爾提尼用這樣一封信會讓阿瑪麗亞永遠蒙羞，可是為什麼呢？這一點明明就是不可能的，要讓阿瑪麗亞得到補償很容易，幾天之後，這樁風波就被人遺忘了，索爾提尼沒有讓阿瑪麗亞蒙羞，而是讓他自己蒙羞。我是被索爾提尼嚇到了，被這種可能性嚇到了，居然會有這種濫用權力的情形。在這件個案上，因為事情一清二楚，完全明明白白，並且碰上阿瑪麗亞這個優越的對手，這種濫權的事沒能成功，可是在千百件其餘個案上，只要情況稍微不利，就完全可能會成功，而且可以躲過任何人的目光，包括受害者本人的目光。」「安靜點，」歐爾佳說，「阿瑪麗亞往這邊看了。」阿瑪麗亞餵雙親吃完東西，此刻正在替母親脫衣服，她剛剛替母親解開了裙子，把母親的手臂繞在自己脖子上，稍微把母親抬起來一些，褪下她的裙子，再把她輕輕放下。她父親總是對她母親先得到伺候感到不滿，但這顯然只是因為她母親比他更為無助，他試著自己脫衣服，說不定也是想懲罰女兒，因為他覺得她動作太慢，可是雖然他從最沒必要也最簡單的東西開始脫，就是那雙太大的拖鞋，他的一雙腳只鬆鬆地塞在裡面，他還是怎麼樣都沒法把鞋子脫掉，沒多久，他就不得不沙啞地喘著氣放棄了，又再僵硬地靠在椅子上。「你沒有看出事情的關鍵，」歐爾佳說，「也許你說的都對，但關鍵在於阿瑪麗亞沒有去貴賓樓；她怎麼對待那個信差，這件事本身也許還可以算了，可以遮掩得過去；可是因為她沒有去，我們家就此受到了詛咒，於是她對待信差的方式就也成了不可原諒的事，對於公眾來說，這件事甚至被推到了最顯著的位置。」「什麼！」K喊道，隨即壓低了聲音，當歐爾佳懇求地舉起雙手，「你這個做姊姊的總不會是說，阿瑪麗亞應該要聽索爾提尼的話，應該要到貴賓樓去？」「不，」歐爾佳說，「但願我能免於受到這種懷疑，你怎麼能這麼相信呢。在我認識的人當中，沒有人像阿瑪麗亞一樣，在她所做的一切事情上都堅定有理。假如她去了貴賓樓，我當然也同樣會認為她做得對；而她沒有去這件事卻很勇敢。至於我，我坦白向你承認，假如我收到這樣一封信，我是會去的。換作是我，我會承受不了那份恐懼，恐懼將會發生的事，這只有阿瑪麗亞承受得了。也還有幾種辦法，舉例來說，別的女人也許會把自己打扮得漂漂亮亮的，這得要花一點時間，然後她會到貴賓樓去，得知索爾提尼已經走了，也許他在派出那個信差之後立刻就搭車走了，這種事甚至極為可能，因為那些先生的情緒變化很快。可是阿瑪麗亞沒有這麼做，也沒有做類似的事，她深受侮辱，毫無保留地做了回答。假如她能設法在表面上聽從，只要能剛好及時跨過貴賓樓的門檻，這個厄運就還有轉圜的餘地，我們這兒有非常聰明的律師，懂得把微不足道的證據變成你想要的任何證據，可是在這個案例上，就連一丁點有利的證據都沒有，正好相反，還得要加上對索爾提尼那封信的不敬，以及對那個信差的侮辱。」「可是究竟是什麼樣的厄運，」K說，「又是些什麼樣的律師；總不會有人為了索爾提尼的犯罪行徑而起訴阿瑪麗亞，甚至還要懲罰她吧？」「你錯了，」歐爾佳說，「是會有人這麼做，不過，不會經過一場正規的審判，也不會直接懲罰她，只不過會以其他方式懲罰她，懲罰她和我們全家人，這個懲罰有多重，現在你大概慢慢看出來了吧。你覺得這件事不公平而且駭人聽聞，這種看法在村子裡十分稀有，這個看法對我們很有利，應該能安慰我們，若非這個看法明顯源於一些錯誤，那倒的確可以安慰我們。這一點我很容易就能向你證明，請原諒，如果我得提起芙麗妲，然而，在芙麗妲和克拉姆之間所發生的事，就跟阿瑪麗亞和索爾提尼之間所發生的事十分相似，姑且不論事情最後如何演變，就算你起初大吃一驚，現在已經覺得這沒什麼不對了吧。而這不是因為習慣，如果是涉及單純的判斷，一個人不會由於習慣而麻木到這種地步；這只不過是改正了錯誤的想法。」「不，歐爾佳，」K說，「我不知道你為什麼要把芙麗妲扯進來，她的情況明明完全不同，不要把根本不同的事弄混了，你繼續說吧。」「拜託，」歐爾佳說，「請別見怪，如果我堅持要做這番比較，如果你認為有必要維護她，不讓我做比較，那麼關於芙麗妲，你也還殘存有錯誤的想法。她根本不需要誰來維護，只應該受到誇獎。如果我把這兩種情況拿來比較，我的意思並不是說它們是相同的，它們之間的關係就像白與黑，而白色是芙麗妲。在最糟的情況下，一個人可以笑芙麗妲，就像我一時頑皮──事後我很後悔──在酒吧笑了她，可是就連笑她的人也已經是懷著惡意或嫉妒，不管怎樣，別人還笑得出來，然而，別人對阿瑪麗亞卻只能輕視，除非跟她有血緣關係。因此，雖然這是兩種根本不同的情況，如你所說，但卻還是有相似之處。」「它們也沒有相似之處，」K說，不悅地搖搖頭，「你就撇開芙麗妲別提了吧。芙麗妲沒有像阿瑪麗亞一樣從索爾提尼那兒收到那種不正經的信，而且芙麗妲真正愛過克拉姆，誰要是懷疑這一點，可以去問她，她到今天都還愛著他。」「可是這算得上大差別嗎？」歐爾佳問，「你以為克拉姆不會也給芙麗妲寫過這樣的信嗎？當那些官員從辦公桌後面站起來，就是這副樣子；他們適應不了這個世界，於是在心不在焉當中說出最粗鄙的話，不是所有的人都會這樣，但許多人會。給阿瑪麗亞的那封信也許就是在怔怔出神時草草寫下來的，根本沒去留意到底寫了些什麼。我們哪裡知道那些官員在想什麼！你自己不也聽過，或是聽人說起過，克拉姆跟芙麗妲來往時用的是什麼語氣嗎？大家都知道克拉姆很粗魯，據說他幾個鐘頭一句話也不說，然後突然說出一句粗話，粗魯到令人毛骨悚然。大家不知道索爾提尼是不是這樣，大家對他本來就不太熟悉。事實上，關於他，大家只知道他的名字跟索爾蒂尼很相似，要不是因為這兩個名字很相似，很可能大家根本不會認識他。就連他身為消防專家這件事，大家很可能也是把他跟索爾蒂尼弄混了，索爾蒂尼才是真正的專家，他利用了這兩個名字的相似，以便特別是把代表當局出席的職責推給索爾提尼，自己可以不受打擾地繼續工作。當一個像索爾提尼這樣不善交際的人突然感受到對一個村中女孩的愛，那麼這和鄰家的木匠伙計愛上哪個女孩當然會有不同的表現方式。再說，也得要考慮到，在一名官員和一個鞋匠的女兒之間有很大的差距，這個差距得設法加以消除，索爾提尼試圖用這種方式來加以消除，換作是另一個人，也許會有不同的做法。雖然說我們全都屬於城堡，根本沒有差距存在，也就沒有差距需要消除，這話在平時或許也沒錯，只可惜我們有機會看見，偏偏是在重要時刻這話就根本不對。總之，在聽了這些話之後，你就會更能理解索爾提尼的行事方式，比較不會再覺得那麼駭人聽聞，而事實上，他的行事方式跟克拉姆的行事方式比起來，要容易理解得多，也更容易承受，就算是對相當切身的人來說。如果克拉姆寫一封溫柔的信，那要比索爾提尼最粗魯的信更令人難堪。你不要誤會，我不敢評斷克拉姆，我只是做個比較，因為你拒絕做這個比較。克拉姆分明就像那些女人的指揮官，一下子命令這個女人到他那兒去，一下子又命令那個女人到他那兒去，哪個女人都不許久待，一如他命令她們來，他也命令她們走。唉，克拉姆根本不會費那個功夫先寫一封信。相形之下，如果深居簡出的索爾提尼——至少大家不知道他跟女人的關係——有一回坐下來，用他漂亮的官員字體寫一封信，就算是令人厭惡的信，這難道還會駭人聽聞嗎？所以說，如果在這樣的比較下，沒有得出對克拉姆有利的差別，而是正好相反，那麼，難道芙麗妲的愛能夠造成這種差別嗎？相信我，女人跟官員的關係是很難判斷的，或者不如說總是很容易判斷。在這件事情上從來不缺少愛。官員的愛情沒有單戀這回事。在這一點上，如果有人說一個女孩——我指的遠遠不只是芙麗妲——之所以委身給一個官員，是因為她愛他，這並非誇獎。她愛他，並且委身於他，事情就是這樣，但這沒什麼好誇獎的。你會反駁說，阿瑪麗亞卻並不愛索爾提尼。好吧，她沒有愛過他，可是也許她的確愛過他，這一點誰能決定？就連她自己也無法決定。她如何能夠相信自己愛過他，如果她這麼強烈地拒絕了他，很可能從來沒有一個官員被這樣拒絕過。巴納巴斯說，直到如今，她三年前甩上那扇窗戶的動作偶爾還會令她顫抖。這也是實話，所以別人不能去問她；她斷絕了跟索爾提尼的關係，她所知道的就只有這一點；至於她是否愛他，她不知道。可是我們知道，女人沒辦法不愛上官員，如果他們看上她們，是的，她們在那之前就已經愛上了那些官員，不管她們再怎麼否認，而索爾提尼不僅看上了阿瑪麗亞，甚至躍過了車槓，當他看見了阿瑪麗亞，他用那雙久坐辦公桌而僵硬的腿躍過了車槓。你會說，可是阿瑪麗亞是個例外。是的，她是個例外，她證明了這一點，當她拒絕到索爾提尼那兒去，這一點就是足夠的例外；可是，要說她除此之外也不曾愛過索爾提尼，這就幾乎例外得有點過頭了，這就根本無法理解。那天下午我們肯定是像瞎了眼一樣失去了判斷力，但當時我們認為透過所有的迷霧約略看出了阿瑪麗亞的墜入情網，這顯示出我們畢竟還有點知覺。如果把這些全加在一起，阿瑪麗亞和芙麗妲之間又有什麼差別呢？唯一的差別在於，芙麗妲做了阿瑪麗亞所拒絕的事。」「也許吧，」K說，「對我來說，最主要的差別在於，芙麗妲是我的未婚妻，而阿瑪麗亞基本上令我在意之處只在於她是巴納巴斯的妹妹，是城堡信差的妹妹，而她的命運也許和巴納巴斯的職務交織在一起。假如一個官員對她做了一件如此無理的事，一如經你敘述之後起初給我的感覺，那麼這件事會令我十分掛心，但就算這樣，也比較是把這當成公眾事務，而非當成阿瑪麗亞個人的痛苦。可是現在，經你敘述之後，我的印象改變了，以一種我雖然無法完全理解、但卻足夠可信的方式，由於敘述的人是你，因此，我很想完全忽略這件事，我不是消防隊員，哪裡在乎索爾提尼。但我卻在乎芙麗妲，所以我覺得奇怪，我完全信賴、也樂意永遠信賴的你，從阿瑪麗亞身上兜圈子，一直試圖來攻擊芙麗妲，試圖讓我懷疑她。我不認為你是故意這麼做，甚至是懷著惡意這麼做，否則我早就非走不可，你不是故意這麼做，是現實情況誘使你這麼做，出於對阿瑪麗亞的愛，你想要把她高高地置於所有女子之上，由於你在阿瑪麗亞身上找不到足夠值得稱道的東西，你就藉由貶損其他的女子來幫忙自己達到目的。阿瑪麗亞所做的事令人納悶，可是你對她所做的事敘述得愈多，就愈加難以決定她究竟是了不起還是小家子氣，是聰明還是愚蠢，是勇敢還是懦弱，阿瑪麗亞把她的動機深鎖在胸中，沒有人能從她那兒問出來。相反地，芙麗妲完全沒有做什麼令人納悶的事，她只是追隨自己的心，凡是善意地關心這件事的人都能清楚看出，任何人都能加以檢驗，沒有讓人閒言閒語的餘地。而我既不想貶低阿瑪麗亞，也不想維護芙麗妲，只想跟你說清楚，我跟芙麗妲的關係是如何，對芙麗妲的每一項攻擊就同時也是對我的生存的攻擊。我來此地是出於自願，也是出於自願在此留下，可是從那以後所發生的一切，尤其是我未來的展望——就算這些展望很黯淡，無論如何還是存在——這一切都要感謝芙麗妲，這是說什麼也不能抹煞的。我雖然被任用為此地的土地測量員，但那只是表面上，別人耍弄我，把我從每一間屋子裡趕走，如今別人仍在耍弄我，可是現在他們要費事多了，可以說我增加了規模，而這已經具有一點意義，就算這一切是多麼微不足道，我畢竟有了一個家、一個職位和真正的工作，我有一個未婚妻，她在我有其他事情的時候替我代班工作，我將會跟她結婚，成為村中成員，我跟克拉姆之間除了公務上的關係也還有一層私人關係，只不過到目前為止還無法加以利用。這總該不算少了吧？而當我到你們這兒來，你們迎接的是誰？你向誰吐露你們一家人的故事？你希望從誰那兒得到獲得任何幫助的可能性？就算這可能性微乎其微？總不會是從我這個土地測量員這兒吧，舉例來說，一個星期前，我才被拉塞曼和布倫斯維克用蠻力從他們的屋裡趕出去，你應該是希望從那個已經握有某種權力手段的人身上得到幫助吧，而我有這些權力手段正是要感謝芙麗妲，芙麗妲是那麼謙虛，如果你試圖問起她這些事，她肯定是絲毫不感興趣。儘管如此，在聽了所有這些事之後，看來芙麗妲在她的天真無邪中所做的事要多過阿瑪麗亞在她的高傲中所做的事，因為你看，我有個印象，你在替阿瑪麗亞尋求幫助。從誰那裡呢？其實不是從別人那裡，而正是從芙麗妲那裡。」「難道我真的把芙麗妲說得那麼難聽嗎？」歐爾佳說，「我肯定並不想，也不認為我這麼做了，但是有這個可能，我們的處境讓我們跟全世界都不和，如果我們開始訴苦，就會沒完沒了，不知道止於何處。你也說得對，如今在我們在芙麗妲之間有一個很大的差別，而強調一下這個差別也好。三年前，我們是好人家的女兒，而芙麗妲是個孤兒，是橋頭旅店的女僕，我們從她身旁走過，看也不看她一眼，那時候我們肯定太過高傲，但我們是被那樣教養長大的。而在貴賓樓的那一晚，你大概看出了目前的狀況：芙麗妲手裡拿著鞭子，而我在那群隨從當中。可是事情比這還糟。芙麗妲可以瞧不起我們，這符合她的地位，實際的情況迫使她這麼做。可是不管是誰全都瞧不起我們！誰要是決定瞧不起我們，立刻就加入了為數最多的一群人。你認識接替芙麗妲的那個女孩嗎？她叫做蓓比。我前天晚上才認識了她，在這之前她是客房女僕。在對我的輕視上，她肯定勝過芙麗妲。她從窗戶看見我去拿啤酒，就跑到門邊，把門鎖上，我不得不久久懇求，答應把我頭髮上繫的絲帶給她，她才替我開門。可是等我把絲帶給她，她卻扔到角落裡。嗯，她可以瞧不起我，在有些事情上我也得仰賴她的友善，而且她是貴賓樓的酒吧女侍，當然這只是暫時性的，她肯定不具備長期在那兒任職的特質。你只需要聽聽老闆是怎麼跟蓓比說話的，再比較一下他從前是怎麼跟芙麗妲說話的。然而，這並未阻止蓓比連阿瑪麗亞也瞧不起，單是阿瑪麗亞的眼神就足以把嬌小的蓓比連同她的辮子和蝴蝶結一起趕出房間，速度之快，單靠蓓比那雙小胖腿是絕對辦不到的。昨天我又不得不聽她講阿瑪麗亞的閒話，多麼令人氣憤的閒話，直到最後那些客人來關心我，當然，是用你已經見過一次的那種方式。」「你真是被嚇壞了，」K說，「我只不過是把芙麗妲放在她應有的位置上，卻並沒有想要貶低你們，如同你現在的理解。我也覺得你們一家人有某種特殊之處，這一點我並未隱瞞；可是我不明白，這種特殊之處怎麼會成為別人瞧不起你們的緣由。」「唉，K，」歐爾佳說，「只怕你將來也會明白的；阿瑪麗亞對索爾提尼的態度是別人瞧不起我們的第一個緣由，這一點你完全不能明白嗎？」「這也未免太奇怪了，」K說，「別人可以因此而欽佩或是譴責阿瑪麗亞，怎麼會瞧不起她？如果別人基於我無法理解的感受真的瞧不起阿瑪麗亞，為什麼這份輕視會延伸到你們身上，延伸到無辜的家人身上？舉例來說，蓓比瞧不起你，這實在太過分了，等我再到貴賓樓去，我會為了這件事報復她。」「K啊，」歐爾佳說，「假如你想讓所有瞧不起我們的人改變態度，那會是件辛苦的工作，因為這一切都源自於城堡。我仍然清楚記得在那個早晨之後的上午。布倫斯維克就跟每天一樣到我們家來，他當時是我們的伙計，我父親把工作分派給他之後，就叫他回家，接著我們坐下來吃早餐，大家都興高采烈，除了阿瑪麗亞和我之外，父親一直說起那場慶祝活動，對於消防隊，他有各式各樣的計畫，原來，城堡裡有一支自己的消防隊，也派了一個代表團來參加那場慶祝活動，商談了一些事，在場的那幾位來自城堡的官員看見我們村裡消防隊的表現，給了十分良好的評語，把這些表現拿來和城堡消防隊的表現相比較，其結果對我們有利，大家談到城堡消防隊的組織有必要更新，為此需要幾名來自村裡的教練，雖然有好幾個人被納入考量，但我父親畢竟有希望會被選中。吃早餐時他談的就是這件事，他坐在那兒，以他所喜歡的方式，伸開雙臂，占據了半個桌面，他從敞開的窗戶望向天空，他的臉是那麼年輕，帶著希望的喜悅，我後來再也沒有見過他這副模樣。這時候，阿瑪麗亞帶著一種我們在她身上不曾見過的輕蔑，說那些官員的這種言談不必太過相信，在這一類的場合，那些官員習慣說些好聽的話，但這些話沒什麼意義，或是根本沒有意義，話才出口就已經被永遠遺忘，當然，在下一個場合，別人還是會再上他們的當。母親責備她不該這樣說話，父親卻只笑她的少年老成和經驗豐富，但他隨即一愣，似乎在找一件他此刻才察覺少了的東西，但其實什麼也沒少，然後他說，布倫斯維克提起過一名信差和一封被撕碎的信，問我們是否知道這件事，事情跟誰有關，是怎麼一回事。我們沉默不語，巴納巴斯當時還像隻小羊一樣年少，說了句什麼特別蠢或特別調皮的話，大家談起別的事，這件事就被遺忘了。」

第十八章　阿瑪麗亞受到的懲罰

「可是不久之後，我們就由於那封信的事受到各方的詢問，朋友和敵人、熟人和陌生人，全都來了，但都沒有久留，最好的朋友最急於告辭，平常一向慢條斯理、態度莊嚴的拉塞曼走進來，彷彿他只是想檢視這個房間有多大，往周圍看了一眼就走了；當拉塞曼溜走，我父親擺脫了其他人，在他身後追，一直追到大門口才放棄，那一幕看起來就像一場可怕的兒童遊戲；布倫斯維克來了，向父親辭職，說他想自己開店，他說得很誠實，是個聰明人，懂得利用時機；顧客來了，在父親的儲藏室裡找出他們之前送來修理的靴子，起初父親還企圖說服顧客改變心意——我們也各盡所能地協助他——後來父親放棄了，默默地幫忙那些人找，在交易登記簿上一行一行地畫掉，那些人存放在我們這兒的備用皮革被退還了，帳款付清了，這一切都在沒有絲毫爭執的情況下進行，只要能成功地盡快徹底斷絕跟我們的關係，別人就滿意了，就算有點損失也無所謂，這不在考量之列。最後，消防隊長謝曼來了，這也在預料之中，那一幕仍在我眼前，謝曼又高又壯，但有點駝背，患有肺病，他向來嚴肅，根本就不會笑，就這樣站在我父親面前，他原本很佩服我父親，私底下曾經許諾要給他副隊長的職位，現在卻得通知他，消防隊要他退職，請求他繳回證書。正巧在我們家的那些人擱下手邊的事，擠著在這兩人身旁圍成一圈。謝曼什麼話也說不出來，只是一直拍著我父親的肩膀，彷彿想從父親身上拍出那些他自己該說卻不知從何說起的話。同時他一直笑個不停，大概是想藉此讓自己和大家稍微安心，可是因為他根本不會笑，別人也從來沒聽過他笑，誰也想不到要把那當成是笑。而父親在這一天裡已經太過疲憊而且絕望，幫不上謝曼的忙，看來他甚至疲憊到根本無法去思考這是怎麼一回事。我們大家其實都同樣絕望，可是因為我們還年輕，無法相信這樣徹底的崩潰，我們一直在想，在這一批批訪客當中，終於會有哪個人來下令停止，迫使一切再往反方向扭轉。在我們的愚昧中，覺得謝曼特別適合來做這件事。我們緊張地等待，等待著那句清楚的話語終於會從這不斷的笑聲中分離出來。現在究竟有哪件事好笑呢，想來就只有發生在我們身上的這樁愚蠢不公。隊長先生，隊長先生，您就趕緊跟這些人說了吧，我們心想，擠到他身旁，卻只導致他做出令人納悶的轉身動作。但他終於還是開始說話了，雖然不是為了滿足我們祕密的心願，而是為了滿足那些人鼓勵或生氣的叫喊。我們還仍舊抱著希望。他先大大誇獎了父親一番，稱他是消防隊之光，是後輩無法企及的楷模，一個不可或缺的成員，他的離職簡直會使消防隊瓦解。這些話都說得很好，假如他說到這裡就結束，那就好了。可是他又往下說。如果消防隊儘管如此還是決定請父親離職，當然只是暫時的，可以看出消防隊被迫這麼做的原因有多嚴重。若非父親在昨天的慶祝活動上表現得那麼出色，也許事情根本不需要走到這一步，可是正是他的表現格外引起了當局的關注，現在消防隊在眾所矚目之下，不得不比從前更加考量到消防隊的清白。如今發生了侮辱信差那件事，消防隊沒有別的辦法，而他，謝曼，接下了這份沉重的任務，前來通知。請我父親不要讓他更加為難。把這番話說了出來，謝曼是多麼高興，由於對此心滿意足，他甚至也不再那樣體貼周到，指著掛在牆上的證書，用手指示意取下。我父親點點頭，走過去拿，但是用顫抖的雙手卻無法把證書從鉤子上取下，我爬到一張椅子上去幫他。從這一刻開始，一切都完了，他甚至沒把證書從框子裡取出來，而是原封不動地整個交給了謝曼。然後他在一個角落坐下，一動也不動，不跟任何人說話，我們不得不盡可能地自己跟那些人交涉。」「在這件事上，你從哪裡看出城堡的影響呢？」K問，「看來城堡暫時還沒有干預。到目前為止你所說的，只不過是眾人下意識的恐懼、對旁人的幸災樂禍、不可靠的友誼，這些事到處都碰得到，至於你父親──至少我是這麼覺得──也有一點小題大作，因為那張證書算得上什麼呢？不過是對他能力的證明罷了，而那些能力他仍然具備啊，如果這些能力使得他變得不可或缺，那樣更好，而他若是在謝曼說到第二句話的時候就把證書扔到他腳前，才會是真的讓謝曼為難。而我覺得最特別之處在於你根本沒有提到阿瑪麗亞；這一切明明都是阿瑪麗亞的錯，而她很可能平靜地站在後面，看著這一片慘況。」「不，不，」歐爾佳說，「誰都不能怪，誰也沒辦法不那麼做，這一切都已經是城堡的影響。」「城堡的影響，」阿瑪麗亞複述著，她悄悄從院子走了進來，她的父母親早已經在床上躺下，「你們在談城堡的事？你們還一直坐在一起？K，你本來不是馬上要走嗎？現在都快十點了。你真的在乎這種故事嗎？此地有些人靠著這種故事過日子，他們坐在一起，就像你們現在坐在這裡一樣，互相說個沒完，但我覺得你不像是這種人。」「你錯了，」K說，「我正是這種人，反倒是那些不在乎這種故事、只讓別人去在乎的人，讓我覺得不怎麼樣。」「原來如此，」阿瑪麗亞說，「不過，每個人的興趣大不相同，我曾經聽說過一個年輕人，他白天晚上都想著城堡，其他的事一律不管，別人擔心他理解日常生活的能力，因為他的全副心思都在上面的城堡裡，但最後發現，他想的並不是城堡，而只是那些辦公室裡一個洗碗婦的女兒，如今他自然得到了那個女孩，一切就又恢復正常了。」「我會喜歡這個人的，我想，」K說。「我懷疑你會喜歡那個人，」阿瑪麗亞說，「但也許你會喜歡他太太。現在我不打擾你們了，不過我要去睡了，而我得關燈，為了我爸媽，他們雖然馬上就會熟睡，可是一個小時以後，真正的睡眠就結束了，到時候一點點光線都會打擾他們。晚安。」而果然馬上就一片漆黑，阿瑪麗亞大概在父母床邊的地上弄好她的床鋪。「她提起的那個年輕人是誰？」K問。「我不知道，」歐爾佳說，「也許是布倫斯維克，雖然這並不太像他的作風，但也可能是另有其人。要確實弄懂她的意思不太容易，因為別人往往不知道，她說話是帶著嘲諷還是認真的，通常她是認真的，可是聽起來像是嘲諷。」「別再做解釋了！」K說，「你怎麼會這麼依賴她？是在那件大災難之前就這樣了嗎？還是在那之後才變成這樣？而你難道從來沒想過不要再受她左右嗎？再說這份依賴有什麼合理的根據嗎？她是老么，身為老么就該聽話。是她給全家帶來了不幸，不管她有錯沒錯。她不但沒有每一天都重新請求你們每一個人原諒，反而把頭抬得比誰都高，什麼事也不管，除了勉強施恩似的照顧父母，不想知道任何事的內情，如她自己所說，如果她居然跟你們說話，那就是『通常是認真的，可是聽起來像是嘲諷』。還是說，莫非她是透過她的美麗來統治，你偶爾提起過她的美麗。嗯，你們三個全都長得很像，而她跟你們兩個不同之處絕對要算是她的缺點，我第一次看見她的時候，就被她麻木無情的目光嚇到了。還有，她雖然是老么，可是從外表上卻看不出來，她的外貌像那些幾乎不會變老的女人，而這些女人幾乎也從不曾真正年輕過。你每天看見她，根本察覺不出她表情的冷硬。因此，如果考慮一下，就連索爾提尼對她的好感，我也無法認真看待，說不定他只是想用那封信懲罰她，而不是召喚她。」「索爾提尼的事我不想談，」歐爾佳說，「城堡裡那些官員什麼事都做得出來，不管對方是最美的女孩，還是最醜的女孩。可是除此之外，關於阿瑪麗亞的事，你完全弄錯了。你看，我其實沒有理由要特別贏得你對阿瑪麗亞的支持，但我卻還是試圖這麼做，我這麼做就只是為了你。不管怎麼說，阿瑪麗亞是我們家不幸的起因，是這樣沒錯，可是就連父親在最艱難的時刻也沒有對阿瑪麗亞說過一句指責的話，雖然這樁不幸對他的打擊最重，而且他一向不太能控制自己所說的話，在家裡更是控制不了。而這並不是因為他贊同阿瑪麗亞的做法；他敬仰索爾提尼，怎麼可能會贊同她的做法呢？這是他遠遠無法理解的，他自己和他所有的一切，他大概都樂意奉獻給索爾提尼，只不過不是像現在真正所發生的這樣，在索爾提尼可能的怒氣之下。可能的怒氣，因為我們沒有再從索爾提尼那兒得知任何事；如果說在這之前他很少露面，在這之後就彷彿根本沒有了他這個人。而你真該看看那段時間的阿瑪麗亞。我們大家都知道，不會有明確的懲罰。大家只是不再跟我們來往。村裡的人，城堡也一樣。可是，我們固然能夠察覺別人不再跟我們來往，從城堡方面卻什麼也察覺不到。從前我們也不曾察覺到城堡的關心，現在就算有了徹底的轉變我們又如何能夠察覺。這份平靜是最糟的。別人不再跟我們來往遠遠不是最糟的，畢竟他們這樣做不是出於什麼信念，對我們或許也根本沒有嚴重的反感，如今別人對我們的輕視那時候還根本不存在，他們那樣做只是出於恐懼，而現在他們在等待事情會如何了結。當時我們也還不必擔心生活困窘，欠我們錢的人全都還錢了，結算的方式對我們有利，我們所缺少的食物，親戚會暗中接濟，那很容易，當時正好是收成季節，只不過我們家沒有田地，別人又不讓我們幫忙工作，不管在哪裡，我們這一輩子頭一次幾乎被迫無所事事。在七、八月的炎熱中，我們關上窗戶，坐在一起。什麼事也沒發生。沒有傳喚通知，沒有消息，沒有訪客，什麼都沒有。」

「嗯，」K說，「既然什麼事也沒發生，料想也不會有明確的懲罰，那你們在擔心些什麼呢？怎麼會有你們這種人！」「這我該如何向你解釋？」歐爾佳說，「我們並不擔心將會發生的事，光是目前所發生的事就已經折磨著我們，我們已經在接受刑罰。村裡的人其實只在等著我們去找他們，等著我父親重新開張他的鞋舖，等著懂得縫製美麗衣裳的阿瑪麗亞再來接訂單，當然，她只替最高尚的人家縫製，所有的人對自己所做的事都感到難過；如果村子裡一個受人尊敬的人家突然受到排斥，每個人都會有點損失；當他們和我們斷絕關係，他們只是認為自己在盡義務，換做是我們，也會這麼做。他們其實也不清楚那究竟是怎麼回事，只是那個信差捧著滿手碎紙回到了貴賓樓，芙麗妲看見他出門，後來又看見他回來，跟他說了幾句話，立刻就把她所得知的事傳開了，但她這麼做也根本不是出於對我們的敵意，而是單純出於義務，在同樣的情況下，任何其他人也都有這個義務。我剛才已經說過，如今村裡的人最樂見的莫過於這整件事順利得到解決。假如有一天，我們突然帶著消息來，說一切都已經沒問題了，例如說那只不過是一樁誤會，如今已經完全澄清，還是說那雖然是件過失，但已經藉由行動加以補救，還是說——就算是這個說法對村人來說也夠了——透過我們在城堡裡的關係，我們得以把這件事壓下去——大家肯定會張開雙臂再度接納我們，會有親吻、擁抱、慶祝會，這種事我在其他人身上經歷過幾次。而就連這樣的消息其實都沒必要；只要我們坦蕩蕩地來，主動提出重拾舊有的關係，對於那封信的事隻字不提，那也就夠了，大家都會高高興興地不再討論那件事，別人之所以跟我們斷絕關係，除了恐懼之外，其實主要是那件事令人尷尬，他們跟我們斷絕關係，單純是為了不必聽到這件事，不必談起這件事，不必想起這件事，不必以任何方式沾上這件事。當芙麗妲把這件事洩露出去，她不是為了這件事而感到高興，而是為了保護自己和所有的人，為了提醒全體村民，這裡發生了一件事，大家要千萬小心避開。她所考量的不是我們這一家人，而只是這件事，把我們納入考量只是因為我們被捲入了這件事。所以說，假如我們就只是再度出現，不再去提過去的事，透過我們的行為顯示出我們克服了那件事，不管是以哪種方式，讓大家得以確信，這件事不會再被討論，不管它究竟是怎麼回事，假如是這樣，一切也都會沒事，我們會處處都發現大家跟從前一樣樂於助人，就算我們沒能把這件事徹底忘記，別人也會理解，會幫助我們把它徹底忘記。但我們並沒有這麼做，而是坐在家裡。我不知道我們在等什麼，大概是在等阿瑪麗亞做出決定吧，當時在那個早晨，她把這個家的領導權搶了過去，緊抓著不放。沒有特別的活動，沒有命令，沒有懇求，幾乎就只是藉由沉默。我們其他幾個當然有很多事要商量，從早到晚，我們一直在講悄悄話，有時候，父親在突如其來的驚恐中把我叫過去，而我就在他床緣度過半個夜晚。也有些時候，我們蹲在一起，我和巴納巴斯，他對於這整件事還不太了解，不停強烈地要求解釋，不停要求同樣的解釋，他大概知道，與他同齡的其他孩子所期待的無憂歲月，對他來說不復存在，我們就那樣坐在一起，就像我們兩個現在這樣坐在一起，K，忘了已經入夜，而早晨又將降臨。母親是我們全家人當中最脆弱的，大概是因為她不僅承受了共同的痛苦，也一起承受了每個人個別的痛苦，所以我們會懷著驚恐，在她身上察覺到將發生在我們全家人身上的變化，對於這一點我們有預感。她最喜歡的地方是一張沙發的一角，這張沙發早已不在我們這兒了，它如今擺在布倫斯維克家的大房間裡，母親那時候就坐在沙發上，我們不確定她是在打瞌睡，還是如同她蠕動的嘴唇彷彿暗示出的，是在長時間自言自語。我們不斷討論那封信的事，這實在是再自然不過，我們橫著談，豎著談，談遍所有確定的細節和所有不確定的可能，爭相想出好的解決辦法，這是很自然的事，也是不可避免的事，但卻不是件好事，因為我們因此而在我們原本想逃脫的困境裡愈陷愈深。而且這些點子再怎麼高明又有什麼用，少了阿瑪麗亞，沒有一個點子行得通，一切都只是商量之前的商量，由於商量的結果根本傳不到阿瑪麗亞那兒而毫無意義，假如傳到她那兒去了，遇到的也只會是沉默。嗯，幸好如今我比當時更了解阿瑪麗亞。她承受的比我們全家人都多，她如何能夠承受下來，如今還活在我們當中，這實在不可思議。母親也許承擔了我們每個人的痛苦，她之所以承擔，是因為那痛苦降臨在她身上，而她沒有承擔多久；很難說她到今天還以某種方式承擔著，而當時她的意識就已經糊塗了。而阿瑪麗亞不僅承受著那痛苦，也具有理解力去看穿那痛苦，我們只看見了後果，她看見了原因，我們盼望著隨便哪個小小的解決辦法，她知道一切都已成定局，我們得要悄聲低語，她只能沉默，她站在那兒，和真相面對面，活著並且忍受這個生活，當時一如今日。在我們所有的困境當中，我們過得還是比她好得多。當然，我們不得不搬出我們的房子，布倫斯維克搬了進去，別人把這間小屋分配給我們，我們用一輛手推車運了幾趟，把家當搬到這裡，巴納巴斯和我在前面拉，父親和阿瑪麗亞在後面幫忙推，我們一開始就先把母親帶過來，她坐在一個箱子上迎接我們，一直輕聲悲嘆。可是我記得，就算是在辛苦搬運的途中——那也很丟臉，因為我們常遇到載著農穫的車子，隨車的人看到我們就默不作聲，把目光移開——我記得我們，巴納巴斯和我，就在這些搬運途中也無法不去談我們的憂慮和計畫，有時候我們在談話中停下腳步，直到父親『喂』了一聲，才又讓我們記起自己的責任。可是所有的商量在搬家之後也沒有改變我們的生活，只不過我們也漸漸開始感受到窮困。親戚的救濟停止了，我們的錢財幾乎已用盡，而就是在這段時間，別人對我們的那種輕視開始成形，一如你所知道的情況。別人察覺，我們無力從那封信的事件裡掙脫出來，為此很生我們的氣，別人並未低估我們命運的沉重，儘管他們並不清楚詳細的情況，假如我們克服了我們的命運，相對地，別人就會高度尊敬我們，可是因為我們沒能克服，別人就把在這之前只是暫時做做的事做絕了，把我們排除在每一個圈子之外，別人知道他們自己很可能也不會比我們更禁得起考驗，但因此就更有必要和我們完全斷絕關係。如今別人談起我們不再把我們當成是人，我們的姓氏不再被提起；如果非談起我們不可，別人就稱呼我們為巴納巴斯的家人，他是我們當中最無辜的；就連我們的小屋也聲名狼籍，如果你捫心自問，你就會承認，你在第一次踏進我們家時，自認察覺了別人對我們的輕視是有道理的；當後來偶爾又有人來我們家，他們會為了完全無關緊要的事物皺起鼻子，像是為了懸在桌子上方的小油燈。這盞燈不掛在那兒，還能掛在哪兒呢？但他們卻覺得受不了。可是如果我們把那盞燈掛到別處去，他們的反感也不會有絲毫改變。我們本身和我們有的一切，都遭到同樣的輕視。」──

第十九章　四處求情

「而我們在那段時間做了什麼呢？我們做了再糟不過的事，比起真正發生的事，我們當時所做的事讓我們更有理由被人瞧不起——我們背叛了阿瑪麗亞，掙脫了她沉默的命令，我們沒辦法再那樣活下去，沒辦法完全不抱希望地生活，於是我們開始去向城堡懇求或是糾纏，每個人用自己的方式，希望城堡能夠原諒我們。雖然我們知道，我們沒有能力做補救，也知道，我們跟城堡之間唯一有希望的關係就是我們和索爾提尼的關係，那個對我們的父親有好感的官員，而由於所發生的事，恰恰是這個關係對我們來說變得無法企及，儘管如此，我們還是著手去做。父親率先開始，毫無意義的四處求情就此展開，他去找村長，去找那些秘書、律師、抄寫員，通常別人不會接見他，而如果他藉由小花招或是巧合還是被接見了——聽到這種消息我們都歡呼起來，高興地搓著手——他會被迅速打發走，再也不被接見。要答覆他也太過容易，城堡要做什麼總是很容易。他究竟想要什麼？在他身上發生了什麼事？他為了什麼事請求原諒？城堡裡有誰在什麼時候對付過他了？哪怕只是動了根指頭？沒錯，他是變窮了，失去了顧客……等等，可是這些是日常生活的現象，是手工業和市場的事，難道城堡什麼事都要管嗎？事實上，城堡的確是什麼事都管，可是它總不能粗魯地干預事情的發展，單純就只是為了有助於某一個人的個人利益。難道城堡應該要派出官員去追父親的顧客，用蠻力把他們帶回來？父親會反駁說，可是——事前事後我們在家裡把這些事全都仔細商量過，縮在一個角落裡，彷彿在躲著阿瑪麗亞，她雖然察覺了這一切，卻任由事情發生——父親會反駁說，可是他並非為了變窮而訴苦，他所失去的一切，他很容易就能再收回來，這些事都是次要的，只要他能得到原諒。可是究竟該原諒他什麼呢？別人這樣回答他，到目前為止沒有人告發他，至少在筆錄裡沒有，至少在律師群能看到的那些筆錄裡沒有，因此，在可以查明的範圍內，既沒有針對他做過什麼事，也沒有什麼針對他的事正在進行。也許他能提出有哪一道官方指令是針對他而頒布的？父親提不出來。還是說曾有哪個官方機構進行過干預？這件事父親不知道。那麼，如果他什麼都不知道，而且什麼也沒發生，那他究竟想要什麼呢？能原諒他什麼呢？能原諒的頂多是他現在毫無目的地騷擾公務機關，可是這一點正是無法原諒。父親不罷休，當時他還很強壯，而由於被迫無所事事，他也有的是時間。『我要替阿瑪麗亞爭回名譽，要不了多久了。』這話他每天要對巴納巴斯和我說上好幾次，但是說得很小聲，因為不能讓阿瑪麗亞聽見；儘管如此，這話卻是為了阿瑪麗亞而說的，因為事實上，他根本沒去想爭回名譽的事，而只想要得到原諒。然而要想得到原諒，他就得先弄清楚自己的過錯，而在公務機關裡別人卻堅決否認他有過錯。他起了個念頭——這就顯示出他在精神上畢竟已經衰弱了——以為別人把他的過錯瞞著他是因為他錢付得不夠；在那之前，他一向只付規定的費用，至少就我們的情況來說，那些費用已經夠高了。但現在他認為他必須要多付一點，這個想法肯定不對，因為我們這兒公務機關裡的人雖然會為了省事而收取賄賂，以免多費唇舌，但藉由賄賂是什麼事也辦不成的。可是如果那是父親希望所寄，我們就不想阻攔他。我們變賣了我們還有的東西——幾乎就只剩下必需品——為了替父親湊錢去進行調查，有很長一段時間，每天早上當父親上路時，口袋裡至少有幾枚硬幣叮噹作響，我們就感到心滿意足。當然，我們那一天就會挨餓，而我們繼續湊錢所產生的唯一效果，是讓父親維持著一點希望的喜悅。然而這卻簡直算不上好處。他在四處奔走中受苦受累，假如沒有錢，這種奔走很快就會順理成章地結束，而有了一點錢，這種奔走就又持續下去。由於事實上別人多收了錢也做不出什麼特別的成果，有時候一個抄寫員就會試著至少做做樣子，好像做出了點什麼成果，承諾會去調查，暗示著已經找到了某些線索，將會繼續追蹤，不是出於職責，而只是看在父親的份上——父親不但沒有起疑，反而愈發深信不疑。他帶著這樣一個明顯沒有意義的承諾回來，彷彿他已經又把全部的福氣帶回家裡，看著他那副模樣實在令人痛苦，他總是在阿瑪麗亞背後指著阿瑪麗亞，帶著扭曲的笑容，眼睛睜得大大地，想讓我們明白：由於他的努力，阿瑪麗亞即將得救，這會讓她比任何人都更驚訝，但是這一切都還是祕密，我們要嚴加保守。如果我們到最後不是徹底沒有能力再替父親弄到錢，這種情況肯定還會持續很長的時間。雖然在那時候，經過多次懇求，布倫斯維克收了巴納巴斯作夥計，但那份工資只勉強讓我們免於完全挨餓，而巴納巴斯必須在夜裡摸黑去取件，再把做好的摸黑送回去——我們得承認，在這件事情上，布倫斯維克為了我們的緣故而讓他的生意承擔了某種危險，可是他付給巴納巴斯的錢很少，而巴納巴斯的手工無可挑剔。經過很多準備，我們十分婉轉地告知父親我們將停止給他金錢資助，但他很平靜地接受了。以他的理解力，他不再有能力看清他的介入毫無指望，但他終究厭倦了不斷的失望。雖然他說——他說話不像從前那麼清楚，以前他說話幾乎是太過清楚——他只還需要一點點錢，明天或是就在今天他就能得知一切，而現在是前功盡棄了，事情就只失敗在錢上，諸如此類的話，但他說話的語氣卻顯示出他自己也不相信這一切。而且他也突如其來地馬上有了新的計畫。既然他沒有能夠證實他的過錯，因此繼續循官方管道也無法達成什麼，他必須轉而只靠求情，親自去求那些官員。在他們當中肯定也有心地好、富同情心的，雖然在職務上他們不能心軟，可是在職務之外大概是可以的，如果在適當的時刻出其不意地去找他們。」

在這之前，K十分入神地聆聽歐爾佳敘述，這時他提了個問題，打斷了她，「而你不認為這個想法是對的？」雖然歐爾佳再往下說就會說出這個問題的答案，但他卻想馬上知道。

「是的，我不認為，」歐爾佳說，「同情之類的東西是根本談不上的。就算我們還年輕，又沒有經驗，我們還是知道這一點，而父親當然也知道，可是他忘了，就跟大多數的事情一樣。他想好了一個計畫，要去站在城堡附近的公路上，在官員的車輛會經過的地方，只要辦得到，就設法提出他要求原諒的請求。老實說，這個計畫完全缺乏理智，就算不可能的事發生了，他的請求果真傳到了一名官員的耳中也一樣。難道一個個別的官員能夠表示原諒嗎？這最多也只能是當局全體的事，但是就連當局全體很可能也不能表示原諒，而只能裁決。一個官員就算下了車，想要處理這件事，單憑父親這個可憐、疲憊、老去的男子對他喃喃述說的話，又怎麼可能對整件事有概念？官員都很有學問，但卻很片面，在他的專業上，一個官員只從一句話就能馬上看穿一整串的念頭，可是來自其他部門的事，別人可以向他解釋幾個鐘頭，他也會禮貌地點頭，但卻一句也聽不懂。這一切都是理所當然的，你不妨去找出跟自己有關的小小官方事務，芝麻綠豆大的事，一個官員聳聳肩膀就解決了，而你要是試著把這件小事徹底弄懂，將會一輩子也忙不完。假如父親碰上一個主管此事的官員，這人在沒有現存檔案的情況下還是什麼也解決不了，在公務上尤其解決不了，他並不能表示原諒，還是只能以公務方式來解決，為了這個目的，就又只能要父親去走官方途徑，可是要循這個途徑達到些什麼，父親已經是完全失敗了。父親想必已經不知淪落到什麼地步，才會想要設法實現這個新計畫。假如有這種可能性存在，哪怕只有一絲一毫，公路上就會擠滿了求情的人，可是因為這事根本就不可能，最基礎的學校教育就已經讓人牢牢記住這一點，所以那裡空無一人。或許這也加強了父親的希望，他從各方面來維持這份希望。在這件事上這也十分必要，理智若是健全，根本不必加以考慮，從最表面的事就應該能清楚看出這份不可能。當那些官員搭車到村裡來，或是搭車回城堡去，他們可不是搭車出來兜風，在村子和城堡裡有工作等著他們，因此他們的車速極快。他們也不會想到要看出車窗外，看看外面有沒有請願的人，而是車上裝滿了檔案供那些官員研讀。」

「可是，」K說，「我卻見過一個官員所乘坐的雪橇內部，裡面並沒有檔案。」在歐爾佳的敘述中，呈現出一個如此廣大、幾乎令人難以置信的世界，讓他忍不住想用他的小小經歷去觸碰這個世界，以便讓自己更加確信其存在，也更加確信自己的存在。

「是有這個可能，」歐爾佳說，「但這卻還要更糟，表示這個官員要處理的事重要到檔案太寶貴或是太多，無法帶著走，這種官員會讓車子飛奔。總之，沒有哪個官員能為父親騰出時間來。再說：去城堡的通道有好幾條。有時候流行走這一條，於是大多數的人都走這一條，有時候流行走另一條，於是大家都往那兒擠。這種輪換是根據哪些規則發生的，還沒有人找出來。一回在早上八點，所有的車都走在一條路上，半小時後，又全都走在另一條路上，十分鐘後又都走在第三條路上，再過半小時，也許就又都走在第一條路上，之後就維持了一整天，可是每一瞬間都有改變的可能。雖然所有的通道在村子附近合而為一，可是所有的車子到了那裡都在飛馳，在城堡附近車速還會稍微有所節制。而一如車子從哪條路開出去沒有一定的規律而且難以捉摸，車子的數量也一樣。往往在有些日子裡，根本一輛車也看不見，可是之後卻又有大量車子行駛。現在你想像一下，我們的父親要面對這一切。穿著他最好的西裝，不久之後那就是他唯一的一套西裝，他每天早上在我們的祝福下走出家門。他帶著一枚消防隊的小徽章，是他其實按理不該留下卻留下了的，走出村子外，他就把徽章戴上，在村子裡他害怕別人看見，雖然那徽章很小，在兩步的距離之外就幾乎看不見，可是按照父親的看法，它甚至適合用來讓搭車從旁經過的官員注意到他。距離城堡入口不遠處，有一個販售蔬菜的菜園，屬於一個叫貝爾圖赫的人，他供應蔬菜給城堡，父親在菜園柵欄窄窄的石頭基座上挑了個位子。貝爾圖赫允許他這麼做，因為他從前跟父親是朋友，也屬於他最忠實的顧客；因為他一隻腳有點跛，他認為只有父親才有能力替他做出合適的靴子。於是父親日復一日坐在那裡，那是個陰沉多雨的秋天，但他一點也不在乎那雨水，每天早上在固定的時刻他把手放在門把上，向我們示意道別，每天晚上他回來，看起來背一天比一天更駝，全身濕透，倒在一個角落裡。起初他向我們說起他經歷的一些小事，像是貝爾圖赫出於同情和舊日的友誼，把一條毯子扔過柵欄給他，或是他自認在從旁駛過的車子裡認出了哪個官員，還是偶爾已經有個車夫認出他來，開玩笑地用馬鞭輕輕從他身上掠過。後來他就不再說起這些事，顯然已經不再希望能在那裡達成什麼，哪怕是隨便一點什麼，他已經只是把這視為他的責任，他的枯燥職業，每天去那裡打發掉一天。他的風濕痛就從那時候開始，冬天近了，雪下得早，在我們這兒，冬天開始得很早，於是他在那裡一會兒坐在被雨水淋濕的石頭上，一會兒又坐在雪地裡。夜裡他痛得呻吟，早上他有時不太確定他該不該去，但接著仍勉強自己去了。母親依戀著他，不想讓他走，他很可能是由於四肢不再聽使喚而變得害怕，就允許她和他一起走，於是母親也染上了風濕痛。我們常去他們那兒，帶吃的去，或者只是去看看他們，要不就是想勸他們回家，我們常常發現他們縮成一團、互相倚靠著，坐在那窄窄的位子上，蜷縮在一條幾乎裹不住他們的薄毯子裡，周圍什麼也沒有，除了灰濛濛的雪和霧，放眼望去，一整天沒有一個人或一輛車，那副景象啊，K，那副景象！直到一天早上，父親沒法再把僵硬的雙腿弄下床；他感到絕望，在微微發燒的幻覺中，他以為看見了一輛車此刻正在山上貝爾圖赫那兒停下來，一位官員下了車，順著柵欄搜尋父親，然後搖著頭，生氣地又回到車上。這時候父親發出尖叫，彷彿想從這裡喊得山上那位官員能注意到他，並且向那官員解釋，他之所以不在那裡實在不是他的錯。而他不在那裡的時間變得很長，根本沒有再回到那裡去，好幾個星期他都得躺在床上。阿瑪麗亞承擔了服侍、看護、治療等一切工作，事實上除了偶有休息之外，一直維持到今天。她認得能夠鎮痛的草藥，幾乎不需要睡覺，她從不驚慌，什麼也不怕，從不曾不耐煩，照顧父母的所有工作都是她做；當我們一點忙也幫不上，急得團團轉，她在所有事情上都維持著冷靜與平靜。可是等到最壞的情況過去，父親在左右有人攙扶的情況下可以小心地慢慢下床，阿瑪麗亞就立刻撒手，把他交給了我們。」

第二十章 歐爾佳的計畫

「如今需要再替父親找到一件事情做，是他還能勝任的，什麼事都好，只要至少能讓他相信做這件事能把過錯從我們一家人身上卸下。要找到這樣的事並不難，如果坐在貝爾圖赫的菜園前面符合這個目的，那麼基本上所有的事都能符合，可是我找到了一件甚至也帶給我一些希望的事。不管是公務機關還是抄寫員或是其他地方提起我們的過錯，總是只提到對索爾提尼派來的信差的侮辱，誰也不敢再更進一步追究。於是我告訴自己，如果公眾輿論就只知道侮辱信差一事，就算只是表面上如此，那麼，如果我們能讓那個信差消氣，就算也只是表面上，一切就可以得到補救。別人不是說明過並沒有人告發我們嗎，所以說，這件事還沒有握在哪個公務機關手中，因此那個信差有自由以他個人的身分來表示原諒，而事情也只涉及他個人。這一切不會有什麼關鍵的意義，只是表面上做做樣子，也就不可能得到其他結果，但這畢竟能使父親高興，或許也能讓那許多提供消息的人稍微受窘，讓父親感到滿意，他們把他折磨得夠了。首先當然得要找到那個信差。當我把我的計畫告訴父親，他起初很生氣，因為他變得極為頑固，他一方面認為，我們總是讓他功虧一簣，先是停止給他金錢資助，現在又把他留在床上，這個想法是在他生病期間形成的，另一方面，他根本不再有能力完全理解別人的想法。我還沒有把話說完，我的計畫就被推翻了，依他的看法，他必須在貝爾圖赫的菜園外繼續等待，而由於他肯定沒辦法每天爬坡上去，我們得用手推車送他過去。但我不放棄，漸漸地，他勉強接受了我的想法，令他心煩的只是在這件事情上他完全得依賴我，因為當時只有我看見了那個信差，父親不認得他。當然，僕役的樣子都很像，我也沒有十足的把握能再認出他來。於是我們開始到貴賓樓去，在那些僕役當中尋找。那人是索爾提尼的僕役，而索爾提尼不再到村子裡來，可是那些先生經常交換僕役，很可能在另一位先生的僕役群裡找到他，就算找不到他本人，或許還是可以從其他僕役那兒得知他的消息。只不過，為了這個目的，必須每天晚上到貴賓樓去，而我們在哪兒都不受歡迎，更別提在這種地方了；我們也沒辦法充當付錢的顧客。不過，後來發現別人還是用得上我們；你知道的，那些僕役讓芙麗妲有多苦惱，基本上那大多是些安靜的人，被輕鬆的職務慣壞了，變得笨拙，『但願你過得像個僕役』是那些官員常說的一句祝福語，而說到生活愉快，那些僕役的確才是城堡裡的主人；他們也懂得珍惜這一點，在城堡裡，當他們在城堡的法律下行動，他們沉靜而莊重，這一點別人向我證實過許多次，而在村子裡那些僕役當中也還能發現這種態度的一絲殘餘，但就只是殘餘，除此之外，由於城堡的法律在村裡對他們不再完全適用，他們就像是變了個人；野蠻、放肆的一群人，不受法律控制，只被永不滿足的欲望主宰。他們的無恥沒有限度，對村子來說，幸好他們只有在接獲命令時才准離開貴賓樓，可是在貴賓樓裡，別人就得設法跟他們相處；芙麗妲覺得這很難，因此，能用我來安撫那些僕役，她求之不得，兩年多來，每星期至少有兩次我在馬廄裡跟那些僕役一起過夜。從前，當父親還能跟我一起到貴賓樓去，他會在酒吧間裡隨便找個地方睡覺，等著我一早帶給他的消息。消息很少。一直到今天，我們仍然沒有找到我們要找的那個信差，據說他還在替索爾提尼效勞，索爾提尼很看重他，據說當索爾提尼撤到更遠的辦公室去，他也跟著去了。那些僕役大多跟我們一樣很久沒看見他了，如果有人說在那段期間還看見了他，那大概是弄錯了。就這樣，我的計畫其實是失敗了，但卻又沒有完全失敗，雖然我們沒有找到那個信差，而且很遺憾地，父親由於前往貴賓樓的路途，加上得在那兒過夜，終於累垮了，也許還得加上對我的同情，如果他還有同情的能力，將近兩年以來，他就是你看見的這副模樣，而他的情況也許還比母親好一點，我們心知她的生命每天都可能走到盡頭，之所以能拖下去，全靠著阿瑪麗亞超乎常人的費心盡力。而我在貴賓樓所達到的，是跟城堡建立起一種關係；別瞧不起我，如果我說我並不後悔自己所做的事。你也許會想，那會是什麼了不起的關係。而你想得沒錯，那不是什麼了不起的關係。如今我雖然認識許多僕役，幾乎所有那些在最近幾年來過村裡的官員的僕役我都認識，要是哪一天我到城堡去，在那裡我就不會是個陌生人。當然，我認識的只是在村子裡的僕役，在城堡中他們就完全兩樣，在那裡很可能誰也不再認得出來，尤其是跟他們在村子裡有所來往的人，哪怕他們在馬廄裡發誓過上百遍，說他們很期待能在城堡中再見面。這種承諾不具有什麼意義，這一點我也已經有過經驗。不過，這根本不是最重要的事。我不僅透過那些僕役本身而和城堡有了一種關係，或許也會有人從上面觀察著我和我所做的事，我也但願是這樣——

要管理那麼一大群僕役自然是當局一項極為重要也令人傷神的工作——而比起其他人，這個觀察著我的人也許會有比較寬大的看法，他也許會看出，我畢竟也在為我們一家人奮鬥，繼續著父親所做的努力，儘管是以一種可悲的方式。如果這樣來看，別人或許也會原諒我接受了那些僕役的錢，用在我們一家人身上。我也還達成了另一件事，只不過連你也把這視為我的過錯。從那些隨從那裡，我得知了一些事，關於如何能夠不經過既困難而且要花好幾年的正式招聘程序，私下得到城堡的職位，在這之後，雖然還不是正式的雇員，而只是暗中半被容忍著，既沒有權利，也沒有義務，而沒有義務是比較糟的，但有一個好處，由於就在一切事情的近處，可以看出有利的機會，並加以利用，你不是雇員，但可能湊巧會有什麼工作，剛好有個雇員不在，一聲呼喊之下，你趕緊跑過去，就變成了你一瞬間之前還不是的身分，成了雇員。只不過，什麼時候會有這種機會呢？有時候馬上就有，你才到那兒，才四下張望了一下，機會就已經在那兒了，身為新來的人，還不是每個人都能當機立斷地抓住這個機會，可是又有些時候，所花的時間會比正式的招聘程序還要多上幾年，而這樣一個半被容忍的人就根本不可能再以正規方式被正式聘用。所以說，要做這件事是有不少顧慮；可是，正式的招聘篩選得非常仔細，出身自名聲不太好的家庭，從一開始就會被淘汰，相對於這一點，那些顧慮就啞口無言了，舉例來說，這種家庭的成員參與這個招聘程序，好幾年戰戰兢兢地等待結果，從第一天起大家就都詫異地問，他怎麼敢去做這種毫無指望的事，但他卻還是抱著希望，否則他怎麼活得下去，可是經過許多年後，也許他都成了老人，才得知他被拒絕了，得知一切全完了，他這一生都白活了。當然，在這一點上也有例外，所以才會有人這麼輕易地受到引誘。曾發生過這樣的事，偏偏是名聲不好的人最後得到聘用，有些官員簡直是違反了自己的意志而喜愛這種犯禁之事的氣味，在招聘考試當中，他們在空氣裡嗅著，扯動嘴角，轉動眼睛，這樣一個人似乎簡直令他們胃口大開，他們必須要恪遵法典，才能抗拒得了。不過，有時候這並不能幫助那個人得到聘用，而只是讓招聘程序無止境地延長，根本就不會結束，只在那人死後才被中斷。所以說，合法的招聘和另一種招聘都充滿了公開和隱藏的困難，在做這種事之前，最好是仔細衡量一切。說到這個，巴納巴斯和我也仔細衡量過。每次當我從貴賓樓回來，我們就坐在一起，我告訴他我得知的最新消息，我們仔細討論上好幾天，往往耽擱了巴納巴斯手邊的工作。而在這件事情上，也許我的確如你所認為的有種過錯。我明知道那些隨從的話不是很可靠。我知道，他們從來就沒有興趣把城堡的事講給我聽，總是把話題轉到別的事情上，每一句話都要我苦苦哀求才肯說，不過，等他們說得興起，就又滔滔不絕，胡說八道，自吹自擂，競相誇大和杜撰，在那黑漆漆的馬廄裡，一個接一個地喧鬧不休，在最好的情況下，這些喧鬧當中可能也只含有對真實情況的寥寥幾個暗示。我把一切就我所記得的再轉述給巴納巴斯聽，他還根本沒有能力區分實話和謊言，而由於我們家的處境，他簡直如飢似渴地想要聽到這些事，他貪婪地吸收了一切，熱切地想要再聽更多。而我的新計畫的確是落在巴納巴斯身上。在那些隨從身上沒辦法再達到什麼。找不到索爾提尼的那個信差，而且永遠也不會找到，索爾提尼似乎撤得愈來愈遠，連同那個信差一起，他們的外貌和名字往往已經被人遺忘，而我常常得要描述許久，所得到的卻只不過是別人吃力地想起他們，但除此之外就說不出任何有關他們的事。至於我跟那幫隨從在一起的生活，別人要怎麼評斷，我當然影響不了，我只能希望，別人會如實理解這件事，稍微減去一些我們家的過錯，但我沒有看見這種跡象。然而我還是堅持下去，因為我看不出就我而言還有別種可能，能在城堡裡替我們一家人產生些影響。可是就巴納巴斯而言，我卻看出了這種可能。從那些隨從的敘述中，我可以推斷出，受聘擔任城堡職務的人可以替他的家人做到很多事，意思是如果我有興趣這樣去推斷的話，而這種興趣我多的是。當然，在這些敘述當中，哪些話是可以相信的？這無法確定，很清楚的只有一點，就是可信的話很少。因為，舉例來說，當一個我再也不會見到、或是見到了也幾乎不再認得出來的隨從鄭重地向我允諾，要協助我弟弟在城堡裡得到雇用，或者至少是支持他，如果巴納巴斯經由別的途徑去到了城堡，比如說讓他提提神，因為根據那幫隨從的敘述，曾發生過這樣的情形，亦即候補職位的人在過長的等待中暈厥過去或是變得迷迷糊糊，如果沒有朋友來照料他們，他們就完了——當他們告訴我這類事情還有許多其他的事，這很可能是合理的警告，但那些附帶的承諾就全是空話了。巴納巴斯卻不這麼想，雖然我警告他不要相信，但光是把這些承諾告訴他，就足以讓他贊成我的計畫。我自己提出來的看法對他沒起什麼作用，對他起作用的主要是那幫隨從的敘述。於是我其實完全只能靠我自己，除了阿瑪麗亞，根本沒有人能和父母親溝通，我愈是以自己的方式來實現父親原有的計畫，阿瑪麗亞就愈是不理我，在你或是其他人面前，她還會跟我說話，只有我們兩個時，她就再也不跟我說話，對貴賓樓的那幫隨從來說，我是個玩具，他們拚命想要弄壞的玩具，在那兩年裡，我沒有跟他們當中哪一個說過一句知心話，聽到的就只有花言巧語或是謊話和瘋話，所以能跟我說說話的就只剩下巴納巴斯，而巴納巴斯還太年輕。當我在報導時看見他眼裡的光芒，我感到驚慌，卻沒有住口，我覺得事情太過重大，而這道光芒從此就留在他眼中。當然，我沒有父親那些雖然空洞但卻遠大的計畫，我沒有男人那種果決，我想做的仍舊只是對侮辱信差那件事做出補償，甚至還希望別人把我這份謙虛視為功勞。但我自己一個人沒能做成的事，現在我想藉由巴納巴斯以不同的方式來穩當地達成。我們侮辱了一個信差，讓他在前面的辦公室待不下去，那麼，最容易理解的做法不就是把巴納巴斯送去當新任的信差，讓巴納巴斯來做那個受辱信差的工作，藉此讓那個受辱的人可以平靜地留在遠方，想留多久就留多久，不管他需要多少時間來忘記那次的侮辱。我雖然也察覺，這個計畫在謙虛中帶著傲慢，可能會給人一個印象，彷彿我們想指揮當局，告訴他們該怎麼安排人事問題，又彷彿我們懷疑當局本身有能力做出最好的安排，說不定在我們才想到在這件事上可以做點什麼之前，當局就早已做好了安排。然而我又想，當局不可能這樣誤解我，或者他們若真要這樣誤解我，就是故意這麼做，這就表示凡是我做的事未經更進一步的調查，從一開始就不被接受。於是我不放棄，而巴納巴斯的雄心也起了作用。在這段準備期間，巴納巴斯變得十分自大，乃至於他覺得鞋匠的工作對他這個未來的辦公室雇員來說太骯髒了，甚至敢反駁阿瑪麗亞，而且是壓根反駁，當她難得跟他說句話。我樂於讓他享受這短暫的喜悅，因為從他到城堡去的第一天起，喜悅和自大就馬上煙消雲散了，這也是很容易預見的。接著就展開了我跟你說過的那種表面上的職務。令人詫異的是，巴納巴斯第一次踏進城堡沒有碰上任何困難，或者更正確地說是踏進那個辦公室，可以說那裡後來成了他的工作地點。這個成功當時讓我高興得快瘋了，當巴納巴斯晚上回家時悄悄告訴我，我跑到阿瑪麗亞那兒去，一把抓住她，把她按在角落裡，用嘴唇和牙齒吻她，讓她在疼痛和驚嚇中哭了。由於激動，我什麼話也說不出來，再說我們也已經那麼久沒跟彼此說話了，我想過幾天再告訴她。可是過幾天後卻不再有什麼話可說。那麼快就達成的事，之後不再有進展。兩年來巴納巴斯過著這種令人心情沉重的單調生活。那幫隨從一點用處也沒有，我給了巴納巴斯一封短信，信中我請那幫隨從關照他，同時提醒他們曾許下承諾，巴納巴斯每次見到一個隨從，就掏出那封信，拿到對方面前，就算有時候他大概也會遇上不認識我的隨從，而就算對那些認識我的隨從來說，他一言不發地出示那封信的方式大概也令人氣惱，居然誰也沒有幫助他，這畢竟還是很可恥，當一個隨從也許已經被迫看見那封信好幾次，他把信揉成一團，扔進字紙簍裡，那是個解脫，當然，這種解脫我們自己也做得到，而且早該做到。我想到，他在揉信的時候幾乎可以說：『你們不也習慣這樣對待信件。』可是這整段時間雖然在其他方面毫無成果，對巴納巴斯卻起了好的作用，如果願意稱之為好作用的話，亦即他提早變得老成，提早成了男子漢，在某些事情上的穩重明理更超乎於一般成年男子。兩年前他還是個大男孩，如今看著他，把他拿來跟那個大男孩相比較，這常令我感到悲傷。身為男子漢，他也許能給我的安慰和依靠，我卻根本感覺不到。沒有我，他多半進不了城堡，可是自從他進了城堡，他就離開了我而獨立。我是他唯一能說知心話的人，但他肯定只告訴了我一小部分的心事。他跟我說起關於城堡的許多事，可是從他的敘述中，從他告訴我的那些小小事實，讓人遠遠無法理解這些事怎麼會讓他改變得這麼厲害。尤其讓人無法理解的是，他是個男孩時，膽量大到有時令我們傷透腦筋，如今成了男子漢，在城堡中卻完全失去了膽量。當然，這樣日復一日毫無用處地站著等待，一再從頭來過，毫無指望會有任何改變，這會損耗一個人的精力，讓人滿腹疑問，到最後，除了這樣絕望地站著，甚至沒有能力去做別的事。可是為什麼他早些時候也根本沒有反抗呢？尤其是當他不久之後就看出我說得沒錯，對於他的雄心壯志，在那裡是什麼也得不到的，但是對於改善我們家的處境而言，或許可以得到什麼。因為在那裡，除了那些僕役多變的情緒以外，一切都進行得很樸實，雄心在工作中尋求滿足，由於事務本身壓倒一切，雄心就完全消失了，在那裡沒有天真的願望存在的空間。不過，如同巴納巴斯告訴我的，他認為他清楚看出，就連他獲准進入的房間裡那些身分頗成疑問的官員都握有很大的權力和知識。他看著他們口述，說得很快，兩眼半閉，比出短促的手勢，看著他們只用一根食指，不說一句話，就把臉色陰沉的僕役打發走，在這種時刻，僕役呼吸沉重，露出開心的微笑，他還看見他們在書裡發現一段重要的文字，往書上用力一拍，在那狹窄的空間所許可的範圍內，其他人跑過來，伸長了脖子去看。類似這樣的事讓巴納巴斯對這些人有了很大的想像，他的印象是：如果他能夠進一步被他們注意到，獲准和他們說幾句話，不是以外人的身分，而是以辦公室同事的身分——當然只是最低階的同事——就可能替我們家達成意想不到的事。但事情尚未進展到這一步，而巴納巴斯也不敢去做能讓他朝那一步接近的事，雖然他已經清楚知道，儘管他還年輕，由於這些不幸的情況，在我們家裡他已經晉升為責任沉重的一家之主。而現在，再向你承認最後一件事：一個星期前你來了。我在貴賓樓聽到有人提起這事，但沒有加以理會；一個土地測量員來了，我連這個名稱是什麼都不知道。可是第二天晚上，巴納巴斯比平常早回來——我平常習慣在固定的時間走一段路去接他——看見阿瑪麗亞在房間裡，就把我拉到街道上，在那兒把臉埋在我肩膀上，哭了好幾分鐘。他又成了昔日那個小男孩。一件他處理不來的事發生在他身上。那就彷彿有一個全新的世界突然在他面前展開，而他承受不了所有這些新事物所帶來的快樂與憂愁。而發生在他身上的事，就只不過是他拿到了一封要遞交給你的信。不過，當然了，這是第一封信，根本就是他長久以來接到的第一件工作。」

歐爾佳不再往下說。四下一片寂靜，除了她父母親偶爾喘著氣的沉重呼吸聲。K像是要補充歐爾佳的敘述，隨口說道：「你們在我面前裝模作樣。巴納巴斯送交那封信就像個忙碌的老信差，而你就跟阿瑪麗亞一樣，這一次她跟你們意見一致，你們做出那副樣子，彷彿這個信差職務和那些信件都只是附帶的小事。」「你必須把我們三個區分開來，」歐爾佳說，「巴納巴斯由於那兩封信又成了一個快活的孩子，不管他對他所從事的工作有多少懷疑。這份懷疑他只保留給自己和我，在你面前，他卻想以真正的信差出現，如同在他的想像中真正的信差出現那樣，在這件事中找到他的榮譽。例如，雖然現在他愈來愈有希望得到一套公務服裝，卻一定要我在兩個小時之內替他把長褲改好，讓它至少看起來像是公務服裝的緊身長褲，讓他穿上之後在你面前能像回事，當然，就這一點而言，要矇騙你也還容易。這就是巴納巴斯。但阿瑪麗亞是真的看不起這份信差職務，而現在他似乎獲得了一點成功，這一點她從巴納巴斯和我身上，還有我們坐在一起交頭接耳的情形，很容易就看得出來，在這之後，她比先前更加看不起這份職務。所以，她說的是實話，你千萬不要對此有所懷疑，從而受騙。而我，K，如果我有時候貶低這份信差職務，那麼，我的用意不在矇騙你，而是由於害怕。到目前為止，經過巴納巴斯手中的這兩封信，是三年以來，我們一家人得到的第一個獲赦跡象，雖然這個跡象還很可疑。這個轉變——如果它是轉變而非錯覺的話，而錯覺要比轉變更常出現——跟你的抵達有關，我們的命運變得有一點取決於你，也許這兩封信只是個開始，而巴納巴斯所從事的工作將會擴大範圍，超出跟你有關的信差職務——但願如此，只要我們還能這麼希望——但目前，一切就只是針對你。在城堡裡，別人分配給我們什麼，我們就只能滿意，在村子裡，我們卻也許可以自己做點什麼，這就是：博得你的歡心，或者至少是讓我們不至於令你反感，還有，最重要的是，依照我們的力量和經驗來保護你，讓你不要失去跟城堡的關係——也許我們能靠著這份關係而生活。而這一切最好從何著手呢？要讓你在我們接近你時不對我們起疑，因為你在這裡是外地人，因此肯定對各方人士都充滿疑心，合理的疑心。再說，我們是被人瞧不起的，而你受到一般人看法的影響，尤其是你未婚妻的影響，我們該如何接近你，而不至於，比如說，與你的未婚妻對立，從而傷了你的感情。至於那兩份訊息，在你收到之前，我仔細讀過——巴納巴斯沒有讀，身為信差，他不允許自己那麼做──乍看之下似乎並不怎麼重要，已經陳舊，要你去向村長接洽，單是這一點就讓這兩份訊息失去了重要性。那麼，在這件事情上，我們該採取什麼樣的態度來面對你？如果我們強調這兩封信的重要，就會讓人懷疑我們高估了顯然不重要的東西，以身為這些消息的傳遞者在你面前自我吹噓，企圖實現我們的目的，而非你的目的，這樣一來，我們甚至可能在你眼中貶低了這些消息，從而欺騙了你，這大大違反我們的本意。可是，如果我們不把這些信看得太重要，同樣會引人懷疑，因為若是這樣，我們為什麼要忙著遞送這些不重要的信，為什麼我們所做的和所說的互相矛盾，為什麼我們這樣做不僅欺騙了你這個收信人，也欺騙了委託我們送信的人，他把這些信託付給我們，肯定不是要我們透過對收信人的解釋來貶低這些信的價值。而要在過與不及之間維持中庸，亦即給予這兩封信正確的評價，實在不可能，這兩封信本身的價值就不斷在改變，它們所引發的考量無窮無盡，在哪一點上不再想下去，純粹取決於偶然，也就是說，看法也是偶然的。這會兒還要再加上對你的擔憂，一切就更亂了，你不能過於嚴苛地評斷我所說的話。比如說，有一次巴納巴斯帶了消息回來，說你不滿意他擔任信差的工作，在最初的驚嚇中──可惜也不乏信差的敏感──他主動提出要辭去這個職務，而我為了補救這個錯誤，當然就會去矇騙，去撒謊，去欺騙，做盡壞事，只要能有所幫助。可是我這麼做既是為了我們，也是為了你，至少我這麼認為。」

有人敲門。歐爾佳跑去開門。一盞提燈發出的光束照進黑暗中。

這個深夜的訪客輕聲問了幾個問題，也得到了輕聲的回答，但卻對回答不滿意，想要闖進屋裡來。歐爾佳大概是擋不住他了，於是就叫阿瑪麗亞，顯然是希望阿瑪麗亞會想盡辦法來攆走這個訪客，以免打擾父母的睡眠。而阿瑪麗亞果然也已經急急趕來，把歐爾佳往旁邊一推，走到街上，把門在身後關上。只過了一會兒，她馬上又回來了，歐爾佳辦不到的事，她一下子就辦到了。

Ｋ隨即從歐爾佳那兒得知，那個訪客是來找他的，是那兩個助手之一，是芙麗妲派來找他的。歐爾佳想在那個助手面前保護Ｋ；如果事後Ｋ想向芙麗妲承認他來過這裡，他可以這麼做，但這件事不該讓那個助手發現；Ｋ表示同意。但他拒絕了歐爾佳的建議，要他留下來過夜，等巴納巴斯回來；本來他也許會接受，因為夜已經深了，而且他覺得，不管他願不願意，他跟這一家人都有了深深的關係，出於其他原因而下榻此處也許令人尷尬，但考慮到這份關係，在整個村子裡，這裡對他來說卻是最自然不過的下榻之處，儘管如此，他還是拒絕了，那個助手的來訪嚇到了他，他無法理解，明明曉得他心意的芙麗妲和學會畏懼他的那兩個助手，怎麼會又湊到一塊兒，讓芙麗妲不忌憚派一個助手來找他，而且只派了一個，另一個大概還留在她身邊。他問歐爾佳有沒有一條鞭子，她沒有，但她有一根很好的柳條，他就拿了那根柳條；然後他問，要離開屋子是否還有第二個出口，穿過院子是有這樣一個出口，只不過之後還得翻過鄰居花園的籬笆，穿過花園，才能走到街上。Ｋ願意這麼做。當歐爾佳領著他穿過院子朝籬笆走去，想到她的擔憂，Ｋ趕緊試圖要她放心，表明他對於她在敘述中提到的那些小手段一點也不生氣，而是很能理解，謝謝她對他的信賴，透過她的敘述她也證明了這份信賴，並且委託她一等巴納巴斯回來，就叫他到學校去，哪怕還在夜裡。他說雖然巴納巴斯帶來的訊息不是他唯一的希望，否則他的情況就很糟，但他也絕不想放棄這一點希望，他想守住這份希望，同時不會忘記歐爾佳，因為對他來說，歐爾佳本人幾乎比那些訊息更重要，她的勇敢、她的周到、她的聰明、她為家人所做的犧牲。如果要他在歐爾佳和阿瑪麗亞之間做選擇，他不需要多加考慮。他還誠懇地握了握她的手，同時已經一躍而起，準備翻過鄰居花園的籬笆。

等他走到街上，在陰暗的夜色中，他隱約看見在不遠處，那個助手還一直在巴納巴斯家門前徘徊，偶爾停下來，試圖透過被窗簾遮住的窗戶把燈光照進屋裡。K喚住他；他沒有明顯感到驚慌，不再窺伺那間屋子，朝K走過來。「你在找誰？」K問，一邊在大腿上試了試那根柳條的韌性。「在找你。」那個助手在走近時說道。「你到底是誰？」K突然說，因為這人似乎並不是那個助手。他顯得比較老，比較疲憊，皺紋也比較多，但臉龐比較豐滿，就連他走路的樣子也跟那兩個助手完全不同，那兩個助手走路敏捷，關節彷彿通了電，這人走路卻慢慢的，有點瘸，帶著斯文的病態。「你不認得我了嗎？」那人問，「我是耶瑞米亞，你的老助手。」「是嗎？」K說，又把已經藏在背後的柳條稍微抽出來一點，「可是你看起來完全不一樣了。」「這是因為現在只有我一個人，」耶瑞米亞說，「我一個人的時候，就也失去了那份快活的青春。」「那麼阿爾圖在哪兒？」K問。「阿爾圖？」耶瑞米亞問，「那個小寶貝？他離職了。你對我們也實在太嚴厲了一點。那個柔弱的人承受不了。他回城堡去了，要去告你的狀。」「那你呢？」K問。「我可以留在這兒，」耶瑞米亞說，「阿爾圖也替我一起告狀。」「你們要告我什麼呢？」K問。「告你沒有幽默感，」耶瑞米亞說，「我們到底做了什麼？稍微開了開玩笑，稍微笑了笑，稍微逗了逗你的未婚妻。再說，這全是根據交派給我們的任務。當葛拉特派我們到你這兒來——」「葛拉特？」K問。「對，葛拉特，」耶瑞米亞說，「當時他正好代理克拉姆。當他派我們到你這兒來，他說——我把他的話確實記住了，因為我們就是憑這個辦事——：你們去充當土地測量員的助手。我們說：可是我們對這項工作一竅不通。他就說：這不是最重要的，如果有必要的話，他會教你們的。而最重要的是，你們去逗得他開心一點。根據別人對我的報告，他把所有的事都看得太重。現在他來到村子裡，馬上就覺得這是件大事，事實上這根本不算什麼。你們應該讓他明白這一點。」「那麼，」K說，「葛拉特說對了嗎？而你們完成任務了嗎？」「這我不知道，」耶瑞米亞說，「在這麼短的時間裡，大概也不可能完成。我只知道你很粗暴，我們要告你的就是這個。我不懂，你明明也只是個雇員，連城堡的雇員都不是，卻不能領會這種職務的辛苦，也不能領會這實在很不應該，像你這樣簡直是幼稚地故意給工作人員的工作製造困難。你一點也不體諒別人，讓我們在柵欄上受凍，一句惡意的話就會讓阿爾圖難過好幾天，而你在床墊上差點一拳把他打死，下午你追著我在雪地裡跑來跑去，後來我花了一個鐘頭才從這場追趕中恢復元氣。我可不再年輕了呀！」「這些你說得都對，只不過你應該去說給葛拉特聽。他自作主張把你們派來，我並沒有求他派你們來。而既然我沒有要求你們來，我就也可以再叫你們回去，本來我也寧願和和氣氣地叫你們回去，而不要使用暴力，可是這顯然是你們自找的。還有，你為什麼不在你們來到我這兒的時候，就像現在這樣坦白地說話呢？」「因為那時候我有職務在身，」耶瑞米亞說，「這還用說。」「而你現在不再有職務在身了？」K問。「現在不再有了，」耶瑞米亞說，「阿爾圖在城堡裡把職務辭掉了，或者至少是進入了能讓我們徹底離職的處理程序。」「可是你明明還在找我，好像你還在職似的。」K說。「不，」耶瑞米亞說，「我找你只是為了讓芙麗妲安心。因為當你為了巴納巴斯家的兩個女孩離開了她，她很難過，主要倒不是因為失去你，而是因為你的背叛，不過，她早就看出這件事會發生，已經為此大為痛苦。我剛好又走到學校的窗戶邊，想看看你是否已經明理一些了。可是你不在那裡，只有芙麗妲坐在一張課桌椅上哭泣。於是我走到她身邊，我們達成了協議。所有的事也已經都執行了。我在貴賓樓當客房服務生，至少待到我的事在城堡裡得到解決，芙麗妲則又回到酒吧。這樣對芙麗妲比較好。要成為你的妻子，這對她來說一點也不理智。況且你也不懂得尊重她為你所作的犧牲。但這會兒那個好女孩始終還有些疑慮，不確定是否錯怪了你，也許你並沒有跟巴納巴斯家的女孩在一起。儘管你人在哪裡根本不成疑問，我卻還是去了，徹底把事情弄清楚；因為經過那些激動之後，應該要讓芙麗妲終於能安心睡覺，當然，我也一樣。於是我去了，而且不僅找到了你，還順帶看見那兩個女孩都對你百依百順。皮膚黑的那個尤其替你出力，她真是隻野貓。嗯，每個人口味不同。總之，你沒有必要繞道經過他們鄰居的花園，那條路我認得。」

第二十一章

如今，可以預見但無法阻止的事終於還是發生了。芙麗妲離開了他。這件事不見得已成定局，情況還沒有這麼糟，他可以再把芙麗妲贏回來，她容易受陌生人影響，甚至受到這兩個助手的影響，他們認為芙麗妲跟他們地位相似，如今既然他們辭職了，就也促使芙麗妲這麼做，但K只要走到她面前，讓她想起對他有利的一切，她就會滿心後悔，再度成為他的人，如果他能夠藉由一件歸功於那兩個女孩的成功，來證明他去拜訪她們是有道理的，她就會更後悔。然而，儘管他用這些考量試圖讓自己為了芙麗妲的事感到安心，他卻沒能安心。不久之前，他還在歐爾佳面前讚美芙麗妲，稱她為他唯一的依靠，嗯，這個依靠不怎麼牢固，要把芙麗妲從K身邊搶走，甚至不需要一個有權勢的人插手，這個談不上俊俏的助手就夠了，這具肉體，有時讓人覺得它並不真是活的。

耶瑞米亞就要漸漸走遠，K把他叫回來。「耶瑞米亞，」他說，「我想對你完全坦白，你也誠實地回答我一個問題。我們反正已經不再是主僕關係，對於這一點，不僅你覺得高興，我也覺得高興，也就是說，我們沒有理由要互相欺騙。我這就在你眼前把這根柳條折斷，這是準備用在你身上的，因為我選擇穿過花園那條路，並不是因為怕你，而是想嚇你一跳，用柳條在你身上抽幾下。好了，別再生我的氣，這一切都過去了；假如你不是公家硬派給我的僕役，而只是我的熟人，我們肯定會相處得很好，就算你的長相有時候讓人有點不順眼。就這一點而言，現在我們也可以把先前錯過的事加以彌補。」「你這麼認為嗎？」那個助手說，打著呵欠，揉了揉疲倦的雙眼，「我本來可以把事情向你解釋得更詳盡一點，但我沒有時間，我得到芙麗妲那兒去，那個小姑娘在等我呢，她還沒有開始上班，在我的勸說下，老闆還給了她一小段休息時間——她本來想要馬上投入工作，可能是為了遺忘——而我們至少想要共度這段休息時間。至於你的提議，我肯定沒有理由要對你撒謊，但也同樣沒有理由要向你吐露什麼。因為我的情況跟你不同。在我跟你有職務上的關係時，你對我來說當然是個非常重要的人，不是由於你的特質，而是由於職務所需，你想做什麼，我都會替你做，可是現在你對我來說就無關緊要。折斷柳條也感動不了我，這只讓我想起我先前有個多麼殘忍的主人；要讓我對你有好感，這件事並不合適。」「你跟我說話的口氣，」K說，「就好像可以完全確定，你將再也不必怕我什麼。但事情其實並非如此。很可能你還沒有擺脫我，在此地，事情不會這麼快就處理完畢——」「有時候還會更快。」耶瑞米亞插嘴反駁。「有時候，」K說，「但沒有跡象顯示，這一次是這種情形，至少不管是你還是我，手上都沒有事情已經處理完畢的書面證明。也就是說，程序才正在進行，而我還根本沒有透過關係插手干預，但我會這麼做的。假如事情的結果對你不利，那麼你沒怎麼做好準備，讓你的主人來同情你，而我剛才折斷那根柳條也許都是多餘。你把芙麗妲帶走了，這尤其讓你自以為了不起，但儘管我尊重你這個人，就算你對我不再尊重，我知道我只要對芙麗妲說幾句話，就足以拆穿你用來擄獲她的謊言。也只有謊言能讓芙麗妲跟我疏遠。」「這些威脅嚇不倒我，」耶瑞米亞說，「你根本就不想要我當你的助手，你其實害怕我當你的助手，你壓根就是害怕助手，你打了善良的阿爾圖就只是出於害怕。」「也許是吧，」K說，「難道因為這樣，打起來就比較不痛嗎？也許我還會更常用這種方式來顯示我對你的害怕。我若是看出你並不喜歡當助手，那就反而讓我忘了一切害怕，以強迫你當助手為莫大的樂趣。而且這一次，我會設法只要你一個人，不要阿爾圖，這樣我就能把更多注意力放在你身上。」「你以為我害怕這一切嗎？」耶瑞米亞說，「哪怕只有一絲害怕？」「我是這麼以為，」K說，「你肯定有一點害怕，而你若是聰明，就會很害怕。否則你為什麼還沒有去找芙麗妲？說吧，你喜歡她嗎？」「喜歡？」耶瑞米亞說，「她是個聰明的好女孩，曾經是克拉姆的情婦，不管怎麼說都值得尊敬。如果她一直求我幫她擺脫你，那麼我為什麼不該幫她這個忙，尤其是我這樣做又不會給你帶來痛苦，既然你已經在巴納巴斯的姊妹那兒找到安慰。」「現在我看出你的恐懼了，」K說，「一份非常可悲的恐懼，你試圖用謊言來擄獲我。芙麗妲只求過一件事，就是讓她擺脫那兩個變得放肆、下流好色的助手，可惜我沒有時間完全滿足她的請求，現在就看出我的疏忽所造成的後果了。」

「土地測量員先生！土地測量員先生！」有人在喊，喊聲穿越了街道。是巴納巴斯。他抵達時上氣不接下氣，但沒有忘記在K面前鞠躬。「我辦到了，」他說。「什麼事辦到了？」K問，「你把我的請求對克拉姆說了？」「這件事沒成，」巴納巴斯說，「我費了很大的力氣，可是實在沒辦法，沒等人叫我過去，我就擠到前面，一整天都站在離斜面長桌很近的地方，我擋住了一個抄寫員的光線，有一次他甚至把我推開，當克拉姆抬起眼睛，我就舉起手來讓他知道我在這兒，而這是被禁止的，我在辦公室裡待得最久，後來那裡就只剩下我一個人和那些僕役，我很高興地又一次看見克拉姆回來，可是他不是為了我而回來的，他只是想很快地在一本書裡查點什麼，馬上就又走了，到最後，因為我始終站著不動，僕役幾乎是用掃帚把我掃了出去。我向你坦承這一切，免得你又對我的表現不滿意。」「你這麼勤勞對我又有什麼幫助，巴納巴斯，」K說，「如果你的勤勞根本沒有成果。」「可是我有成果，」巴納巴斯說，「當我走出我的辦公室——我稱之為我的辦公室——我看見一位先生從深深的走廊慢慢走過來，除此之外四下空無一人，時間也已經很晚了，我決定等他，那是個繼續留在那兒的好機會，我根本巴不得留在那裡，免得要帶給你這個壞消息。不過撇開這個不談，等這位先生也還是值得的，他是埃朗爾。你不認識他嗎？他是克拉姆的首席秘書之一。一位矮小虛弱的先生，走起路來有點跛。他以記憶力和識人能力出名，他只要把眉頭一皺，就足以認出每一個人，往往也能認出他從沒見過的人，只是曾經聽過或是讀到過，例如我，他就幾乎不可能見過。可是儘管他馬上就能認出每個人，他還是要先問一下，彷彿他沒有把握似的。『你不是巴納巴斯嗎？』他對我說。然後他問：『你認得那個土地測量員，對吧？』接著他說：『這正好。我現在搭車到貴賓樓去。要土地測量員去那兒見我。我住在十五號房。不過他必須現在就來。我在那兒只有幾場會談，早上五點就要搭車回來。告訴他，我很重視跟他的談話。』」

耶瑞米亞突然拔腿就跑。到目前為止，巴納巴斯在興奮之中幾乎沒去注意他，這時問道：「耶瑞米亞想做什麼？」「想趕在我前面去見埃朗爾。」K說，已經追在耶瑞米亞後面，抓住了他，挽住他的手臂，說：「你是突然思念起芙麗妲了嗎？我對她的思念不亞於你，所以我們就齊步走吧。」

在黑暗的貴賓樓前面站著一小群男子，兩、三個人手裡拿著燈籠，所以能辨識出幾張臉孔。K只認出一個熟人，就是葛爾史特克，那個車夫。葛爾史特克用這個問題跟他打招呼：「你還一直在村子裡？」「是的，」K說，「我是來長住的。」「這不關我的事。」葛爾史特克說，用力咳嗽，轉而面向其他人。

原來，大家都在等埃朗爾。埃朗爾已經到了，不過，在接見當事人之前，還在跟莫姆斯協商。眾人的談話圍繞著一件事打轉，就是大家不准在屋裡等，而得站在這外頭的雪地裡。天氣雖然不是非常冷，儘管如此，讓當事人夜裡在屋前也許要站上幾個鐘頭，實在太不體諒。當然，這不是埃朗爾的錯，也許他是很和藹可親的，幾乎不知道這個情況，假如有人向他報告這件事，他肯定會很生氣。這是貴賓樓老闆娘的錯，她一味追求高尚，已經有點病態，不能忍受許多當事人一下子都到貴賓樓來。「如果非這樣不可，而他們一定要來，」她常常這麼說，「那麼，看在老天的份上，就只能按照次序一個一個地進來。」當事人起初就只站在一條走廊上等，之後在樓梯上等，接著在門廊上，最後在酒吧，而在她的堅持下，他們終於被趕到街上。而就連這樣她還嫌不夠。她受不了在自己家裡一直「被人包圍」，如同她所說的。她不明白，到底為什麼要有當事人在這兒來來去去。有一次一個官員聽到她問起這個問題，很可能生氣了，就說：「為了把門前的台階弄髒。」她卻覺得這句話很有道理，常常喜歡引用。她努力爭取在貴賓樓對面修築一棟樓，當事人可以在裡面等，而這一點就與當事人的願望相符。如果按照她的意思，和當事人的會談及審訊最好也在貴賓樓之外進行，可是那些官員反對，而那些官員若是認真反對，老闆娘當然也就沒法成功，雖然她在次要問題上，靠著她鍥而不捨而又女性化的軟功夫，簡直像個小小的暴君一樣專制。但是可以預見，老闆娘還是得繼續忍受這些會談和審訊在貴賓樓進行，因為這些從城堡來的先生到村裡來處理公務時拒絕離開貴賓樓。他們總是匆匆忙忙，很不情願到村裡來，除非絕對必要，他們毫無興趣延長在此停留的時間，因此也就不能要求他們暫時帶著所有的文件過街搬進另一棟屋子裡，從而耽誤時間，只為了顧及貴賓樓裡的安寧。那些官員最喜歡在酒吧或是他們的房間裡處理公事，如果可能，就在吃飯時處理，或是在床上處理，在入睡之前，或是早晨當他們太過疲倦起不了床，還想在床上再賴一會兒。另一方面，建造一座等候廳這件事似乎漸漸找到了合適的解決辦法，不過，這對老闆娘來說是個明顯的懲罰——大家覺得有點好笑——因為蓋等候廳這件事正好需要做許多商談，貴賓樓裡的走道幾乎從沒空過。

在等候者之間，大家小聲地聊著這些事。K注意到，雖然不滿的情緒不小，但卻沒有人抗議埃朗爾在半夜裡把這些當事人召集來。他問起這件事，得到的答覆是，為此大家甚至還得大大感謝埃朗爾。據說純粹是他的好意及他對自身職務的高度重視，才促使他來到村裡，如果他願意——這樣做說不定還更符合規定——其實可以隨便派個低階秘書來，讓他來做筆錄。可是埃朗爾通常拒絕這麼做，他什麼事都想要親眼看見，親耳聽聞，而為了這個目的，就不得不犧牲他的夜晚，因為在他的公務計畫中沒有預先考慮到前來村裡的時間。K反駁說，克拉姆明明也會在白天到村裡來，甚至還待上好幾天；埃朗爾不過是個秘書，難道城堡裡還更少不了他嗎？幾個人好心地笑了，其他人則窘迫地沉默不語，後者占了多數，幾乎沒有人回答K的問題。只有一個人猶豫地說，克拉姆當然是不可缺少，不管是在城堡裡還是在村子裡。

這時候大門開了，莫姆斯出現在兩個手提燈籠的僕役中間。「第一批被秘書先生埃朗爾接見的，」他說：「是：葛爾史特克和K。這兩個人在這兒嗎？」他們應了聲在，可是耶瑞米亞還趕在他們前面，說了句：「我是這兒的客房服務生。」莫姆斯微笑著拍拍他的肩膀表示歡迎，他就溜進了屋裡。「我得要多留意耶瑞米亞一點才行。」K心想，同時他也意識到，比起在城堡裡跟他作對的阿爾圖，耶瑞米亞很可能不危險得多。說不定，讓他們當助手，受他們的折磨，是更聰明的做法，比起讓他們這樣不受控制地到處亂跑，自由地進行他們的陰謀，對於耍陰謀，他們似乎具有特別的天賦。

當K從莫姆斯身旁走過，莫姆斯做出一副好像現在才認出他是土地測量員的樣子。「啊，土地測量員先生！」他說，「那個不願意接受審訊的人趕來應訊了。當時若是讓我來審，事情會簡單得多。不過，當然，要選擇正確的審訊是困難的。」聽見這番話，K想要停下腳步，這時莫姆斯說：「您走吧，走吧！當時我需要您回答，現在不需要了。」儘管如此，K被莫姆斯的舉止給惹惱了，說道：「你們就只想到自己。純粹為了公務我不會回答，當時不會，如今也不會。」莫姆斯說：「照您的意思，我們該想到誰呢？究竟還有誰在這兒？您走吧！」

一個僕役在門廊上接待他們，帶他們走K已經熟悉的那條路，經過院子，再穿過院子大門，走上那條微微向下傾斜的低矮走道。在上面的樓層顯然只住著階級較高的官員，秘書則住在這條走道旁邊，埃朗爾也一樣，雖然他是秘書當中階級最高的。那僕役熄掉了燈籠，因為這裡有明亮的電燈照明。這兒的一切都建得小而精緻，空間盡可能得到充分利用，走道剛好足夠讓人站直身子行走。兩旁的門幾乎是一扇接著一扇。兩邊的牆壁沒有頂著天花板；這很可能是考量到通風，因為在這地窖般的低矮走道裡，這些小房間大概沒有窗戶。這些沒有完全封住的牆壁，其缺點在於走道上不安靜，房間裡必然也不安靜。看來許多房間裡都住了人，大多數房間裡的人都還醒著，聽得見人聲、鐵錘敲擊的聲音、玻璃杯碰撞的聲音。但卻並未給人特別歡樂的印象。說話聲被壓低了，連隻字片語也難以聽懂，聽起來也不像是交談，很可能只是有人在口述什麼，或是在朗讀什麼，偏偏是傳出杯盤碰撞聲的那些房間裡聽不見有人說一句話，鐵錘敲擊的聲音則讓K想起，他曾經在哪裡聽人說過，有些官員為了從不斷的勞神費心中得到休息，偶爾會做做木工、精密機械之類的工作。走道本身是空的，只在一扇門前坐著一個蒼白瘦削、高個子的先生，他穿著毛皮大衣，睡衣從底下露出來，很可能是他覺得房間裡太悶了，才坐到外面來，在那裡讀一份報紙，但他並不專心，常常打著呵欠停止閱讀，傾身向前，順著走道張望，也許他是在等他所傳喚的一個當事人，而對方遲遲沒來。當他們從他身邊走過，那僕役針對那位先生對葛爾史特克說：「那是平茨高爾！」葛爾史特克點點頭說：「他很久沒到下面來了。」「很久很久沒來了。」那僕役加以證實。最後他們來到一扇門前，那門跟其他的門沒有兩樣，但是據那僕役說，埃朗爾就住在裡面。那僕役讓K把他抬到肩上，從上面透過那道空隙往房間裡面看。「他躺在床上，」那僕役一邊爬下來一邊說，「不過還穿著衣服，但我還是認為他在打盹。有時候在村子這兒，由於生活方式改變了，他會像這樣突然感到疲倦。我們得要等一等。等他醒來，他會按鈴。不過，也曾經發生過，他把在村裡停留的時間全睡掉了，一醒來就得馬上再搭車返回城堡。畢竟他在這裡所做的工作是出於自願。」「現在不如就讓他把覺睡完，」葛爾史特克說，「因為如果他醒來之後還有一點時間可以工作，他會很不高興自己睡著了，會試圖把所有的事都急忙處理完畢，那麼別人就簡直沒法好好把話說完。」「您來是為了建築施工載運工作的分配？」葛爾史特克點點頭，把那僕役拉到旁邊，低聲跟他說話，可是那僕役幾乎沒在聽，他比葛爾史特克不只高出一個頭，越過他頭上望出去，嚴肅地緩緩摸著自己的頭髮。

第二十二章

當K漫無目標地四下張望，遠遠地在走道轉彎的地方看見了芙麗妲；她做出一副沒認出他來的樣子，只是愣愣地看著他，手上捧著一個托盤，放著空的餐具。他跟那僕役說他馬上就會回來，便朝著芙麗妲跑過去，那僕役卻根本沒注意他，愈是有人跟他說話，他似乎就愈是心不在焉。到了她身邊，他抓住她的雙肩，彷彿再度將她據為己有，提了幾個無關緊要的問題，一邊審視地在她眼中尋索。但她僵硬的姿勢幾乎沒有放鬆，神情恍惚地試著挪動托盤上的餐具，說：「你找我做什麼呢？你還是去找——嗯，她們叫什麼名字，你反正知道，你就是從她們那兒來的，我看得出來。」K趕緊把話題轉開；要把話說清楚最好不要在這麼突然的情況下，也不要從最棘手、對他最不利的話題開始。「我原以為你在酒吧。」他說。芙麗妲詫異地看著他，用空著的那隻手溫柔地撫摸他的額頭和臉頰。彷彿她忘了他的相貌，想藉此喚回記憶，她的雙眼也帶著努力回想時那種迷茫的神情。接著她緩緩地說：「我又重新受雇在酒吧做事了。」彷彿她所說的並不重要，但在這些話中她似乎還跟K進行著另一番更重要的對話：「客房的工作不適合我，這種工作其他任何一個女孩都做得來；任何一個會鋪床又能笑臉迎人的女孩，不怕客人騷擾，甚至還挑起騷擾，任何一個這種女孩都能擔任客房女僕。可是在酒吧裡，情況就不同了。我也馬上就又重新受雇在酒吧做事，雖然當時我離開酒吧不是很光彩，當然，現在我有人保護。而老闆很高興我有人保護，因此他就很容易能再度雇用我。他們甚至得催我接受這個職位；如果你想一想，酒吧讓我記起了什麼，你就會明白。到最後，我接受了這個職位。在客房這兒我只是幫忙。蓓比懇求不要讓她丟臉，別叫她立刻離開酒吧，因此我們給了她二十四小時的期限，因為她畢竟很勤快，並且就她能力所及地料理一切。」

「這一切都安排得很好，」K說，「只不過你曾經為了我而離開酒吧，如今我們就要舉行婚禮，你卻又回酒吧去？」「不會有婚禮了。」芙麗妲說。「因為我對你不忠嗎？」K問。芙麗妲點點頭。「你瞧，芙麗妲，」K說，「關於你所聲稱的不忠，我們已經談過很多次了，最後你都不得不認清這種懷疑並不公平。從那時起，在我這一方什麼都沒有改變，一切都仍舊跟以前一樣清白，而且將來也不會改變。所以說，一定是在你那一方有了改變，由於外人的唆使或是別的事。不論如何你都錯怪我了，因為你看，那兩個女孩是怎麼一回事呢？皮膚黑的那一個——必須這樣逐一替自己辯護，簡直令我難堪，可是你逼得我要這樣做——皮膚黑的那一個令我不愉快的程度很可能不亞於令你不愉快的程度；只要我能避開她，我就會避開，而她也讓這件事變得容易，不會有人比她更矜持了。」

「是啊，」芙麗妲喊了出來，說出這句話彷彿違反了她的意志；K很高興看見她的注意力被轉移了；她的態度和她原本想要表現出的態度不同，「你只管把她看作是矜持，你把最不要臉的女人稱為矜持，而且你是真心這麼想，就算這話聽起來讓人不敢置信，你不會假裝，這一點我知道。橋頭旅店的老闆娘這樣說起過你：我受不了他，可是我也不能扔下他，如果看見一個還不太會走路的幼兒冒險前進，誰也不可能忍得住不插手去管。」「這一次你就採納她的說法吧，」K微笑著說，「可是那個女孩，究竟她是矜持還是不要臉，這一點我們可以擺在一邊，我不想談她了。」「可是你為什麼稱她為矜持？」芙麗妲不肯讓步地問，K認為她這份關切是個對他有利的跡象，「是你檢驗過這一點呢，還是想藉此貶低其他人？」「兩者都不是，」K說，「我這樣說她是出於感激，因為她讓我很容易就能忽略她，也因為即便她只會更常跟我攀談，我也不會有勇氣再去她家，而這對我卻會是很大的損失，因為我必須去她家，為了我們共同的未來，如你所知。也因為這樣，我也必須和另外那個女孩談話，雖然我看重她的能幹、周到和捨己為人，但沒有人能宣稱她具有魅力。」「那些隨從的看法不同。」芙麗妲說。「在這件事情還有許多其他事情上，我們的看法大概都不同，」K說，「難道你想從那幫隨從的欲望推論出我的不忠嗎？」芙麗妲沉默不語，容忍K從她手裡把托盤拿過去，放在地上，挽住她的手臂，在那狹小的空間裡，和她來來回回踱起步來。「你不知道什麼叫忠實，」她說，微微抗拒他的接近，「你對那些女孩究竟抱著什麼態度，並不是最重要的；你居然會去了這戶人家又再回來，衣服上帶著他們屋裡的氣味，對我而言就已經是無法忍受的恥辱。你什麼也沒說就從學校跑走，甚至還在他們家裡待了大半夜。有人問起你來，你讓那兩個女孩向人否認你在那裡，慷慨激昂的否認，尤其是矜持無比的那一個。你還從一條祕密通道溜出他們家，說不定還是想維護那兩個女孩的名聲，那兩個女孩的名聲！不，我們不要再談這件事了！」

「這件事別再談了，」K說，「但可以談點別的，芙麗妲。這件事確實也沒有什麼好說的。我為什麼非去那裡不可，你是知道的。這對我來說並不容易，但我勉強自己去做。事情已經夠難了，你不該讓我更加為難。今天我本來只想去一下，去問問看巴納巴斯是否終於回來了，他早該替我帶回一個重要的訊息。他還沒回來，但是別人向我保證他很快就會回來，而這也很可信。若要他隨後到學校來找我，我也不願意，免得有他在場令你討厭。時間一小時一小時地過去，可惜他沒有回來。反倒是來了另一個人，一個我厭惡的人。我沒有興致受他暗中監視，所以才穿過鄰家的花園出去，但我也不想在他面前躲躲藏藏，於是在街上大大方方地朝他走過去，還帶著一根很有韌性的柳條，這我承認。整件事情就是這樣，也就是說，關於這件事沒什麼好多說的，可是關於別的事倒是可以談談。那兩個助手究竟是怎麼回事？提起他們讓我覺得噁心，幾乎就跟提起那一家人令你覺得噁心一樣。把你跟他們的關係拿來和我跟那一家人的關係比較一下。我了解你對那一家人的反感，也能有同感。我去找他們只是為了正事，有時候我幾乎覺得自己對待他們有欠公正，是在利用他們。你和那兩個助手的情形卻與此相反。你一點也沒有否認，他們在糾纏你，也承認你受到他們的吸引。我並未因此生你的氣，看清這牽涉到你應付不了的力量，至少你在抗拒，這就已經讓我很開心了，我幫忙你自衛，而只因為我鬆懈了幾個小時，由於我信賴你的忠實，當然也是希望屋子必定上了鎖，那兩個助手會徹底被趕走——恐怕我始終還是低估了他們——只因為我鬆懈了幾個小時，那個耶瑞米亞，仔細看去是個不太健康、有點年紀的傢伙，就厚著臉皮走到窗邊，只因為這樣，我就該失去你嗎？芙麗妲，還聽到『不會有婚禮了』這種歡迎詞。其實我不才是那個應該做出指責的人嗎？而我沒有這麼做，始終沒有這麼做。」K又覺得最好稍微轉移一下芙麗妲的注意力，於是請她替他拿點吃的來，說他從中午到現在還什麼都沒有吃。這個請求顯然也讓芙麗妲鬆了一口氣，她點點頭，跑去拿，不是沿著走道走，朝著K推測廚房所在之處，而是從旁邊往下走了幾個台階。沒多久她就拿來一盤切片的食物和一瓶葡萄酒，不過那大概只是一頓飯的殘餚，一片片食物被匆匆地重新鋪好，以求不被看出來，連香腸皮都忘在盤子上，而那瓶酒也已經喝掉了四分之三。但K什麼也沒有說，胃口很好地吃了起來。「你剛才是去廚房嗎？」他問。「不，是去我的房間，」她說，「我在這下面有個房間。」「你剛才該帶我一起去的，」K說，「我這就下去，好在吃東西的時候稍微坐一會兒。」「我會替你拿張椅子來。」芙麗妲說，說完就要走。「謝謝，」K說，拉住了她，「我既不會下去，也不再需要椅子。」芙麗妲倔強地忍受他這一抓，把頭深深垂下，咬住了嘴唇。「好吧，他在下面，」她說，「難道你沒料到嗎？他躺在我床上，他在外面受了涼，在打哆嗦，幾乎沒有吃東西。說到底，這都是你的錯，假如你沒有把那兩個助手趕走，假如你沒有跟在那家人後面跑，現在我們就能安詳地坐在學校裡。是你一手毀了我們的幸福。你以為，耶瑞米亞還在職的時候，會膽敢誘拐我嗎？那你就根本錯看了此地的制度。他想來找我，他折磨著自己，暗中窺伺我，但這只不過是做做樣子，就像一隻餓狗做做樣子，卻不敢真的跳上餐桌。而我也一樣。他吸引著我，他是我童年時的玩伴——我們在城堡的山坡上一起玩耍，那是些美好的時光，你從不曾問起我的過去——但是這些都不是關鍵，只要耶瑞米亞還受到職務的約束，因為我畢竟了解身為你未來妻子的義務。可是後來你把那兩個助手趕走了，還為此自豪，彷彿你替我做了件事，嗯，在某種意義上，這是真的。在阿爾圖身上，你如願以償了，不過只是暫時的，他很柔弱，沒有耶瑞米亞那種不怕任何困難的熱情，況且你夜裡那一拳——那也是朝我們的幸福揮出的一拳——差點毀了他，他逃到城堡去告狀，就算他不久之後就會再回來，至少現在他是走了。可是耶瑞米亞留了下來。在職時，他連主人眨眨眼睛都會害怕，而不在職了，他就什麼也不怕。他來帶走了我；我被你遺棄，被老朋友的他控制，我撐不下去。我沒有打開學校鎖住的大門，是他打破了窗戶，把我拉了出去。我們飛奔到這裡，老闆尊重他，能有這樣一個客房服務生，客人也求之不得，於是我們被雇用了，他不是住在我那兒，而是我們有一個共同的房間。」「儘管如此，」K說，「我一點也不遺憾把那兩個助手解雇。如果事情就像你所說的這樣，也就是說，你的忠實只取決於那兩個助手是否受到職務的束縛，那麼，一切就此結束也是好事。夾在兩頭猛獸之間的婚姻不會太幸福，兩頭只在皮鞭下屈服的猛獸。若是這樣，我也要感謝那一家人，他們無意中出了一份力來把我們分開。」他們沉默不語，再度並肩來回踱步，但卻分不清現在是誰帶頭的。芙麗妲離K很近，似乎氣他沒有再挽住她的手臂。「那麼，一切都沒問題了，」K往下說，「我們可以告別了，你到你的耶瑞米亞先生那兒去，他很可能先前在校園裡就受了涼，顧及這一點，你已經把他單獨留下太久了，我則一個人回學校去，還是到其他地方去，有人收容我的地方，既然少了你，我在學校也無事可做。如果我儘管如此仍在猶豫，那是因為我對你所說的話還有一點懷疑，而且我有很好的理由懷疑。我從耶瑞米亞那兒得到的印象正好相反。他還在職的時候一直追求著你，而我不認為長期下來那份職務能攔得住他哪一天真的去侵犯你。可是現在，自從他自認他的職務已經解除，事情就不同了。原諒我，如果我以下述的方式來加以解釋：自從你不再是他主人的未婚妻，你對他就不再像從前那麼具有誘惑力。儘管你是他小時候的朋友，但他——我對他的認識其實只來自今夜一番簡短的談話——依我看來並不是很看重這類感情上的事。我不知道你為什麼會覺得他是個熱情的人，我反倒覺得他的思考方式特別冷漠。他從葛拉特那兒得到了一項跟我有關的任務，一項對我來說也許不太有利的任務，他努力去執行這項任務，帶著一種工作熱情，這我願意承認——這種熱情在此地並不罕見——，這包括毀掉我們之間的關係；也許他用不同的方式嘗試過，其中一種是試圖用色瞇瞇的愛慕來引誘你，另一種則是捏造我的不忠，在這件事上那個老闆娘也幫了他的忙，他的陰謀得逞了，他身上的某一點讓人想起克拉姆，這或許也對他有幫助，他雖然失去了那個職位，可是也許就在他不再需要那個職位的那一刻，他獲得了他工作的果實，把你從學校窗戶拉了出去，可是他的工作也就此結束，而且一旦他的工作熱情離開了他，他就會疲倦，會寧可和阿爾圖交換位置，阿爾圖根本沒有去告狀，而是博得嘉獎，贏得新的任務，可是總得有人留下來，追蹤事情進一步的發展。要照顧你對他來說是件有點麻煩的責任。絲毫看不出他對你的愛，他坦白向我承認，身為克拉姆的情婦，你對他來說當然值得尊重，在你房間裡住下來，體會一下當個小克拉姆的滋味，肯定讓他感到很舒服，但事情就到此為止，現在你本身對他毫不重要，他把你安置在這裡，對他來說只是他首要任務的後續工作；為了不要讓你感到不安，他自己也留了下來，但只是暫時的，在他還沒有從城堡得到新的消息之前，在他的感冒還沒有被你治好之前。」「你真會汙衊他！」芙麗妲說，把一雙小拳頭互擊了一下。「汙衊？」K說，「不，我不想汙衊他。但我說不定錯怪了他，這當然是可能的。我針對他所說的話並非明擺著的事實，也可以做別種解釋。可是汙衊？汙衊只可能有一個目的，就是用來反抗你對他的愛。如果有此必要，如果汙衊是合適的手段，我不會猶豫去汙衊他。沒有人能因此而批判我，由於交派任務給他的人，他面對我時占了很大的優勢，我完全只能靠自己，稍微汙衊他一下也沒什麼不可以。相對而言，那算是無辜的自衛手段，說到最後也是個軟弱無力的自衛手段。所以，放下你的拳頭吧。」K握住了芙麗妲的手；芙麗妲想把手抽回去，但是面帶微笑，也並沒有很用力。「但我沒必要去汙衊，」K說，「因為你並不愛他，你只是以為你愛他，而且我若是讓你擺脫這個錯覺，你會感謝我的。你瞧，如果有人想把你從我身邊帶走，不用蠻力，而是用極為細心的算計，那麼他就必須透過這兩個助手來做。這兩個小子看似善良、天真、快活、沒有責任，從高處被派來，是從城堡那兒颳來的，還帶著一點童年回憶，這一切不是都非常可喜嗎，尤其是我可以說是這一切的反面，一直忙著你無法完全理解的事，惹你生氣的事，使得我跟你認為可恨的人聚在一起，而儘管我毫無過錯，你對他們的憎恨也有一些轉嫁到我身上。這整件事只是惡意地利用了我們之間關係的缺陷，不過，是非常聰明地利用。每一份關係都有其缺陷，更別說是我們之間的關係；畢竟我們是各自從完全不同的世界來到一塊兒，自從我們相識，我們各自的人生就走上一條全新的道路，我們還覺得沒有把握，這事的確太新了。我講的不是我，這沒有那麼重要，自從你頭一次把目光投向我，其實我就一直在接受贈與，而要習慣接受贈與並非難事。而你呢，撇開所有其他的事不提，你從克拉姆身邊被拉走，這件事的分量我無從估計，但我終究漸漸有了概念，一個人在這種情況下會跌跌撞撞，摸不清楚情況，就算我隨時願意安頓你，我卻不是隨時都在，而當我在的時候，有時你的心思又被幻想牢牢占據，或是被更活生生的東西占據，像是那個老闆娘——簡而言之，有時候你對我視而不見，渴望起隱隱約約的事物，可憐的孩子，在這種時候，只要在你視線的方向放上合適的人，你就被他們擄獲，屈服於那種錯覺，以為那些僅僅是轉瞬即逝的東西，那些幻影、舊日回憶、其實已成過去並日漸消逝的昔日生活，就是你目前的真實生活。這是個錯誤，芙麗妲，就只是我們最終結合的最後一個障礙，正確地看，是個可鄙的障礙。清醒過來吧，冷靜下來；就算你原本以為這兩個助手是克拉姆派來的——這根本不是事實，他們是葛拉特派來的——就算他們藉助於你這份錯覺而深深蠱惑了你，讓你就連在他們的骯髒和淫蕩中都以為找到了克拉姆的痕跡，就好比一個人認為在一堆糞裡看見了一顆從前遺失的寶石，而事實上，就算那顆寶石真的在那兒，他也根本不可能找到——他們畢竟只是跟馬廄裡那幫隨從同類的傢伙，只不過沒有那幫人健康，一點點新鮮空氣就使他們病倒在床，不過，他們倒是懂得以那幫隨從的狡黠來替自己挑選病床。」芙麗妲把頭倚在K的肩上，他們緊緊挽著彼此的手臂，沉默地來回踱步。「要是我們，」芙麗妲說，緩慢而平靜，幾乎算得上愜意，彷彿她知道她能在K肩膀上休憩的期限很短，但她想好好享受這段期限直到最後一刻，「要是我們在那一夜就移居國外，那就好了，我們可以在隨便哪個安全的地方，永遠在一起，你的手永遠就在近處，讓我伸手就能握住；我多麼需要你在身邊，自從認識了你，不在你身邊，我就感到孤單；相信我，有你在身邊是我唯一的夢想，我沒有別的夢。」

這時在側面走道上有人呼喊，是耶瑞米亞，他站在那兒最下面的一級台階上，只穿著內衣，但是把芙麗妲的一條披肩裹在身上。看他站在那兒的樣子，頭髮蓬亂，稀疏的鬍鬚彷彿被雨淋濕，雙眼吃力地睜大，帶著懇求和責備，暗沉的臉頰泛紅，但彷彿是由過度鬆垮的肉構成，赤裸的雙腿冷得發抖，那條披肩的流蘇也隨之抖動，他那副樣子活像個從醫院裡逃出來的病人，面對他，別人只能想著再把他送回床上去，沒法有別的念頭。芙麗妲也這麼想，掙脫了K的手，馬上走下去到他身邊。有她在身邊，她把那條披肩在他身上裹緊一點的細心態度，她想馬上趕他回房間的那份急切，這些似乎已經讓他稍微有了力氣，直到這時候他才彷彿認出K來，「啊，土地測量員先生，」他說，芙麗妲不想再容許他交談，而他撫摸她的臉頰來安撫她，「請您原諒我的打攪。可是我的身體實在不舒服，這總該可以博得原諒。我想我在發燒，得喝杯茶出出汗。校園裡那道該死的柵欄，我將來還會時時想起，而現在，已經受了涼，我還在夜裡東奔西跑。一個人犧牲了自己的健康，為了實在並不值得的事，卻沒有馬上察覺。不過，土地測量員先生，您不必讓我妨礙您，到我們的房間裡來吧，來探望一下病人，順便把您還想說的話告訴芙麗妲。當兩個習慣彼此的人要分開，在最後一刻當然會有很多話要說，是第三者不可能理解的，更別提他還躺在床上，等著別人答應給他的茶。不過您就進來吧，我會安安靜靜的。」「夠了，夠了，」芙麗妲說，扯著他的手臂，「他在發燒，不知道自己在說些什麼。而你，K，你別一起來，我拜託你。這是我和耶瑞米亞的房間，或者更準確地說，就只是我的房間，我不准你一起進來。你纏著我不放，唉，K，你為什麼纏著我。我永遠、永遠也不會回到你身邊，一想到這種可能，我就不寒而慄。去找你那兩個女孩吧；別人跟我說了，她們只穿著內衣坐在火爐前的長凳上，挨在你身邊，當有人去接你，她們就對他吼。那裡大概才是你的家吧，如果那地方如此吸引你。我一直阻止你到那兒去，卻沒什麼效果，但至少我阻止過你，這事已經過去了，你自由了。美好的生活在你面前，為了其中一個女孩，你也許得和那幫隨從爭奪一下，至於那第二個女孩，天上人間都不會有人嫉妒你。你們的結合從一開始就得到了祝福。別說什麼話來反對，當然，你能夠反駁一切，可是到最後根本什麼也沒被反駁。你想想，耶瑞米亞，他反駁了一切！」他們會心地點頭微笑。「可是，」芙麗妲接著說，「假定他反駁了一切，那又怎麼樣，又關我什麼事？在她們那兒究竟發生了什麼事，完全是她們和他的事，不是我的事。我的事是照料你，直到你回復健康，如同你還沒有為了我而被K折磨的時候。」「所以說，您真的不一起進來嗎？土地測量員先生？」耶瑞米亞問，卻終於被芙麗妲拉開了，她根本沒有再朝K轉過頭來。看得見下面有扇小門，比起這條走道兩旁的門還要低矮，不僅耶瑞米亞進門時得要彎腰，就連芙麗妲也得彎腰，房間裡似乎明亮而溫暖，還聽得見幾句輕聲細語，很可能是體貼地勸耶瑞米亞上床去，然後門就關上了。

第二十三章

直到此刻，K才察覺走道上變得多麼安靜，不僅是他剛才和芙麗妲所在的這段走道，這一段走道似乎屬於工作間，在那條兩旁房間先前十分熱鬧的長長走道上也一樣。也就是說，那些先生終於還是入睡了。K也很疲倦，也許他就是由於疲倦才沒有和耶瑞米亞對抗，他本來應該和他對抗。也許仿效耶瑞米亞的做法會比較聰明，他顯然誇大了他的著涼——他那副可憐相不是源於著涼，而是天生的，什麼健康茶也治不了——完全仿效耶瑞米亞的做法，依樣流露出真正的深深疲憊，在這條走道上倒下，這件事本身想必就很舒服，稍微打個盹，也許還能受到一些照料。只不過他這樣做的結果不會像在耶瑞米亞身上那麼有利，在這場爭取同情的比賽中，耶瑞米亞肯定會獲勝，這可能也很合理，而在任何其他對抗中，耶瑞米亞顯然也都會獲勝。K太疲倦了，疲倦到他想著能否嘗試走進其中一個房間，在一張舒適的床上好好睡一覺，那當中肯定有幾間空房。照他的想法，這將能夠彌補許多事情。連睡前酒他都準備好了。在芙麗妲擱在地板上的那個餐盤上，有一小瓶蘭姆酒。K不辭辛勞地走回去，把那一小瓶酒喝乾了。

現在他覺得至少有足夠的力氣去見埃朗爾了。他尋找著埃朗爾的房門，可是由於那個僕役和葛爾史特克都已不見蹤影，而所有的門都一模一樣，他沒能找到。然而他自認還記得那扇門大約在走道上的哪個位置，決定打開他認為可能是他在找的那一扇。這個嘗試不可能太過危險；如果那是埃朗爾的房間，那麼此人想必會接見他，如果那是另外一個人的房間，那麼道個歉再離開總也是可能的，倘若那個房客在睡覺，這是最可能的情況，那麼就根本不會有人察覺K來過，糟糕的只有一種情況，就是房間裡沒人，因為這樣一來，K將幾乎抗拒不了誘惑，躺上床去一睡不起。他又順著走道的左右兩邊看了一下，看看是否會有人來，能讓他打聽一下，讓他沒必要去冒險，可是這條長長的走道安靜無人。接著K把耳朵貼在門上偷聽，也沒聽見一點聲響。他輕輕敲門，輕到不至於把一個睡著的人吵醒，當這時候也毫無動靜，他極其小心地開了門。然而這會兒迎接他的卻是一聲輕呼。那是個小房間，一張大床就占掉了大半個房間，床頭櫃上的電燈還亮著，燈旁是個旅行袋。在床上，但是完全藏在被子底下，有個人不安地在動，從被子和床單之間的縫隙中輕聲問道：「是誰？」這下子K不能就這樣一走了之了，他悶悶不樂地打量那張可惜並非空著的大床，接著想起對方問的話，就報上了自己的名字。這似乎起了好作用，床上那人把被子稍微從臉上拉開，但是懷著恐懼，準備好馬上再把自己蓋住，如果外面有哪裡不對勁。接著他卻毫無顧慮地把被子掀開，坐了起來。這人肯定不是埃朗爾。那是位矮小的先生，氣色很好，臉龐帶有一種矛盾，臉頰像孩子般圓圓的，眼睛像孩子般快活，可是那高高的額頭、尖尖的鼻子、幾乎閉不攏的薄薄嘴唇、簡直看不出來的下巴，就一點也不像個孩子，而流露出優越的思考能力。大概是他對此感到滿意，對自己感到滿意，才讓他濃濃地保留了幾分健康的稚氣。「您認識弗利德里希嗎？」他問。K否認了。「可是他認識您。」這位先生微笑著說。K點點頭，認識他的人並不少，這甚至是他一路上的一個主要障礙。「我是他的秘書，」這位先生說，「我叫畢爾格。」「對不起，」K說，伸手去按門把，「很遺憾我把您的房門和另外一扇弄錯了。是秘書埃朗爾召我來的。」「真可惜！」畢爾格說，「不是指您受召到別處去，而是指您弄錯了房門這件事。因為我一旦被吵醒，肯定沒法再入睡。不過，您大可不必為此苦惱，這是我自己的不幸。為什麼這兒的房門不能上鎖呢？對不對？這是有原因的。因為根據一句古老的俗話，秘書的門應該要永遠開著。話說回來，實在也沒必要把這句話照字面解釋。」畢爾格用詢問的目光看著K，神情快活，相對於他的抱怨，他看起來經過充分的休息，畢爾格大概還根本不曾像K此刻這般疲倦。「現在您想去哪兒呢？」畢爾格問，「現在是四點鐘。不管您想去找誰，都會把對方吵醒，不是每個人都像我這樣習慣被打擾，也不是每個人都會這樣有耐心地接受打擾，秘書是一群神經緊張的人。所以，您就在這兒待一會兒吧。五點鐘左右這兒的人就開始起床，那時候您再去接受傳喚最為合適。所以，請您就別一直按著門把了，找個地方坐下來，當然，這裡很狹窄，您最好是過來坐在床緣。我這兒既沒有椅子也沒有桌子，這讓您感到納悶嗎？這個嘛，我當時可以選擇，看是要一套齊全的家具加上一張旅館裡用的窄床，還是要這張大床，除了床以外就只有一個盥洗臺。我選擇要張大床，在一間臥室裡，床畢竟才是最重要的。啊，誰要是能舒展四肢好好睡一覺，這張床對一個好睡的人來說真是寶貴。但就連我這個總是疲倦卻又睡不著的人，在這張床上也覺得舒服，白天一大半的時間我都在床上度過，在床上處理所有的信件，也在床上進行對當事人的審訊。情形相當不錯。當然，當事人沒有地方坐，但是他們不會把這事放在心上，畢竟他們也寧願自己站著，讓作筆錄的人感到舒服，這總勝過舒舒服服地坐著卻一邊挨罵。所以我就只剩下床緣這個位子可以待客，但這不是辦公地點，只是夜裡用來聊天用的。不過，土地測量員先生，您可真是安靜。」「我很疲倦。」K說，一被邀請就座，他就毫不客氣，大剌剌地坐在床上，倚著床柱。「這是當然，」畢爾格笑著說，「在這裡人人都疲倦。比方說，我昨天和今天所完成的工作就不輕鬆。我現在無論如何不可能睡著，可是萬一這件極其不可能的事情發生了，當您還在這兒的時候我居然睡著了，那麼請您保持安靜，也別去開門。不過，別擔心，我肯定不會睡著，頂多只會睡個幾分鐘。因為我的情況是這樣的，可能因為我太習慣跟當事人打交道了，我還是在有人作伴的時候最容易睡著。」「您儘管睡吧，秘書先生，」K說，樂於聽到對方這番預告，「那麼，您若是允許，我也想睡一下。」「不，不，」畢爾格又笑了，「可惜我不是別人請我睡就能睡著的，只有在談話當中才會有這種機會，最能夠讓我想睡覺的就是一番談話。是啊，做我們這一行，對神經是種折磨。例如，我是個聯繫秘書。您不知道這是什麼吧？嗯，我在弗利德里希和村子之間建立起最強的聯繫，」——說到這裡，他情不自禁地高興起來，急急搓著雙手——「我在他城堡中和村子裡的秘書之間建立起聯繫，我通常在村裡，但不是一直都在，我隨時得準備好搭車去城堡，您也看見那個旅行袋了，這是種不安定的生活，並不適合每個人。另一方面，若說我再也少不了這份工作，這話也是對的，所有其他的工作我都覺得乏味。測量土地的工作又是如何呢？」「我沒做這種工作，我並沒有被雇用來做土地測量員。」K說，他的心思不在這件事上，他只巴望著畢爾格趕快睡著，但他這樣巴望也只是出於一份對自己的責任感，在內心深處，他自認為知道畢爾格睡著的那一刻還遙不可及。「這真令人訝異，」畢爾格說，有精神地把頭一甩，從被子底下抽出一本記事簿，以便做筆記，「您是個土地測量員，卻沒有測量土地的工作。」K木然地點點頭，他把左手臂在床柱上伸直了，把頭枕在手臂上；他已經嘗試過各種方法來讓自己舒適一點，而這個姿勢在所有的方法中最為舒適，這會兒他也比較能去留意畢爾格在說什麼。「我願意繼續追究這件事，」畢爾格往下說，「我們這兒的情況肯定不容許擺著一個專業人員不用。您一定也覺得很委屈吧，這件事難道沒有令您感到痛苦嗎？」「這件事是令我感到痛苦。」K緩緩地說，心裡想笑，因為就在此刻他一點也不感到痛苦。畢爾格的自願效勞也沒怎麼打動他。那根本就不專業。畢爾格不知道K是在什麼樣的情況下被聘用的，不知道這樁聘用在村民當中和城堡中所遇到的困難，不知道K在此停留期間已經產生或已有徵兆的糾葛——他對於這一切都一無所知，甚至不曾顯示出他對這些事至少略有概念，別人本來應該能逕行假定一個秘書至少會有點概念，在這種情況下，他居然自告奮勇要靠著他的小記事簿順手把事情搞定。但這時畢爾格說：「看來您已經承受過一些失望。」從而又證明了他具有一些識人能力，事實上，自從K走進這個房間，他就一再自我要求，不要低估畢爾格，然而以他的情況，除了本身的疲倦，他很難對其他事情做出適當的判斷。「不，」畢爾格說，彷彿在回答K的一個念頭，體貼地想讓他省下把話說出口的力氣，「您不必讓自己被失望嚇倒。這裡有些事似乎是安排好了來嚇倒人的，如果一個人是新來的，會覺得那些障礙完全無法穿越。我不打算去調查這究竟是什麼情況，也許表象確實與事實相符，在我的職位上，我缺少適當的距離來加以確認，但是請您留神，有時的確又會出現一些機會，跟整體情況幾乎不相吻合，碰上這些機會，藉由一句話、一個眼神、一個信賴的表示，所能達成的就超過畢生的辛苦操勞。的確，情況就是如此。然而，這些機會從來沒被利用，就這一點而言，又跟整體情況相吻合。但我總是納悶，它們究竟為什麼沒被利用。」K不知道答案，雖然他察覺畢爾格所說的事可能跟他十分相關，但此刻他對所有與他相關的事物都很反感，他把頭往旁邊挪了挪，彷彿藉此替畢爾格的問題讓開一條路，不必再被這些問題觸及。「做秘書的，」畢爾格往下說，伸個懶腰，打個呵欠，跟他嚴肅的話語形成令人迷惑的矛盾，「常常抱怨自己被迫在夜裡進行村裡大多數的審訊。可是他們為什麼要抱怨呢？因為這令他們太勞累嗎？因為他們寧可把夜裡的時間用來睡覺嗎？不，他們肯定不是在抱怨這些。在秘書當中，當然也有勤快和不太勤快的，這種情況到處都一樣，可是他們當中沒有人抱怨過於勞累，更不會公開抱怨。這根本不是我們的作風。就這一點而言，我們不區分平常時間和工作時間。這種區分對我們來說是陌生的。那麼，秘書究竟反對夜間審訊哪一點？難道是出於對當事人的體恤嗎？不，不，也不是這樣。秘書對當事人是毫不體恤的，只不過絲毫不會比他們對自己更不體恤，而只是同樣不體恤。其實，這種不體恤，亦即對職務鐵面無私的遵循與執行，是當事人所能期盼的最大體恤。這其實也完全受到肯定——當然，只看到表面的人是不會察覺的——比方說，在這件事情上，正好是夜間審訊受到當事人歡迎，我們沒有收到過原則上反對夜間審訊的抱怨。那麼，秘書對夜間審訊的反感究竟是為什麼？」K也不知道，他知道的這麼少，甚至分不清畢爾格是認真地要他回答，還是只是做做樣子，「假如你讓我躺在你床上，」他心想，「明天中午我將回答你所有的問題，在明天晚上更好。」可是畢爾格似乎沒去留意他，過於用心思索他向自己提出的問題，「就我的了解和根據我的親身經驗，秘書對於夜間審訊大約有下列的疑慮。夜間之所以不太適合和當事人磋商，是因為在夜裡很難完全保持磋商的公務性質，或者說簡直是不可能保持。這不在於表面事宜，在夜裡當然也可以像在白天一樣嚴格遵守形式，想多嚴格都行。所以問題不在這裡，相對地，公務上的判斷在夜裡會受到損害。在夜裡，一個人會不由自主地傾向於從比較私人的觀點來判斷事情，當事人所說的話得到了超乎應得的份量，在判斷中摻雜了根本不該有的考量，關於當事人的其他處境、他們的煩惱和憂愁，當事人和官員之間那條必要的界線鬆弛了，就算表面上那條界線還無懈可擊地存在，在平常只該一問一答的時候，有時似乎會發生一種奇怪、完全不恰當的角色互換。至少那些秘書是這麼說的，當然，由於職業的關係，他們對這種事具有非比尋常的敏銳。可是就連他們——這一點在我們的圈子裡常被談到——在夜間審訊進行時也很少察覺這種不良的影響，正好相反，他們從一開始就努力抵制這種不良影響，最後還以為達到了特別良好的成效。可是，如果事後去查閱一下筆錄，一個人往往會為了其中明白顯露出來的缺陷而吃驚。這些缺陷是些錯誤，而且總是讓當事人不太合理地獲益，至少根據我們的規定無法再循一般的簡便途徑來改正。當然，這些錯誤將來會再由一個管控機構加以糾正，但這只有益於法制，卻不會再損及那個當事人。在這種情況下，那些秘書的抱怨不是很有道理嗎？」K已經在半睡半醒中度過了一小段時間，這會兒又驚醒過來。「說這些是為什麼？說這些是為什麼？」他心裡這樣問，從低垂的眼皮下打量著畢爾格，不像打量著一名在和他討論難題的官員，而只是像在打量著某種妨礙他睡眠的東西，而他找不出這件東西的其餘意義。完全沉浸在自己思路中的畢爾格卻露出微笑，彷彿他剛剛成功地把K引入了歧途，但他願意馬上再把他帶回正確的道路上。「不過，」他說，「也不能直截了當地稱這些抱怨為完全合理。沒有哪一條規章直接規定要進行夜間審訊，也就是說，如果試圖避免夜間審訊，也不會違反規章，可是實際的情況——工作過多、官員在城堡的做事方式、他們的難以抽身，再加上有一條規章，規定對當事人的審訊要等其餘的調查徹底結束之後才能進行，同時一等到調查結束卻又要立刻進行，這一切再加上其他因素，使得夜間審訊還是無法避免地成了必要。而它們如果成了必要——我這麼說——那麼這其實也是那些規章的結果，至少是間接地，如果要挑剔夜間審訊的本質，就幾乎等於——我當然稍微誇張了一點，做為一種誇張的說法，我可以講出來——就等於是在挑剔那些規章。相對地，那些秘書仍舊有權在規章的範圍之內，盡量爭取不進行夜間審訊，避免夜間審訊那些也許只是表面上的缺點。他們也的確這麼做了，而且是在最大的程度上，他們只允許在這層意義上最不需要擔心的磋商題材，在進行磋商前仔細審查自己，如果審查的結果要求他們取消所有的傳訊，他們就會這樣做，哪怕是在最後一刻；在真正處理一名當事人之前，往往先召見十次，藉此來提振精神，喜歡請那些並不主管該案的同事來代理，這些同事因此能更輕易地處理該案；至少把磋商訂在夜晚開始或結束時，避開中間那幾個小時——這類的措施還有很多；這些秘書是不容易對付的，他們的抵抗能力幾乎就跟容易受傷的程度不相上下。」K睡了，雖然那不是真正的睡眠，畢爾格說的話也許比之前他雖醒著但疲憊不堪時聽得更清楚，一字一句敲進他耳中，但是那擾人的意識卻消失了，他感到自由，不再是畢爾格留住他，而是他偶爾向畢爾格探出手去，他尚未處於睡眠的深處，但已潛入睡眠中，誰都再也剝奪不了。他彷彿因此得到一樁大勝利，也已經有一群人在這兒慶祝此事，他自己，也可能是另一個人，舉起了香檳酒杯向這場勝利致敬。為了讓大家都知道這是怎麼回事，戰鬥和勝利又重演了一遍，也可能根本不是重演，而是此刻才發生，而之前就已經慶祝過了，不停地慶祝是因為結局幸好是確定的。一個秘書，光著身子，很像一座希臘神像，在與K的戰鬥中落入下風。場景很滑稽，K在睡夢中輕輕地笑了，看著那個秘書在K的逼近下一再從驕傲的姿態中嚇得跳起來，必須把高舉的手臂和握緊的拳頭趕緊用來遮掩自己的裸露部位，卻總是慢了一步。戰鬥沒有持續很久，K一步一步地前進，而且步子很大。這算是一場戰鬥嗎？沒有什麼重大的阻礙，只偶爾聽見那個秘書尖細的叫聲。這個希臘神祇的聲音尖細得像個被呵癢的女孩。最後他不見了；K獨自一人在偌大的空間裡，他處於備戰狀態，環顧四周，尋找著對手，但那裡空無一人，就連那群人也已經散去，只有香檳酒杯摔破在地上，K把它踩個粉碎。但碎片刺人，他又在戰慄中醒來，覺得很難受，就像幼兒被人弄醒，儘管如此，看見畢爾格裸露的胸膛，一個來自夢中的念頭在他腦中閃過：「這就是那個希臘神祇！把他從床上拉下來吧！」「但是，」畢爾格說，深思地抬起臉來面向天花板，彷彿在記憶中尋找例子，卻沒能找到，「儘管有這些防範措施，當事人仍然有機會利用秘書在夜間的這項弱點，假定這是個弱點的話。當然，這種機會很少出現，或者應該說幾乎從未出現過。這個機會在於，當事人在夜裡未經通報而來。您也許會納悶，儘管這一點看似顯而易見，卻居然很少發生。這個嘛，您不熟悉我們這兒的情況。但您大概也已經注意到公務組織的嚴密。而由於這種嚴密，其結果是，凡是要請願的人，或是基於其他原因必須針對某事接受審訊的人，立刻就會收到傳喚通知，沒有耽擱，通常甚至還在他自己把事情考慮好之前，甚至還在他自己知道有這件事之前。這一次他還不會被傳訊，大多還不會，事情通常還沒有成熟到這個地步，可是他已經有了傳喚通知，已經沒辦法不經通報而來，意思是完全出人意料，他頂多能在不恰當的時刻前來，那麼別人就會提醒他傳喚通知上的日期和時間，而等他在正確的時間又再前來，按照慣例他會被打發走，這樣做不再有困難，當事人手裡的傳喚通知和檔案裡的預約登記，這些對秘書來說是強大的防禦武器，雖然不總是足夠。當然，這只是針對那個剛好主管此事的秘書，任何人都還是可以任意在夜裡出人意料地去找其他秘書。然而，幾乎沒有人會這麼做，這樣做簡直毫無意義。首先，這樣一來會大大激怒主管此事的秘書，雖然就工作而言，我們這些秘書肯定不會互相嫉妒，畢竟每個人所承擔的工作量都經過分配，大家確實毫不斤斤計較地擔負起來，可是面對當事人，我們絕不容忍管轄權受到干擾。已經有人輸掉了案子，因為他試圖在非主管部門鑽營，由於他認為在主管部門沒有進展。再說，這類嘗試也必然會由於一個原因而失敗，亦即一個並不主管此事的秘書，就算他在夜裡受到突襲，也滿心願意幫忙，但由於他不主管此事，他能夠插手的程度不會比隨便哪個律師多，說不定其實還要更少，因為就算他還能另外做點什麼，畢竟他比所有那些律師更熟悉法律的祕密途徑，對於不歸他主管的事，他實在缺少任何時間，他一刻也沒法用在那上頭。希望既然如此渺茫，誰還會把夜裡的時間用來見非主管此事的秘書，再說，那些當事人也忙到沒有時間，如果他們在平常的職業之外，還想配合主管部門的傳喚通知和暗示，『忙到沒有時間』當然是就當事人而言，這和秘書『忙到沒有時間』自然遠遠不能相提並論。」K微笑點頭，他認為現在他清楚理解了一切，並不是因為這一切跟他有何相干，而是因為這會兒他確信自己在下一刻就會完全睡著，這一次不會有夢，也不會受到干擾；一邊是主管此事的秘書，另一邊是非主管此事的秘書，在這兩批人之間，面對著一大群忙到沒有時間的當事人，他將沉入深深的睡眠中，以這種方式擺脫所有的人。他已經習慣了畢爾格的聲音，那輕輕的、自滿的、顯然徒勞地想讓自己入睡的聲音，習慣到這聲音對他的睡眠不但沒有干擾，反而有所促進。「磨子嘎嘎地轉，」他心裡想，「你只為了我而嘎嘎轉動。」「那麼，」畢爾格說，用兩根手指撫弄下唇，睜大眼睛，伸長脖子，彷彿在辛苦跋涉之後接近了一個迷人的觀景地點，「我剛才提到的那個很少出現、幾乎從未出現的機會究竟在哪裡呢？這個祕密藏在有關管轄權的法規當中。原來，並不是每件事只由一名特定的秘書主管，在一個有活力的龐大組織裡也不可能這樣。只不過是，一名秘書具有主要管轄權，許多其他秘書在某些部分卻也具有管轄權，哪怕是比較小的管轄權。有誰能夠獨自把一樁事件的所有相互關係都兜攏在他辦公桌上？哪怕是最小的事件？就連最了不起的工作人員也辦不到。就連我剛才針對主要管轄權所說的話，也說得過分了。在最小的管轄權中不也就已經有全部的管轄權？關鍵之處難道不是處理事情的熱情嗎？而這份熱情不總是相同嗎？不總是以十足的強度存在？秘書之間在各方面或許有差別，這類差別數也數不清，但是在熱情上卻沒有差別，他們當中誰也按捺不住，如果有人要求他去研究一樁他只具有極小管轄權的案子。當然，對外必須建立起有秩序的磋商途徑，於是對當事人來說，各有一名特定的秘書居於主要地位，在公務上，當事人必須和這名秘書接洽。但這名秘書不見得一定是對此案具有最大管轄權的人，這要取決於組織及其當下的特殊需要。這就是實際的情況。現在，土地測量員先生，請您衡量一下這種可能性，亦即一個當事人在某種情況下，儘管有我剛才向您描述過的那些一般說來完全足夠的障礙，仍然在半夜裡意外造訪一名對該案具有某種管轄權的秘書。您大概還不曾想過這樣一種可能性吧？我很願意相信您。其實也沒有必要去想這種可能性，因為它幾乎從不曾出現。這個當事人必須要是顆多麼特別、具有特定形狀、又小又機靈的穀粒，才能從這個無比精細的篩子滑下去。您認為這根本不可能出現嗎？您想得對，是根本不可能出現。可是在一個夜裡——誰能擔保一切呢？——卻還是出現了。當然，在我認識的人當中，還沒有人碰上過這種事；這雖然不能證明什麼，和此處考慮到的數量相比，我認識的人數量有限，況且，一個碰過這種事的秘書是否願意承認，這也很難說，畢竟這是件十分私人的事，在一定程度上與公務上的羞恥心密切相關。但至少我的經驗也許證明了這是件十分罕見的事，事實上只存在於傳聞中，根本不曾得到證實，因此要去害怕這種事未免太過誇張。就算它真的會發生，也可以——我們可以這麼相信——藉由向它證明，在這個世界上沒有它的位子，來確實地消除它的壞作用，這是很容易做到的。總之，如果出於對此事的恐懼而躲在被子底下，不敢看出去，這就是病態了。就算這種微乎其微的可能性突然有了形體，難道一切就全完了嗎？正好相反。一切全完了的可能性要比最微乎其微還更微乎其微。當然，如果那個當事人就在房間裡，情況就已經很糟，令人心情壓抑。『你能抵抗多久呢？』一個人會這樣自問。但這人知道他根本不會去抵抗。您必須正確想像這個情況。當事人坐在那兒，那個你從沒見過、一直在期待、懷著真正的飢渴在期待、一直理智地視之為可望而不可及的當事人。單是透過他無言的在場，他就邀請你去探究他可憐的人生，在其中熟悉情況，就像熟悉你自己的財產，在他徒勞的要求之下陪著受苦。靜夜裡的這種邀請令人心動。你聽從了這個邀請，其實也就不再是公務人員。在這種情況下，要不了多久，要拒絕一個請求就會變得不可能。準確地說，你感到絕望，更準確地說，你很幸運。感到絕望，因為你坐在這兒，等待著當事人的請求，知道這個請求一旦被說出口，你就必須答應，就算這個請求會確實撕裂公務組織，至少就你自己的判斷而言——這種無力自衛大概是一個人在實務上所能遇到的最糟的事。尤其是——撇開其他一切不談——因為這也是一種超乎一切想像的階級提升，是你在這一刻勉強自己提升的。以我們的職位，我們根本無權實現此處所談的這類請求，可是由於這個夜間來訪的當事人就在旁邊，我們的職權在某種程度上就隨之擴大，允諾了在我們職權範圍之外的事，是的，我們也會把這些事完成，當事人在夜裡就像樹林裡的強盜，迫使我們做出平常絕對做不出的犧牲——好吧，這是現在，當事人還在這裡，替我們壯膽，強迫我們，鼓勵我們，而且一切都還在半昏迷狀態中進行，但事後又將如何呢，當事情過去，當事人滿足了，無憂無慮地離開我們，而我們站在那兒，獨自一人，面對自己的濫用職權而無力自衛——這根本不堪設想。儘管如此，我們卻是幸福的。幸福能要人命。我們是可以努力向當事人隱瞞真實的情況。畢竟他自己幾乎什麼也不會察覺。照他的看法，他可能只是基於某些無關緊要的偶然原因，過度疲倦，感到失望，由於過度疲倦和感到失望而肆無忌憚並且滿不在乎地闖進原非他想去的房間，他一無所知地坐在那兒，忙著思索他的錯誤或是他的疲倦，如果他居然在忙著。難道不能就任由他維持這種狀態嗎？不行。由於幸福之人的多話，你必須向他解釋一切。你必須絲毫不顧惜自己地詳細向他說明，說明發生了什麼事，基於哪些原因而發生，說明這個機會是多麼稀有又多麼大，你得說明，這個當事人雖然是在全然無助之中摸索到了這個機會，除了當事人之外，沒有其他人會如此無助，而現在，只要他想，土地測量員先生，他就可以掌控一切，而且為此無須做別的事，只要設法提出他的請求，這項請求之實現已經準備就緒，可以說是請求之實現向請求伸出了手——這一切都得要說明，這是身為官員的艱難時刻。可是等這件事也做了，那麼，土地測量員先生，最必要的事就辦完了，就必須知足，然後等待。」

其餘的話K沒聽見，他睡了，隔絕了所發生的一切。他的頭起初擱在倚著床柱的左臂上，在睡眠中滑了下來，此刻懸在半空中，漸漸愈垂愈低，上方的手臂已經不足以支撐，K不由自主地把右手撐在被子上，以得到新的支撐，湊巧抓到了畢爾格在被子底下翹起的腳。畢爾格望過去，任由他抓著那隻腳，不管那麼有多麼惹人厭。這時，側面牆上有人重重敲了幾下，K驚醒過來，看著那面牆。「是土地測量員在那裡嗎？」對方問。「是的。」畢爾格說，把他的腳從K手裡掙脫，突然像個小男孩一樣，故意劇烈地伸展四肢。「那他終於該過來了吧。」對方又說；對方沒有顧慮到畢爾格，也沒有顧慮到畢爾格說不定還需要K。「是埃朗爾，」畢爾格輕聲地說；埃朗爾在隔壁房間這件事似乎並不令他驚訝，「您馬上到他那兒去吧，他已經在生氣了，您去設法讓他息怒。他是個好睡的人，但我們的確聊得太大聲了，一說起某些事，一個人就控制不了自己和自己的聲音。嗯，您快走吧，您似乎根本沒法從睡夢中掙脫出來。您走吧，您還想在這裡做什麼呢？不，您不必為了您的睡意而道歉，何必呢？一個人的體力只能撐到某種限度，偏偏這個限度在其他方面也很重要，這也是沒辦法的事。不，誰也沒辦法。世界在運行當中就是這樣修正自己並且保持平衡。這其實是種絕佳的安排，絕佳到一再令人難以想像，就算從另一方面來看令人無望。現在您走吧，我不知道您為什麼這樣看著我。如果您再拖延下去，埃朗爾就要來找我了，這件事我很想避免。您快走吧，誰知道在那邊等著您的是什麼，在這裡一切都充滿機會。只不過也有些機會可以說是大到沒法被利用；有些事情之所以失敗，不是由於別的，而是敗在自己身上。是啊，這值得驚嘆。再說，現在我的確希望還能稍微睡一下。當然，已經五點了，喧鬧聲不久就會響起。至少您可以走了吧！」

K由於突然從熟睡中被叫醒而昏昏沉沉，還極端想睡，全身由於那不舒服的姿勢到處作痛，他久久下不定決心站起來，扶著額頭，低頭看著自己懷裡。就連畢爾格的連聲道別也不能促使他離開，只是感覺到繼續留在這個房間裡毫無用處，才漸漸促使他離開。他覺得這個房間蕭索得難以形容。是剛剛變成這樣，還是一直以來就是如此，他不知道。在這裡就連要他再度睡著，他也辦不到了。這一點確信甚至是關鍵，為此他微微一笑，站了起來，用他能找到的任何支撐來支撐自己，撐著床，撐著牆壁，撐著門，走出去，沒有道別，彷彿他早已經向畢爾格告過別了。

第二十四章

他本來很可能會同樣滿不在乎地從埃朗爾的房間走過，假如埃朗爾不是就站在敞開的門邊，短暫動了一下食指，示意他過去。埃朗爾已經完全做好離去的準備，穿著一件黑色毛皮大衣，衣領窄小，鈕子扣得很高。一名僕役正把手套遞給他，手裡還拿著一頂皮帽。「您早就該來了。」埃朗爾說。K想要道歉，埃朗爾疲倦地閉上眼睛，表示他不需要K道歉。「事情是這樣的，」他說，「酒吧裡從前雇用了一個叫芙麗妲的女孩，我只聽過她的名字，不認識她本人，她跟我並不相干。這個芙麗妲有時候會端啤酒去給克拉姆。現在似乎是另一個女孩在那兒。這個變動當然無關緊要，可能對誰來說都是，對克拉姆來說肯定是。可是一份工作愈重要，就愈沒有餘力來抗拒外界，而克拉姆的工作當然是最重要的，因此，在最無關緊要的事情上任何無關緊要的變動都會造成嚴重的干擾。辦公桌上最小的變動，例如一直在那兒的一小塊汙漬被擦掉了，這一切都可能造成干擾，一名新的女侍也一樣。當然，這一切都不會干擾到克拉姆，根本不會有這種事，哪怕這會對其他任何人在任何工作上造成干擾。儘管如此，我們仍然有責任守護克拉姆的舒適，就算是對他不構成干擾的干擾——很可能根本沒有什麼會對他構成干擾——我們也要加以排除，如果我們注意到這可能會是干擾。我們排除這些干擾不是為了他，也不是為了他的工作，而是為了我們，為了問心無愧，心安理得。因此，芙麗妲必須立刻回到酒吧，也許她會正好因為她回來而造成干擾，那麼我們就會再叫她走，但目前她必須回來。別人告訴我，您和她同住，因此您要立刻安排她回來。在這件事情上無法顧及私人的感情，這不在話下，因此，我也不打算針對這件事多作一丁點討論。如果您在這件小事上能通過考驗，在某個時候或許對您的前途會有助益，我提起這一點，其實已經是超過必要了。我要對您說的話就是這些。」他向K點點頭，表示道別，戴上僕役遞給他的皮帽，由僕役跟在後面，迅速但微跛地沿著走道往下走。

此地偶爾會有很容易遵守的命令，但這份容易並沒有令K感到高興。不僅是因為這道命令涉及芙麗妲，用意雖是命令，聽在K耳中卻像是嘲笑，而主要是因為從這道命令中，K看出他所有的努力都毫無用處。這些命令從他身上掠過，有些不利，有些有利，而就連有利的大概也包藏著不利的核心，但無論如何，所有的命令都從他身上掠過，而他的地位太低，無法插手干預，更無法讓它們噤聲，讓別人聽見他的聲音。如果埃朗爾示意要你走，你要怎麼做？假如他沒有示意要你走，你又能跟他說什麼？雖然K心裡很清楚，今天他的疲倦對他造成的損害要超過所有的不利情況，他曾經以為可以信賴他的身體，若非有這份確信他就根本不會上路，而他為何幾夜沒睡好加上一夜沒睡就承受不了，為何偏偏在這裡疲倦到無法克制，在這個沒有人覺得疲倦的地方，或者不如說人人都時時感到疲倦，卻沒有損及工作，似乎反倒有助於工作。由此可以推論出，那種疲倦和K的疲倦，其性質完全不同。那大概是在愉快工作中的疲倦，外表上看起來像是疲倦，其實卻是無法破壞的平靜、無法破壞的安寧。如果一個人在中午有點疲倦，這就屬於一天愉快自然的過程。K心想，對這裡的先生們來說，時時都是中午。

與K這個念頭很相符的是，此刻在五點鐘，走道兩邊就到處都熱鬧起來。房間裡這種人聲嘈雜流露出一種極大的愉悅。一會兒聽起來像是準備好要去郊遊的孩童在歡呼，一會兒又像雞舍裡的騷動，由於與白晝同時甦醒而感到喜悅，在某處甚至有位先生模仿起公雞的啼叫。走道本身雖然還空無一人，但那一扇扇的門已經動了起來，一再有一扇門被稍微打開又迅速關上，走道上開門關門的聲音亂成一片，偶爾K也在牆面與天花板之間的那道縫隙裡，看見晨起時蓬頭散髮的腦袋冒出來又馬上消失。一部小推車由一名僕役推著，緩緩從遠處過來，車上放著檔案。另一名僕役跟在旁邊走，手裡拿著一份清單，顯然是在比對門上和檔案上的號碼。小推車在大多數的房門前都會停下來，通常房門也會打開，屬於這個房間的檔案就會被遞進去，有時候就只是一小張紙，在這種情況下，就會從房間裡對著走道展開一小段對話，很可能是在責怪那個僕役。如果房門仍舊關著，檔案就會被仔細地堆放在門檻上。在這種情況下，K覺得周圍那些房門的動靜並未減弱，反而增強，雖然那裡的檔案也已經分送過了。也許其他人在窺視那些放在門檻上的檔案，那些令人費解地尚未被領取的檔案，他們無法理解，怎麼會有人明明只要打開門就能取得他的檔案，卻不這麼做；甚至也可能是，始終未被領取的檔案之後會分送給其他幾位先生，這些先生現在就想藉由經常查看來確認那些檔案是否仍放在門檻上，確認對他們來說是否還有希望存在。此外，這些留在地上的檔案大多是特別厚的一捆，K假定它們之所以暫時被留在地上，是出於某種炫耀或惡意，也可能是出於激勵同事的合理自豪。一個情況更加強了他這番假定，亦即偶爾，總是當他正好沒看過去的時候，那一疊檔案在展示得夠久了之後，就突然被急匆匆地拉進房間，房門接著就又像先前一樣一動也不動；周圍的那些房門就也平靜下來，也許是出於失望，也可能是滿意於這件一直引誘著人的東西終於被清除了，可是那些房門接著就又漸漸動了起來。

K不僅帶著好奇觀察著這一切，也帶著關注。在這片繁忙當中他幾乎感到愜意，東看看，西看看，跟隨著那兩名僕役——就算隔著相當的距離——看著他們分送檔案的工作，而他們卻已經多次朝他轉過身來，目光嚴厲，低著頭，噘著嘴。這項工作愈到後來進行得愈不順利，若非清單不完全相符，就是那僕役不總是能把那些檔案區分清楚，要不就是那些先生基於其他原因提出反對意見，總之，會有這種情形出現，亦即必須將某些已送出的檔案收回，這時候那部小推車就會倒回去，為了收回檔案而透過門縫交涉。這些交涉本身就已經非常困難，而常常還會出現一種情形，就是當事情涉及收回檔案，那些先前動得最厲害的房門，此刻無情地緊閉，彷彿他們根本不想再管這件事。這時候，真正的困難才要展開。自認為有權取得那些檔案的人極度不耐煩，在自己房間裡大吵大鬧，又拍手，又跺腳，從門縫裡一再朝著走道喊出一個特定的檔案號碼。這時候，那部小推車往往就被扔下。一個僕役忙著安撫那個不耐煩的人，另一個則在那扇關著的門前為了收回檔案而奮鬥。

兩個人都不好過。不耐煩的那人由於別人試圖安撫他而往往變得更加不耐煩，那個僕役的空話他根本再也聽不下去，他不想要安慰，他想要檔案，有一次，這樣一位先生從牆上那道縫隙把一整個洗臉盆的水倒在那個僕役身上。另一個僕役階級顯然較高，但是他更不好過。如果被涉及的那位先生居然願意交涉，雙方就會就事論事地進行商談，僕役援引他的清單為證，那位先生援引他的備忘紀錄，還恰好援引他應該交回、目前卻還被他緊緊拿在手裡的檔案，乃至於那個僕役巴望著的眼睛就連檔案的一角也看不到。而且接下來，那個僕役得為了新的證據跑回那部小推車旁，在那條微微傾斜的走道上，推車總是會自己往下滑一小段，或是他必須去找那位要求拿到檔案的先生，在那裡，用目前持有那些檔案的人所提出的反對意見，來換取反對這些反對意見的新意見。這樣的交涉持續了很久，間或能達成協議，例如，那位先生交出部分檔案，或是得到另一份檔案作為補償，由於先前只不過是把檔案弄混了，但是也有這種情形，亦即某個人不得不立即放棄他被要求交出的所有檔案，不管是僕役的證據把他逼入困境，還是他厭倦了一直討價還價，但他並未把檔案交給那個僕役，而是突然下定決心，把檔案遠遠扔到走道上，以至於綁檔案的細繩鬆脫，紙張四處飛，那兩個僕役要費很大的功夫把一切重新整理好。不過，這一切都還相對單純，比起那僕役請求收回檔案卻根本得不到回答，那他就站在緊閉的門前，央求，起誓，引用他的清單，援引規章，一切都是徒勞，房間裡一聲不吭，而那僕役顯然無權在未經許可的情況下進入房間。這時候，就連這個優秀的僕役偶爾也會失去自制，他走到那部小推車旁，坐在那堆檔案上，拭去額頭上的汗水，有一會兒的功夫什麼也不做，除了無助地擺動雙腳。周圍對這件事興趣很大，到處都有人在竊竊私語，幾乎沒有一扇門安靜不動，而在牆頭上，一些臉孔密切注視著整個過程，這些臉孔幾乎用布巾整個蒙住，令人納悶，而且沒有一刻平靜地待在他們的位置上。在這片騷動中，K注意到在這段時間裡，畢爾格的房門始終關著，那兩個僕役已經從這部分的走道經過，卻沒有分送檔案給畢爾格。也許他還在睡，不過，在這種喧鬧中，那表示這是很健康的熟睡，為什麼他沒有收到檔案呢？像這樣被略過的房間很少，而且可能都是沒有住人的房間。另一方面，埃朗爾的房間裡已經又住進一位特別不安寧的新房客，埃朗爾想必可說是在夜裡被他給趕了出去；這和埃朗爾那種冷靜、世故的個性不太相稱，可是他不得不在門檻邊上等待K，這又暗示著事情確是如此。

從所有這些側面的觀察，K總是又很快再回過來觀察那個僕役；就這個僕役來說，K平常從別人那兒聽到的有關僕役的一般情況實在不適用，關於他們的無所事事、他們舒適的生活、他們的高傲，想來在僕役當中也有例外，或者更可能的情況是，在他們當中有不同的類別，因為在這件事上，K察覺了許多在這之前他幾乎一點跡象也不曾看見的劃分。這個僕役的不屈不撓尤其令他欣賞。在和這些頑固的小房間的對抗中——K常常覺得這是一場和房間的對抗，由於他幾乎看不見住在房間裡的人——這個僕役不放鬆。雖然他會疲勞——誰能不疲勞呢？——但他很快就又恢復精神，從那部小推車上溜下來，挺起身子，咬緊牙關，走向那扇有待征服的門。所發生的是，他三番兩次被擊退，而且是以非常簡單的方式，就只是被那可惡的沉默擊退，儘管如此，卻絲毫沒有被擊敗。由於他看出自己用公開的進攻毫無成效，他嘗試用別種方法，例如，如果K理解正確的話，他嘗試用計謀。這時候，他看似不再去理會那扇門，在某種程度上任由那扇門耗盡它的沉默力量，轉而專注於其他的門，過了一會兒之後，他卻又再回來，呼喊另一名僕役，引人注目而且大聲，開始在那扇緊閉的門的門檻上堆放檔案，彷彿他改變了心意，按理不該從這位先生那裡拿走任何檔案，反倒要再多分送給他。接著他繼續往前走，卻始終留意著那扇門，等到那位先生——這事通常都會發生——不久之後小心地把門打開，好把那些檔案拖進房裡，那個僕役就三兩步衝了過去，把腳塞進門和門柱之間，迫使那位先生至少得面對面地和他交涉，而這通常也能導致差強人意的結果。如果這樣行不通，或是他覺得對某一扇門來說這不是正確的方法，他就會做別種嘗試。例如，他會轉而去對付要求取得那些檔案的那位先生。於是他把另一名僕役推到一邊，那人一直只是機械性地工作，是個十足無用的助手，開始自己向那位先生勸說，輕聲細語，神祕兮兮，把頭深深伸進房間裡，很可能是在向對方做出承諾，也答應下一次分送檔案時會對另外那位先生做出相應的懲罰，至少他常常指著對手那扇門，在他的疲倦所允許的範圍內笑一笑。但也有一、兩次，他無疑放棄了所有的嘗試，但即使在這種時候，K也認為那只是看似放棄，或者至少是有合理原因的放棄，因為他平靜地繼續往前走，沒有回頭，容忍那位吃了虧的先生吵吵鬧鬧，只不過他偶爾會把眼睛閉上久一點，顯示出這番吵鬧令他難受。不過，那位先生也會漸漸安靜下來；就像小孩子的不斷哭泣漸漸變成零星的抽噎，那位先生的叫喊也一樣，可是即使在他完全安靜下來之後，偶爾還是會再有零星的一聲尖叫，或是房門匆匆地開了又關。總之，事實證明，那個僕役在這件事上很可能也完全做對了。到最後，只剩下一位先生不願意安靜下來，他沉默許久，但只是為了恢復精神，然後他就又吵了起來，不遜於先前。他為什麼這樣尖叫抱怨，原因並不清楚，也許根本不是為了分送檔案的事。此時那個僕役已經結束了他的工作，小推車上只剩下唯一一份檔案，其實就只是一張小紙片，從筆記本撕下的一張紙條，由於那個助手的閃失而留了下來，這下子不知道該分送給誰。「那很可能是我的檔案。」這個念頭從K腦中閃過。村長不是一直說這是件最小不過的案子。雖然他自己也覺得這個假設其實是異想天開，太過可笑，但他還是試圖接近那個正若有所思地細看那張紙條的僕役；這並不太容易，因為那個僕役沒有好好回報K對他的好感；先前就算在最辛苦的工作中，他也總還抽出時間，兇惡或是不耐煩地朝K看過來，頭部緊張地抽搐。直到此刻，在檔案分送完畢之後，他才似乎稍微把K忘了，一如他在其他方面也變得比較不在乎，由於他的筋疲力盡，這是可以理解的。在那張紙條上他也沒有花太多功夫，也許他根本沒有細看，只是做做樣子，雖然在這條走道上，他不論把這張紙條分配給哪一個房間裡的先生，很可能都會令對方很高興，他卻做出不同的決定，他已經受夠了分送檔案這件事，他把食指擱在嘴唇上，示意他的同伴保持沉默，把那張紙條撕成碎片——K還遠遠沒有走到他身邊——塞進了口袋。這大概是K在此地的公務運作中所看見的第一樁不當行為，當然，也有可能是他對這樁行為也理解錯誤。而就算那是一樁不當行為，也是可以原諒的，以這裡的情況，那個僕役沒辦法無懈可擊地工作，所累積下來的怒氣和煩躁勢必得爆發出來，而僅只表現為撕碎一張小紙條，還算不上什麼過失。那位無論如何不肯安靜下來的先生刺耳的聲音仍舊響徹了走道，而那些同事在其他方面對待彼此並不太友善，在吵鬧聲這件事上卻似乎意見完全一致，漸漸地，情形就好像是那位先生接下了替大家製造吵鬧聲的任務，大家只藉由呼喊和點頭來鼓勵他堅持下去。但此刻那個僕役根本不再去理會，他已經把工作做完了，指了指小推車的把手，示意另一個僕役抓住把手，他們就又離開了，跟他們來時一樣，只是比較心滿意足，而且速度快到小推車在他們前面一蹦一跳。只有一次，他們又嚇了一跳，回頭去看，當那位不停尖叫的先生顯然發現尖叫已經不夠，可能發現了一個電鈴的按鈕，想來為了能就此減輕負擔而欣喜若狂，不再尖叫，而開始不斷按起電鈴，此刻K正在這位先生門前轉來轉去，因為他很想知道這位先生究竟想要什麼。緊接著，在其他房間裡就掀起一片喃喃低語，似乎意味著贊同，那位先生似乎做了一件大家都早就想做的事，只是出於未知的原因而不得不擱置。莫非那位先生是想按鈴把服務人員叫來？也許是想叫芙麗妲來？那他按得再久也沒有用。芙麗妲正忙著用濕布把耶瑞米亞裹住，而就算他已經恢復了健康，她也不會有時間過來，因為那樣的話，她就會躺在他懷裡。不過，這按鈴聲還是立刻起了作用。貴賓樓的老闆已經親自從遠處急忙趕來，他穿著黑色衣服，跟平常一樣扣上了鈕釦；然而，他奔跑的樣子就像忘記了自己的尊嚴；他半張開雙臂，彷彿他是由於一樁很大的不幸而被叫來，而他是來把那樁不幸抓住，並且馬上按在他胸膛上加以撲滅；而按鈴聲只要稍有不規律，他就似乎高高一躍，跑得更快了。這會兒在他身後，離他有一大段距離處，他太太也出現了，她也張開了雙臂，可是她的步伐短小忸怩，K心想，她會到得太遲，等她到時，老闆將已經把所有該做的事都做了。為了讓路給跑過來的老闆，K緊緊貼著牆壁站著。可是老闆卻恰好在K身旁停了下來，彷彿K就是他的目標，老闆娘隨即也到了，兩人對他交相指責，在倉促和驚訝中，K聽不懂這些指責，尤其是此時那位先生的按鈴聲摻雜進來，甚至其他的電鈴也開始作響，這時不再是出於緊急，而只是為了好玩，由於喜悅過度。K因為很想好好弄明白他錯在哪裡，十分同意老闆挽住他的手臂，帶著他走出這片喧鬧，這片喧鬧聲愈來愈大，因為在他們身後——K根本沒有回頭，因為老闆在規勸他，而老闆娘從另一邊對他規勸得更厲害——那些門這下子全打開了，走道上熱鬧起來，似乎漸漸有人開始走動，就像在一條熱鬧的窄巷裡，在他們前方的那些房門顯然不耐煩地在等待K終於經過，好讓它們能把那些先生放出來，而那些一再被按下的電鈴，在這一切當中響個不停，就像在慶祝一場勝利。終於——他們已經又置身在那個白雪覆蓋的安靜院子裡，幾部雪橇在那兒等候——K才漸漸得知這是怎麼一回事。老闆和老闆娘都無法理解K怎麼敢做出這種事來。可是他究竟做了什麼？K一再地問，卻很久都沒能問出來，因為對他們兩個來說，K的過錯太過明顯，因此想都沒想過他這樣問是誠心的。慢慢地，K才把一切弄清楚了。原來他待在那條走道上是不正當的，一般說來，他頂多只能去酒吧，而這也只是特別開恩，而且這項恩准可以被撤銷。如果他是受到一位官員的傳喚，那麼他當然得出現在傳喚地點，但他必須時時意識到——他至少總該有點常識吧？——他是在一個他其實不該待的地方，只是一位官員在極其不情願的情況下叫他過去，只因為有公務上的需要才加以通融。因此，他應該迅速出現，接受審訊，然後就盡可能更迅速地離開。難道他在那條走道上一點也沒有覺得自己嚴重失禮嗎？而如果他有這種感覺，他怎麼還能夠在那裡晃來晃去，像隻牧草地上的牲畜？難道他不是被傳喚來接受夜間審訊的嗎？難道他不知道為什麼會採用夜間審訊嗎？夜間審訊——對於夜間審訊的意義，這會兒K得到了一番新解釋——其實就只有一個目的，有些當事人的模樣，那些官員在白天裡完全無法忍受，於是就在夜裡，在人工的光線下，迅速聽取當事人說話，審訊過後可以在睡眠中忘掉所有的醜陋。K的舉止卻把所有的防範措施都不當一回事。就連鬼怪都會在天亮前消失，K卻留在那兒，雙手插在口袋裡，彷彿在等待整條走道連同所有的房間和官員將會離開，既然他自己不離開。而這事本來也——這一點可以確定——肯定會發生，只要居然有這種可能，因為那些先生非常體諒人。誰也不會把K趕走，就連只是說句他實在該走了，這樣理所當然的話也不會說，誰也不會這麼做，雖然當K在場時，他們很可能激動得發抖，而他們最心愛的早晨時光就這樣毀了。他們並沒有對付K，寧願自己受苦，當然，他們大概也抱著一絲希望，希望K想必終於會漸漸看清那明擺著的事實，見到那些先生的痛苦，由於他如此驚人失當地在眾目睽睽之下一早站在走道上，他自己想必也會因而受苦，直到無法忍受的地步。這個希望落空了。他們不知道，或是由於他們的友善和優越感而不想知道，這世上也有麻木不仁、任何敬畏也軟化不了的鐵石心腸。就連夜蛾這種可憐的動物，當白晝來臨，不也會去找個安靜的角落，趴下來，巴不得消失，而且為了自己無法消失而頹喪。而K呢，他去站在最顯眼的地方，假如他能藉此阻止白晝來臨，他就會這麼做。他阻止不了，只可惜他可以拖延、妨礙白晝來臨。他不是旁觀了檔案的分送嗎？這種事是誰也不准旁觀的，除了直接參與者之外。就連老闆和老闆娘在自家屋子裡也不准去看。這件事他們只約略聽人說起，例如今天聽那名僕役說起。難道他沒有發覺，分送檔案是在何等困難的情況下進行的，這件事本身令人無法理解，因為每一位官員都只為公務效勞，從來不會想著自己的個人利益，因此必定會竭盡全力，促使檔案分送這件重要而基本的工作迅速、輕易而且無懈可擊地進行。難道K心裡真的就連隱隱的感覺也不曾出現，意識到最主要的困難就在於檔案的分送必須在房門幾乎關著的情況下進行，讓那些官員無法直接往來，他們彼此之間當然在瞬間就能達成諒解，透過僕役來調解卻得要花上好幾個鐘頭，絕對無法不引起抱怨，對於主僕雙方都是持續的折磨，在之後的工作上很可能還會有不良的後果。而那些官員為什麼無法互相往來？是啊，難道K始終還是不懂？老闆娘說她還不曾碰過類似這樣的事——老闆也證實他也不曾碰過——而他們明明已經跟各式各樣難纏的人打過交道。平常大家不敢說出口的事，必須要明明白白地告訴他，否則他連最基本的事都不懂。好吧，既然非說不可：是因為他，純粹就只是因為他，那些官員才沒法從房間裡出來，由於他們在早晨剛睡醒時太過害羞，太過脆弱，無法面對陌生人的目光，他們實在覺得自己太過裸露，無法示人，哪怕他們已經完全穿戴整齊。很難說他們為什麼感到害羞，也許這些無休無止的工作者之所以害羞，只是因為他們睡了一覺。但也許他們羞於見到陌生人，更勝於被人看見；藉由夜間審訊的幫助，他們幸而得以免於看見他們難以忍受的當事人的模樣，如今在早晨，他們不想又突如其來、措手不及、真真切切地看著這副模樣又迎面而來。這件事他們實在應付不來。什麼樣的人才會竟然不尊重這一點？嗯，一定是像K這樣的人。這樣的人麻木不仁，滿不在乎，昏昏欲睡，不顧法律及人與人之間最起碼的體諒，毫不在意他導致檔案的分送幾乎無法進行，並且損及這家店的聲譽，他還辦到了從未發生過的事，逼得那些官員在絕望中開始自衛，經歷普通人無法想像的自我克制，按下電鈴呼救，以求把用其他方式都撼動不了的K給趕走。那些官員在呼救！老闆和老闆娘及全體工作人員假如膽敢不請自來，在早晨出現在那些官員面前，哪怕只是前來幫忙，之後馬上就會離開，他們豈非早就跑來了嗎？他們為了K氣得發抖，由於自己無能為力而感到無望，在走道的這一頭等著，那陣其實從沒料到的按鈴聲對他們來說倒是種解救。現在最壞的情況已經過去了！要是他們能夠去瞄一眼那些終於擺脫了K的官員愉快的活動就好了！當然，對K來說，事情還沒有過去，對於他在這裡惹出的事端，他肯定得要負責。

此時他們走到了酒吧；為什麼老闆儘管怒氣沖沖卻還是把K帶到這兒來，這一點並不清楚，也許他終究看出K的疲倦讓他暫時無法離開這屋子。K沒有等人請他坐下，就馬上坐在一個木桶上，簡直是癱在那裡。在那片黑暗中，他感到舒適。在那個大房間裡，此刻只有一盞微弱的電燈還亮著，在啤酒龍頭的上方。外面也仍舊是深深的黑暗，似乎風雪交加。既然待在這溫暖的地方，就得要心存感激，並且要做好預防措施，別讓人給趕出去。老闆和老闆娘仍舊站在他面前，彷彿他仍然意味著某種危險，彷彿由於他的完全不可信賴，根本不能排除他會突然起身，企圖再度闖入那條走道。再說，他們自己也累了，由於夜裡受驚和提早起床，尤其是老闆娘，她穿著一件絲綢般窸窣作響的晚禮服，裙襬很寬，棕色的，扣得不太整齊，衣帶也沒繫好——她在匆忙之中從哪裡拿來的？——腦袋像折斷了似的倚在她丈夫肩上，用一條精緻的小手帕輕輕按著眼睛，同時把孩子氣的兇惡目光投向K。為了讓這對夫妻放心，K說，他們剛才所告訴他的這一切是他以前完全不知道的，不過，儘管他不知道，他本來也不會在那條走道上待那麼久，那裡的確沒他的事，而且他肯定沒想要折磨任何人，這一切之所以發生，就只是由於他過度疲倦。他感謝他們終結了那難堪的場面。若是要追究他的責任，將是他很樂見的，因為唯有這樣，他才能防止眾人誤解他的舉止。要怪就只能怪他太疲倦，不能怪別的。這份疲倦卻源自於他還不習慣審訊的辛苦。畢竟他在這裡的時間還不長。等他在這方面有了一些經驗，類似的事情就不會再發生。也許他太認真看待這些審訊，但這事本身畢竟不算是缺點。先前他得連著接受兩次審訊，一次是在畢爾格那兒，第二次是在埃朗爾那兒，尤其是第一次審訊令他筋疲力盡，不過第二次就沒花多少時間，埃朗爾只是請他幫個忙，但兩次審訊加起來，就超過他一下子所能承受，換作是別人，例如老闆先生，說不定也會承受不了。在第二次審訊之後，他其實就已經只能踉踉蹌蹌地離開。那簡直就像是一種酒醉狀態——畢竟他是頭一次見到那兩位先生，頭一次聽他們說話，同時卻又必須回答他們。就他所知，一切的結果都很不錯，但接著就發生了那樁不幸，可是在先前所發生過的事情之後，別人大概很難把那樁不幸視為他的錯。可惜只有埃朗爾和畢爾格了解他的狀況，而他們本來肯定會關照他，防止後來發生的一切，但是埃朗爾在審訊之後馬上就得離開，顯然是要到城堡去，畢爾格則睡著了，可能正是由於那番審訊而感到疲倦——所以K又怎麼可能精神飽滿地撐下去呢？——甚至連分送檔案的時候都還在睡。假如K有睡覺的機會，他也會愉快地加以利用，樂於放棄去看所有不准他看的事，由於他事實上根本沒有能力去看什麼，要放棄去看就更加容易，因此，就算是那些最敏感的先生，其實也不必害怕在他面前現身。

由於K提到了兩次審訊，尤其是埃朗爾對他做的那一次，再加上K談起那些先生時所懷有的尊重，讓老闆對他有了些好感。他似乎已經願意答應K的請求，在那些木桶上擺一塊木板，讓他在那裡至少睡到天亮，但老闆娘卻明顯反對，她一再搖頭，此刻才意識到自己衣衫不整，在她的衣服上毫無用處地東拉拉西扯扯，一場顯然由來已久、事關店內整潔的爭吵眼看又要爆發。對於疲倦的K來說，這對夫妻的對話有了過於巨大的意義。他覺得如果從這裡再被趕走，比起在這之前所經歷的一切，將會是件更大的不幸。不能讓這樣的事發生，哪怕老闆和老闆娘一致同意不接受他的請求。他蜷縮在木桶上，窺伺地看著他們兩個。直到老闆娘在異常的敏感中，突然站到一邊，這份敏感K早已注意到——可能她已經和老闆談起了別的事——她喊道：「看他盯著我看的那副樣子！還不快叫他走！」K卻抓住了這個機會，這會兒十分確信自己會留下來，幾乎確信到了滿不在乎的地步，說道：「我不是在看你，我看的只是你的衣服。」「為什麼是我的衣服？」老闆娘惱怒地問。K聳了聳肩膀。「走吧，」老闆娘對老闆說，「他喝醉了，這個無賴。讓他在這裡把醉意睡掉吧。」她還叫喚蓓比，蓓比聽見了，便從暗處現身，她頭髮蓬亂，神情疲倦，手裡懶洋洋地拿著一把掃帚，老闆娘命令她隨便扔個枕頭給K。

第二十五章

Ｋ醒來時，起初以為自己幾乎沒有睡，那個房間沒有改變，空無一人而且溫暖，所有的牆壁都在黑暗中，一盞燈泡懸在啤酒龍頭上方，窗前也是黑夜。可是當他伸展身體，枕頭掉落，木板和木桶嘎吱作響，蓓比馬上走過來，而他得知現在已經是晚上了，他睡了超過十二個鐘頭。老闆娘在白天裡問起過他幾次，葛爾史特克也來過一次，來看看Ｋ的情況，早晨Ｋ和老闆娘談話時，他就在此處的黑暗中喝著啤酒等待，但後來他不敢再去打攪Ｋ，最後據說芙麗妲也來過，在Ｋ身旁站了一會兒，但她來這兒恐怕不是為了Ｋ，而是因為她需要在這兒做種種準備，因為這天晚上她就要重新擔任從前的職務。「她大概不再喜歡你了？」蓓比問道，同時端來了咖啡和蛋糕。但她問這句話不再帶著從前那種懷有惡意的態度，而是帶著悲傷，彷彿如今她識得了世間的惡意，與之相比，自己的所有惡意都起不了作用，變得沒有意義；她把Ｋ當成難友一樣跟他說話，當他嚐了嚐咖啡，她以為看出了他覺得咖啡不夠甜，就跑去替他拿來滿滿一罐糖。不過，她的悲傷並未妨礙她在今天好好打扮自己，也許更勝於上一次；她用了很多蝴蝶結，還有許多編進頭髮裡的絲帶，額頭和鬢角的頭髮仔細燙過，脖子上戴著一條細細的項鍊，垂在開得很低的領口。Ｋ終於睡飽了一次，又能喝上一杯好咖啡，感到心滿意足，他偷偷伸手去摸一個蝴蝶結，試圖把它解開，這時蓓比疲倦地說了聲「別煩我」，就在他身旁的一個木桶上坐下。K根本不需要問起她的苦惱，她自己就馬上說了起來，目光僵直地盯著K的咖啡壺，彷彿就算在敘述時，她也需要有件東西來轉移她的注意，彷彿就在她思索她的苦惱時，也不能完全沉湎於其中，因為那超出她的力量。K首先得知，蓓比的不幸其實都要怪他，但她並不記恨。她在述說時頻頻點頭，不讓K有反駁的機會。起初他把芙麗妲從酒吧帶走，因此讓蓓比有了升遷的機會。否則想像不出有其他任何事情能促使芙麗妲放棄她的職位，她坐在酒吧裡，就像蜘蛛坐在網中，到處都是只有她自己熟悉的蛛絲；要想違反她的意願把她挖走，這根本不可能，只有愛上一個地位低下的人，亦即一件與她的地位不協調的事，才能把她從她的位置上趕走。而蓓比呢？難道她曾經想過要替自己爭取到這個職位嗎？她原本是客房女僕，有一個既不重要、也沒什麼前景的職位，她就跟每個女孩子一樣夢想著遠大的前程，一個人無法禁止自己夢想，但她並沒有認真想過能更上層樓，認命地接受了現有的成果。結果芙麗妲突然從酒吧裡消失，事情發生得那麼突然，老闆手邊一時沒有合適的替代人選，他去找，而他的目光落在蓓比身上，當然，她也刻意突出自己。那時候她愛著K，她還從不曾那樣愛過別人，在底下她那間又小又暗的房間裡，她坐了好幾個月，準備好在那裡不受注意地度過許多年，在最壞的情況下在那裡度過一生，這時候K突然出現了，一個解救少女的英雄，替她清除了升遷路上的障礙。當然，他對她一無所知，做那件事並非為了她，但這無損於她的感激，在她被任用的前一夜——任用一事還不確定，但畢竟已經大有可能——她花了幾個鐘頭在心裡跟他說話，對著他的耳朵，輕聲說出她的感謝。而他偏偏是接下了芙麗妲這個累贅，這更提高了他的行為在她眼中的地位，為了把蓓比救出來，他讓芙麗妲成為他的情人，這其中具有別人難以理解的自我犧牲，芙麗妲這個瘦削難看、有點年紀的女孩，一頭稀疏的短髮，而且是個陰險的女孩，總是懷著某些祕密，這大概跟她的外貌有關；她的面貌和身材無疑都很可悲，所以她至少得要有些別的祕密，誰也無法查證的祕密，例如傳聞中她跟克拉姆的關係。那時候蓓比甚至還有這種想法：K有可能真的愛著芙麗妲嗎？他會不會是弄錯了，還是說他也許根本只是在騙芙麗妲，也許這一切的唯一結果就只不過是蓓比的升遷，到時候K會不會察覺這份錯誤，或是不想再隱瞞這份錯誤，他將不再看著芙麗妲，而只看著蓓比，這可未必是蓓比異想天開，因為以女孩對女孩來比，她是很可以跟芙麗妲一較高下的，這一點沒有人會否認，再說，主要也是芙麗妲的職位及她懂得賦予那個職位的光彩，才一時迷惑了K。於是蓓比夢想著，一旦她有了這個職位，K就會來找她、求她，而她就會有兩種選擇，一是答應K，從而失去這個位置，二是拒絕他，而繼續爬升。而她已經考慮好了，她將會放棄一切來屈就他，教他真正的愛，是他在芙麗妲身上永遠體驗不到的，真愛獨立於世上所有的榮耀職位之外。可是後來事情卻有了不同的發展。而這要怪什麼呢？首先要怪K，其次當然得怪芙麗妲的詭計多端。首先要怪K，因為他想要什麼呢？他這個人有多奇怪？他在追求什麼？到底是什麼重要的事令他忙碌，讓他竟忘了最近、最好、最美的東西？蓓比是個犧牲品，一切都很蠢，一切全完了，誰要是有能力把整座貴賓樓點燃燒掉，燒得一乾二淨，不留一點痕跡，像一張紙在爐子裡燒掉，這個人今天就會被蓓比看上。嗯，再回到正題，蓓比來到了酒吧，在四天前，午餐時間快到的時候。這裡的工作並不輕鬆，簡直是會累死人的工作，但是收穫卻也不小。從前蓓比過的也不是無憂無慮的日子，就算她在最大膽的念頭裡也從未想過要得到這個位置，她還是做了很多觀察，知道它是怎麼回事，倘若毫無準備，她是不會接下這個位置的。在毫無準備的情況下根本不能接，否則在頭幾個小時就會丟掉這份差事。如果一個人想在這裡表現出客房女僕那種態度，就更別提了。身為客房女僕，隨著時間過去，你會覺得很失落，被人遺忘，那就像是在礦坑裡工作，至少在秘書所住的那條走道上是這樣，在那裡，除了少數幾個在白天前來的當事人，還有另外兩、三個客房女僕，一個人影也見不到，那些當事人來去匆匆，不敢抬起眼睛，那些客房女僕則同樣滿腹怨氣。早晨她們根本不准出房間去，那時秘書們只想跟自己人在一起，早餐由隨從自廚房裡端過去，這通常不關客房女僕的事，就連在用餐時間，她們也不准出現在走道上。只有當那些先生在工作的時候，才准許客房女僕去打掃，不過，當然不是在那些有人住的房間裡，而只在那些剛好空著的房間裡，而且打掃時必須很小聲，免得打擾到那些先生工作。可是怎麼可能小聲打掃呢？當那些先生在房間裡住了好幾天，再加上那些隨從，這幫骯髒的傢伙，在裡面東弄弄西弄弄，等到房間終於交給客房女僕，那個狀態就連大洪水也沖不乾淨。真的，那些先生地位很高，可是你得要大力克服噁心的感覺，才能去打掃他們住過的地方。客房女僕的工作不算太多，但卻是粗活。從來聽不見一句好話，總是只聽見指責，尤其是這個指責最折磨人也最常聽見：有檔案在打掃房間時遺失。事實上，什麼也沒遺失，每一張紙片都交給了老闆，當然，檔案的確會遺失，只不過不是由於女僕的關係。然後，調查委員會的人就來了，女僕得離開她們的房間，調查委員會的人就去翻找床鋪；女僕並沒有財產，她們有的幾件東西一個背籃就裝得下，可是調查委員會的人卻要搜上幾個小時。他們當然什麼也找不到；檔案怎麼會到那兒去？女僕要那些檔案做什麼？但結果卻又只是失望的調查委員會的咒罵和恐嚇，由老闆轉告。而且永遠沒有片刻安寧——白天沒有，夜裡也沒有。大半夜都吵吵嚷嚷，一大早就又吵吵嚷嚷。假如至少不必住在那裡就也還好，可是女僕得住在那裡，因為在那當中，如果房客叫了點心，去廚房裡把點心端來就又是客房女僕的工作，尤其是在夜裡。總是突然有拳頭敲上女僕的房門，口述了要點的東西，女僕就得跑到廚房，搖醒在睡覺的廚房伙計，再把放著對方所點食物的托盤擺在女僕的房門前，那些隨從就會來取——這一切是多麼悲哀。但這還不是最糟的。最糟的反倒是沒有人來叫女僕去拿吃的，在深夜裡，大家都已經該睡了，而大多數的人也終於真的睡了，有時候在女僕的房門口會開始有人躡手躡腳地走來走去。這時候，她們就會下床來——床是一張張疊起來的，房間裡到處空間都很狹小，她們的整個房間其實就像個有三層抽屜的大櫃子——在門邊偷聽，跪下來，在恐懼中互相擁抱。而她們還一直聽見那個偷偷摸摸的人在門前。假如他終於走進來，大家反倒會覺得高興，可是什麼也沒發生，沒有人走進來。這時候必須告訴自己，這未必一定是危險逼近，也許只不過是有人在門前走來走去，考慮著是否該叫點東西來吃，但卻還是下不了決定。事情也許就只是這樣，但也可能完全不是這樣。其實她們根本不認得那些先生，幾乎沒見過他們。總之，她們在房間裡怕得要命，等到外面終於安靜下來，她們靠著牆壁，沒有足夠的力氣再爬回床上。這樣的生活又在等著蓓比了，今天晚上她就該搬回她在女僕房間裡的床位。而這是為什麼呢？由於K和芙麗妲。重新回到她才剛剛逃脫的這種生活，她先前之所以能夠逃脫，固然是靠了K的幫助，但畢竟也靠著她自己的極大努力。因為，在女僕的職務上，女孩子會忽略自己的外表，就算是平常最留意外表的女孩也一樣。她們要為了誰打扮呢？沒有人看見她們，頂多只有廚房的工作人員；誰要是覺得給廚房的人看看就夠了，就可以去打扮。除此之外，她們一直待在她們的小房間裡，不然就是在那些先生的房間裡，而進那些房間就連穿著乾淨衣裳都是種浪費。而且一直待在人工光線和不流通的空氣裡——那兒一直在生火供暖——其實也總是令人疲倦。要度過一星期裡唯一放假的下午，最好的方式就是在廚房的哪個隔間裡安靜而無須害怕地睡一覺，睡掉整個下午。所以又何必打扮？是啊，她們幾乎不穿像樣的衣裳。然後蓓比突然被調去酒吧工作，在那裡，情況正好相反，總是置身在別人的目光之下，其中包括非常挑剔、非常留心的先生，因此總是必須要盡可能看起來漂亮討喜，假定她想保住那個職位。嗯，那是一大轉變。而蓓比大可以說，她沒有一點疏忽。事情之後會怎麼發展，這一點蓓比並不擔心。她知道自己具有這個職位所需要的能力，這一點她很確定，就算是現在，她都還保有這份信念，誰也奪不走，就算是在今天，在她遭到挫敗的日子。困難之處只在於她在最初那段時間裡要如何證明自己適任，因為她畢竟是個貧窮的客房女僕，沒有衣裳和首飾，也因為那些先生沒有耐性等待別人成長，而是不想經過過渡時期，馬上就要一個酒吧女侍，如同理所應當，否則他們就會走開。也許有人會想，他們的要求不會太高，畢竟就連芙麗妲都能令他們滿意。這樣想卻並不對。蓓比常常思考這件事，也常跟芙麗妲在一起，有一段時間甚至跟她睡在一起。要發現芙麗妲的底細並不容易，不特別留意的人——而哪些先生會特別留意呢？——就馬上會上她的當。沒有人比芙麗妲自己知道得更清楚她的相貌有多差；比方說，如果有人頭一次看見她鬆開頭髮，就會同情得把雙手一拍，按照道理，這樣一個女孩就連當客房女僕都不行；她自己也知道，有些夜裡就會為此哭泣，靠在蓓比身上，把蓓比的頭髮繞在自己頭上。可是她一上班，所有的疑慮就消失了，她認為自己是最美的，也懂得以正確的方式把這個想法灌輸給每一個人。她了解那些人，而這就是她真正的本領。她說謊快得很，又會騙人，讓別人沒有時間來把她看得更仔細一點。當然，長期下來這是不夠的，別人畢竟長著眼睛，而眼睛到最後總是對的。可是就在那一刻，當她察覺了這種危險，她就已經又準備好另一種手段，例如，以最近來說，就是她跟克拉姆的關係。她和克拉姆的關係！你若是不相信，可以去查證，去找克拉姆問一問。多狡猾，多狡猾啊。如果你不敢為了問這樣的問題去找克拉姆，就算要問更重要的問題或許也不會被接見，甚至於克拉姆完全不會理你——就只是不理你還有你這一類的人，因為比方說，芙麗妲只要想去找他就可以跳進去找他——事情若是這樣，你也還是可以去查證這件事，你只需要等待。克拉姆總不可能長期忍受這種不實的謠傳，他肯定會很想知道大家在酒吧和客房裡都說了他些什麼，這一切對他來說極其重要，如果所言不實，他就會馬上澄清。但他沒有澄清，這就表示沒有什麼需要澄清，那麼此事就是純粹的事實。雖然別人看見的，就只是芙麗妲把啤酒端進克拉姆的房間，拿著收了的錢再走出來，但別人沒看見的，芙麗妲就用說的，而別人不得不相信她。而且她其實也沒說，她總不能把這種祕密隨口說出來，不，在她四周，這些祕密自己把自己說了出來，而既然它們已經被說出來了，她也就不再害怕自己去談起它們，但是態度謙虛，並沒有宣稱任何事，只引用那些大家反正都知道的事。但並非所有的事都引用，比方說，自從她到酒吧以後，克拉姆喝的啤酒比以前少了，並沒有少很多，但畢竟明顯少了，這件事她就沒說，當然，這也可能有各種原因，也許剛好有那麼一段時間，克拉姆覺得啤酒沒那麼好喝了，或者根本就是為了芙麗妲而把喝啤酒這件事都忘了。總之，不管這件事多麼令人吃驚，芙麗妲就成了克拉姆的情婦。而凡是能讓克拉姆滿足的東西，又怎麼可能不令其他人感到讚嘆，於是轉眼之間，芙麗妲就成了個大美人，一個正好是酒吧裡所需要的那種女孩，簡直太美，太有能力，連酒吧這地方都幾乎無法滿足她了。而確實，大家感到納悶，她居然始終還在酒吧裡；當個酒吧女侍很不簡單；從這一點來看，她跟克拉姆的關係是很可信的；可是一旦酒吧女侍成了克拉姆的情婦，他為什麼還讓她留在酒吧裡，而且還留了這麼久？為什麼他不把她的地位再提升一點？你可以對那些人說上一千遍，說這件事毫無矛盾之處，說克拉姆這樣做有一定的原因，也可能突然有一天，也許就在這一、兩天，芙麗妲的地位就會被提升，這些話都不會產生多少作用，那些人有一定的想法，就算使出所有的手腕，也不能長期轉移他們的想法。已經不再有人懷疑芙麗妲是克拉姆的情婦，就連那些顯然知情的人也已經疲倦到不想再去懷疑，「見鬼了，就算你是克拉姆的情婦吧，」他們心想，「可是既然你是，那麼我們就想從你的高升中察覺出來。」可是別人什麼也沒察覺，芙麗妲跟之前一樣留在酒吧，暗地裡還很高興能維持現狀。可是在那些人心裡她失去了威望，這一點她當然不可能沒發覺，通常她在事情還不存在之前就能察覺。一個真正美麗可愛的女孩一旦適應了在酒吧工作，就不需要耍什麼手段；只要她還是美麗的，她就會是酒吧女侍，除非有特別不幸的意外發生。可是像芙麗妲這樣的女孩，卻必須一直擔心她的職位，當然她並沒有流露出來，這也是可以理解的，她反倒是常常抱怨，詛咒這個職位。但是暗地裡，她時時在觀察大家的情緒。於是她看見眾人變得冷淡，芙麗妲的現身連讓人抬起眼皮都不再值得，就連那些隨從也不再理她，他們留在歐爾佳之類的女孩身邊，這也是可以理解的，而從老闆的舉止，她也察覺自己愈來愈不是不可缺少，要一直編出關於克拉姆的新故事也不可能——凡事都有個限度——聰明的芙麗妲就決定採取新的行動。有誰能夠馬上識破這一點！蓓比有稍微猜到，但可惜並未識破。芙麗妲決定製造一樁醜聞，身為克拉姆的情婦，她投入隨便哪個男人的懷抱，盡可能挑最微不足道的男人。這會引起轟動，大家會長久談論，也會終於、終於再度記起，身為克拉姆的情婦意味著什麼，由於陶醉於新愛而拋棄這份榮譽又意味著什麼。難只難在找到合適的男人來合演這齣聰明的戲。對方不能是芙麗妲熟識的人，就連那些隨從當中的一個也不行，一個隨從很可能會睜大眼睛看著她，隨即走開，尤其是他無法保持足夠的嚴肅，不管芙麗妲再怎麼能言善道，也無法散播出去，說她受到他偷襲，無力抗拒，在失去知覺的時刻對他屈服。而儘管對方最好是個最微不足道的男人，卻又還得能讓人相信，他雖然生性遲鈍粗俗，卻只想要芙麗妲，不想要別人，也沒有更高的渴望，除了——我的老天！——娶芙麗妲為妻。而就算對方最好是個低賤的男人，盡可能要比一個隨從更低賤，比隨從還低賤得多，卻又不至於被每個女孩嘲笑，而另一個有判斷力的女孩也可能在他身上發現吸引人之處。可是要上哪兒去找這樣一個男人呢？別的女孩可能一輩子也找不到，芙麗妲的好運卻替她把那個土地測量員帶到了酒吧，也許剛好就在她頭一次想出這個計畫的那一晚。土地測量員！是啊，K到底在想什麼？他腦袋裡打著什麼特別的主意？他想達到什麼特別的目的？想謀個好職位，想得到表彰？他想要的是這類東西嗎？嗯，那麼他從一開始就必須採取不同的做法。他根本什麼也不是，他的處境讓人看著都難過。他是個土地測量員，這也許算得上什麼，也就是說他學過點什麼，可是如果他不知道該怎麼利用，那就仍舊等於什麼也不是。而他還提出了要求；一點靠山也沒有，他就提出要求，並非直截了當，但別人察覺他在做出某些要求，這實在令人光火。他知不知道，就連一個客房女僕跟他談話談得久一點，都有損她的尊嚴。帶著這些特殊要求，他第一個晚上就噗通一聲掉進最簡陋的陷阱。他難道不覺得丟臉嗎？他究竟覺得芙麗妲身上哪一點迷人？現在他總可以承認了吧。難道她真能討他喜歡，這個瘦巴巴的黃臉姑娘？噢，不，他根本沒有去看她，她只告訴他，說她是克拉姆的情婦，這件事對他來說還算新聞，而他就完了。而她就必須搬出去，在貴賓樓當然不再有她的位子。蓓比在她搬走前的那天早上還見過她，工作人員全都跑來了，畢竟人人都對那一幕感到好奇。那時她的勢力還很大，以致大家都替她感到惋惜，就連她的敵人也替她感到惋惜；就這樣，從一開始就證明她的算計是正確的；投入這樣一個男人的懷抱，讓人人都覺得無法理解，都覺得這是命運的打擊，廚房裡的小丫頭當然對每個酒吧女侍都很欽佩，當時難過得不得了。就連蓓比都被感動了，連她也不完全抗拒得了，雖然她的注意力其實放在別的事情上。她注意到芙麗妲其實一點也不悲傷。她所遭遇的明明是椿可怕的不幸，她也做出一副好像很不幸的樣子，但是那還不夠，她演的這齣戲騙不過蓓比。那麼，是什麼支撐著她？莫非是那份新愛情的幸福？嗯，這個想法不在考慮之列。可是，那又會是什麼呢？是什麼給了她力量，讓她甚至對蓓比都還維持冷淡的友善，當時蓓比已經被視為接替她的人。蓓比那時候沒有足夠的時間來思考這件事，為了那個新職位，她要做的準備工作太多了。她很可能在幾個小時之後就得上任，卻還沒有漂亮的髮型，沒有講究的衣裳，沒有精緻的內衣，沒有合適的鞋子。這些全都得在幾個小時之內弄到，如果沒辦法恰當地裝扮自己，那就不如乾脆放棄這個職位，因為那樣一來，肯定不到半個小時就會失去這個職位。嗯，這件事算是成功了一部分。對於做頭髮，她特別有天賦，有一次，老闆娘甚至還把她叫去替她弄頭髮，她天生有雙巧手，當然，她濃密的頭髮也服服貼貼，想怎麼弄都行。至於衣服，也有人幫忙。她的兩個同事忠誠地站在她這一邊，當她們之中的一個女孩成了酒吧女侍，對她們來說也算得上一種光榮，而且，等蓓比握有權力之後，也可以替她們弄到一些好處。其中一個女孩從很久以前就留著一塊昂貴的衣料，那是她的寶貝，她常常拿出來讓人欣賞，大概夢想著有朝一日能出色地用在自己身上，而——她這樣做很了不起——現在既然蓓比需要這塊衣料，她就忍痛割愛。她們兩個都極其熱心地幫她縫製，就算她們是替自己縫製，也不會比這更賣力。那甚至是件十分愉快而令人開心的工作。她們各自坐在自己的床上，一個在一個的上方，邊縫邊唱，把縫好的部分和配件上上下下遞來遞去。想起這副情景，蓓比的心情就更加沉重，因為所有的功夫都白費了，如今她又雙手空空地回到她朋友那裡。這是多麼不幸，又是多麼輕率地釀成，主要是由K釀成。當時大家為了那件衣裳是多麼高興。它就像是成功的保證，後來又發現還有個地方可以綴上一條絲帶，最後一絲懷疑也隨之消失。而且這件衣裳不是真的很漂亮嗎？現在已經弄皺了，而且有點汙漬，因為蓓比沒有第二件衣裳，只好日日夜夜都穿著這一件，但還是看得出來這衣裳有多漂亮，就連巴納巴斯家那個臭丫頭也做不出更好的。而且這件衣裳可以任意收緊和鬆開，上方和下方都行，所以雖然只是一件衣裳，卻有許多變化，這是個特別的優點，其實是她們發明的。當然，替她縫製衣服也不難，不是蓓比自誇，年輕健康的女孩穿什麼都好看。要弄到內衣和靴子就困難得多，而失敗其實也就從這裡開始。在這件事上，她的兩個朋友也盡力幫忙，可是她們的能力有限。她能張羅到並加以縫補的就只有粗布內衣，沒有高跟靴子，就只好穿室內拖鞋，讓人寧可藏起來也不願給人看見。別人安慰蓓比：芙麗妲也沒有穿得很漂亮，有時候她是那麼邋遢地晃來晃去，使得客人寧可讓酒窖的伙計來服務也不要她。事情的確是這樣，但芙麗妲可以這麼做，她已經受到寵愛而且受人尊重；如果一個貴婦偶爾穿得髒一點、隨便一點，那就更加迷人，可是在像蓓比這樣的新人身上？再說，芙麗妲根本沒辦法好好穿著，她一點品味也沒有；一個人如果膚色黃，當然也只能保留這個膚色，但沒必要像芙麗妲一樣還去穿上一件淡黃色的低胸上衣，讓那一大片黃色看得人想流淚。就算是撇開這點不談，她也太過吝嗇，捨不得穿好衣服，她所賺的錢她全都攢起來，誰也不知道她攢起來要做什麼。做這份工作她用不著花錢，靠著謊話和花招就足夠了，這個榜樣蓓比不想學，也學不來，因此她這樣打扮是有道理的，為了讓自己有所發揮，尤其是在一開始的時候。假如她能夠花更多錢來做這件事，那麼芙麗妲再怎麼狡猾，K再怎麼愚蠢，她也仍舊會是勝利者。事情開始得也很順利。所需要的幾種技巧和知識，她事先就已經打聽到了。她一到酒吧，就已經適應了。在工作上，沒有人感覺到少了芙麗妲。直到第二天，才有幾位客人問起芙麗妲到底在哪兒。沒有錯誤發生，老闆感到滿意，第一天他還擔心，一直待在酒吧裡，之後他就只偶爾過來，到最後，既然帳目沒有差錯——平均營收甚至比芙麗妲在的時候還多一些——他就把所有的事都交給蓓比了。她採用了一些新做法。芙麗妲也監督那些隨從，至少就部分來說，尤其是有人看著的時候，她這樣做不是出於勤勞，而是出於吝嗇，出於統治欲，出於恐懼，害怕讓出一點權力給別人。蓓比則把這件工作完全分派給酒窖伙計去做，由他們來做這件事其實也更適合。這樣一來，她就能省下一些時間來給貴賓室，客人很快就有人服務，而她也還能跟每位客人說幾句話，不像芙麗妲自稱把自己完全保留給克拉姆，其他人跟她說一句話、接近她一次，都被她視為對克拉姆的傷害。當然，她這樣做也很聰明，因為如果哪一次她讓某個人接近她，那就會令對方受寵若驚了。蓓比卻討厭這種手腕，而且這些手腕在一開始時也派不上用場。蓓比對每個人都很和善，而每個人也都用和善來回報她。對於這種改變，大家顯然都很高興；當那些工作勞累的先生終於可以坐下來喝一會兒啤酒，用一句話、一個眼神、一次聳肩就簡直能讓他們變一個人。大家都喜歡撫弄蓓比的鬈髮，結果她每天大概至少得重新整理頭髮十次，誰也抗拒不了這些鬈髮和蝴蝶結的誘惑，就連一向心不在焉的K也一樣。興奮、工作忙碌但成果豐富的日子就這樣飛逝。假如這些日子不是迅速飛逝該有多好，假如能再多幾天這樣的日子該有多好！四天太短了，哪怕努力到筋疲力盡，也許再有第五天就夠了，但四天卻是太少了。雖然在四天裡蓓比已經贏得了一些忠實的顧客和朋友，如果她可以信賴所有那些目光，當她端著啤酒杯走來，可以說她沉浸在一片友誼之海中，一個名叫布拉特麥爾的抄寫員被她迷得神魂顛倒，把這條項鍊和墜子獻給了她，墜子裡放了他的相片，這當然是他臉皮厚——諸如此類的事發生了，但那畢竟就只有四天，在四天裡，如果蓓比使出全力，可以讓芙麗妲幾乎被人遺忘，但沒法完全被遺忘，而她本來是會被遺忘的，也許還不需要四天，若非她事先作好防備，藉由她那樁大醜聞，讓大家繼續談論她，由於這樁醜聞，她在眾人眼裡成了一個全新的人，大家想要再見到她純粹只是出於好奇；本來已經乏味到令他們生厭的東西，對他們又有了吸引力，這是K的功勞，在其他事情上一點也不重要的K，當然，他們不會為了這個而把蓓比拿去交換，只要她還站在那兒，藉由她的在場來發揮作用，可是那些人大多是上了年紀的先生，在他們的習慣上慢吞吞的，在他們習慣一個新的酒吧女侍之前，總得要花上幾天，就算這個變動對他們有利，就算他們自己並不想花那麼久的時間，也還是要花上幾天，也許只要五天，但四天是不夠的，不管怎麼樣，蓓比都仍然只被視為臨時的。再加上那椿也許是最大的不幸，在這四天裡，克拉姆沒有到餐廳裡來，雖然頭兩天他在村子裡。假如他來了，那就會是蓓比關鍵性的考驗，再說，這是她最不擔心的考驗，反倒很期待。她不會——當然，這種事最好是根本不要用言語提起——成為克拉姆的情婦，也不會靠著說謊讓自己升到那個位置，但她至少懂得跟芙麗妲一樣討喜地把啤酒杯放在桌上，伶俐地打招呼，伶俐地道別，不像芙麗妲那樣糾纏不休，而如果克拉姆真會在一個女孩的眼睛裡尋找什麼的話，在蓓比的眼睛裡他所找到的會令他完全滿足。可是他為什麼不來？出於偶然？當時蓓比本來也這麼想。在那兩天裡，她時時刻刻等著他來，就連夜裡也在等。「克拉姆現在要來了。」她一直這麼想，跑過來跑過去，沒有別的理由，就只是由於期待而心神不寧，並且渴望在他一進來時馬上看見他，是第一個看見他的人。不斷的失望令她很疲憊，也許就是因為這樣，她做到的不如她本來可以做到的那麼多。當她有一點時間，她就偷偷上樓到那條嚴禁工作人員進入的走廊去，躲進牆上的凹處等待。「要是克拉姆現在過來的話就好了，」她想，「如果我能把這位先生從他房裡帶出來，用我的雙臂抱著，抱到樓下的餐廳去。不管他再重，我也不會在這樣的重負下倒下。」可是他沒有來。樓上那條走廊是那麼寂靜，如果一個人沒有去過，根本無法想像。寂靜到讓人根本受不了在那兒久留，那份寂靜會把人趕跑。可是一而再再而三，被趕走十次，蓓比就又再爬上去十次。那毫無意義。如果克拉姆想要來，他就會來；而他如果不想來，蓓比也無法引他出來，就算她在牆壁凹處心跳快得差點窒息。那沒有意義，可是如果他不來，就幾乎一切都毫無意義。而他沒有來。如今蓓比知道克拉姆為什麼沒有來。假如芙麗妲能在上面走廊上看見蓓比躲在牆壁凹處，雙手放在心上，她會得到一番絕佳的娛樂。克拉姆沒有下來，是因為芙麗妲不允許。她並非靠著請求而做到，她的請求傳不到克拉姆那兒去。但她這隻蜘蛛有著種種無人知道的關係。如果蓓比對一位客人說些什麼，她就公開地說，鄰桌也能聽見；芙麗妲沒什麼話可說，她把啤酒放在桌上就走了；只有她的絲質襯裙沙沙作響，那是她唯一捨得花錢買的東西。可是一旦她說些什麼，她不會公開地說，而是附在客人耳邊輕聲地說，彎下腰，讓鄰桌的人豎起耳朵。她所說的話也許無關緊要，但並非總是如此，她有的是關係，用其中一些來支撐另外一些，而就算大多數的關係都失靈了——誰會一直去管芙麗妲的事？——在有些地方總有一條關係撐得住。現在她開始利用這些關係，K給了她這麼做的機會，他沒有坐在她身邊看著她，反而幾乎不在家，到處亂逛，在這裡跟人會談，在那裡又跟人會談，對所有的事情都很關注，唯獨不去關注芙麗妲，最後為了再給她更多的自由，他從橋頭旅店搬進了空蕩蕩的學校。這一切還真是個蜜月的美好開端。嗯，蓓比肯定不會因為K受不了待在芙麗妲身邊而責怪他；在她身邊誰也受不了了。可是那他為什麼不完全離開她，為什麼他總是一再回到她身邊，為什麼他藉由這樣亂逛引發了他在為她奮鬥的印象。看起來就像是他在跟芙麗妲接觸之後，才發現了自己的確微不足道，想讓自己能配得上芙麗妲，想找個法子往上爬，因此暫時放棄和芙麗妲共處，以便之後能夠不受打擾地補償這番相思。同時，芙麗妲也沒有浪費時間，她坐在學校裡，很可能也是她把K引到那兒去的，監視著貴賓樓，也監視著K。她手邊就有很好的信差，K的那兩個助手，他把他們——這令人無法理解，就算了解K這個人，也還是無法理解——完全交給了她。她派他們去找她那些老朋友，讓對方想起她來，她抱怨自己被一個像K這樣的人給囚禁，挑撥對方反對蓓比，宣告她不久就會回來，請求協助，央求他們不要向克拉姆透露任何消息，假裝必須愛護克拉姆，因此絕不能讓他下樓到酒吧裡去。在一些人面前她聲稱是為了愛護克拉姆，在老闆面前她就利用了這件事，當作是她的成功，提醒了他克拉姆不再來了；克拉姆怎麼可能會來呢，當樓下就只有一個蓓比在服務；雖然這不能怪老闆，畢竟這個蓓比仍舊是他所能找到的最好替補，只是這個替補不夠，就連幾天都不夠。對於芙麗妲的這些所作所為，K都一無所知；當他沒有到處亂逛，他就毫無疑心地躺在她腳邊，她卻在數著距離她回到酒吧還有幾個鐘頭。而那兩個助手所做的不僅是信差職務，他們也被用來引起K的嫉妒，維持他的熱情。芙麗妲從小就認識那兩個助手，他們彼此之間肯定不再有祕密，但是為了K，他們開始互相思念，對K來說，就產生了這將演變成熱戀的危險。於是K為了討好芙麗妲，什麼事都做，就連最矛盾的事也做，他讓那兩個助手引起自己的嫉妒，卻又容忍他們三個人待在一起，當他獨自一人出去亂逛。他簡直就像是芙麗妲的第三個助手。這時芙麗妲根據她的觀察，終於決定採取大行動，她決定回去。而那時也真的是時候了，這個狡猾的芙麗妲能夠看出這一點並加以利用，實在令人佩服，這種觀察力和決斷力是芙麗妲的本領，別人學都學不來；假如蓓比擁有這種本領，她的人生將會多麼不同。假如芙麗妲在學校裡再多待個一、兩天，蓓比就無法再被趕走，就徹底成了酒吧女侍，被大家喜愛、挽留，賺到足夠的錢，可以在那套應急的裝束之外，再添購些漂亮衣裳，再過個一、兩天，什麼樣的詭計就也無法再阻止克拉姆到餐廳去，他來了，喝了酒，感到愜意，如果他真發覺了芙麗妲不在，對於這個改變會十分滿意，再過一、兩天，芙麗妲就會被完全遺忘，連同她的醜聞，連同她那些關係，連同那兩個助手，連同一切，她將再也無法出頭。這樣的話，也許她會更加緊緊留在K身邊，學會真的去愛他？假定她有能力去愛。不，事情也不會是這樣。因為K也用不著超過一天的時間，就會對她厭倦，就會看清，她多麼卑鄙地矇騙了他，用所有的事情，用她所謂的美貌、所謂的忠誠、尤其是用所謂的克拉姆對她的愛，他只再需要一天，不需要更多，就會把她趕出家門，連同那整椿齷齪的助手勾當，想想看，就連K也不需要更久的時間。這時候，被夾在這兩種危險之間，簡直可以說眼看墳墓就要在她頭上封住，憨傻的K還替她留下最後一條窄路，她溜走了。突然——幾乎誰都沒有料到，因為這違反常理——突然是她把K趕走了，還一直愛著她、一直纏著她的K，在朋友和助手的推波助瀾之下，以救星的姿態出現在老闆面前，由於她的醜聞而比以前更加吸引人，事實證明了地位最低和地位最高的人都追求她，但她只一時投入地位低賤之人的懷抱，不久就理所當然地將他踢開，對所有的人都再度變得高不可攀，跟從前一樣，只是從前別人對這一切持有合理的懷疑，如今卻再度深信不疑。於是她回來了，老闆瞥了蓓比一眼，猶豫著——他該犧牲她嗎？證明了自己能勝任愉快的她？——但他不久就被說服，有太多事情對芙麗妲有利，尤其是她會讓克拉姆再回到餐廳裡來。現在是晚上了。蓓比不會等到芙麗妲來把接收這個職位變成一樁勝利。錢箱她已經交給了老闆娘，她可以走了。底下女僕房間裡那個床位已經替她準備好，她將到那兒去，她那兩個朋友會哭著歡迎她，她將從身上扯掉這件衣裳，從頭髮上扯掉這些絲帶，把所有的東西都塞進角落，在那裡好好藏著，不會沒必要地讓她想起應該被遺忘的時光。然後她會拿起那個大水桶和掃帚，咬緊牙關去幹活。但眼前她還得把這一切都告訴K，讓他好好看清楚，他對待蓓比是多麼惡劣，把她弄得多麼傷心，如果她不幫忙，K到現在也不會看清。當然，在這件事情上他也只是被人利用。

蓓比說完了。她鬆了一口氣，擦去眼睛和臉頰上的幾滴淚水，然後點著頭看著K，彷彿想說，事情其實根本不在於她的不幸，她的不幸她能夠承受，不需要任何人的幫助和安慰，尤其不需要K的幫助和安慰，雖然她還年輕，卻已經了解人生，而她的不幸只不過是證實了她對人生的了解，事情其實在於K，她想把他的圖像舉在他面前，讓他看清自己，就算她所有的希望都成為泡影，她仍然認為有必要這麼做。

「你真是會胡思亂想，蓓比，」K說，「說你現在才發現了這一切，這話根本不是真的，這些只不過是從底下你們那個黑暗窄小的女僕房間裡生出來的幻想，在那裡恰得其所，可是在這開闊的酒吧裡就顯得奇怪了。懷著這種念頭，你在這裡當然是做不下去。單是你如此自豪的衣裳和髮型，就只是你們房間的黑暗和那些床鋪的畸形產物；在那裡它們肯定是很漂亮，但是在這裡，人人都在暗中嘲笑，或是公開嘲笑。而你還說了些什麼呢？說我被利用、被欺騙了？不，親愛的蓓比，我跟你一樣，既沒有被利用，也沒有被欺騙。沒錯，芙麗妲目前是離開了我，或者用你的表達方式來說，她跟著一個助手跑了，你看見了一絲真相，而她還會成為我妻子的可能性的確很小，可是說我厭倦了她，甚至在第二天就會把她趕走，還是說她欺騙了我，像平常一個女人也許會欺騙一個男人那樣，這些話就完全不符合事實。你們這些客房女僕，習慣了從鑰匙孔裡偷窺，從而留下了一種思考方式，從你們確實看見的一件小事去推斷整件事情，推斷得很妙，但卻是錯的。結果是，比如說在這件事情上，我知道的要比你少得多。我遠遠無法像你這樣仔細地解釋，芙麗妲為什麼離開我。我覺得最可能的解釋是我忽略了她，這一點你也稍微提起，但沒有善加利用。可惜這是真的，我是忽略了她，但我那樣做是有不適合在這裡談的特殊理由，假如她回到我身邊，我會很開心，但我馬上又會開始忽略她。事情就是這樣。她在我身邊的時候，我一直如你所嘲笑地到處亂逛，如今她走了，我幾乎無事可做，感到疲倦，渴望著更加徹底的無事可做。你有什麼忠告給我嗎，蓓比？」

「有的，」蓓比說，突然活潑起來，抓住了K的肩膀，「我們兩個都是被欺騙的人，讓我們待在一起吧，跟我一起下去到那些女孩那兒。」「只要你還在抱怨自己受到欺騙，」K說，「我跟你就沒法互相理解。你想要一直受到欺騙，因為這對你來說是種恭維，也因為這令你感動。事實卻是，你不適合這個職位。如果就連我，這個照你看來最無知的人，都能看出這一點，那麼你之不適合該是多麼顯而易見。你是個好女孩，蓓比，但是要認清這一點並不容易，比如說，我起初就認為你心狠而且傲慢，但你並不是這樣，只是這個職位把你弄糊塗了，因為你並不適合這個職位。我的意思不是說，這個職位對你來說太高了，這也並不是什麼了不得的職位，如果仔細去看，也許它要比你先前的職位稍微體面一點，但整體說來差別不大，兩者其實相像到容易混淆，甚至還可以說，當客房女僕還勝過在酒吧裡，因為在那兒總是跟秘書在一起，在這兒呢，雖然在餐廳裡可以替那些秘書的上司服務，但是卻也得跟地位很低的老百姓打交道，例如跟我；按理，我根本不能在其他地方逗留，除了在酒吧這裡，而有機會跟我來往難道會是什麼殊榮嗎？嗯，你覺得是，而你或許也有你的理由。可是正因為如此，你不適合這個職位。這個職位就跟其他職位沒有兩樣，你卻把它看成天堂，因此你做起所有的事都太過賣力，按照你心目中天使打扮起來的樣子來打扮自己——天使事實上卻不一樣——為了這個職位擔憂，一直覺得遭到迫害，試圖用過度的友善去爭取那些你認為能夠支持你的人，但卻反而打擾了他們，令他們厭惡，因為他們到酒店來是想要清靜，不想在自己的煩惱之上再加上酒吧女侍的煩惱。是有可能，在芙麗姐離職之後，那些高貴的客人其實誰也沒有察覺此事，但如今他們知道了，而且的確想念她，因為芙麗姐處理一切的方式想來完全不同。不管她在其他方面怎麼樣，也不管她是否看重這個職位，在工作上她很有經驗，冷靜而且自制，這一點你自己也強調過，但卻沒有從這個教訓中獲益。你注意過她的眼神嗎？那根本不再是一個酒吧女侍的眼神，簡直已經是老闆娘的眼神。她看見了一切，同時也看見了每一個人，而她去看個別之人的眼角餘光，都還強到足以征服對方。她也許是瘦了一點，稍微老了一點，別人也能想像她的頭髮可以再濃密一點，但這些又有什麼關係，比起她真正擁有的，這些都是小事，如果有人看不慣這些缺點，就只表示他不懂得從大處著眼。這一點，別人肯定無法指責克拉姆，而你之所以不相信克拉姆對芙麗妲的愛，只是出自一個缺乏經驗的年輕女孩的錯誤觀點。你覺得克拉姆高不可攀——這也有道理——因此就認為芙麗妲也不可能接近克拉姆。你錯了。在這件事情上，我只信賴芙麗妲所說的話，就算我並沒有確實的證據。不管你覺得這件事多不可信，不管這跟你對於世界、對於官員、對於高尚、對於女性美之作用的概念多麼不一致，這件事卻是真的，就像我們並排坐在這裡，而我用雙手握住你的手，克拉姆和芙麗妲大概也曾經這樣並排坐著，彷彿這是世間最自然不過的事，而且他是自願下來的，甚至是急著下來，沒有人在走廊上暗中等他而忽略了其餘的工作，克拉姆必須要親自下來，而芙麗妲衣著上的缺陷，你看了吃驚，卻一點也不會妨礙他。你不願意相信她！你不知道這只暴露出你的不足，不知道這正好顯露出你缺少經驗。就算一個人根本不知道她和克拉姆的關係，也必定會從她的性格看出她的性格經過某個人的塑造，那個人要比你和我和村裡所有的人都更重要，而他們的談話要超出顧客與女侍之間常見的說笑，那種說笑似乎是你的人生目標。但我冤枉你了。你自己其實很能看出芙麗妲的優點，察覺到她的觀察力、決斷力、她對別人的影響力，只不過你對這一切都做出錯誤的詮釋，以為她把這一切都只自私地用來為自己取得好處，用來做壞事，甚至當成武器來對付你。不，蓓比，就算她有這樣的箭，從這麼短的距離也無法發射。至於自私？其實反倒可以說她犧牲了自己所擁有的東西，還有她可以期望得到的東西，而給了我們兩個機會，讓我們在更高的職位上證明自己的能力，而我們卻令她失望，簡直是迫使她再回到這兒來。我不知道事情是不是這樣，而且我一點也不清楚我錯在哪裡，只是當我拿自己和你做比較，類似的感覺就會浮現；彷彿我們兩個為了得到一件東西而過度賣力、太過吵鬧、太過幼稚、太過沒有經驗，藉由哭泣和亂抓亂扯，就像一個小孩扯著桌布，但什麼也沒得到，只會把桌上所有美好的東西都掀掉，永遠都拿不到了，若是以芙麗妲的鎮靜和務實，要取得那件東西很容易，而且不會被人察覺——我不知道事情是不是這樣，但我肯定知道這比你所說的更接近事實。」「嗯，」蓓比說，「你愛上了芙麗妲，因為她從你身邊跑走了，當她不在的時候，要愛上她並不難。可是就算事情如你所想，就算你說的都對，包括你對我的取笑——現在你打算怎麼做呢？芙麗妲離開了你，不管是根據我的解釋還是你的，你都沒法指望她再回到你身邊，而就算她會回來，在這段時間裡你也得有地方待。天氣嚴寒，而你既沒有工作也沒有床鋪，來我們這兒吧，你會喜歡我那兩個朋友，我們會讓你住得舒服，你可以幫忙我們工作，那份工作只靠女孩子來做實在太重了，我們幾個女孩將不必只靠我們自己，夜裡也不必再擔心受怕。到我們這兒來吧！我那兩個朋友也認識芙麗妲，我們可以講她的故事給你聽，講到你厭煩為止。來吧！我們也有芙麗妲的相片，會拿給你看。當時芙麗妲比如今還要樸素，你會幾乎認不出她來，頂多認出她的眼睛，那雙眼睛當時就已經在窺伺。所以說，你會來嗎？」「這是被允許的嗎？明明昨天才出了椿大醜聞，因為我在你們那條走道上被逮住了。」「那是因為你被逮住了；可是如果你跟我們在一起，你就不會被逮住。沒有人會知道你在那裡，只有我們三個知道。啊，那會很有意思。比起一會兒之前，我已經覺得那兒的生活不那麼難捱了。也許，我得離開這裡這件事，現在對我來說根本不是太大的損失。你聽我說，我們三個人在一起的時候也沒無聊過，我們得把苦日子變甜一點，在我們還年輕的時候，日子就已經變苦了，以免讓舌頭被寵壞，而我們三個很團結，我們盡可能把那裡的日子過得愉快一點，尤其是亨麗葉，你一定會喜歡她，但艾蜜莉也一樣，我已經跟她們說起過你，那裡的人聽到這種故事都覺得不能相信，彷彿在那個房間之外根本什麼事都不會發生，那裡又暖又擠，而我們還更緊地靠在一起，不，雖然我們相互依靠，卻並不厭倦彼此，正好相反，當我想起我那兩個朋友，就幾乎覺得再回那兒去也很好；我何必要比她們有出息；把我們團結在一起的，其實就是我們三個的前途都以同樣的方式受到阻礙，後來我卻還是突破了障礙，跟她們分開了；當然，我並沒有忘記她們，我接下來所關心的，就是要如何替她們做些什麼；我自己的地位還不穩固——至於有多不穩固，我當時根本不知道——我就已經跟老闆談起過亨麗葉和艾蜜莉。關於亨麗葉，老闆並非完全不能讓步，至於艾蜜莉，他就沒給我任何希望，艾蜜莉年紀比我們大得多，她跟芙麗妲差不多大。可是你想得到嗎，她們其實根本不想離開，她們知道自己在那兒過的是種悲慘的生活，但她們已經認命了，這兩個好人，我覺得她們之所以在道別時流淚，主要是因為我必須離開我們同住的房間，走進寒冷中——我們覺得在那房間之外的地方全都是寒冷的——必須在那些陌生的大房間裡跟陌生的大人物周旋，不為別的目的，就只是為了勉強維持生活，而這一點我在那之前跟她們同住的時候不也辦到了。如果我現在回去，她們很可能根本不會吃驚，只是為了順著我，她們才會稍微哭一下，為我的命運感到惋惜。可是她們隨後會看到你，就會察覺我先前走了畢竟是件好事。現在我們有了個男人來當幫手和護衛，這會令她們開心，而如果她們知道我們對這一切都必須保密，而這個祕密將讓我們比之前更加緊密相依，她們簡直會欣喜若狂。來吧，噢，請到我們這兒來吧！你不必因此而承擔任何義務，你不會像我們一樣永遠跟我們的房間綁在一起。等到春天來臨，你在其他地方找到住處，而你不再喜歡待在我們這兒，你就可以走，只不過到時候你還是得保守這個祕密，不要出賣我們，否則那就將是我們在貴賓樓的最後一個鐘頭；另外，如果你跟我們在一起，平常當然也得小心，不要在我們不認為沒有危險的任何地方露面，凡事要聽從我們的建議；這是對你的唯一約束，而這一點你想必跟我們一樣在乎，但除此之外你是完全自由的，我們分配給你的工作不會太重，這你不必擔心。所以說，你會來嗎？」「到春天還有多久？」K問。「到春天？」蓓比重複著他的話，「在我們這兒冬天很長，十分漫長的冬天，而且單調。可是在底下的我們並不抱怨，我們很安全，冬天威脅不了我們。嗯，春天和夏天也會來臨，而且大概也會延續一段時間，可是在記憶裡，現在想起來，春天和夏天彷彿短到不超過兩天，而就連在這兩天裡，就算是在天氣最好的日子，偶爾也還是會下雪。」

這時候門開了，蓓比嚇了一跳，她在思緒中已經離開酒吧很遠很遠，但來的人不是芙麗妲，而是老闆娘。看到K還在這裡，她做出驚訝的樣子，K道了歉，說他是在等候老闆娘，同時也向她道謝，謝謝她允許他在這裡過夜。老闆娘說她不明白K為什麼要等她。K說，他覺得老闆娘好像還想跟他談談，如果是他弄錯了，那麼就請她原諒，再說他現在也得走了，他是學校的工友，而他已經把學校扔下太久了，一切都得怪昨天的傳喚，他在這些事情上的經驗還太少，像他昨天那樣給老闆娘太太帶來不便，這樣的事肯定不會再發生。然後他鞠了個躬，就準備走。老闆娘看著他，以一種作夢般的眼神。由於這個眼神，原本並不想久留的K又多待了一會兒。這會兒她還又露出一絲微笑，直到看見K詫異的表情，她才似乎被喚醒，彷彿她原本期待K對她的微笑有所回應，當這個反應沒有出現，她這才清醒過來。「我想，昨天你莽撞地對我的衣服表示了一些意見。」K想不起來。「你想不起來？所以說，先是莽撞，然後是怯懦。」K向她道歉，說他昨天太疲倦了，他昨天的確有可能胡說了些什麼，總之他現在記不得了。關於老闆娘的衣服，他又能說什麼呢？說她的衣服這麼美，是他從未見過的。至少他從未見過哪個老闆娘在工作時穿這種衣服。「別說這些了，」老闆娘很快地說，「我不要聽到你針對我的衣服再說一句話。我的衣服不關你的事。我禁止你這麼做，永遠禁止。」K又鞠了個躬，朝門走去。「這話是什麼意思，」老闆娘在他身後喊，「說你從來沒見過哪個老闆娘在工作時穿這種衣服。說這種廢話是什麼意思？這明明完全是廢話。你究竟想說什麼？」K轉過身來，請老闆娘不要激動。他那句話當然是廢話，他對衣服也根本一竅不通。以他的處境，每一件沒有補過而且乾淨的衣服都很寶貴。他當時只是很詫異，夜裡在那條走道上，看見老闆娘穿著一件這麼漂亮的晚禮服出現在那些幾乎沒穿衣服的男子之中，如此而已。「好了，」老闆娘說，「你似乎終於還是想起了你昨天說的話，然後又再補上別的廢話。說你對衣服一竅不通，這話沒錯。那你就也不要——我鄭重地請求你——去判定什麼是寶貴的衣服，什麼是不恰當的晚禮服，諸如此類。根本——這時她似乎打了個寒顫——你就不該管我的衣服，你聽見了嗎？」當K沉默地想要再度轉身，她問道：「你對衣服的知識是從哪兒來的？」K聳聳肩膀，說他在這方面一無所知。「你一無所知，」老闆娘說，「那你就也不要自以為懂。到辦公室來，我讓你看點東西，但願在那之後，你就再也不會那麼莽撞了。」她在前面先出了門，蓓比跳到K身邊，藉口要叫K付帳，他們很快地達成協議；事情很容易，因為K認得那座院子，院裡的大門通往一條小街，大門旁邊還有一道小門，一個小時後，蓓比將會站在那扇小門後面，聽到敲三下就會開門。

那間私人辦公室位在酒吧對面，只需要穿過門廊，老闆娘已經站在亮了燈的辦公室裡，不耐煩地看著K走過來。但是還有一個干擾。葛爾史特克在門廊上等著，想要和K說話。要甩掉他並不容易，老闆娘也來幫忙，責備葛爾史特克這樣糾纏不休。「你要去哪裡？要去哪裡？」門已經關上時，還聽得見葛爾史特克在喊，他的話摻雜著嘆息和咳嗽，十分刺耳。

那是個爐火燒得太熱的小房間。在兩面較窄的牆邊放著一張斜面桌子和一個鐵製的錢箱，在兩面較寬的牆邊放著一個櫃子和一張矮沙發。占去最多位置的是那個櫃子，它不僅占滿了一整面寬牆，它的深度也使得房間變得更窄，要把它完全打開，需要用到三扇拉門。老闆娘指指那張矮沙發，示意K可以坐下，她自己則坐在斜面桌子旁的旋轉椅上。「你是不是曾經學過裁縫？」老闆娘問。「沒有，從來沒有。」K說。「那你究竟是做什麼的？」「土地測量員。」「那是什麼？」K解釋了一下，這番解釋讓她打起呵欠。「你沒有說實話。你為什麼不說實話？」「你也沒說實話。」「我？你大概又莽撞起來了吧。就算我沒說實話——難道我還得向你交代嗎？而且我在哪一點上沒說實話？」「你並不像你所說的只是個老闆娘。」「看哪，你發現的事還真不少。那麼我還是什麼呢？你的莽撞這下子可真的是愈來愈嚴重了。」「我不知道你還是什麼。我只看見你是個老闆娘，此外還穿著不適合一個老闆娘穿的衣服，而且就我所知，村子裡也沒有其他人穿這樣的衣服。」「這會兒我們說到重點了，你沒辦法不說出來，也許你根本不是莽撞，你只是像個小孩，知道了哪件蠢事，怎麼也沒辦法叫他別說出來。那你就說吧。這些衣服有什麼特別？」「如果我說出來，你會生氣。」「不，我會笑，那反正會是孩子氣的胡言亂語。所以說，這些衣服怎麼樣？」「是你想知道的。好吧，這些衣服料子很好，相當貴重，可是式樣過時，裝飾太多，改過很多次，穿舊了，而且既不適合你的年紀，也不適合你的身材和你的地位。我第一次見到你的時候就注意到了，那大概是在一個星期前，在這個門廊上。」「原來是這樣。它們式樣過時，裝飾過多，還有什麼來著？這些事你又怎麼知道？」「是我看見的。這不需要別人教導。」「你就這樣一眼就看出來了。你不必去哪裡詢問，馬上就知道什麼是流行的式樣。若是這樣，你對我來說會變得不可缺少，因為我的確偏愛漂亮衣服。這個櫥子裡全是衣服，對於這件事你又會怎麼說呢？」她把拉門推開，看得見一件衣裳貼著一件，密密塞滿了整個櫥子的寬度和深度，那大多是深色、灰色、褐色、黑色的衣裳，全都仔細地掛了起來，平整地攤開。「這些是我的衣服，全都式樣過時，裝飾過多，如你所說。但這些只是我樓上房間裡放不下的衣服，在那裡我還有滿滿兩個櫥子的衣服，兩個櫥子，每一個都幾乎跟這個一樣大。你覺得驚訝嗎？」「不，我已經料到了類似的情況，我說過了，你不僅是個老闆娘，你還有別的目的。」「我的目的就只在於穿得漂亮，而你若不是個傻瓜，就是個孩子，要不就是個很壞很危險的人。你走吧，快走！」K已經走到門廊，而葛爾史特克又抓住了他的衣袖不放，這時老闆娘在他身後喊道：「明天我會拿到一件新衣服，也許我會叫人找你過來。」

葛爾史特克生氣地揮手，彷彿想遠遠地讓干擾他的老闆娘別再說話，要求K跟他一起走。起初他不願意作進一步的解釋，也幾乎不理會K的抗議，K說自己現在必須到學校去。直到K抗拒被他拖著走，葛爾史特克才對K說他不必擔心，在葛爾史特克家他什麼也不會缺，校工的職位他可以放棄，只要終於來了就好，他已經等了他一整天，他母親根本不知道他人在哪裡。K漸漸向他讓步，問他提供他吃住是為了什麼。葛爾史特克只粗略地回答，他需要K幫忙照顧馬匹，他自己現在有別的事，不過，這會兒K總不要再讓他這樣拖著走，不要給他製造不必要的麻煩。如果他要工資，他也會給他工資。但此刻K停下腳步，不管他再怎麼拉。K說他對馬匹根本一無所知。他也沒有必要知道什麼，葛爾史特克不耐煩地說，生氣地把雙手交叉，想勸K跟他一起走。「我知道你為什麼想帶我走。」K終於說。葛爾史特克不在乎K知道什麼。「因為你認為，我在埃朗爾那裡可以替你做到些什麼。」「沒錯，」葛爾史特克說，「否則我哪裡會在乎你。」K笑了，挽住葛爾史特克的手臂，任由他帶著自己穿過那一片黑暗。葛爾史特克家那棟小屋的房間只被爐火和短短一截蠟燭微微照亮，在燭光下，在屋頂斜斜的梁木突出之處的下方，有個人縮在牆壁凹入處，彎著腰在讀一本

書。那是葛爾史特克的母親。她伸出顫抖的手和K相握，讓他在她旁邊坐下，她費勁地說話，別人要聽懂很吃力，但她所說的

向卡夫卡致敬

德文作家、《魔山》作者
托瑪斯．曼（Thomas Mann）

卡夫卡，《城堡》這本值得矚目的傑出小說及其同樣出色之姊妹作《審判》（*Der Process*）的作者，於一八八三年生於布拉格，出身自一個說德語的波希米亞猶太家庭，於一九二四年死於肺結核，享年僅四十歲。他的最後一張肖像，攝於他死前不久，看起來更像個二十五歲的男子，而不像是四十歲。照片上是一張害羞、敏感、深思的臉，黑色的鬈髮低低地長至額頭，一雙大大的黑眼睛，既帶著作夢般的眼神又炯炯懾人，直而下垂的鼻子，雙頰帶著疾病的陰影，嘴唇的線條異常細緻，一個嘴角漾著似有若無的笑意。這個表情既天真又睿智，讓人想起筆名為諾瓦利斯（Novalis）的哈爾登貝格（Friedrich von Hardenberg），天使般的神祕主義作家，尋找「藍花」的人。諾瓦利斯也是死於肺結核。

可是，雖然他的凝視讓我們把他想成來自東歐的諾瓦利斯，我卻不想稱卡夫卡為浪漫主義作家、神馳於神祕經驗的作家或神祕主義作家。就浪漫主義作家來說，他太過明確，太過寫實，太過依戀生活及生活中固有的單純效用。他的幽默感——一種複雜的幽默感，為他所特有——對一個神馳於神祕經驗的作家來說太過明顯。至於神祕主義：他在和史泰納（Rudolf Steiner）的一番對話中的確曾說過，他自己的作品讓他了解了史泰納所描述的某種「先知狀態」。而他把自己的作品比喻成「一種新的祕密教義，一種猶太教的神祕哲學」。但他的作品沒有先驗哲學那種熱烈沉重的氣氛；感官沒有過渡至超感官，沒有「逸樂的地獄」，沒有「以墳墓為新婚之床」，也沒有真正的神祕主義者所慣用的其餘詞彙。這些他都不感興趣：華格納（Wilhelm Richard Wagner）的《崔斯坦與伊索德》（*Tristan und Isolde*）、諾瓦利斯的《夜之頌》（*Hymnen an die Nacht*）或是他對死去之未婚妻蘇菲的愛都不會吸引卡夫卡。他是個作夢的人，他的文章在構想和形式上往往如夢一般，就跟夢境一樣帶有壓迫感、不合邏輯、而且荒謬，是真實生活的奇怪影子。但他的作品充滿了經過縝密思考的道德觀，一種嘲諷、挖苦、經過絕望地縝密思考的道德觀，追求正義、善良，以及上帝的旨意，用盡全副力量在努力。這一切都反映在他的風格中：一種本著良心、坦率得奇特、客觀、清晰、而且恰當的風格，其精確、幾近官方的保守主義讓人想起史提夫特（Adalbert Stifter）。是的，他是個作夢的人；但他在夢中所渴望的並非一朵綻放在神祕之境的「藍花」，他渴望的是「平凡的福分」。

這個詞出自本文作者年輕時的一篇故事《托尼歐．克羅格》（*Tonio kröger*）。我從卡夫卡的朋友、同胞和最佳評論者馬克斯・布羅德（Max Brod）那兒，得知卡夫卡很喜歡這篇故事。卡夫卡處於一個不同的世界，但身為東歐的猶太人，他對於歐洲市民階層的藝術和感受有非常精確的概念。或許可以說，促使一本像《城堡》這樣的書誕生的「遠大抱負」，在宗教的領域內相當於托尼歐・克羅格身為藝術家的孤立，他對人類單純感受的渴望，他就布爾喬亞階級所感到的良心不安，以及他所愛的金髮、善良與平凡。也許稱卡夫卡為虔誠的幽默作家，會是對他的最佳描述。

這個組合聽起來有冒犯之意，而組成這個詞的兩個部分都需要加以解釋。布羅德說，福婁拜（Gustave Flaubert）晚年的一則軼事一直深深打動著卡夫卡。福婁拜這個知名的唯美主義者，他在強烈的禁欲中犧牲了所有的生活，獻給他虛無主義的偶像——文學，有一次跟他的外甥女柯曼維爾夫人去拜訪她熟識的一個家庭，一對強健快樂的夫婦，被一群可愛的小孩所圍繞。在回家的路上，這位《聖安東尼的誘惑》（*Tentations de Saint Antoine*）的作者陷入沉思。和他外甥女沿著塞納河步行時，他一再重提他剛剛瞥見的那種自然、健康、愉快、正直的生活。他一再重複地說：「他們活在真實之中！」這位大師的信念是為了藝術而否定生活，從他嘴裡說出的這句話完全捨棄了他本身的立場——這句話是卡夫卡喜歡引用的。

「活在真實與正義之中」，對卡夫卡而言這意味著接近上帝，活在上帝之中，恰當地生活，依照上帝的旨意——而他自覺距離這種活在上帝之中的安穩和上帝的旨意很遙遠。「文學是我唯一的渴望，我唯一的使命」——這一點他很早就知道，而這件事本身或許可以算是上帝的旨意。「但是，」三十一歲的他在一九一四年寫道，「為了要描述那夢般的內心生活，使其他的事都變得不重要，而以一種可怕的方式枯萎，並且不斷枯萎下去。」「常常，」他後來又說，「我感到一種憂鬱但相當平靜的驚愕，對於我自己的缺少感覺……由於我凝視著文學，我對所有其他事物都不感興趣，因此而無情。」然而，這個冷靜而憂鬱的看法其實導致了極大的不安，而這份不安在本質上是屬於宗教的。這種對人性的剝奪，由於對藝術的熱情而「枯萎」，肯定是遠離了上帝；與「活在真實與正義之中」相反。當然，在象徵的意義上，是有可能染上這樣一種熱情，使人對其他任何事物都漠不關心。這可以被視為一種道德上的象徵。藝術未必就像在福婁拜眼中那樣，是產品，是目的，是重視禁欲式的否定生活。藝術可以是對生活本身的一種道德表現；在其中最重要的不是作品，而是生活本身。因為生活並非「無情」，不僅僅是努力達成美學上之完美這個目標的一種手段；產品和作品其實是一種道德象徵；而目標並不是某種客觀的完美，而是主觀的良知，意識到你竭盡所能地來賦予生活意義，以成就來充實生活，能與人類任何其他功績並列的成就。

「這幾天來，」卡夫卡說：「我在寫作。希望我能繼續寫下去！我的生活有了某種正當性。我又一次得以和自己對話，而不是凝視著徹底的空虛。唯有以這種方式，我能希望得到改善。」他幾乎可以用「拯救」這個字眼來取代「改善」。這更能彰顯出他在創作時所感受到的平靜所具有的宗教本質。把藝術當成上帝所賜之才能的作用，當成忠實完成的工作——此一詮釋不僅具有知性的意義，也具有道德的意義：當藝術把實際之物提升為真實，它為生活提供了意義與正當性，不僅在主觀上，從人類的角度來看也是如此；因此，作品變得保守，作為一種「活在正義之中」的手段——或者至少是接近這種狀態——因此，藝術變得能適應生活。卡夫卡，德語文學近期的代表人物，疑惑而複雜得幾近絕望的代表人物，他肯定對歌德（Johann Wolfgang von Goethe）懷有最純粹的尊重與崇敬；而從歌德那兒傳下了這句雋語：「要避開世界，沒有什麼能勝過藝術，要與世界連結，也沒有什麼能強過藝術。」這句話說得太妙了。孤獨與同伴——這兩者在此和解，以一種卡夫卡也許能欣賞的方式，但他不見得願意承認，也不見得能夠承認，因為他的創作力仰賴他心中的衝突，仰賴他自覺「遠離上帝」的那種感覺，他的缺乏安全感。他在能夠寫作時的喜悅和感激或許讓他知道，藝術不僅把我們和世界「連結」在一起，也和道德的境界連結在一起，和正義與神性。而且這是在雙重意義上，在「善」這個概念中所固有的深刻象徵意義上。藝術家所謂的善，他所有玩笑式的痛苦之所寄、他攸關生死的戲謔之所寄，其實就是關於正義與善的一則寓言，代表人類追求完美的所有努力。在這層意義上，卡夫卡的作品，的確是非常的「善」，他的作品誕生自他的夢，以一種忠誠和耐心、一種天生的精確、一種良知而創作出來——帶著嘲諷，在本質上甚至是詼仿，但卻能吸引笑聲——帶著一種小心翼翼的愛，這些全都證明了他不是沒有信仰的人，而是對於善和正義懷有信心，以他自己某種複雜的方式。上帝與人之間的差異、人之沒有能力認出善、沒有能力把自己與善相結合，而「生活在正義中」，卡夫卡把這些當成他作品的主題，這些作品的每一個句子都證明了一份絕望的善意，帶著幽默而且怪誕。

他的作品表現出藝術家的孤獨與孤寂——尤其是猶太人的孤獨與孤寂——在那些真正的本地人之生活當中，那些定居在「城堡」腳下的村民。這些作品表現出天生的、不信賴自我的孤獨，為了秩序和規律而奮鬥、為了公民權利、為了一個被普遍接受的使命、為了婚姻——簡而言之，為了所有「平凡的福分」。他的作品表現出一種無邊的意志，為了活得正當，而永遠遭受失敗。《城堡》徹頭徹尾是部自傳性小說。原本應該以第一人稱述說的主角被稱為K；他就是作者，太過確切地承受了所有這些痛苦、這些怪誕的失望。在他人生的故事中有一樁婚約，可說是所有憂鬱挫敗的本質。而在《城堡》中，努力想建立一個家庭，藉由過著普通生活來更接近上帝，類似這樣的間歇性努力扮演著顯著的角色。

因為，事情很明白，在一個社群裡過正常生活，不斷地努力想成為一個「當地人」，就是為了改善K和「城堡」之間的關係所用的方法，或者說是和「城堡」建立起關係：換句話說，以達到更接近上帝，更接近蒙受天恩的狀態。在這部小說諷刺的夢境象徵裡，村莊代表著生活、土地、社群、健康的正常生活方式，以及人類與市民階層的福分。另一方面，「城堡」代表著神意、蒙受天恩的狀態——令人困惑、遙遠、無法理解。而超乎人類的神，從不曾像在這個故事裡這樣被觀察、被經驗、被描述，奇怪之至，大膽之至，用了那麼多滑稽的權宜之計、那麼豐富的心理學，既褻瀆又虔誠，這是一個無可救藥的信仰者的故事，他是那麼需要神的恩典，為了這份恩典而奮鬥，熱情而不顧一切地渴望這份恩典，乃至於他甚至試圖用謀略和詭計來實現。

K是否果真是當局召來的土地測量員，還是他只是想像事情是這樣，或是向其他人假裝事情是這樣，以求進入這個社群，達到蒙受天恩的狀態？這的確是個重要的問題，以其既動人又好笑的方式，以複雜的宗教方式：在整個故事中，這個問題始終沒有答案。在第一章裡，有一段跟「上面」的電話對話；說他是被召喚而來的這個說法當下就被否認，於是他被揭穿為流浪漢和騙子；接著來了一個修正，藉由這個修正，他作為土地測量員的身分得到上面模糊的承認——雖然他自覺這個證實只是對方「在鬥智上占上風」的結果，用意在於「微笑著接受挑戰」。

更令人印象深刻的是第二章裡的第二番電話交談；K自己與城堡進行電話交談，跟他在一起的是他的兩名助手，他們具有夢中人物的所有怪誕與荒謬：他們是城堡派給他的，而他在他們身上看見了他的「老助手」。等你讀到這裡，和K一起聽著從聽筒傳來的「嗡嗡聲（⋯）由無數孩童的聲音所合成」，聽著上面那個官員的嚴峻拒絕，那人說話帶著「小小的發音缺陷」，再讀到旅店電話旁邊那個懇求之人，他固執地懇求，而又支吾其詞，你就不會擱下這本敘述詳盡、不可思議的長篇小說，直到你讀完全部，經歷了一切；這本書夢一般的氛圍令人失笑，也令人不自在，在笑聲和不自在當中，你弄清楚了上面那些存在，那天上的當局，以及他們傲慢、任意、令人迷惑、不合常理而且完全無法理解的行動。

在第五章，你能對這些行動得到最客觀的概念，從「村長」的嘴裡；例如對那些古怪事物的解釋，當一個人試圖打電話到城堡去，結果發現線路完全不可靠，而且虛假；並沒有轉接電話的總機；你可以接通分機，卻發現──電話被拿掉了，或是你所得到的回應完全沒有意義，而且無足輕重。我指的尤其是K和村長之間那番令人驚愕的談話；但這本書其實用了無窮的方式來解釋並闡明其中心主題：人類與上帝之間怪誕的缺少連結；神的無法衡量，「城堡」那奇怪、詭異、惡魔般的不合邏輯，那「難以到達」的遙遠，還有殘忍，是的，還有邪惡，以任何人類的標準來看；換句話說，也就是上面那些力量的奇怪、詭異……邪惡。這個主題被一再觸及，以各種色澤和音調，使用了各種可能的方法。這是曾經發生過最有耐性、最頑固、最絕望的「與天使的摔角」（按：見《聖經・創世紀》32:24－32）；而這當中最奇怪、最大膽、最新穎的是做這件事時的幽默，帶著恭敬的諷刺，完全不去質疑上帝存在的事實。就是這一點讓卡夫卡成了一個虔誠的幽默作家：文學傾向於以一種堂皇、狂喜或過度情緒化的風格，來處理那無法理解、無法衡量、人類無法評估的神的世界，但卡夫卡沒有這麼做。不，他把神的世界當成奧地利的「政府部門」來描繪，視之為一種瑣碎、頑固、無法接近、不負責任的官僚制度的擴大；一個由文件與程序構成的龐大機構，由某種暗中負責的官員組織領導。然後，如同我所說的，用一個諷刺作家的眼睛來看待；但他同時也帶著全然的誠懇、信心，以及順從，不斷地奮鬥，以求在那無法理解的恩典王國中獲勝，同時使用諷刺作為方法，而非感傷。

我們從卡夫卡的傳記中得知，卡夫卡曾經向朋友大聲朗誦過《審判》那部小說的開頭，那部小說明顯是在處理神之正義的問題。他的聽眾笑得流淚，卡夫卡自己也笑得太厲害，不得不中斷朗讀。這種歡笑是非常深刻而且複雜的；當他大聲朗誦《城堡》時，無疑也發生了同樣的情況。而你若是考慮到，來源如此高深的這種笑聲也許是留給我們最好的東西，那麼你會跟我一樣，把卡夫卡富同情心的幻想，列為世界文學寶藏中最值得閱讀的作品。

《城堡》不算完整，但所缺少的大概不超過一章。作者以口述的方式告訴他的朋友此書的一種結尾。K死了——死於全然筋疲力盡，在他拚命努力想跟城堡接觸，想確認他的任用之後。村民站在這個外地人臨終的床邊——就在最後一刻，從城堡下達了一個命令：說儘管K並沒有生活在村莊裡的合法權利，但他還是得到了許可；並非考慮到他誠實的努力，而是顧念到「某些其他情況」，准許他在村莊裡定居與工作。於是，到最後，恩典降臨了。卡夫卡肯定也一樣，在臨終時把這份恩典放進心裡，沒有憤懣之情。

一九四〇年六月於普林斯頓

《城堡》手稿版後記

英國語文學家暨卡夫卡專家
麥爾坎．帕斯里（Malcolm Pasley）

卡夫卡於一九二二年一月著手寫作《城堡》，很可能是他在科克諾謝山區度假休養的第一天。經過一次嚴重的精神崩潰，他顯然決定著手寫作一部規模較大的文學作品，自從他的肺結核於一九一七年發作以來，這是頭一次。之後他先後在布拉格與他妹妹奧特拉的鄉間住所繼續寫這部小說。然而，一九二二年九月，他承受了又一次的「崩潰」；他在九月二十二日寫給馬克斯．布羅德的信裡說：「這個星期我過得不怎麼愉快，因為我顯然必須永遠擱置那篇城堡故事。」就跟他之前寫作長篇小說的所有嘗試一樣，篇幅最長的最後這一本也終究沒能完成。

卡夫卡死後不久，在一九二四年六月，布羅德就開始出版他的遺作，他首先專注於幾部長篇小說的殘稿：《審判》、《城堡》、《美國》（*Amerika*，原名《失蹤者》〔*Der Verschollene*〕）分別在一九二五年、一九二六年及一九二七年出版。後來他解釋：「當時著重於呈現出一個獨特、令人驚訝、尚未完成的文學世界，因此避開了所有可能會彰顯出殘稿性質的部分。」為了讓《城堡》這部小說看起來還算完整，他讓小說結束在K失去了芙麗妲那一章，他認為那意味著「主角可能具有關鍵性的一次挫敗」。這表示：在初版中少了在城堡官員畢爾格房間裡的那一幕、在貴賓樓中分送檔案的那一幕、還有K與蓓比之間的那番長談——大約占了遺稿的五分之一。

布羅德所編的第二版補上了小說內文，但該版幾乎完全沒有受到注意。它於一九三五年由柏林的修肯出版社（Schocken Verlag）出版，在當時，該出版社獲准印行的冊數有限，而且只能出售給猶太裔讀者；就在同一年，卡夫卡及其全部作品被列入了「有害與不受歡迎書籍清單」。因此，身為在第三帝國受到唾棄的作家，卡夫卡這部作品之所以舉世聞名，起初並非透過原文版本，而是透過翻譯——主要是一九三〇年的英文版和一九三八年的法文版——但譯文卻是依照布羅德刪節過的初版。直到一九五一年，當布羅德所編的第三版《城堡》於法蘭克福的費雪出版社（S. Fischer Verlag）出版，這部作品才漸漸以完整的篇幅流傳開來。

在布羅德結束卡夫卡遺作的編輯工作之後，卡夫卡的手稿絕大部分對研究者開放，在六〇年代得以為校勘本的出版展開準備工作（布羅德在一九三五年就已經表明他想做這方面的準備工作）。這一套校勘本《卡夫卡作品、日記及書信》的第一本就是一九八二年出版的《城堡》，同時包含了兩冊：一冊內文（在本書中未加更動地重現）和一冊參考資料，其中包括對該作品創作過程的介紹及所有的軼聞。

在校勘本中，這部小說的結構跟之前的版本有所不同。藉助了卡夫卡手寫的一張各章標題表——以及在手稿中可辨認出的分章註記——首度得以確認卡夫卡在一九二二年對於當時已經寫出的文稿打算如何劃分。（基本上，卡夫卡寫作時沒有事先仔細加以計畫，他習慣在寫出來以後再確定各章的大致劃分——而且是逐漸形成：在《城堡》的最後一部分，他顯然尚未做更進一步的劃分。）

卡夫卡沒有把這部小說的任何部分為了付印而謄寫清稿，顯然只把手稿謄寫到能讓他不吃力地重新讀過，或許也能拿來朗讀。事實證明，他至少把這部小說的開端朗誦給布羅德聽過。本書中保留了手稿這種並非定稿的特質。因此，在某些方面，這份文稿和布羅德在三〇年代初與波里策（Heinz Politzer）合編的版本略有差異，當時他們的主要目的還在於替卡夫卡的遺作找到讀者。

當時的編者努力把這長篇小說的殘稿「以盡可能乾淨的文字」呈現出來，因此他們移除了「布拉格和奧地利的地方用語」，認為這些可能會「妨礙卡夫卡作品在方言地區之外的影響力」（波里策，一九三五年）。這涉及一些不同的拼寫方式，例如 abend（= abends，晚上）、paar（= ein paar，一些）、Schupfen（= Schuppen，棚子）、ohneweiters（不加考慮地）、aufnahmsbereit（願意接受）；此外，卡夫卡在作品付印時一貫保留的連接詞 trotzdem（= obwohl，雖然），也「改成符合德文的一般用法」（布羅德，一九三五年）。假如卡夫卡準備把《城堡》這部小說付印，在大多數的情況下，他大概也會這樣處理；可是因為他從未做付印的準備，在這套校勘本中就沒有更動他文字中輕微的地方色彩。

至於編者主觀認定為卡夫卡筆誤之處而做的修正，有幾處則比較值得商榷。例如，第一段：「一座木橋從大路通往村莊，K在橋上佇立良久，仰望那看似空無一物之處。」「通往」這個動詞在早期的版本中用的是過去式 führte，在手稿中用的卻是現在式 führt。而使用現在式絕對不是筆誤，反倒顯示出有一個獨立於主角之外的敘述者，他並非完全受限於主角的經歷，而比主角更能綜觀全局，能夠保證村莊與城堡乃獨立存在這件事實。類似的情況也發生在第一章稍微後面一點的地方：「如果不知道這是一座城堡」，「是」這個動詞在手稿中用的是現在式 ist，布羅德和波里策則改為虛擬式 sei。在這種情況下，就改掉了作者有意義的提示。

最後要針對卡夫卡對標點符號的使用說幾句話，他的標點符號使用得不多，有時候用法獨特，這些絕非偶然，而是有意識地當成修辭表現方式來使用。他加標點的方式保留了所敘述之過程的節奏。這主要表示：凡是主角一口氣所感受到、所想到的，會以盡量短暫的停頓來加以敘述：

事實上，除了把那兩個女僕弄走之外，他們什麼也沒做，那個房間除此之外大概沒有改變，唯一的一張床上沒有床單，只有幾個墊子和一床粗羊毛毯，所有的東西都還維持在昨夜使用過後的狀態，牆上有幾張聖徒畫像和士兵的照片，甚至不曾開窗通風過，顯然他們希望這位新住客不會待太久，沒有做任何事來留住他。（頁36）

在布羅德的版本中，把這一連串的句子在一個環節處加以截斷（「……使用過後的狀態。牆上有幾張聖徒畫像和士兵的照片，甚至不曾……」，這整段敘述的動作因此而失去了活力。另一個例子或許也能讓人看出，更動卡夫卡所用的標點符號會抹煞許多東西：

接著他去找地方過夜；旅店裡的人還沒睡，這個遲來的客人令老闆極為吃驚困惑，他雖然沒有房間可以出租，但願意讓K睡在店裡的乾草墊上，K同意了。（頁13）

布羅德的版本在「睡在店裡的乾草墊上」後面加了句點，因此把收束這一連串句子的最後一個環節獨立出來。然而，這會暗示K得要先考慮一下，才接受旅店老闆的提議。相對地，最短暫的停頓（逗點）給人的印象卻是K不加考慮地立刻對旅店裡的乾草墊表示滿意。甚至可以說，藉由逗點來連接，首度暗示出讀者之後將充分得知的一件事，對於這部小說的內涵具有根本意義的一件事：亦即對K來說，他並不在乎自己在這個村莊裡被「如何」安頓，只求能夠隨便在哪兒被安頓下來，隨便在哪兒站穩腳跟，讓他能努力達成他的任務。

卡夫卡使用標點的方式有時不太尋常，主要並非為了彰顯句子的文法結構，而是為了讓人更容易理解句子的意義，並且強調語氣和節奏，這跟他敘述風格的口語化關係密切。他的手稿幾乎具有樂譜的性質。他在書寫時彷彿豎起了耳朵在聽，而且如同眾所周知，他是按照口頭朗誦時的效果來評定他所寫的故事。這些故事必須要禁得起朗誦的考驗。提到卡夫卡時，提貝格（Richard Thieberger）說：「盡可能重新賦予文字在書寫時的聲調，千萬不要滿足於靜靜閱讀這種可悲的替代品，這對讀者來說會是件好事。」

法蘭茲・卡夫卡年表

一八八三年
法蘭茲・卡夫卡於七月三日在布拉格出生，是商人赫爾曼・卡夫卡（Hermann Kafka）和妻子茱莉・洛維（Julie Löwy）的第一個孩子。卡夫卡有三個妹妹，愛莉・卡夫卡（Elli Kafka）、娃莉・卡夫卡（Valli Kafka）與奧特拉・卡夫卡（Ottla Kafka）；另有兩名早夭的弟弟。

一八八九—一九〇一年
先於肉品市場旁的國民小學就讀，一八九三年進入舊城區的德語中學，一九〇一年夏天中學畢業。

一九〇一—一九〇六年
就讀於布拉格德語大學（Deutsche Universität Prag）；起初修習化學、德語文學及藝術史課程，後來改讀法律。

一九〇二年
十月時與馬克斯・布羅德（Max Brod）首次相遇。

一九〇四年
開始寫作〈一場戰鬥紀實〉（Beschreibung eines Kampfes）的初稿。

一九〇六年
於六月獲得法學博士學位。

一九〇六—一九〇七年　在布拉格地方與刑事法庭實習。

一九〇七年　著手寫作〈鄉村婚禮籌備〉（Hochzeitsvorbereitungen auf dem Lande）的初稿。

一九〇七—一九〇八年　於布拉格「忠利保險公司」擔任臨時雇員。

一九〇八年　三月時首度發表作品：在文學雙月刊《亥伯龍神》（*Hyperion*）發表了幾篇短篇散文，均以〈沉思〉（Betrachtung）為題；七月三十日進入「波西米亞王國布拉格勞工事故保險局」任職。

一九〇九年　於初夏開始寫札記；九月時和布羅德兄弟一同去義大利北部旅行，隨後在布拉格的《波西米亞日報》（*Bohemia*）發表〈布雷西亞的飛行機〉（Die Aeroplane in Brescia）；秋天編修〈一場戰鬥紀實〉的第二個版本。

一九一〇年　三月底在《波西米亞日報》發表了幾篇以〈沉思〉為題的短篇散文；十月時和布羅德兄弟前往巴黎旅行。

一九一一年　夏天時和馬克斯·布羅德前往瑞士、北義大利和巴黎旅行；九月底時在蘇黎世附近的「艾倫巴赫療養院」休養；遇見一個曾在布拉格演出數月的意第緒語劇團。

一九一二年　夏天時和馬克斯·布羅德前往萊比錫和威瑪旅行，隨後在哈茨山區施塔伯爾堡附近的「容波恩自然療養院」短期休養；八月時和菲莉絲·包爾（Felice Bauer）在布拉格首度相遇，九月時開始和她通信；寫出的作品包括〈判決〉（Das Urteil）和〈變形記〉（Die

Verwandlung），卡夫卡同時開始創作長篇小說《失蹤者》（*Der Verschollene*，一九二七年由馬克斯・布羅德以《美國》〔*Amerika*〕為題首度出版）；十二月，卡夫卡的第一本書《沉思》由德國萊比錫「恩斯特・羅沃特出版社」出版。

一九一三年　和菲莉絲密集通信；五月底時《司爐：一則斷簡》（*Der Heizer*，《失蹤者》的第一章）在「庫特・沃爾夫出版社」的《最新一日》文學叢刊（*Der jüngste Tag*）中出版；六月時〈判決〉在布羅德編集的年度文選《樂土》（*Arkadia*）中發表；九月時前往維也納、威尼斯及里瓦旅行。

一九一四年　六月一日和菲莉絲在柏林正式訂婚，七月十二日解除婚約；七月時經由德國北部呂北克前往丹麥的瑪麗里斯特旅行；八月初開始寫作小說《審判》（*Der Prozess*）；在接下來這段創作豐富的時間裡，卡夫卡還寫了〈在流刑地〉（In der Strafkolonie）等短篇故事。

一九一五年　一月時，在解除婚約後首次和菲莉絲見面；〈變形記〉發表於十月號的《白書頁》（*Die Weien Blätter*）文學月刊；獲頒「馮塔納文學獎」（Fontane-Preis）的卡爾・史登海姆（Carl Sternheim）把獎金轉贈給卡夫卡，作為對他的肯定。

一九一六年　和菲莉絲的關係再度親密，七月時兩人一同前往馬倫巴度假；開始用八開的筆記簿寫作；十一月，《判決》在庫爾特・沃夫出版社的《最後一日》文學叢刊中出版。

一九一六—一九一七年　在位於黃金巷的工作室裡完成了許多短篇作品（主要包括後來收錄在《鄉村醫生》〔*Ein Landarzt*〕中的作品）。

一九一七年 七月時和菲莉絲二度訂婚；八月時首度發現染患肺病的徵兆，九月四日診斷為肺結核；十二月時二度解除婚約。

一九一七—一九一八年 在波西米亞北部的曲勞度過一段休養假期，住在一間農舍裡，由妹妹奧特拉料理家務；寫下一〇九條編號的《曲勞箴言錄》。

一九一九年 夏天時和茱莉．沃麗采克（Julie Wohryzek）訂婚；《在流刑地》於秋天在庫爾特．沃夫出版社出版；十一月時完成〈給父親的信〉（Brief an den Vater）。

一九二〇年 四月時在義大利梅蘭度過療養假期；開始和米蓮娜．葉森思卡（Milena Jesenska）通信；春天時在庫爾特．沃夫出版社出版了短篇故事集《鄉村醫生》；七月時解除了和茱莉．沃麗采克的婚約。

一九二〇—一九二二年 在塔特拉山的馬特里亞里療養（從一九二〇年十二月至一九二二年八月）。

一九二二年 從一月底至二月中於科克諾謝山的史賓德慕勒療養；開始寫作小說《城堡》（*Das Schloss*）；此外尚完成〈飢餓藝術家〉（Ein Hungerkünstler）等短篇；七月一日卡夫卡從「勞工事故保險局」退休；七月底至九月在波西米亞森林魯許尼茲河畔的卜拉那度過。

一九二三年 七月時在波羅的海的濱海小鎮米里茲和朵拉．迪亞芒（Dora Diamant）首度相遇；九月時從布拉格遷至柏林，和朵拉共同生活；寫出〈一名小女子〉（Eine kleine Frau）等作品。

一九二四年

健康情形惡化；三月時回到布拉格；完成〈約瑟芬、女歌手或者耗子的民族〉（Josefine, die Sängerin oder Das Volk der Mäuse）；四月時住進奧地利歐特曼一地的「維也納森林療養院」，隨後被送至維也納「哈謝克教授醫院」，最後住進維也納附近基爾林一地的「霍夫曼醫師療養院」；卡夫卡開始校訂他的故事集《飢餓藝術家》；六月三日去世；六月十一日葬於布拉格城郊史塔許尼茲的猶太墓園。

作　　者｜法蘭茲．卡夫卡　Franz Kafka
譯　　者｜姬健梅

副 社 長｜陳瀅如
總 編 輯｜戴偉傑
責任編輯｜涂東寧
行銷企劃｜陳雅雯、趙鴻祐
封面設計｜IAT-HUÂN TIUNN
內頁排版｜宸遠彩藝
印　　刷｜呈靖彩藝有限公司

出　　版｜木馬文化事業股份有限公司
發　　行｜遠足文化事業股份有限公司（讀書共和國出版集團）
地　　址｜231新北市新店區民權路108-3號3樓
電　　話｜(02)2218-1417
傳　　真｜(02)2218-0727
客服信箱｜service@bookrep.com.tw
客服專線｜0800-221-029
郵撥帳號｜19588272木馬文化事業股份有限公司
客服專線｜0800-221-029
法律顧問｜華洋法律事務所　蘇文生律師

初版一刷｜2024年8月
初版二刷｜2025年1月
I S B N｜9786263147119
定　　價｜450元

國家圖書館出版品預行編目(CIP)資料

城堡 / 法蘭茲.卡夫卡(Franz Kafka)作 ; 姬健梅譯. -- 初版. -- 新北市 :
木馬文化事業股份有限公司, 2024.08　384面 ; 14.8 x 21公分
卡夫卡逝世百年紀念版　譯自 : Das Schloss
ISBN 978-626-314-711-9(平裝)
882.457　　113010015

城堡
Das Schloss
（卡夫卡逝世百年紀念版）